講談社文庫

# 女系の総督

藤田宜永



講談社

目次

# 女系の総督

# 第一章　熱帯雨林

吾輩《わがはい》は男である。

キッチンでエサを食べていた二匹の猫が、私を見るなり、さっさと逃げ出したのを見て、ふと、夏目《なつめ》漱石《そうせき》の小説の題名をもじりたくなった。

姉妹の猫がうちの庭に迷い込んできて三年半。飼いたいと言い出したのは次女の小百合《さゆり》だった。家族の中で反対する者はひとりもいなかった。なかなかの美形の姉妹である。取り立てて猫好きというわけではないが、私も賛成した。

ところが、この美形姉妹、なぜか私にだけ今もなつかない。虐待《ぎゃくたい》したことなどまったくないし、エサをあたえてもやれば、トイレの始末もしてやっているというのに。夜遅くに帰ってきて、廊下で出会うと、まるで泥棒《どろぼう》が侵入してきたような不審の目で私を見、近づくと、二匹そろって、お尻を振って逃げ去るのだ。

誰の家なのか分かっているのか。そんな態度を取り続けるのだったら、捕《つか》まえて川にでも捨てちまうぞ。酔った勢いでそう言いたくなったことも一度や二度ではない。

漱石の猫には名前がない。しかし、幸か不幸か、人間に生まれた私には、むろん名前はある。

森川《もりかわ》崇徳。正式には〝むねのり〟だが、友人の中には〝そうとく〟と呼ぶ者もいる。

格調の高い立派な名前は、土台が脆弱《ぜいじゃく》な建物に重々しい瓦《かわら》が載っているようなもので、私は名前負けしている。

私の家系には際《きわ》だった特徴がある。それは女系ということだ。曾祖父の時代から、生まれる子供のほとんどが女。祖父母は三人の子をもうけたが、いずれも女の子で、私の父は婿養子《むこようし》である。この血筋は父の代にも続き、私は姉と妹にはさまれたひとり息子なのだ。

この流れを変えるべく、妻の妊娠を知るやいなや、散歩ついでに富岡八幡宮《とみおかはちまんぐう》や深川《ふかがわ》不動尊《ふどうそん》を巡って、安産のみならず男子が生まれますようにと祈願したが、このような具体的な願い事は、邪念の産物なのか、聞き入れられることはなく、女の子が生まれた。今度こそと夜な夜な励むも、次も、その次も女だった。姉夫婦、妹夫婦にも男の子は授からず、私の孫も女の子である。おまけに猫までもが。

私を不当にも嫌っている猫は三毛《みけ》の雑種である。三毛というのは、そのほとんどが雌《めす》だそうで、雄《おす》の三毛猫はすこぶる珍しい。だから、昔から珍重がられ、船乗りたちは、雄の三毛猫を船に乗せたという。しかし、遺伝子のいたずらで生まれた雄の三毛猫は躰《からだ》が弱く、薄命だという話だ。そのことを耳にした時、我が運命を暗示している気がして、ちょっと不愉快な気分になった。

九月の初めの日曜日、居間にいた私はトイレに立った。

「ごめんなさい。伯母《おば》さん、いるって分からなかった」小百合の声が浴室の方から聞こえてきた。「スタイリングブラシ、取りにきただけなの」

「私のことは気にしないで」

風呂を出た私の姉の昌子《まさこ》が洗面所にいたらしい。

「昌子伯母さん、いい躰してるね」小百合が言った。

「そう？　もう駄目よ。こんなにお腹《なか》が出ちゃって」

「そんなことないって。ねえ、ねえ、胸、ちょっと触らせてもらっていい？」

「嫌ですよ」昌子は満更《まんざら》でもないらしく、声が柔らかく崩れた。

「お願い。ちょっとだけ」

「キャッ」

「わぁ、いい感じ。ふわふわして気持ちいい。私、貧乳……。それがコンプレックスなの」

「そうは見えないけど」

「ブラで誤魔化《ごまか》してるだけなの」

「すらりとしたいい体形してるじゃない。私も昔は、スレンダーだったけどね。歳《とし》には勝てないわね」

「伯母さん、最近、若返った気がする。なんか特別なことしてる?」

「ぜーんぜん」

廊下に立ち止まったままでいた私は咳払《せきばら》いをした。ふたりの声が止んだ。

次女の小百合はフリーのアナウンサーをしている。もうじき三十二歳になる独身。長女の美千恵《みちえ》、三女の朋香《ともか》については後に紹介する。

姉の昌子は六十二歳。以前の職業はキャビンアテンダント。彼女が空を飛んでいた頃は、そんな舌を嚙《か》みそうな呼び方はしていなかったが。夫の大菅《おおすが》太郎《ろう》は大手の印刷会社に勤めていたが、五年ほど前に定年退職している。

姉と夫の太郎は、我が家の近くのマンションに住んでいるが、大々的な改装工事を行っており、浴室が数日間使えない。それで昌子は我が家の風呂を借りにきたのである。

姉と娘の躰の話。弟であり父親である私にとっては、生々しくてとても聞いてはいられなかった。

用を果たした私は、居間に戻った。母がテレビのリモコンを触っていた。

「何か視《み》たいものがあるの?」私が訊いた。

「水戸黄門《みとこうもん》よ」

「今日は水戸黄門の日じゃないし、再放送は夕方でしょう？」

母の基子《もとこ》は春に八十五歳になった。記憶の斑《まだら》ぶりが日に日に増している。

母が立ち上がった。後を追い、黙って母の様子をうかがう。ちゃんと自分の部屋に戻っていった。母の部屋にもテレビは置いてあるが、とうの昔から自分では操作できない。アナログ放送が終了した翌日の朝早く、小さな事件が起こった。

「空襲よ……」と叫んで母が廊下に飛び出してきた。

母の部屋から妙な音がする。何が起こったのかと覗《のぞ》いてみると、テレビが点《つ》いていた。何かの拍子《ひょうし》にリモコンのボタンが押されてしまったらしい。

画面は砂嵐状態だった。それが、空襲を思い出させたようだが、繋《つな》がりは見当もつかない。最近、母はだいぶボケてきた。そのせいで、とんでもないことを言ったかどうかは分からないが、遅かれ早かれ、母の頭の中が砂嵐状態になってしまう気がしてならない。私は深い溜息《ためいき》をついた。

アナログテレビを撤去し、母にはテレビを居間で視てもらおうと考えていたが、何が起こるか分からないので、小振りの薄型テレビを部屋に備えてやった。母は、これは水戸黄門の映らないテレビだろうと疑心の眼差《まなざ》しを向け、出勤前の私を悩ませた……。

母が自室に退いた後、私はサキイカと缶ビールを持って居間に戻った。十畳の和室である。畳の上には立派そうなペルシャ絨毯《じゅうたん》が敷かれている。立派そう、というのは、それが偽物だからである。

六、七年前のことだが、突然、流暢《りゅうちょう》な日本語を話す外国人が訪ねてきたそうだ。その時、母はひとりだった。アブダビだかアブダラだかはっきりしない名の自称イラン人は、大きな絨毯を肩にかけ、こういう歴史のある日本の家にまさにぴったりだ、と言って売り込んだという。母は、その美しさに惹《ひ》かれた。これはカモだと自称イラン人はしめしめと腹の中でにんまりしたことだろう。ご大層に分厚いペルシャ絨毯の本を開き、同じ文様の絨毯の写真を見せ、これを小振りにしたものだ、と由緒が正しいことを強調したという。ダリアやバラ、それにジャスミンの花園で鹿が遊んでいるもので、一九三〇年代に作られたと言ったらしい。草花の好きな母はその絨毯に惚《ほ》れ込んでしまった。八十万円のところを半額の四十万円で、と言われ、母は即金で買い取った。

家に帰った私は、民芸調の座卓の下に敷かれた絨毯に驚いた。母は、絨毯の花園でのんびりと過ごしているような声で、何があったかを嬉しそうに語った。

騙《だま》された。私は直感的に思った。

私が小学生の頃、単なる化繊《かせん》なのに、絹《きぬ》だと言われて反物《たんもの》を買った母の失敗を思い出したのだ。その男は生地の一部にマッチで火をつけ、言葉巧みに母に説明をしていた。帰宅した父は「押し売りには引っかかるなと何度言ったら分かるんだ」と低くうめくような声で母を叱《しか》った。

自称イラン人は絨毯の本をプレゼントすると言って置いていったので、翌日、版元に電話をし、著者と話した。果たして、四十万をつぎ込んだ絨毯は二束三文《にそくさんもん》の偽物だった。

私は、老い先短い母の夢を壊す必要もないと黙っていたが、昌子には教えた。昌子は、私の思いを無視して、今後のこともあるから、と母に本当のことを言い「お母さん、絶対に変な人を家に入れちゃ駄目ですよ。分かった？　本当に、もう……朋ちゃんたちには任せておけないわね。やっぱり、この家をきちんと管理する人間がいなきゃ駄目ね」とさんざん愚痴《ぐち》った。そして、一体、金はどうしたのか、と問い詰めた。

支払いには簞笥《たんす》貯金を当てたらしい。当時、母はまだ、それなりにしっかりしていて、金の隠し場所を覚えていたようだが、今はきっと忘れてしまっているだろう。母が死んだら、思わぬところから札束が出てくる気がしないでもない。

四十万円もした偽の絨毯に、現在、もっとも喜びを感じているのは猫たちである。ちょうどいい具合に爪が入るらしく、二匹とも恍惚《こうこつ》の表情で、足踏みするような動きで爪を研《と》いでいる。

部屋の隅にアップライトピアノが置かれてある。長女の美千恵が四歳になった時に買ったものだ。清澄《きよすみ》庭園の近くのピアノ教室に通わせた。先生は美千恵の才能を認め、プロの道に進んでも成功するかもしれないとまで明言した。小百合にも習わせたが、姉と比べられるのが悔しいのかすぐに止めてしまった。三女の朋香にはこちらからは勧めなかった。やりたいと言ったらやらせるつもりだったが、何も言ってこなかったので、そのまま時がすぎてしまった。美千恵がピアノを止めたのは中学三年の時である。腱鞘炎《けんしょうえん》がきっかけだったが、ピアノを弾く気分にはなれなくなったというのが本当の理由だろう……。

居間の襖《ふすま》を半ば開けて、昌子が顔を出した。

「ここのお風呂もだいぶ古くなったわね。替えた方がいいかも」

「そんな金ないよ」

嫁いだ後も、昌子は、この家のことにいろいろと口出ししてくる。鬱陶《うっとう》しい限りである。

昌子が帰ってしばらくすると、缶ビールを手にして小百合が居間に現れ、ソファーに胡座《あぐら》をかいた。

「ねえ、ねえ、お父さん、昌子伯母さんのおっぱい、すごいよ。ぴんと張っちゃってさ。六十二よ。信じられない。お腹もそんなに出てないしね」小百合の瞳に意味ありげな光が浮かんだ。「豊胸手術とか脂肪吸引とかしてるのかな」

「まさか」

「分かんないよ」

「脂肪吸引って怖いこともあるらしいじゃないか。うまくいっても、腹が痛くなったりした人がいるって聞いたよ」

「誰がそんなこと言ったの？　飲み屋の女？」

「違うよ。女子社員がそんな話をしてたのが聞こえてきたんだよ」

「今は安全みたいよ。でもまあ、脂肪吸引はしてないかな。だけど、豊胸手術はしてるかもね」

見たくもないのに、小百合の胸の辺りに視線が彷徨《さまよ》った。確かに小百合の胸はぺたんこだった。

「豊胸手術だろうがなんだろうが、あいつがするわけないよ」私はきっぱりと言ってのけた。

「やってないとしたら、すげえ」

「お前、アナウンサーだろう？　そんなしゃべり方やめなさい」

「仕事ん時はきちんとしてるから反動よ。お父さんも知ってる、綾小路《あやのこうじ》アナ、酒乱なんだよ。酔うと、男言葉でバンバン、スケベなこと言うのよ。女って怖いね」

あんたに言われなくても、女の怖さはよく知ってます。

私は、その言葉を胸に収めて話題を変えた。

「お祖母《ばあ》ちゃんのボケだいぶ進んだみたいだよ」

「私もそう思う。この間、蚊取《かと》り線香が冷蔵庫に入ってたから」

「本当か。なぜ早く言わない」

「火事になんないから、まあいいかって思ったの。水戸黄門の主役を北大路《きたおおじ》欣也《きんや》がやったことがあるって、言い張ってるのは知ってるでしょう」

「うん。お祖母ちゃん、昔から北大路欣也の大ファンだったから」

「北大路欣也ねえ。いい男だけど、ああいう濃い顔、私の趣味じゃない」

話題が転がり、結局、自分の興味関心のあることにすり替わってゆく。小百合はそれが激しい方だが、多かれ少なかれ、私の身内の女たちは、その傾向が強い。

いや、うちに限ったことではないようだ。社内で、時々、漏《も》れ聞こえてくる、いわゆるガールズトークなるものも似たようなものだ。

「何か変なことがあったら、お父さんに教えてくれよ」

「はーい」

私は居間を出て、自分の部屋に戻ることにした。またぞろ、美猫の姉妹が尻を私に向けて逃げ去った。

女たちに囲まれて暮らしているのだから、女の習性、摩訶《まか》不思議な言動には慣れっこで、姉妹や娘のいない男たちよりも、女の生態が分かっているだろうと思われがちだが、否、否、否……。知れば知るほど、女という生き物は、理解を超える奥深いもので、違和感や腹立たしいなんていう感情を通り越し、ただただ感心して眺めていることばかりである。

私はもうじき還暦を迎える。人生八十年の時代だから、まだ少しは伸びしろがあるようだが、ひとつの節目を迎えた気分になっている。

私の家は木場《きば》の隣町、江東《こうとう》区冬木《ふゆき》にある。冬木という地名の由来は学校で習った。上野国《こうずけのくに》、今の群馬県から出てきた上田直次《うえだなおつぐ》という人物が、茅場町《かやばちょう》で冬木屋という材木商を始め、やがて豪商となった三代目がこの地を買って移転し、深川冬木町と名付けたのが始まりだそうである。

昭和四十年代後半、騒音や粉塵《ふんじん》などの公害問題を理由に、材木屋が十四号埋め立て地、現在の新木場《しんきば》への移転を余儀なくされ、今では材木屋はほとんど姿を消している。

森川家の家業は材木問屋だった。

婿養子に入った私の父、徳之助《とくのすけ》はなかなかの目利きの上に商才があったものだから、森川銘木店は、この辺りでも大きな問屋に成長した。しかし、移転話が出たのを機に、店を畳みたいと父は言い出した。嫁いでいて直接の関係はないのに、叔母のひとりが猛反対した。曾祖父の時代から続いた暖簾《のれん》を下ろすことに拘泥《こうでい》したのである。叔母もうひとりの叔母は、口出しすることではないと言い、ふたりは口論になった。叔母同士のぶつかり合いの激しさは、レスリングに匹敵《ひってき》した。私は目を白黒させ、ただ見ているだけだった。母が態度をはっきりさせないものだから、両叔母は母に怒りの矛《ほこ》先《さき》を向けた。それでもぐずぐずしているものだから、とばっちりを食ったのは跡継ぎである私だった。

「崇徳さん、あなたがお父さんを説得してください」反対派の叔母に怖い目で睨《にら》まれた。

母は、商家のお嬢さん。気位は高いが、商売のことは何も分からない。叔母たちが帰った後、店を新木場に移すのはいいが、この地を離れるのは嫌だと言って、ひとり息子にすがってきた。新木場には住居を移せないことになっていたのだが、母はそのことすら知らなかった。

父、徳之助は地元の人間ではない。広島出身で、東京の大学を出てから建設会社に勤めた。母の基子もその会社で働いていた。ふたりは恋愛して一緒になったのである。徳之助は三男坊だった。私の祖父は、婿養子に入ることを条件に結婚を許した。

義理の妹ふたりが、妻と息子を巻き込んでもめているのを知った父は、私を門前仲《もんぜんなか》町《ちょう》のモンジャ焼き屋に呼び出した。

「俺は疲れた」父が、崩れかけたモンジャの土手を直しながらつぶやくように言った。

父が弱音を吐《は》いたのは、この時が初めてだった。

私は当時、二十歳《はたち》そこそこの私大に通う学生だった。

「お前、材木屋を継ぎたいか」

「……………」

製材された材木の香りは大好きだが、仕事にする気はなかった。父は、地方の材木市場に出かけるだけではなく、原木を見に山に分け入り、気に入ったものを見つけると唾《つば》をつけて帰ってきた。そんな父だから、しょっちゅう家を空けていた。

「お前は材木屋、いや商売そのものに向いてないし、外を飛び回るような性格でもなさそうだな」

「自分でもそう思うよ」

「店の跡地にはマンションを建てるつもりだ。蓄えもあるから生活の心配はいらん。俺は釣りでもして気楽に生きたい。お前も好きなことをやれ」

そんな話をした頃、父はまだ五十代半ばにも達していなかった。今にして思うと、随分早い引退である。子供だった私には知る由もなかったが、婿養子の父には気苦労が多かったらしい。

「しかし、何だなあ」父が私のグラスにビールを注ぎながら、頬《ほお》をゆるめた。「お前も、女ばかりに囲まれてるから、これから大変だぞ」

「結婚したら、男の子を産ませるよ」

父が眉《まゆ》を八の字にゆるめた。「そうなるといいがな」

こうして森川銘木店は父の代で閉店することになったのである。

店の跡地にマンションを建て、ハーレーダビッドソンを買い込み、釣りとツーリングを愉《たの》しんでいた父だが、心不全であっけなく他界した。六十の声を聞いて間もなくのことである。

私は大学で経済を学び、四年できちんと卒業した。学生時代は、友人と同人誌を作り、小説を書いていた。あわよくば小説家になりたかったのである。何度か新人賞に応募した。しかし、候補にすら残ったことがなかった。そんな私だから、出版社をいくつか受けた。運良く希望していた会社に入ることができ、現在に至っている。

今年の六月、思ってもみなかったことが起こった。文芸担当の役員に昇格したのである。

四年ほど前、喉頭癌《こうとうがん》が見つかった。ごく初期に発見されたものだから、放射線治療を受け、今のところ再発してはいない。しかし、爆弾を抱えていることには違いない。それに、文芸誌の副編集長時代にちょっとした問題を起こしていた。だから、出世競争から外され、局長止まりで定年を迎えるのだろうと、恬淡《てんたん》とした気持ちでいた。

ところが、役員候補だったふたりが相次いで病気で倒れた。ひとりは脳梗塞《のうこうそく》で口が回らなくなり、もうひとりは鬱《うつ》病で長期休養に入ったのだ。

馬鹿でかい会社ではなかったものだから、思わぬ昇進が私に舞い込んできたのである。最近は天候が読めなくなった。それと同じように、人の運命も想定外のことが起こるものだと他人事《ひとごと》のような気分で辞令を受け取った。

出世欲は極めて少ない人間だが、それでも、取締役と刷られた名刺を見た時は、じわじわと喜びが湧いてきて、スーツを二着ばかり新調した。

九月の半ば、台風が去ったある日のこと、私は、某出版社の文芸賞のパーティーに出席するため、日比谷《ひびや》にあるホテルに赴いた。

宴会場に向かおうとした時だった。ふとエレベーターの方を見ると、私の姉、昌子が見知らぬ男と一緒にエレベーターから降りてきた。

ロビーは広く、人の流れが絶えないから、昌子は私に気づいていない。ロビーの隅に、我が家の猫のようにさっさっさと移動した。そして、姉と男を肩越しに盗み見た。ふたりは腕を組んだりはしていなかった。しかし、姉の後ろ姿は浮き浮きしていた。私は、タクシー乗り場が見える位置まで歩を進めた。昌子と男は一緒にタクシーに乗った。

姉が、男と共に降りてきたエレベーターは客室に通じているものだった。私は呆然《ぼうぜん》として、しばしその場に立っていた。

「昌子おばさんのおっぱい、すごいよ」次女の小百合の無邪気な声が甦《よみがえ》った。

相手の男については、ちらりと見ただけだからよく分からないが、背が高くて肩幅のある男だった。若い男ではなかった。私とそれほど変わらないように見えた。

不倫云々《うんぬん》かんぬんよりも、姉が、幸せそうな顔で男と話している姿を目の当たりにしたことにびっくりした。

たまたま、何かの用があって、男の部屋を訪ねただけかもしれない。一緒にいた男と深い関係にあると決めつけるのは早計である。

私は、脳裏をかすめた想像を必死になって打ち消そうとした。

確かに最近の姉は潑剌《はつらつ》として若返った気がする。いや、それも思い過ごしかもしれない。いずれにしろ、見なければよかったと暗い気持ちになって私は宴会場に向かった。

パーティーが終わると、作家、館山祥文《たてやましょうぶん》のお伴で軽く食事をし、銀座のクラブに行った。現在、彼を担当している他社の若い編集者ふたりも一緒だった。

館山祥文は七十三歳。若い頃から艶福家《えんぷくか》で有名な作家である。婚外子もふたりばかりいる。入社して早々、担当させられたものだから、先生の女性遍歴の大半は知っている。

眉をひそめる者もいるだろうが、先生の女遊びは、あっぱれとしか言いようのないほど豪快だった。色恋だけが小説のテーマではないが、館山先生を見ていると、若い作家が小粒に見えて仕方がない。

さすがに寄る年波には勝てず、最近は補助薬を飲み、三島由紀夫《みしまゆきお》が〝仏塔《ぶっとう》〟と表現した股間のものを押っ立てているらしいが、この先生、補助薬が効かなくなっても、女体に触れることは止めそうもない。

こんな先生に、先ほど見た姉のことを話せば大いに喜んで、「素敵なお姉さんじゃないか。いくつになっても大いに愉しむべきだよ」とからからと笑って「で、君の方はどうなんだ？」と訊《き》いてくるに違いない。

話しやすい先生だが、この件ばかりは口にできなかった。

館山先生を赤坂の仕事場まで送り、帰宅したのは午前一時すぎだった。

家の前にベンツが停まっていた。車内から悲鳴が聞こえた。

私はベンツに駆け寄った。助手席から飛び出してきたのは香澄《かすみ》だった。短い黒いフレアスカートがめくれ上がり、薄いブルーのパンツがちらりと見えた。

「何してるんだ」私は運転席の男に怒鳴った。

「あんた誰？」若い男が顎《あご》を立てて私を見た。

「香澄の伯父《おじ》だ」

男は鼻で笑って、ベンツをスタートさせた。

「伯父さん、ありがとう。あの男、めっちゃしつこいのよ、ムカつくったら」香澄が眉をひそめて、吐き捨てるように言った。

「今、何時だと思ってるんだ」私は香澄を睨んだ。

「まだ一時十五分よ」

香澄はつんと鼻を上げ、平然と答えた。そして、先に門の中に姿を消した。

私は溜息をつくばかりだった。

高中《たかなか》香澄は、私の妹、麗子《れいこ》の娘である。麗子は、仙台《せんだい》の煎餅《せんべい》屋に嫁ぎ、向こうで暮らしている。三月十一日の大震災の時は、彼等の住まいも工場も海に近くなかったから、津波には襲われなかったが、一時は電気も水も来ず、工場がかなりやられ、商売にならなかったという。幸い、麗子も夫も従業員も無事だったが、夫の親族に亡くなった人がいた。私はお見舞いの書状を夫宛に送った。

震災の日、私は熊本から上京してきた作家と新宿の喫茶店で会っていた。そこから、九段下《くだんした》にある社まで歩いて戻った。会社の資料室は滅茶苦茶になった。資料ビデオの棚が倒れていた。資料室の女子社員は、その日、気分が悪いと言って、地震発生の一時間ほど前に早退していた。資料室に残っていたら圧死していた可能性があった。

我が社の被害はさしたるものではなかった。他社の中には、倉庫のスプリンクラーが作動してしまって在庫のほとんどを破棄しなければならなくなったところもあったという。

家族にはなかなか連絡が取れなかった。私は、出版部の社員と共に会社に残った。帰宅できたのは深夜すぎだった。

我が家は東京オリンピックの頃に建てられたものだ。多少の改築は行われているが、ほとんど変わっていない。古い建物だから、どうなっていることやら、という不安を抱いて家に戻ったが、建物そのものには、ほとんど被害はなかった。昔の大工は仕事が丁寧だったことを改めて思い知らされた。

仕事は混乱を極めた。ちょうどその十日後に開かれる予定だった我が社主催の文学賞のパーティーは中止となった。

紙不足、印刷の問題……。ただでさえ本の売れ行きがよくない時代に起こった大惨事なものだから、どの出版社も頭を痛める事態に陥った。

義援金は、社が加盟している団体を通じて行うことになった。他社と歩調を合わせるために、私は他社の役員と連絡を取り合った。

被災地在住の作家たちの中には、親戚《しんせき》を亡くした者もいたが、作家本人は全員無事だった。書くものが変わるだろう、としめやかな声で言った作家もひとりやふたりではなかった。週刊誌は、硬派のノンフィクション作家に現地に行ってもらい、克明なレポートを連載した。

家族の無事が確認できない間、香澄はおろおろしていたが、当然、誰も彼女を安心させるような言葉を吐いてはやれなかった。電話が通じたら、一刻も早く戻りたいと言ったが、すぐには叶《かな》わなかった。

かすみ草のようには育たなかった香澄は、東京の大学に受かって、上京してすぐはマンションでひとり暮らしをしていた。しかし、付き合っていた男ともめ、暴力事件に発展したのがきっかけで、彼女の両親に懇願《こんがん》され、我が家で預かることになったのだ……。

家の鍵を開けたのは香澄だった。

「どうぞ、お先に」香澄が科《しな》を作って、私を先に家に通した。

ベンツの男のことなど忘れてしまっているかのようだった。

「ここんとこ夜遊びがすぎやしないか」

「お休みなさーい」香澄はあっけらかんとした笑顔を残して、二階に上がっていった。

私は目をそむけた。ヒラヒラスカートの奥のパンツがまた見えたのだ。

香澄は仏文科に通っている。しかし、モーパッサンの話をしたら、「その人、誰?」と訊き返され、私は二の句が継げなかった。

私はまず奥の部屋に向かった。そして、そっと襖を引いた。その部屋には母親の基子がいる。軽い寝息が聞こえた。ほっとして、居間に入った。

徘徊《はいかい》が始まったりしたら、施設に預けなければ手に負えなくなるだろう。が、母の意思もあるし、昌子と麗子の意見も聞かなければならない。

我が家に住んでいるのは、母親の基子、次女の小百合、姪《めい》の香澄だけではない。三女の朋香が夫と共に二階で暮らしている。

ここで朋香の結婚を巡る話に少し触れておこう。

夫の梶原鉄雄《かじわらてつお》は、大学の研究室で働いている昆虫学者である。朋香は三十歳で、鉄雄は三十四歳。五年前、子供が誕生した。男の子をと期待したが、女の子だった。名前は舞《まい》という。

　結婚が決まっても、朋香は家を出たがらなかった。私の妻、美枝《みえ》は十六年前に亡くなっている。以来、三姉妹の中で、家事にしろ私の世話にしろ、一番小まめにやってくれていたのが朋香だった。

　結婚を機に独立を促した。店の跡に父が建てたマンションの部屋はすべてワンルーム。昌子夫婦はそこには住めないが、若夫婦だったらと思ったものの、部屋は空いていなかった。

「私がいなくなったら、誰がお祖母ちゃんやお父さんの面倒みるのよ。美千恵姉さんは家を出ちゃったし、小百合姉さんじゃ、無理でしょ？　しょっちゅう家を空けてるんだから」

「お前、この家から離れたくないんだな」

　朋香が目を伏せた。「まあね」

「鉄雄君はそれでいいのか」

「あの人、群馬の農家の四男坊でしょう。大勢人がいる方が愉しいんだって」

　今の若い男には、〝俺が何とかする〟という気概はまるでないようだ。鉄雄もその例にもれず、結婚前から朋香の言いなりだったようである。

「鉄雄君の稼ぎは……」

「あの人のお給料じゃ、この辺でも、マンションを借りるのは無理ね」

「そういうことは簡単に決められない。小百合やお祖母ちゃんにも訊いてみないと
な」

朋香が鉄雄を初めて家に連れてきた時に話を遡《さかのぼ》らせよう。朋香のフィアンセが来る。母と小百合だけではなく、話を聞きつけた昌子も家にやってきていた。

梶原鉄雄は痩せこけた小柄な男だった。情けない感じがする。頭がやたらと大きい。髪型は真ん中をつんと立てた今風のものだった。頭の大きさと反比例するかのように顎《あご》が異様に細かった。青白い顔に眼鏡をかけている。鼻筋は通っているが、それが却《かえ》ってひ弱そうに見せていた。

「昆虫の何を研究しているんですか？」

「フェロモンです」

小百合と昌子が思わず吹き出した。朋香が小百合を目の端で睨んだ。

その時、どこからともなくイエバエが飛んできた。

イエバエを見た鉄雄の目が鋭くなった。針でも投げて、ハエを壁に刺して殺しそうな雰囲気である。しかし、それは一瞬のことで、すぐに情けない表情に戻った。

「イエバエのですね、配偶行動は実に速いんです。雄が雌の上に乗ることをライディング行動というんですが……」

「鉄雄さん」朋香がきつい調子で言った。

私もおかしくなってきた。「速いというのは早漏《そうろう》という意味かね」

「崇徳さん」今度は昌子が私に怒った。

「昆虫のみならず、動物にも遅漏《ちろう》というのはないはずです。しかし、聞くところによりますと、インドサイはあれが実に遅いそうです。その上、近眼らしいです」

母親が大声で笑い出し、怒っていた昌子もそれにつられて口許《くちもと》をゆるませた。

緊張感漂う集まりが和《なご》んだ。

朋香と鉄雄はバリ島で知り合ったという。朋香は単なる観光旅行だったが、鉄雄は向こうに生息する昆虫の採集に出かけたのだそうだ。

「バリ島にバタフライ・ファームというのがありまして、そこで朋香さんと……」

朋香をいかなる方法で〝採取〟したのだろうか。フェロモンの研究をしている男だというが、人間の雌を引き寄せるフェロモンを鉄雄はどこから分泌しているのか。私にはまったく想像できなかった。

鉄雄が帰った後も、私たちは居間に残っていた。朋香がお茶を淹《い》れ替えに席を立った。

「顔があんな逆三角形の人、見たの初めて」昌子が言った。「躰は逆三《ぎやくさん》じゃないのにね」

小百合が背筋をのばした。「カメムシ。顔の形、カメムシに似てるよ」

「カメムシって潰《つぶ》すとくさい」母が顔をしかめた。

「あれは干《ひ》からびたカメムシよ。だから、潰しても臭わない」

「お姉ちゃん、聞こえてるよ」キッチンから怒りの声が飛んだ。

「真面目で優しそうだから。間違いはないでしょう」昌子が言った。

「でも、がっかりね」小百合がつぶやいた。「せっかくの義弟がカメムシっていうのは……」

私もがっかりしていた。女ばかりの中で生活しているのだから、頼もしい義理の息子が欲しかった。

「私、北大路欣也みたいな人がよかったわ」母の目が瞬《しばたた》いた。

仙台に住んでいる妹の麗子、それから長女の美千恵は参加できなかったが、集まった女たちの中で、大いに賛成する者は皆無だった。しかし、猛反対する者もいなかった。

「お父さんは？」小百合が訊いた。

「まあ、いいんじゃないかなあ」私は重々しい口調でうなずいてみせた。

文芸賞の選考会の時の館山先生の口調を真似てみた。文学賞の選考にたとえると、仕方ないか、という消極的な賛成で受賞が決まったようなものである。

揉《も》めたのは、朋香が夫婦でこの家に住みたいと言いだした時だった。この時も昌子がいたが、これはたまたま家に寄ったからそうなったのである。

「朋香、嫌よ、カメムシが家にいるなんて」

「お姉ちゃん、そんな言い方ないでしょう」朋香が珍しく声を荒らげた。

私は腕を組み、顎を引いた。「小百合、謝りなさい」

「ごめんなさい」いったん、そっぽを向いた小百合だったが、すぐに顔を朋香に向けた。「彼を婿養子にするつもり？」

朋香が首を横に振った。「婿養子を取るんだったら、順番からいうと、まず美千恵姉さんで、その次が小百合姉さんでしょう？」

母が口をはさんだ。「婿養子にも器量っていうのがあるのよね。ただ優しいだけじゃ家長にはなれない。その点、お父さんは立派だったわ」

この頃はまだ母のボケは始まってはいなかった。

「私は当分、結婚なんかしないよ」小百合が言う。

「お姉ちゃんは、まずはカレシ見つけなきゃね」

朋香の一言に小百合の血相が変わった。「余計なお世話よ。甲斐性《かいしよう》なしは嫌だしね」

「それどういう意味よ」

「俺はね」声を大にして、娘たちの煮詰まった状態に割って入った。「婿養子にきてくれる人がいればそれでいいが、そうじゃない場合は、無理に跡取りを作ろうとは思ってない」

「崇徳さん、それは駄目よ」口を尖《とが》らせたのは昌子だった。「森川家を潰すなんて私が許さない」

「姉さんは、もう大菅さんのとこに嫁いだんだよ」

この一言が余計だった。姉の目がつり上がり、息が荒くなった。

「戸籍上、私は森川の人間じゃないわよ。だから何よ。私はもうこの家と縁がないっていうの」

「そうは言ってないよ。だけど、華族様でもあるまいし、森川家に拘《こだわ》ることはないんじゃないかって思うんだ。名前が違っても、俺たちの血は枝分かれして残っていく。それでいいと俺は思うんだけどなあ」

こういう時、一緒になって熱くなってはいけない。なるべく、控え目に意見を述べるに限る。その後しばらくは黙るに限る。

それが、女系の家に生まれた男の処世術。別段、改めて勉強したわけではない。子供の頃から、女たちの言い争いやおしゃべりに、少年が口をはさむ余地などまるでなかった。線香花火のようなちょろちょろした感じで反論しただけでも、女たちは、打ち上げ花火の勢いでもって言い返してくる。女たちが結託しようものなら、隅田川《すみだがわ》の花火大会のフィナーレよろしく、あっちでドカン、こっちでドカン。だから黙るしかなかったのだ。

私の話し方が穏やかなのは、環境によって作られたものである。

しかし、その日の昌子は虫の居所が悪かったのか、なかなか気持ちを収めてくれなかった。

「お父さんが、材木屋を止めるって言った時も、私、反対したでしょう。覚えてる？　あんたが、〃私が継ぎます〃って男らしく言えば、今も森川銘木店は存続してたのよ。お父さんが店を潰し、今度はあんたが、森川の名前をこの世から消そうとしてる。信じられない」

父が、家族を集め、店を閉めることを告げたのも、この居間だった。父が座っていたところに、今、私が座っていることに気づいた。

その時、昌子はすでに航空会社に勤めていた。フライトから戻った昌子は紺色の制服姿だった。

父の決断に一同が騒然となった。妹の麗子と私は黙っていたが、叔母たちと一緒に活発に意見を吐いたのは昌子だった。スチュワーデスの紺色の制服姿は、男たちの憧れだったが、怒りをぶちまけている姉の姿は、警察官みたいだった。

昌子が黙った時、母がぽつりとこう言ったのを思い出した。

「あんたが男の子に生まれればよかったのにね」

その一言に、私は男としていたく傷ついた。

長女の昌子の胸のうちには、家長の気持ちが根強くある。それは、子供の頃から現在まで変わっていない。死んだ妻は、しょっちゅう家にやってくる昌子を鬱陶しがっていた……。

〝カメムシ〟を婿養子にするかどうかに関しては、母の一言で決着がついた。

「鉄雄さん、非力そうよね。婿養子には向いてない」

「それ、どういう意味？」小百合が訊いた。

「お姫様抱っこっていうの？　あれが出来る人が婿養子にはいいと思うわ」母が歌うように言った。

座が一瞬、静まり返った。かなり変わった意見である。しかし、ああいう発言が、認知症の始まりだったとは思えない。ただ、自分しか見えていない気持ちの表れだったのだろう。

朋香夫婦の同居を、小百合は不承不承《ふしょうぶしょう》ながら納得した。朋香が家を出たら、自分が朋香の代わりをやらざるをえない。それを避けたかった気がしないでもない。

ここでまた話を現在に戻そう。

姪の香澄と一緒に家に戻り、母の穏やかな寝顔を見た後、私は自分の部屋に入った。

この家の中で一番落ち着ける場所はここである。壁のほとんどは、ホームセンターと通販でそろえた組立式の家具である。大地震の時は、大揺れに揺れて、本がほとんど床に散乱した。家具の一部も倒れた。家具の下敷きになったのは、今はなき時代小説の大家からいただいた古伊万里《こいまり》の壺だった。

朋香が〝カメムシ〟と同居する折、私たち夫婦の寝室だった部屋、妻が死んでからはひとりで使っていた部屋を、彼らにあたえ、二階に台所とトイレを作ってやった。

結果、私は一階の部屋に引っ越すことになったのだ。

そこは長女の美千恵が使っていた部屋である。

これだけ女たちが出てくると、すこぶる分かりにくくて、申し訳ないが、長女についても早い段階で触れておきたい。

美千恵は家に寄りつかない。板橋《いたばし》区に住んでいる。最寄りの駅は埼京《さいきょう》線の浮間《うきま》舟渡《ふなど》である。荒川《あらかわ》を越えれば戸田《とだ》市。美千恵は競艇選手なのだ。歳は鉄雄と同じ、三十四歳である。

工業大学の機械科に進んだが、半年足らずで中退し、家を出た。

美千恵が、学校をやめ、家を出ると言い出した時、滅多に声を荒らげない私だが、「どういうことだ」と熱くなった。

「私、トビになりたいの」美千恵がさらりとした調子で言った。

「トビ?」私は思わず、素《す》っ頓狂《とんきよう》な声を出してしまった。

「鳶職《とびしよく》よ。私、現場で働く方が向いてることに気づいたの」

「大学に入ったばかりじゃないか」

「もう決めたの」美千恵は私を真っ直ぐに見て言った。

「学校で面白くないことでもあったのか」

「どこにいたって面白いことなんかないよ」

いつから、お前は……。喉《のど》まで出かかった言葉を私はぐっと胸に収めた。

鳶になるという美千恵の意志は固かった。勤め先もすでに決めていて、しばらくは会社の寮で生活し、見習いから始めるつもりだという。

私は俯《うつむ》き加減でこう言った。「お父さんに何か言いたいことがあるんじゃないのか」

「何もないよ。好きにさせてくればいいの。うちに迷惑かけることはないんだから、文句は言わせない」

冷たく言い放って美千恵は私の部屋を出ていった。

美千恵が部屋を出ていった後、私は、当時高校二年生だった小百合を呼んで、思い直すように美千恵に言ってほしいと頼んだ。

「お姉ちゃん、頑固《がんこ》だからね。私の言うことなんか聞かないと思うけど、伝えておくよ」

廊下に出た小百合は「ああ」と甲高《かんだか》い声を出して遠ざかっていった。

その頃から、アナウンサーを目指していた小百合はボイストレーニングに余念がなかったのだ。

美千恵のことが気になってしかたがなかった私は、しばらくしてから現場まで、彼女に会いにいった。鉄筋を担《かつ》いで足場を上ってゆく美千恵を、私は、黙って見つめていた。

秋風が気持ちのいい十月のことで、空も開けていた。

美千恵の姿が、時々、陽ざしに邪魔されて見えなくなった。高所恐怖症の私の娘とはとても思えなかった。

昼休みを待って、私は美千恵と会った。彼女は自分で弁当を用意してきていた。

「お父さん、コンビニ弁当でも買う？」美千恵は私と目を合わさず、白けた口調で訊いてきた。

「そうだな」

私は鮭《しゃけ》弁当を買い、美千恵の後について近くの公園に行き、ベンチに座った。

父と娘が仲良くピクニック気分で昼食を摂《と》っている。そんな雰囲気はまるでない。

「連絡ぐらい寄越《よこ》せよ」

「私ももう大人よ。親にいちいち報告する必要ないと思うけど」

私は美千恵の弁当箱を覗き込んだ。

「ウインナー、うまそうだな」

美千恵はウインナーを一本、分けてくれた。

美千恵の食いっぷりは男勝りだった。飯をかっこむ、というやつである。

「ご飯粒、ついてるぞ。ほら、そこ」

私は笑ったが、美千恵は表情ひとつ変えずに、ご飯粒を指で取って口に運んだ。

話している間、美千恵は一度も私の顔を見ない。美千恵にも反抗期はあったが、ぐれたことはない。妹たちの面倒見もよかった。祖母にも優しかった。

美千恵は私を嫌っている。だから、私とは必要最小限のことしか話さず、こちらから言葉をかけても、ほとんど会話は成立しなかった。そうなった原因は私にあった。そのことは後に明らかにする。しかし、ここまで根が深いとは想像できなかった。

ピアノを止めたのも、私に原因があったようだ。

私が文化系の人間だから、反発心が工学部を選ばせたのだろう。それはそれでよかった。しかし、大学をやめてまで鳶になるとは。

「美千恵、何をやってもいいから、たまには家に顔を出しなさい」

美千恵は小さくうなずき、お茶のペットボトルを一気に空けた。

家に顔を出せということに、うなずいた美千恵だったが、大叔母の葬式には参列したものの、家には寄らずに、気がつかない間に姿を消していた。

朋香の結婚式には欠席した。その時はすでに美千恵は競艇選手になっていたのである。レース開催中で、彼女は尼崎《あまがさき》にいたのだ。

美千恵が競艇選手になったと小百合から聞いたのは、美千恵に最後に会ってから数年後のことだった。美千恵は鳶の仕事を三ヵ月で辞めて、競艇の世界に飛び込んだのだという。

「競艇選手？　美千恵がボートに乗ってるっていうのか」

「競輪じゃないから自転車には乗ってないよ」

これにはびっくり仰天し、その後の言葉が出てこなかった。

「お姉ちゃんから伝言があるの」

「何？」

「ちゃんと何をやってるかは、私を通じて教えるから、会いにきたりしないでって」

「で、どこに住んでるんだ」

小百合がメモを私に渡してくれた。そこには住所は書かれてあったが、電話番号は記されていなかった。

小百合とは頻繁《ひんぱん》に連絡を取っているようなので、その点だけは安心できたが、やはり、私は美千恵と膝《ひざ》を交えて話したかった。

「レース、観にいってみるかな」

「観にいったって、お姉ちゃんには会えないよ」

「どうして？」

「レースが開催されてる間は、宿舎とレース場を往復するだけで、親族にも会えないの。もちろん、携帯だって通じない」

不正行為が行われないための措置《そち》なのだろう。

美千恵はどんどん男勝りの仕事を選んでゆく。私への反抗が大本にあるのだろうが、妻が初めて妊娠した時、男の子を、と祈願したのも祟《たた》っているのか、と力なく笑うしかなかった。

しかし、よく考えてみると、小百合と朋香の時も同じ願い事をしたのだから、関係なさそうである。

私は麻雀《マージャン》はたしなむが、競馬は場外馬券を買ったことがある程度だし、競輪は、担当していた作家が一時、熱を上げていたものだから大宮《おおみや》の競輪場に付き合ったぐらい。いわんや競艇については何も知らない。

小百合が私の部屋を出ていくと、さっそくネットで調べてみた。

今は、ボートレースというのが正式な名称らしい。

競艇選手になるには養成所に入らなければならない。今は福岡県柳川《やながわ》市に移っているが、当時は山梨県の本栖湖《もとすこ》にあった。入学資格も現在とは違い、二十一歳未満でないと入学できなかった。鳶の仕事を早々に辞めた理由はそこにあったようだ。だがなぜ、競艇選手を目指す気になったのかは分からない。

鳶になると言った時も驚いたが、女だてらに競艇選手になったと聞いた時は、美千恵との距離がさらに拡がった気がした。

調べているうちに、ひとつ大きな誤解をしていたことが分かった。

競艇選手の大半は男だろうと思っていたが、女子選手の数もかなりのものだった。男女混合のレースもある。

森川美千恵と打ち込んでみた。

一九九八年十二月　多摩川《たまがわ》競艇でデビュー。所属は埼玉支部だった。戸田の競艇場がホームグラウンドらしい。一九九九年、三月、四十三走目にして優勝を果たしていた。

戸田競艇場ホームページに、美千恵のインタビューと写真が掲載されていた。レースのスタイルや好きなコース、苦手な競艇場等々の質問に答えている。しかし、競艇がさっぱり分からない私は、美千恵の写真ばかり見ていた。

いい笑顔だ。幼い頃、私に見せていた笑顔とまったく同じではないか。

好きな色は？　という質問に、美千恵は黒と答えていた。座右の銘の欄には、なしと書かれてあった。苦笑した。美千恵らしいと何となく思ったのだ。

舟券《ふなけん》の買い方も分からない私だったが、時々、こっそりと戸田の競艇場に足を運ぶようになった。

初めて川風に当たりながら、出走を待っていた時は、動悸が激しくなった。スタートしてからも、美千恵のボートを目で追ったが、しっかりとは見られなかった。

当然、今はそんなことはない。美千恵のオッズがどうであれ、彼女のボートを頭にして舟券を買っている。今年は美千恵のレースを二回観戦しに戸田に出かけた。不思議なことに、私が観戦する日に美千恵の成績が良かったことは一度もない。それでもかまわなかった。競艇の事故は死に繋がることもあるという。ともかく、無事であれば、父親としてはそれでよかった。

しかし、皮肉なものだと私は頬をゆるませた。祖父が一時、競艇にはまって、かなりの借金を作ったことがあったのだ。当時は、材木に関わっている男たちにとって飲む打つ買うは当たり前のことで、辰巳《たつみ》芸者とねんごろになって家を潰した者もいれば、酒で躰を駄目にした者もいた。

丸太を扱う仕事をしている江戸っ子たちは、今の男たちとは違って、気《き》っ風《ぷ》もよかったし、市民社会が眉をひそめるようなことも平気でやっていた。泣かされた女も多かったろう。

自分はそういう生き方をしてこなかったが、祖父たちの時代の木場の男たちを非難する気はまったくない。死滅した恐竜に心を動かされるような気持ちで、祖父のことを思い出している。

私は、馬鹿げたことをしでかす人間に優しい。でないと、小説家の相手などしていられない。馬鹿げたことがいい作品を生むとは限らないが、役所に勤めているとしか見えない物書きを上座に座らせるよりも、どこかおかしい態度を取る作家に付き合っている方が編集者になってよかったと思えるのだ。

こういう考え方が、もう一般的ではなく時代遅れであることを、若い作家や編集者を見るにつけ、ひしひしと感じる。しかし、はみ出し者は、やはり、どこか魅力があるものだ。

美千恵が競艇を選んだことと祖父の愚行には、因果関係はないはずだ。

ひょっとすると、川の近くで育ったことが影響しているのかもしれない。

自分の子供の頃のことが脳裏をよぎった。

材木屋が新木場に移転するまで、この一帯の川には常に丸太が浮かんでいた。丸太を乾燥させないためにそうしていたのである。

少年たちは、大人を真似てよく川に浮かんでいる丸太に乗って遊んでいた。

中学二年の夏のことである。友だちたちと丸太に乗って遊んでいた。小学生も交じっていた。橋幸夫《はしゆきお》の『あの娘と僕』とかいう歌謡曲が流行《はや》っていた。〃スイム・スイム〃という歌詞が有名なダンスミュージックで、サーフィンがどんなものであるかもすでに知っていた。少年たちは波乗り気分だった。親たちからは危険だから乗るなと言われていたが、止められれば止められるほど乗りたくなった。

調子に乗ってサーフィンの真似事をしていた時、私は足を滑《すべ》らせ川に落ちた。落ちた勢いのせいだろう、太い丸太が左右からゆっくりと迫ってきた。挟まれたら圧死するし、潜《もぐ》れば窒息《ちっそく》する。しかし、もがけばもがくほど丸太はじわじわと私を挟み込んできた。製材所の男たちが助けてくれなかったら、私は死んでいたはずである。

過去にもそうやって死んだ子供がいたことを聞いていたが、身をもって体験した。

製材された材木はいい香りがするが、川に浸《つ》かっている丸太はともかく臭かった。あの臭いを嗅ぐと、しばらくは恐怖が甦ってきて鼓動が激しくなった。

私は子供たちに死にかけたことを話したことがある。

波乗り気分で丸太に乗っていて川に落ちた男の娘が、転覆も珍しくないモーターボートに乗っている。ここにも因果関係があるとは思えないが、美千恵の選んだ職業は、我が家となぜか深く繋がっているような気がしてならなかった。

同じ男女の間から生まれた子供だが、それぞれの性格はまるで違う。それが当たり前で、同じだという方が気持ちが悪い。しかし、不思議なものだとつくづく思う。

長女だろうが長男だろうが、一子はごくわずかの期間だとしても、一人っ子の時期がある。上がいないということは学ぶ相手がいないということだ。先に生まれた子供は、一般的には怖いもの知らず。次男次女は、前走する人間を見ているものだから賢くなる。女でいえば長女の方が、計算もなく恋愛に溺《おぼ》れがちで、次女は男選びに堅実になる。

美千恵はやはり長女だと改めて思った。

ベッドに寝転がりそんなことを考えていたら、ホテルのエレベーターから男と降りてきた姉の昌子の姿が脳裏をよぎった。

昌子は、若い頃からボーイフレンドをよく換えていたし、失恋も経験している。詳しいことは知らないが、妹の麗子との会話から推測できた。そういえば、昌子の愛読書はフランソワーズ・サガンだった。

美千恵のことも昌子のことも忘れ、私は本を読み始めた。すでに読んだ本の再読。明日、我が社が主催する文芸賞の中では一番大きな賞の候補作を決める会議が開かれる。

候補者はすべて、すでに一家を成している作家たちだから、眉をひそめたくなるような作品は上がってきていないが、功労賞の意味合いもあるため、却って選びにくいこともある。

翌日の午後、総勢二十名ほどが集まって、候補作を決めた。

文芸のトップだから、局長以下、部下の話を聞くのがもっぱらの役目である。むろん、意見ははっきりと言うのだが。私が一押しした候補作は、去年に続いて候補にならなかった。その作者の持つクセが、今回も票を集めなかった理由である。

一方、票が集まらないであろうと思っていた作品が候補作の一本に選ばれた。女の副部長の真っ直ぐな意見と情熱が、出席者を圧倒したのである。

翌日は売れっ子作家の付き合いでゴルフだった。翌々日は勤労感謝の日で休み。黄昏時《たそがれ》に家を出て、平久川《へいきゅうがわ》にかかる鶴歩橋《かくほばし》近くにある喫茶店に向かった。

小百合の幼馴染み《おさななじ》で、商社マンと結婚した坂本夏美《さかもとなつみ》が子供を連れて我が家に遊びにきていた。朋香と娘の舞も加わって居間は姦《かしま》しい。

朋香の夫、〝カメムシ〟君は、朝から釣りに出かけていて不在だった。母は、自分の部屋から出てこない。

女たちの笑い声とおしゃべりは平和な家庭の象徴のようなものだが、何だか落ち着かなくて、行く当てもなく文庫本を手にして出てきたのだ。

その喫茶店は比較的新しい。十年ほど前にできたものだ。私が若い頃は、そこも材木屋だった。それがマンションに変わり、いつしか一階がガラス張りの喫茶店になっていた。

窓際でコーヒーを飲んでいる男がいた。疲れ切った様子である。窓ガラスを軽く叩くと、男が顔を上げた。

昌子の夫、太郎の口許に笑みが浮かんだ。

店に入った私に、太郎が席を勧めた。私は太郎の前に腰を下ろし、キリマンジャロを頼んだ。

「この間はお世話になりました」太郎が礼を言った。

九月初めに風呂を借りたことを言っているらしい。

改修された大菅家はすでに見せてもらっていた。訪ねた時、太郎は不在だった。壁をぶち抜き、居間を広くし、キッチンや浴室もがらりと変わっていた。

「随分、素敵になりましたね」

「いや、そうでもないですよ」太郎は照れくさそうに笑った。

太郎を見れば昌子を思い出す。昌子を思い出せば……。

「姉さん、今日は？」私が訊いた。

「昨日から友だちと伊豆《いず》に出かけてます」

本当に友だちと出かけたのだろうか。

キリマンジャロがテーブルに置かれた。私はそのままカップを口に運んだ。

「姉さんの友だちって幼馴染みかな」さらりと訊いてみる。

「いえ。働いてた時の同僚だって言ってました」太郎が煙草《たばこ》に火をつけた。「女は元気ですね。やれ、ランチだとか、やれ着物の展示会だとかって、よくまああんなに出かけられるもんだって感心してます」

女友だちとしか会っていない、と太郎は信じている様子だ。私の見た男と昌子の関係ははっきりしないが、男友だちと会っているとは話していないらしい。

しかし、絶対に知らないとは限らない。夫、公認の相手かもしれないし、怪《あや》しいのでは、と疑いながらも見て見ぬ振りをしているのかもしれない。

太郎は六十五歳。印刷会社を退職してから、子会社で春まで働いていた。そこを辞めてからは何もしていない。

鼻筋の通った顔立ちのいい男である。だが、性格は大人しく、ゴルフをやるぐらいが趣味で、特に面白みのある人物ではない。昌子は顔が気にいったらしく、結婚した当初、口には出さなかったが、一流会社に勤める美男と一緒になったことを誇らしく思っていたようだった。

昌子も当時はすらりとしていて、背の高い太郎とは、確かに似合いのカップルだった。いや、今も不釣り合いなことはまったくないが、昌子は老いてますます元気になったのに、太郎の方は仕事を辞めてから老け込んだことは否めない。

一番よくないのは、背が高いからそうなったのだろうが、背中が曲がってきたことである。

「あなた、姿勢が悪くなったわね。背中だけ見てたらお爺《じい》ちゃんみたいよ」

ぽんぽんと忌憚《きたん》なく、本音を口にする昌子に、太郎はむっとした表情ひとつ浮かべず、「もう俺も歳だから」と優しく受けてしまうタイプの男なのだ。

温厚で出世のことなど気にしないような人間だが、役員の芽がなくなったと知った時は、何となく様子がおかしくなり、鬱病でも発症するのでは、と昌子は本気で心配していた。

裏のない昌子は、きつい言葉を吐き、周りを凍りつかせることはあるが、情の濃いところが、悲嘆に暮れている人間の支えになり、相手を救う場合もある。ただ、お節介発言の方が圧倒的に多いのが傍迷惑《はためいわく》なのだが。

「崇徳さんに、愚痴るのも何ですが、毎日、暇でね。昌子には趣味を持てって言われてますが、女みたいにはいきませんよね」

「会社を辞めてから趣味に生きられる男って、我々の世代にはそうそういませんよ。うちの会社を辞めた連中も、何らかの形で出版にかかわった仕事をしてますし、パーティーには必ずと言っていいほど顔を出しますよ」

「崇徳さんはいいですね。今の会社を辞めてもキャリアを活《い》かせるでしょう？　小さな出版社の顧問にもなれるだろうし、どこかの学校で本の作り方を教えることもできるもんね」

男は趣味を持とうが女を作ろうが、社会に出ていないとしょぼくれる。要するに兵士なのである。兵士が年老いた後は暗澹《あんたん》たるものだ。特に太郎の世代の男たちが老兵になった時は。

「太郎さん、いいなあ、って思ってる女はいないんですか？」

太郎がびっくりした顔をしてまじまじと私を見つめた。「女ですか?」

「そうですよ。男ではなく女です」

「どこからそんな発想が生まれるんです? そうか。崇徳さん、好きな女ができたんですね」

「違います、残念ながらね。別に難しい関係にならなくても、心の恋人みたいな女がいると愉しいでしょう? 門仲《もんなか》辺りには、女がひとりでやってるバーがけっこうあるじゃないですか?」

「飲み屋の女はちょっと。私、会社にいた時からそういう仕事の女は苦手でしてね」

「私の小中学の後輩の妹が、大横川《おおよこがわ》の川っぺりでバーをやってるんですがね、その子は、水商売の経験なんかありませんよ。離婚がきっかけで、友だちのバーでアルバイトをしてから独立したんです。太郎さんが、接待で顔を出してたようなお水の世界とは全然縁のない女ですよ。今ふと、その子のことが頭に浮かびましてね」

太郎は無反応である。

太郎が乗ってこないにもかかわらず、私は話題を変えなかった。

「水商売じゃなくて、お花の先生とか日本舞踊の名取《なと》りとか、ひとり暮らしの未亡人とかだって大いに結構ですがね、なかなかそういう女と出会う機会はないでしょう。

だから、手っ取り早いのが、ひとりで店をやってるちょっと盛りをすぎた女だと思うんです。出会いに無理はないし、無難な気がするんですがね。今度、お連れしますよ。その子を気にいらなくてもいいんです。雰囲気を味わってもらえればね」

太郎が怪訝《けげん》な顔をした。「どうしてそんなに熱心に勧めるんですか？」

「仕事と趣味を除いたら、男にとって残るのは家庭と女でしょう？　家庭はきちんと守られてるから、残るのは心の恋人。そう思いません？」私は平然とそう言った。

私には初めから意図があった。

元気のなさそうな太郎に、能天気な振りをして探りを入れたのである。恋人の勧めをすることで、昌子の男友だち、或いはそれ以上の関係かもしれない相手のことに、太郎が気づいているかどうか見えてくると思ったのである。悩みがそこにあるとしたら、心の恋人の話が呼び水となって、太郎が心を開く可能性もあるのではないか。

しかし、太郎の表情を見て、これは何も気づいていないか、私の誤解で、昌子といた男は、太郎も知っている相手であり、恋とはまるで関係のない相手のどちらかだろうという結論に達した。

太郎の表情が和《やわ》らいだ途端、意味深な目つきになった。「ひょっとして、今話してたバーのママに、崇徳さん、想いがあるんじゃないんですか？」

誤解というのはこのようにして生まれるのだと私は痛感させられた。

「いや。私は知っての通り、昌子をはじめ、女ばかりの中で生活してるでしょう？　猫まで姉妹なんですからね。賑《にぎ》やかなのは結構な話ですが、女房もいないことだし、うちのマンションの一室にでも住んで一人暮らしをしたくなることがあるくらいです。だから、心の恋人だろうが何だろうが、今更、女とどうのこうのっていうことは考えてません」

太郎が煙草を消した。「うちは、崇徳さんのところほどすごくはないけれど、森川家の女系のＤＮＡはよほど強いんでしょうね。私も男の子がほしかったけれどできなかった」

彼らにはふたりの娘がいる。長女の郁美《いくみ》は眼科専門の勤務医で、次女の妙子《たえこ》は外資系の証券会社に勤めている。郁美は美千恵のひとつ下で、妙子も朋香のひとつ下。いずれもまだ独り身だが、親とは同居していない。

「お宅のお嬢さんはふたりとも、早くに家を出たから、うちとは違いますよね」

「出ていく前から、女ばかりといっても、崇徳さんとことは全然違ってました」

「違うってどういうところが」

「うちの娘たちは、小百合ちゃんや朋香ちゃんみたいに、本音で話してなかったたっていうか、私たち両親とは距離がありました。ボーイフレンドの話をしてるのも聞いたことないですからね」

「へーえ。姉妹っていってもいろいろなんですね」

「昌子は、麗子さんや叔母さんたちと賑やかにやってきたでしょう？　だから、うちは仲が悪いんじゃないかって心配してましたけど、決してそうじゃないんです」

改めて考えてみると、女ばかりの家庭とはいえ、我が家のように密度が濃いとは限らない。千差万別、淡々と流れていく小川のような家庭もあるのだろう。

太郎がこう続けた。「母親があのいう、ぽんぽん物を言う性格だから、反面教師というか、うちの娘たちは、家では大人しかったですよ。ともかく、うちは昌子に牛耳《ぎゅうじ》られてますから」

私は深々とうなずいてコーヒーをすすった。

「もう一杯、いかがですか？」太郎が訊いてきた。

「私はもうけっこうです」

「今、私が飲んでるコーヒーは、中国の雲南《うんなん》省のものなんです」

「中国のコーヒーですか」

「濃いコーヒーですが、なかなかいけますよ」

「じゃ、次の機会に試してみます」

太郎が再び煙草に火をつけた。「あれからどうですか？　躰の方は」

「定期的に検査を受けてますが、今のところは大丈夫のようです」

「一人暮らしねえ」腕を組んだ太郎が突然つぶやいた。

「太郎さんは、一人暮らしをしてみたいって気にならないんですか？」

「考えたことがないというと嘘になりますが、いざとなったら、きっとやる気は起こらないでしょうね」

「太郎さんのところは、ふたり暮らしで、使ってない部屋があるし、居間も広くなった。それに、姉さん、しょっちゅう出かけてるようだから、私のような気分にならないんでしょうね」

「昌子の存在感って、時々鬱陶しいですが、いなくなるとちょっと寂しいかな」太郎が照れくさそうに笑った。

太郎の言葉を聞いた私は、窓の外に目を向けた。

太郎と昌子の夫婦が、これからも大過なくすごすことを願うばかりである。

「崇徳さんの気持ち、理解できますよ。でも、そろそろ、誰かいい人がいたら再婚するのも悪くないんじゃないですか？　私の知り合いの妹さんですがね、早くに夫と死に別れ、向島《むこうじま》で喫茶店をやってる女性がいるんです。なかなか美人ですよ。子供もいないし、下町育ちだから、この辺の雰囲気にも馴染む相手です。一度、そこにお茶でも飲みにいきませんか」

太郎と昌子の関係を探ろうとして、心の恋人なんて甘い話を持ち出したのに、これではやぶ蛇《へび》である。

「いやあ」私は頭を掻《か》いた。

「駄目ですかね。昌子、あなたには言わないでしょうが、いつまでも娘さんたちに世話をしてもらってるってわけにもいかないだろうって、あなたのことを心配してましたよ」

「姉さんがそんなことを」

太郎が大きくうなずいた。

「熱帯雨林みたいな家に、途中からやってきて馴染める女なんかいませんよ」

「熱帯雨林ですか?」太郎が声に出して笑った。「まったくだ。森川家は熱帯雨林ですよ。ってことは、崇徳さんは、熱帯雨林を監視管理してる総督ってことですね」

「私が熱帯雨林の総督?」

「そうですよ。何のかんの言っても、あなたが扇《おうぎ》の要《かなめ》。あなたがしっかりしてるから、女たちが自由闊達《かったつ》に生活してるんです」

私は首を傾《かし》げて微笑《ほほえ》むしかなかった。

太郎が先に喫茶店を後にした。ひとり残った私は、太郎が薦めた雲南省のコーヒーを頼んだ。

香りはそうでもないが、想像していたよりも旨《うま》かった。味の濃いコーヒーだから、何杯も飲むと胃もたれしそうではあるが。

太郎に躰の具合を訊かれたのがきっかけになり、癌の再発のことが脳裏に浮かんだ。いや、その言い方は正確ではない。胸の底に、いつでも再発を恐れている自分が棲《す》んでいる。それが、目の前のコーヒーの湯気のごとく、モヤモヤッと立ち上ってきたのである。

癌は発症して五年経てば、再発転移の危険は極めて少ないといわれている。あと一年ほどで、一応、安堵《あんど》の息がつけそうである。しかし、それで不安が解消されるだろうか？　専門家たちが長い時間を費やして研究した結果、五年という期間を目安にすることにしたのだから根拠があるに違いない。それを疑ってはいないが、物事には必ず例外というものがある。五年をすぎてもおそらく、ひょっとしたら、という思いが常に付きまとう気がしてならない。

命を縮めるかもしれない癌腫《がんしゅ》が見つかったことで、それまで遠くにしか感じていなかった〝死〟ということが、すこぶる身近なものになった。

父親の場合はむろんのこと、若くして病死した友人の葬儀に出ても、胸を締め付けられる思いがしたが、どんなに悲嘆に暮れたとしても、我が身の問題として捉えてはいなかった。

それが早期発見だったとはいえ、癌だと宣告されたことで変わった。

自分が癌を宣告されてからのこの四年間で、同年配の人間が相次いで世を去った。学生時代の友人は、朝、ベッドの中で冷たくなっているのを妻に発見された。突然死だったのである。他社の少し年上の編集者もふたりばかり癌で命を落とし、私とまったく同年齢の作家もやはり、同じ病気であっけなく他界している。どうやら六十歳前後に、ホルモンのバランスのせいかどうかは知らないが、ひとつの山が訪れるらしい。

私と同年配で死んでいったのは、すべてみな男である。不思議なことに、病魔の犠牲になった女の同輩は、周りにはひとりもいない。むろん、若くして亡くなった女の話を耳にしたことはあるが。

更年期という厄介なものに苛《さいな》まれ、日々の生活において心身共に辛《つら》い思いをしている女たちだが、平均寿命の長さが証明している通り、しぶとい生き物らしく、おいそれとはお陀仏にはならない。やれ、ここが痛いだの、あそこがおかしいだのと、しょっちゅう口にしているくせに、総じてみな元気である。

これは極めて理に適《かな》ったことに思える。

子供を宿す女という生き物に生命力がなかったら、種の保存そのものが脅《おびや》かされる可能性が高まる。荒っぽく言えば、種付け機の男は、血気盛んなうちに、強い種をピュッピュッと女に授け、女が身ごもっている間、せっせと餌《えさ》を運べば、その後はお役ご免なのだ。

こういう乱暴な意見に眉をひそめる人もおいでになるだろう。それはもっともな話だ。本能が壊れていると言われている人間の社会、しかも高度で複雑になった現代社会で、この意見がそのまま通用するはずはない。

しかし、躰のことだけにしぼって考えれば、女の躰が男よりも頑丈《がんじょう》である方が、人類のためだと、神様がお決めになった気がする。

癌の発症、相次ぐ同年配の他界が、死というものを我が身のこととして捉える契機になったわけだが、それは、生をより深く意識することにも繫がった。

とはいっても、死が今すぐそこに迫っているわけではないので、深刻に考えてはいない。先々のことに神経を尖らせ、残りの生をどうするか、と頭を悩ませていることもない。

病気に対するそこはかとない不安と、右肩上がりではない残りの人生に、ぼんやりと思いを巡らすようになっただけである。

女がひとり店に入ってきて、コーヒー豆をお内儀《かみ》に頼んだ。小ざっぱりとした格好の小柄な老女だった。

お内儀が老女に礼を言った。茶しぶの染み抜きについて、お内儀は老女から教わり、それを実行したら、うまくいったらしい。

お婆《ばあ》ちゃんの知恵、という言葉がある。日常の小さな困ったことを、即座に解決できるのはお婆ちゃんで、決してお爺ちゃんではない。

ボケが始まる前は、母もそういう知恵を持っていた。子供の頃、風邪を引くと、母は干し椎茸《しいたけ》のだし汁に醤油を垂らしたものをよく作ってくれた。

そういう知恵はお爺ちゃんにはない。お爺ちゃんの仕事は山に柴刈《しばか》りに出かけることである。

娘が、母親と父親のどちらかに赤ん坊を預けなければならなくなった時、どちらを選ぶか。自明の理である。戦場を離れ、柴刈りにも行かなくなったお爺ちゃんは、一体何をしたらいいのだろうか。

背中を曲げて去っていった太郎の後ろ姿が思い出され、いつかは自分も……という思いが胸に湧いてきた。

姉の昌子は、私のことを心配し、後添えをもらった方がいいと思っているらしいが、私は直接聞いたことがない。心によぎったことを遠慮なく口にする昌子が、私に言わないことに首を傾げた。

夫に言ったことに嘘はないだろうが、それほど深くは考えていないのだろう。思いつきで言ったにすぎない気がする。昌子のお眼鏡《めがね》に適わない女が森川家に上がり込むことになるくらいなら、私に今のまま独身を続けてもらいたいはずだ。

熱帯雨林。頬がかすかにゆるんだ。

我が家に住んでいないとはいえ、熱帯雨林の大本は昌子ではないか。

老女が帰った後、私は腰を上げた。

銀杏《いちょう》並木の通りを家路についた。私と同じ歳格好の夫婦が、地図とカメラを片手に、辺りを見回しながら、向こうから歩いてきた。下町散策を愉しみにしている人間は珍しくないから普段は気にも留めていないが、その日は、ふとその夫婦に目がいった。

愛だの恋だのということから、私は長い間遠ざかっている。後添えをもらう気にはまるでならないし、恋をしたいという欲望も湧いてこない。恋はいいものだ。だが疲れる。これが私の正直な気持ちである。

門のところで、我が家から出てきた、小百合の友だち、坂本夏美と子供に出くわした。夏美の態度が変である。苦虫を嚙み潰したような顔をしている。

「もうお帰り？」

私の声に驚いたようで、夏美は一瞬、躰を硬くした。しかし、すぐに顔を取り繕い、「お邪魔しました」と会釈《えしやく》をすると、逃げるように去っていった。

玄関を開けた途端、小百合と朋香の声が聞こえてきた。言い争いをしているらしい。

姉妹喧嘩《げんか》はしょっちゅうのことだから、びっくりはしないが、夏美の表情が気になった。

「どういう育て方してるのよ、本当にもう」小百合が声をひっくり返らせて怒っていた。

「しかたないでしょう。言っちゃったものは言っちゃったんだから」居直った朋香だが語気に力はなかった。

私は居間の襖を開けた。耳の遠い老人のように何も聞こえない振りをして、中に入った。

小百合はふて腐《くさ》れたようにソファーの背もたれに躰を投げ出している。朋香は絨毯に腰を下ろし、目を伏せていた。

朋香の横に座っていた舞が、抱いた人形に向かって言った。「喧嘩しちゃ駄目よねえ。舞とエリちゃんは、いつも仲がいいもんねえ」

そう言った舞を小百合が睨んだ。目に怒りが波打っている。

私は小百合の隣に座り、テレビのリモコンを手に取った。小百合が躰を起こし、私を見た。表情は変わらない。怒った顔が死んだ妻に、ぞっとするほど似ていた。

「テレビなんかいいから。聞いてよ、お父さん」

小百合の言葉を無視して、私はこう言った。「門のところで夏美さんと会ったよ」

「様子変だった？」朋香が口を開いた。

「普段と変わりなかったみたいだけど」とぼけた私は、座卓の上に視線を落とした。

「そのカステラ、長崎の福砂屋《ふくさ》のだな。ちょっともらうぞ」

「朋香とカメムシの躾《しつけ》がめっちゃ悪いのよ」

「カメムシって言わないって約束だったでしょう。本当に失礼なんだから」今度は朋香が声を荒らげた。

朋香に言い返されたものだから、小百合はますますムキになった。

「失礼なのはそっちでしょう」

私はカステラを頰張ったまま、右手を挙げ、激突しているふたりを制した。サッカーの審判みたいに笛でも持っていたら、吹いていただろう。

「何があったのか説明してみなさい」

モグモグやりながら、止めに入った私を舞がじっと見つめた。「お祖父《じい》ちゃん、食べながらしゃべっちゃいけません」

私は、カステラが喉に詰まりそうになったが笑みを作った。そしてカステラを吞《の》み込んでから言った。「幼稚園の先生に言われたの？」

「うん」

「ごめんね、舞ちゃん。これから気をつけるよ」

しばし沈黙が流れた。

先に口を開いたのは朋香だった。肩を落としてうなだれている。

「舞がね、夏美さんに言っちゃったのよ」

「何を？」

「お姉ちゃん、この間、夏美さんが帰った後、〝あの子と話してると、疲れるんだよねえ、子供の自慢話しかしないから〟って言ったの」

「それがどうしたんだ？」

「お父さんも鈍いわね」朋香の眉間《みけん》が険しくなった。「舞が、そのことを夏美さんに言っちゃったの」

返す言葉など見つかるはずはない。私は口をあんぐりと開き「あああ……」と意味不明な音を発した。

「もう取り返しがつかない」小百合がまた躰を背もたれに投げ出した。「自殺したいよ、私」

「自殺は大袈裟《おおげさ》だな」

「でも、マジでそういう気持ちだよ、まったくもう」

私はまたカステラに手を伸ばした。

「お父さん、もう少しでご飯だから、あまり食べちゃ駄目よ」

朋香に注意され、私は手を引っ込め、溜息をついた。

「お父さんが出かける時は愉しそうな声が聞こえてたのにな」私はそうつぶやくしか

なかった。

「そうよ。私たち愉しくやってたんだけど……どうしよう」小百合が天井を仰ぎ見た。

「夏美さん、いつものように息子の自慢話を始めたの」朋香が口を開いた。「小学生作文コンクールで最優秀賞を取ったんですって。テーマが母親だったものだから、夏美さん、余計に喜んじゃって。作文の載った雑誌まで持ってきたの」

「私、面倒くさかったけど、ざっと読んで褒《ほ》めたの。そん時、舞が……」

「夏美さんの息子っていくつだっけ？」

「八歳」

「将来、小説家になるかもしれんなあ」

「またそんなこと言って」朋香が私に怒った。「クリーニング屋の富男《とみお》君、お父さん、覚えてるでしょう？　小学校の時、作文が上手で、お父さん、今と同じこと彼に言ったのよ。それを真に受けて、富男君、小説家の道を目指したのよ」

「うちの社の新人賞に応募したとか、富男君のお父さんから聞いたことあったね。よろしくお願いします、とか何とか言ってたな」

朋香が私に目を向けた。「何とかしてあげられなかったの」

「そんなことできるわけないよ。候補作選びには何人もの人間が関わってるんだよ。社長だって口をはさめない。でも、期待はしてた。けどね、下読みの段階で落ちてたよ」

「一度、候補作に選ばれたんだけど、受賞できなくて。それが却っていけなかったのかなあ。その後も書き続けてたみたいだけど、結局、物にならなかった」朋香が続けた。

「今、富男君、どうしてるんだい？」

「家業も継がずに、この街からも出てっちゃったよ」

「そうだったのかあ。悪いこと言っちゃったなあ」

「富男君のことなんか今更どうでもいいでしょう。朋香、話をそらさないでよ」興奮が収まりかけていた小百合が再びヒステリックな声を上げた。

「私、別に話をそらすつもりなんかないよ」

「話は分かった。よーく分かった」私は、また煮詰まりそうになったふたりの間に割って入った。

去年、イギリスの総選挙前に起こった前労働党党首の失言事件を思い出した。前党首は支援者と別れた後、マイクのスイッチが切れていないことに気づかず、車に乗った途端、その支援者のおばさんの悪口を口にするという大失態をしでかした。

私は、無邪気に人形と遊んでいる舞を見た。

子供というのは、切れていないマイクのようなものか。いや、スイッチがない分だけ、余計に厄介な存在かもしれない。

小百合には悪いが、何だかおかしくなってきた。

しかし、女というのは実に話を合わせるのが上手な生き物だと、改めて思い知らされた。

夏美と話している小百合を見たことがあるが、〝疲れる〟なんて素振《そぶ》りにも見せず、相手の話を愉しそうに聞き、ある時は感心し、ある時は、きゃあきゃあと笑ったりしていた。

思うに、その時、その時の立ち居振る舞いには嘘はないのだろう。その場の雰囲気で、愉しくもあればおかしくもあるらしい。

以前はよく後輩の社員たちと飲んでカラオケをやったりしていた。女子社員たちは、私が歌っている時、本当に愉しそうに聴いていて、終わった後は「うまいですね」なんて必ず褒めてくれた。満更でもない気分になって十八番《おはこ》を歌い続けたこともある。

私の歌うグループサウンズ・メドレーや、寺尾聰《てらおあきら》の『ルビーの指環』を、彼女たちはその場では愉しんでいたはずだが、本当のところはどう思っていたのだろうか。

振り返ってみると、とうの昔のこととはいえ、どきりとした。

〝森川さんって、いつも同じ歌ばかり歌うよね。少しレパートリー、増やせばいいのに〟なんて女子社員たちに陰口を叩かれていたのかもしれない。

しかし、そんな陰口も、本人の耳に入らなければ他意のないもので終わる。おそらく、小百合も軽い調子で、夏美の息子自慢を貶《けな》したのだろう。

しかし、いったん相手の耳に入ってしまうと、それはもう、すごい悪口にしか聞こえず、取り返しがつかない事態を招くのだ。

小百合が、朋香夫婦の躾の悪さをなじり続けた。

「いい子に育ったから、嘘がつけないのよ」朋香がきっぱりと言ってのけた。

「小百合おばちゃん、嘘つきは泥棒の始まりだよ」舞はけろっとして言った。

「朋香だって、友だちの悪口、よく言うじゃん。和子《かずこ》ちゃんのこと、綺麗って彼女には言ってたけど、顔が大きいって笑ってたよ、私の前では」

舞が母親に目を向けた。「ママも嘘ついちゃ駄目」

舞がすくすく育っていることは間違いない。屈託《くったく》がないし、頭も悪くない。

しかし、それにしても、舞を見て思うのだが、今の子は、自分が子供の頃よりも、言葉をよく知っている。私は感心させられるばかりである。

ある社員から聞いたのだが、お母さんがマクラーレン社のベビーカーを買った。それを見た息子が「外車だね」と事もなげに言ったそうだ。その息子が二歳半だと聞いて、私は訳もなく恐ろしくなった……。

売り言葉に買い言葉。小百合と朋香は、それからもしばらく言い争いを続けていた。

「もう喧嘩は止めなさい」

私の気持ちを代弁してくれたのは舞だった。諍《いさか》いの原因を作ったのが自分であるということなど微塵《みじん》も考えていない。

五歳の少女の無邪気な態度に私は苦笑した。しかし、我が家の女たちと、舞との間にどれほどの違いがあるのだろうか。はなはだ疑問である。

玄関が開く音がした。朋香の夫、カメムシ、いや、鉄雄が帰ってきたのだ。

鉄雄が釣りに出かけた場所は江戸川だという。

「今日は天ぷらだな」私が言った。

「ダボハゼの天ぷら」小百合が唇の両端を垂らしてつぶやいた。

人形を抱いた舞が襖を開けて廊下に飛び出した。「お帰りなさーい」

「ただいま。エリのスカートがめくれてるよ」

「パパ、エッチねえ」

朋香も居間から出て行った。

「どうしたの？　怖い顔して」鉄雄の怪訝そうな声が聞こえた。

「そう？　普通だけど」朋香がとぼけた。

「パパ、釣れた？」舞が訊く。

「釣れたよ。天ぷらにしようね」

「うん」

「鉄雄さん、舞には食べさせないって前から言ってるでしょう？」

「あ、そうか。ごめんごめん」

親子の話し声が遠のいてゆく。

世の多くの母親同様、朋香は放射能による汚染を気にしているのだ。当然のことだから異議を唱《とな》えるものはひとりもいない。私も用心すべきだと思っている。

原発事故が起こり、初めて放射線量に対する意識が高まった。それは多くの日本人がそうだったろう。そして、私と同じ世代の人間は、子供の頃のことを思い出したはずである。戦後から六〇年代にかけて、アメリカをはじめとするいくつかの国が核実験を行っていた。太平洋も実験の場所のひとつだった。日本にも放射能の雨が降る。そういわれていたが、今ほどの騒ぎにはなっていなかった。

朋香の気の遣いようを目の当たりにしていたら、癌が発症したのは、子供の頃、被《ひ》曝《ばく》したせいかもしれない、と何の根拠もないが、ふとそう思い、そのことを小百合と朋香の前で口にした。

すると、私の言ったことを、ふたりは口をそろえて切り捨てた。

「お父さんがそうなったのは煙草のせいよ」

確かに。自分の癌を、子供の頃の被曝のせいにするのは飛躍しすぎだろう。私は癌になるまで日に二箱は煙草を吸っていたのだから。

古い映画を観ていると、刑事物だろうが家庭劇だろうが恋愛物だろうが、実にみなよく煙草を吸っている。『フリック・ストーリー』というフランス映画がある。主人公のはみ出し刑事をやっているのはアラン・ドロン。ドロンは、その映画のほとんどのシーンで煙草を吸っている。しゃべる時もくわえ煙草。煙が目にしみて、せっかくのいい顔が歪《ゆが》みはしないか、と余計な心配をしてしまうほどだった。

そんな煙草を吸うシーンを見ていると、口の中に唾液《だえき》がたまってきて、たまらなく吸いたくなることがある。

舞が生まれてから朋香に言われ、煙草は自分の部屋でしか吸えなくなった。鉄雄は煙草を吸わない。酒の方は、三百五十ミリリットルの缶ビールで、顔がゆでダコみたいになる。

その鉄雄が朋香を手伝って夕食を作り始めた。

小百合は立ち上がろうともしない。友人との関係が崩れてしまったことを気にしているのだろう。ぼんやりとしたまま口を開かない。

私はテレビをつけた。チャンネルを切り替えるも、興味を引かれる番組はやっていなかった。ニュース番組を流しておいたら、小百合が目を細め画面に鋭い視線を走らせた。

「テレビ消して」

「何で？」

「今、映ってるアナウンサー、顔、見るだけでむかつくの」

小百合はいくつかのテレビ局を受けたが、結局、採用されなかった。

「イントネーションが変だし、アニメ声でしょう？　報道番組に出るなんておかしいのよ。上司と寝てるに決まってる」

勝ち気な性格の小百合は、よく局アナの悪口を言う。今でも女の局アナに対して生々しい感情を持っているようだ。

私はテレビを消した。「今、ああいう声の女の子が多いね。甲高い声でチマチマしゃべる。舞ぐらいの歳だったら分かるけど、大人になった女のしゃべり方じゃない。ああいう声の女が増えたのは食べ物のせいかな。それともテレビの影響かな」

「そんなこと知らないけど、ひどいでしょう」

「うん、お父さんも、聞いてるだけで腹が立ってくる」私は大きくうなずいて見せた。

小百合に機嫌を少しでも直してもらいたいと思って、やや大袈裟に彼女の意見に賛成したが、言ったことに嘘はなかった。

台所から笑い声が聞こえた。小百合が眉をひそめて襖の向こうに目をやった。

「小百合、お前も手伝ってやりなさい」

「冗談でしょ。朋香の顔なんか見たくない。カメムシもカメムシだよ。見た？　彼のエプロン。ミッフィー柄だよ、信じられない」

ふたりはおそろいのエプロンをつけて台所に立つことがある。朋香はピンク、鉄雄はブルーだが、キャラクターは同じウサギである。朋香に言われてそうしているのだろうが、カメムシとウサギのコンビに、私は気持ちが悪くなって、そのことには触れる気にもなれなかった。

再び、朋香の家族の笑い声が聞こえてきた。

台所で一家団欒《だんらん》を愉しんでいるのなら、小百合が手伝わなくてもいいのかもしれない。

この機に小百合に訊いてみたいことがあった。

「美千恵から連絡あるのか」

「時々ね」

「元気にしてるんだろうな」

「してるよ。この間も優勝したって言ってた」

それは私も知っていた。

「お姉ちゃん、今年調子いいし、ファンが増えてるって言ってたよ」

美千恵がイベントなどに出演する機会が増えているのも承知している。〝美千ネエのアマゾネス・ターンにぐっときた〟とか〝ツンデレの巨乳ファイターにメロメロだあ〟……なんていうブログの書き込みも多くなっている。

そういうのを目にすると、なぜか掌《てのひら》に汗をかき、こそばゆいような妙な気分になる。

「あいつの誕生日、明後日かあ」私はあらぬ方向を見て、淡々とした口調でつぶやいた。

「今日の占いだとね、天秤座《てんびん》が最高でね、蠍座《さそり》が最低だったよ」

小百合の誕生日は十一月二日である。

「占いって、何で悪い時ばかり当たるんだろうね」

「お父さんも蠍座だけど」

小百合がにやりとした。

「どうした？」

「私の見た女性誌の星座占いにはね、生まれた年別にも、いろいろ書いてあるんだけど、お父さんの年は載ってなかったなあ」

「差別だな、それは。どこの出版社の雑誌だよ」

「お父さんの会社のよ。役員なんだからちゃんとリサーチした方がいいんじゃない」

我が社は総合出版社。文芸担当の役員が女性誌を克明に見ることなど滅多にない。

私は、雑誌名を訊いた。三十代から四十代向けの雑誌だということぐらいは知っていた。

「で、何歳ぐらいから載ってないんだ」

「五十ぐらいからかな」

若い女向けの雑誌とて、五十を超えた歳の女のことも載せるべきだと私は思った。もしも自分が、それぐらいの歳の女で、自分の生まれ年を探して、圏外だと知ったら、二度と、その雑誌を買わないだろう。しかし、どこまで載せるかは極めて難しい。満年齢早見表のように大正から載せるわけにもいかないだろうし。

星座占いのことなんかどうでもいいのに、小百合のせいで話が横道にそれてしまった。

「美千恵に、今年の年末ぐらいには家に顔を出せって言ってくれないか」

「たまには顔だしなよ、って言ったことあるけど、ちゃんとした返事くれなかったのよ。でも、家で起こったこと、美千恵姉さんに教えてるんだよ。カメムシのこととか、香澄のこととかね」

「美千恵、どんな反応するんだい」

「愉しそうに聞いてるよ。カメムシにはすごく興味持ったみたい」

「あいつ、付き合ってる男いるのかなあ」

「いないんじゃない」小百合は軽く退けた。「いたら、私には話すはずよ。美千恵姉さんに男ができたら心配？」

　小百合が嘘をついているかどうかは分からなかった。

「逆だよ。あいつもいい歳だから、そろそろって思ってる」

　小百合が目の端で私を見た。「そういうこと、私には全然訊いてくれないのね」

「お前はどうなんだ？」

「今さら、訊かれてもねえ」小百合が顎を立てて、そっぽを向いた。

「その口ぶりだと、いい人ができたってことかな」私は笑みを作って言った。

「いませんよ。残念ながら」小百合は改まった口調で否定した。

「お前や朋香とは一緒に暮らしてるから、安心してられるけど、美千恵とはずっと会ってない。だから、いつも頭の隅に引っかかってるんだ」

「気持ち、分かるけど、お姉ちゃん、頑《かたく》なだから」

「美千恵とのパイプはお前だけなんだよ」

「あんまり期待しないで。でも、ともかく幸せにやってることは間違いないから心配しないでいいよ」

　私は小さくうなずくしかなかった。

「お姉ちゃん、手伝ってよ」朋香の声が聞こえた。

今しがたまで煮詰まっていた、という感じはまるでない。

小百合は頰をぷっと膨《ふく》らませ、腰を上げた。まだ朋香に怒っているようだが、本気で顔つきを変えたわけではなかった。

小百合と朋香は、ぶつかり合うと激しいが、いつしか元の鞘《さや》に収まって仲良くなるのが常である。

振り子のブレが大きいのだ。その傾向が顕著なのは、男の兄弟よりも姉妹のような気がする。

小百合が居間を出ていった。

私は用足しに立った。母の部屋から賑やかな音楽が聞こえてくる。テレビをつけっぱなしにして眠ってしまったのか。それとも、派手に動き回る歌手が面白くて視ているのか。

姪の香澄は出かけているらしい。休みの日に落ち着いて家にいたことはほとんどない。いる時は、ただただ惰眠《だみん》を貪《むさぼ》っているだけである。

香澄が出かけたがる気持ちも分からないことはない。辛《かろ》うじてプライバシーは保たれているが、居づらいに決まっている。森川家の監視下に置かれているような状態になったのは、香澄自身の生活態度が原因だが、いつまでも、このまま預かっているわけにもいかない。妹の麗子に一度相談してみるか。そんなことを考えながら、私は放尿した。

用足しを終えた私は、母の部屋の襖をそっと開けた。

胸に衝撃が走った。母の姿が見当たらない。私は血相を変えて、台所に飛び込んだ。

「おい、お祖母ちゃんがいないよ。どこに行った……」

「お祖母ちゃんなら、部屋でテレビ視てたよ」朋香が答えた。

「部屋にいないんだよ」

朋香と一緒に食事の支度をしていた鉄雄も小百合も、声を失ったようだった。

朋香が、ハゼの天ぷらを挟んだ菜箸を皿に置いて、母の部屋に小走りに向かった。

「舞ちゃん、お祖母ちゃん、見なかった？」小百合が腰を屈《かが》めて舞に訊いた。

舞が首を横に振った。

「鉄雄君、手分けして家ん中を捜してくれ」そう言い残して、私は家を出た。

玄関を出た左側にちょっとした庭がある。低い竹垣を両側に控えた敷石道を通り、庭に入った。五葉松《ごようまつ》にカエデ、それにツツジが植えられ、コケが敷きつめられている。申し訳程度だが白川砂《しらかわすな》が敷かれた部分があり、その向こうに小振りの手水鉢《ちょうずばち》と織《お》部《べ》灯籠《とうろう》が配置されている。居間に沿った狭い縁側からも庭に出られる。祖父が自ら造った庭に、時々、母が佇《たたず》んでいることがあったので見てみることにしたのだ。

センサー式の庭園灯の灯《あか》りの中に、母の姿はなかった。

玄関から飛び出してくる足音がした。

「家の中にはいないよ」小百合が言った。

由々しきことになった。

鉄雄と朋香も玄関前に姿を現した。舞は両親の間に、人形を抱いて立っている。

「僕が捜してきます」鉄雄が言った。

入れ違いになる可能性もあるので朋香と舞を家に残し、小百合たちと三人で手分けして捜すことにした。

出かけるとしたら、母はどこに行くだろうか。真っ先に頭に浮かんだのは富岡八幡宮と深川不動尊。木場公園まで散歩に出かけたこともあった。

木場公園に小百合と鉄雄を行かせ、私は富岡八幡宮に向かった。

母がもうじき八十になろうかという頃の話だが、朋香が祖母にらくらくホンをプレゼントしたことがあった。

母が携帯を使えるとは思えなかった。しかし、好奇心を持ってくれれば、ひょっとして、と期待した。使い方を覚えたその日は、私や朋香に電話をかけ、大層喜んでいた。仕事で出かけていた小百合に電話してみたら、と朋香に言われて、小百合ともしゃべった。小百合を驚かせたことが、母はとても嬉しそうだった。

しかし、母がらくらくホンを使ったのはその日だけだった。プレゼントした翌日、母がひとりで出かける際に持たせ、朋香が試しに電話をしてみた。母は出なかった。もう使い方を忘れてしまっていたようである。帰宅した母に、朋香がもう一度使い方を教えようとすると、母は怒りだしたという。

朋香はそのことで私にさんざん愚痴ってから、こう言った。「お父さんから、ちゃんと使い方を覚えて持ち歩くように言ってよ」

「お祖母ちゃん、覚える気はないし、持ちたくもないんだろうよ。お前の気持ちも、よく分かるけど、好きにさせてやりなさい」

「でも、何かあった時、すぐに連絡取れるようにしておかないと」

その頃の母はまだ、今ほどに判断能力が低下していたわけではない。しかし、すでに地下鉄の切符を買ったり、ひとりでタクシーを拾ったりすることはできなかった。

同年代の老女の中には、何事でも自分でしっかりこなせる者が珍しくないというのに。

子供たちが大きくなった後、老人会の集まりには出かけていたが、この街を離れることはほとんどなかった。

頼りにしていた夫が早々とあの世に行ってしまい、子供が独立し、張り合う相手だった嫁も他界したことで、いわゆる荷下ろし状態になったのかもしれない。

さして悩みもなく、見知った顔とだけ付き合い、雑事は家族に任せてのんびりしていた。地下鉄の切符を買わずにいてもすむような暮らしが、母の判断力を著しく低下させた。私にはそう思えてならなかった。

私は不安を抱えて、夜の色に染まった富岡八幡宮の境内に入った。

いよいよ徘徊が始まったのか。いや、まだそこまでは行っていない気がする。ネットから得た情報にすぎないが、記憶や判断力の低下はあるものの、攻撃的な態度を取ることは滅多にない。風呂に入るのを面倒がるようにはなったが、まだひとりで入れる。この病気にかかると、衣服などにかまわなくなるというが、母は小綺麗にしている方だと思う。

しかし、人間の脳は複雑極まりないから、公式通りには物事は運ばず、ケースバイケースではなかろうか。過去の症例や専門医の意見を参考にすべきだが、脳の萎縮《いしゅく》が始まっているとしても、森川基子というひとりの人間が、どんな行動に出るかは誰にも予想がつかない。医療については門外漢の私だから、医者に何を言われても受け入れる他ないだろう。医者に向かって半端な知識を振り回しても、印象が悪くなるだけ。百害あって一利なし。とはいえ、家族としてやることはある。それは相手を監視することだけではない。森川基子という人間を肌で感じ取れるのは、家族しかいないではないか。家族の中でも、彼女と一番長く同じ屋根の下で暮らしている私が気を配る必要があるだろう。相手が筋の通った行動を取らないのだから、こちらは勘を働かせ、判断していくしかない。勘を頼りに判断したことは、簡単には言葉にできない。証拠を並べて、他の人間を説得することも無理である。しかし、勘は、人間の持っているすこぶる大切な武器だと私は固く信じている。たとえ間違いがあったとしても。

高齢者になってからの母の依存体質が、脳の働きを弱めてきた。楽な暮らしに満足してはいるはずだが、母の生き甲斐は？　と改めて考えてみると答えに窮《きゅう》する。

人の脳を一冊のノートにたとえると、母の場合、後半をすぎた辺りまでは、喜びも悲しみも、優しさも意地悪も、優越感も劣等感も事細かに記されていたはずだ。しかし、ある時から、ノートにはほとんど何も記されなくなり、ページだけがいたずらにめくられていく。そんな状態になったのではなかろうか。

午後七時を回っている。私は、小暗い富岡八幡宮の境内に目を凝《こ》らした。柏手《かしわで》を打つ音がした。参拝している老女の姿が見えた。母ではなかった。暗がりのベンチにも注意を払ったが、母の姿はどこにもなかった。

私は深川不動尊に回ることにした。

通りを渡り、富岡八幡宮と深川不動尊の間にある深川公園に入った。そこでも結果は同じだった。

不動尊の境内に足を踏み入れた。新本堂の外壁は目を見張るものがある。キラキラと光っている斬新な意匠が施されている。聞くところによると二千四百もの梵字《ぼんじ》がデザインされているという。

本堂から新本堂へと足を進めるうちに、私はいよいよ不安になってきた。

不動尊の向こうも公園である。深川公園。先ほど母を捜した公園も同じ名前である。二手に分かれている理由は知らないが、明治の初めに造られた公園で、昔は油堀《あぶらぼり》川《がわ》から引いた水をたたえた池があったらしい。私が生まれた頃には池はなくなり運動場に変わっていた。水を引いていた油堀川は、正確には覚えていないが、七〇年代の半ばに埋められてしまった。

私は辺りを見回しながら広い公園を横切ろうとした。左手奥のベンチに人影が見えた。母に似ている。母らしき老女の隣に男が座っていた。

砂混じりの地面を急ぐ、私の足音が辺りに響いていた。

男が私に気づいた。立ち上がり、手を振っている。

男は私の中学の時の同級生で、門前仲町で眼鏡屋を経営している友成一郎《ともなりいちろう》だった。彼の住まいは富岡八幡宮の斎場の近くだ。

「一《い》っちゃんかい」私は安堵の息をついた。

「今ね、あんたの家に電話しようと思ってたんだよ」

「家の者に黙って出かけちゃったから捜してたんだ」そこまで言って、私は膝を折り、母に笑いかけた。「どこに行ってたの」

母は叱られると思ったのだろう、躰を小さくして口を開かない。

私は小百合と朋香に電話を入れ、母を見つけたことを知らせた。それから、友成に視線を向けた。「お袋《ふくろ》、ずっとここに？」

「俺が見つけた時にはね。家に帰る道を忘れちまったのかって思ってさ」

友成は酒臭かった。呂律《ろれつ》はしっかりしているが、かなり飲んだ様子である。

「忘れてませんよ。ちゃんと覚えてます」母が怒ったように言った。

責め立てる場面ではない。

友成が煙草に火をつけた。「俺が連れて帰るって言ったら、お母さんに怒られちゃったよ」

「あんたは、昔、うちに遊びに来て壺を壊した」

「お母さん、すごい。記憶力抜群だな。それじゃ迷子、いや、道に迷うはずないよなあ」友成がしきりに感心してみせた。

私は友成に改めて挨拶に行くと言い残し、母を連れて元の道に戻った。

新たな発見があった。母が随分、小さくなったことに気づいたのだ。普段、家の中でばかり会っているから、こうやって並んで歩くことがなくなってしまったせいだろう。

「どこに行ってたんだい？」私はさらりとした口調で言った。

「お散歩」

「朋香と小百合が喧嘩してたみたいだから、うるさかったんじゃないの」

母は口も開かず、表情も変えなかった。

「盆踊り、愉しかった」

一瞬、何のことか分からなかったが、すぐに気づいた。深川公園で開かれる盆踊りのことを言っているらしい。

「それを思い出して、あそこにいたの？」

「……。八幡様にもお不動さんにもお詣《まい》りしましたよ」

「それからどうしたの？」

母はまた黙ってしまった。

忘れてしまったのか、言いたくないのか、判断がつかない。徘徊が始まったのか、孫たちの喧嘩がきっかけで、散歩したくなったのか。それもはっきりしない。

深川公園の盆踊りは、富岡八幡宮の本祭りが開催される年には行われない。今年は本祭りの開かれる年だった。しかし、東日本大震災の影響で本祭りは中止になった。本祭りも盆踊りも行われなかったことが、母の脳に何らかの作用を及ぼしたのかもしれない。

「散歩、愉しかった？」

母は、目を細めて私を見、微笑んだ。そして言った。「大福、食べたいね」

「ご飯の時間だよ。今夜は天ぷら」

「大福がいい」

「分かった。一緒に買いに行こう」

不動尊の境内に立つ赤門のところに明治からある伊勢屋《いせや》に寄ることにした。豆大福だけではなく、キンツバも買った。

元来た道を戻り、八幡宮の境内を抜け、帰路についた。

「あんた、しっかりしなきゃね」言葉もきついが、眼光も鋭い。

一瞬、何て返事をしようか言葉に窮した。

「俺、しっかりしてねえか」私は笑って見せた。

「材木屋、やってればよかった」母の声は沈んでいた。

「親父がやめたいって言ったんだからしかたなかったじゃねえか」

私は、わざとぞんざいなしゃべり方で、母に応対した。

「お父さんはえらい」母が力をこめて言った。

「そうだな。親父はえらかった」

高速の下を潜った。

「今度、俺と一緒に散歩しようじゃねえか」

「無理しなくてもいいよ」母が苛立《いらだ》った口調で言った。

「俺も役員になったから、これでなかなか忙しいんだ」私は胸を張り、意識して威張ってみせた。「だからこそ、たまにはこうやって散歩するのもいいもんだって思ったんだよ。無理なんかしてないさ」

母は黙ったままだった。私の大きな影と母の小さな影が歩道に重なり合うように映っていた。

「お袋が親父と結婚したのはいつだったっけ？」

私の質問に母は答えない。はっきりとは覚えていないのだろう。

母がハミングを始めた。声が小さいので、最初は、メロディーをつかみ切れなかった。

よく聞いてみた。

笠置《かさぎ》シヅ子の『東京ブギウギ』だった。

私もメロディーを口ずさんでみた。すこぶる怪しげな音程だったが。

『東京ブギウギ』が何年にヒットしたか正確に知る由もないが、姉の昌子が生まれた昭和二十四年の頃の曲か。いや、それよりも前に作られていたような気がする。

いずれにせよ、他の記憶が飛んでしまっても思い出の曲はいつまでも消えないものらしい。

父が死んで三十有余年が経っている。銘木店の暖簾を下ろし、五十代半ばにして社会から降りてしまった父の生き方を母はどう思っていたのだろうか。伴侶《はんりょ》を亡くしてからの母の心の裡《うち》はいかなるものだったのか。息子の他に親族とはいえ何人もの人間が同居している今の暮らしをどう感じているのだろうか。

私は、母の弱々しい『東京ブギウギ』を聴きながら、そんな思いが初めて脳裏をよぎったのだった。

今更、訊いてもまともな答えが返ってくるはずはない。たとえボケが始まっていなかったとしても、答えようもない質問でしかないだろう。これはこれ、あれはあれだから、こうなんだ、なんて機械で製材するみたいにきちんとした形となって、口にできるものではない。

よく考えてみると、親の一生は、子供にとって謎だらけなのだ。一番身近な人間のはずなのに、常にベールに包まれている。

門の前で、ハミングを止めた母が、私を見て小さく微笑んだ。

玄関を開けると、まず飛んできたのは舞だった。その後ろから、朋香夫婦と小百合が姿を現した。

「お祖母ちゃん、ボケたの？」

舞の一言に、全員が凍りついた。

「ボケてませんよ」

母がきっとした調子で言ったが、舞を睨んではいなかった。母の視線は鉄雄に向けられていた。

「よかった。見つかって」義祖母に睨まれた鉄雄が、声を上ずらせて笑った。

小百合は朋香に冷たい視線を送っている。

母は自分で靴を脱いで、中に入った。

「お祖母ちゃん、お茶淹れるね」朋香が母の背中に向かっていった。

台所に行こうとした朋香を私は小声で呼び止め、小百合と鉄雄もその場に残った。

「お祖母ちゃんを責めたりするなよ」

「分かってるよ、言われなくたって」小百合が口早に答えた。

家に上がった母は真っ直ぐに自分の部屋に戻ったらしく、居間にはいなかった。

私は母の部屋の前に立った。「お袋、ご飯、一緒に食べよう」

答えがなかった。

「開けるよ」と声をかけて襖を引いた。

母は大福をくちゃくちゃと食べていた。

「ご飯、食べないの」

「いらない」

私は放っておくことにした。栄養バランスよりも、食べたいものを食べたい時に食べる方が、老人の場合は却って、いい場合もあると勝手に判断した。

朋香がお茶を運んできた。

「ありがとう」母が朋香に笑みを投げかけた。

「お祖母ちゃん、私たちと……」

「朋香、いいんだ。食事の用意だけしておいてくれれば」私は朋香に目で合図を送った。

孫や曾孫をうるさく感じることがあっても当たり前だ。老人だからといって、かまいすぎるのはよくない。ボケが始まっているにしても、自尊心がなくなるわけではないのだから。

台所からひそひそ声が聞こえてくる。

「鉄雄さん、舞をちゃんと教育しなきゃ駄目でしょう。お祖母ちゃんに向かってボケだなんて、ったくもう」

「まさか、面と向かって言うとは思わなかったんだよ」

私は居間に入った。空腹で腹が鳴った。脳の一部で飯のことを考え、違う部分で母に思いを巡らせている。人間とは何と器用な生き物なのだろう。

天ぷらは冷たくなっていた。

「レンジで温め直しても、衣がねえ」朋香がつぶやいた。

「一度、水に浸《ひた》してから、もう一度揚げるといいって、ある料理家が言ってたよ」小百合がそっけない調子で言った。

「試しにやってみようか」朋香が腰を上げそうになった。

「冷えた天ぷらもうまい」私はきっぱりと言いきり、ハゼの天ぷらを口に運んだ。

天ぷらよりも冷え切っているのが食卓だった。小百合と朋香の冷戦は、おそらく、舞のボケ発言で再燃したようだ。

「お祖母ちゃん、見つかった時、何してたの？」

「盆踊りのことを思い出してたらしい」

「だから深川公園なのね」

「今年は、八幡様の本祭りも盆踊りもなかったですね」鉄雄が言った。

「お祖父ちゃんのこと、えらいって言ってたな」

「どういう意味？」小百合が訊いた。

「意味かあ。よく分からない。お父さんより、お祖父ちゃんがえらかったって言いたかったらしい」

「本当にお祖父ちゃん、えらかったの？」小百合が続けた。

「婿養子に入って、みんなに気を遣いながら、森川銘木店を大きくしたんだから、えらい人だよ」

「私も尊敬できる人と結婚したいよ」

「そういう人、小百合の周りにはいないのか」

「尊敬できる男？」小百合が鼻で笑った。「そんなのいるわけないでしょう？　オレオレって威張ってる、とんでもない男か、女に声をかけられるのを待ってるようないくじなしか、どっちかしかいないよ。尊敬なんかできるわけないじゃん」

「パパ、ご飯粒、ついてるよ」舞が鉄雄を見て笑った。

鉄雄は口許のご飯を手に取って、口に入れた。

「三十代なんて話にならないし、四十代もガキ。これって私だけの感想じゃないのよ。飲み会でいつもみんなで言ってること」

「五十代で独身を見つけるのは大変だな。いたら、欠陥商品かどうか調べてみないとね」鉄雄がくくっと笑った。

「昆虫の中で、長生きするのは何？」舞が訊いた。

「蟬《せみ》かな」

「蟬って一夏で死んじゃうじゃん」と小百合。

「幼虫の時期が長いんだよ。蟬じゃなかったら、シロアリだね。特に女王は長生きする。物の本によると、シロアリの女王の中には百年ぐらい生きるのもいるそうだよ」

「へえ、そんなに」朋香がびっくりした。

「シロアリの女王ね。人間の女の平均寿命も、いずれ近いうちに百歳まで延びるね」

小百合が顔をしかめた。「お父さん、何で私の顔見て、言うのよ。私がシロアリの女王みたいだって言いたいわけ？　失礼しちゃうわ」

「考えすぎだよ」私は一笑に付した。

玄関が開く音がした。香澄が帰ってきて、居間の襖を少し開け「ただいま」と言った。

短いフレアスカートから覗いている太股《ふともも》が生々しい。香澄自身は、ろくに本なんぞ読んでなさそうだが、昌子の好きなフランソワーズ・サガンの小説に出てきてもおかしくない女に思えた。

サガンの奔放な人物が登場する小説は、当時の若い日本人女性を魅了したが、読者で、小説のような生き方をしていた者はほとんどいなかったはずだ。だが、今の日本の若い女は、サガンの小説の主人公も絶句するほど奔放な生き方をしているらしい。

「香澄さん、夕食は？」朋香が訊いた。

「すませてきました。それじゃ」

香澄が階段を上がっていく音がした。

「あの子こそ、シロアリの女王よ」小百合が声をひそめて言い、朋香に目を向けた。

「腕時計、新しくなったの気づいた？」

「見た、見た。あれって、この間、雑誌の広告で見たやつよ」

「絶対、どこかの男に買わせたのよ」

「私もそう思う」

意見の一致を見た小百合と朋香は、同時に意地悪い目を天井に向けた。

姉妹だから似ていて当たり前だが、特に意地悪な表情がそっくりでぞっとすることがある。

私は大根の味噌汁をすすってから、咳払いをした。

小百合と朋香が、普通の表情に戻った。

「私、お祖母ちゃんのこと、すごく心配になってきた」朋香が言った。「徘徊が始まったみたいだもの」

「徘徊が始まったって決めつけるのは早すぎる気がするな」

「やっぱり、一度医者に診《み》てもらったらどうですか？」鉄雄が口をはさんだ。

半年ほど前、母に検査を受けてみるように勧めたが、母は私の申し出を突っぱねた。かなり優しく、教え諭《さと》すように言ったのだが、「嫌です」の一点張りだった。

母の気持ちは十分に理解できる。自分もそんなことを言われたら、頑なになるばかりで、うんとは決して言わないだろう。

本人が自分の行動に不安を抱き、口には出せないが、自らが治療を望んでいるタイミングに説得すれば、母も不承不承、私の言うことに従うだろう。だが、今はまだその時機ではなさそうだ。といって、このまま放っておくわけにはいかないが……。私は名案はないかと考えを巡らせてみたが、何も出てこなかった。

「もう少し待ってくれ。俺が時機を見て、お祖母ちゃんにもう一度話してみるから」

再び玄関が開いた。バタバタと廊下を歩いてくる音を聞いただけで、昌子だと分かった。

襖が大きく開いた。

「お母さん、どうした。見つかったの？」

「俺が見つけたよ」

誰が昌子に話したのだ。私は、小百合と朋香に視線を向けた。しゅんとなっていたのは朋香だった。

「伯母さん、お茶飲みます？」朋香が言った。

「ありがとう」気もそぞろの昌子はおざなりの礼を言い、私に目を向けた。

「どこで見つかったの」

「深川公園」

私は、小百合たちに話したことを繰り返した。

「相当、進行してるみたいね」

「今、その話をしてたんだけど、お袋が、うんと言わなければ、医者には連れていけないよ」

昌子が踵《きびす》を返した。お茶を運んできた朋香に危うくぶつかりそうになった。

昌子は、母の部屋に入っていった。私も後に続いた。

眉を引き締めた昌子が母の横に立っていた。小さい母が、さらに小さく見えた。

「大福なんて」昌子が私をすごい形相《ぎょうそう》で睨んだ。「こういうものって嚥下《えんげ》できないことがあるのよ。喉を詰まらせたらどうするの」

「そうか。気がつかなかった」私は昌子に謝った。

だが昌子は私の謝罪など聞いていなかった。

「お母さん、駄目よ、ひとりで出かけちゃ」昌子は抑揚をつけ、優しく言っているつもりらしいが、叱っているとしか聞こえない。

「お母さん、散歩がしたかっただけなんだよ」

「あんたは黙ってて」

昌子はぴしっと言って、私を睨み付けてから、母の隣に腰を下ろした。そして、母の肩をしっかりと抱いた。昌子が母のことを思っていることはひしひしと伝わってくる。しかし……。

「お母さん、深川公園の盆踊りのことを思い出してたんだって？」昌子が猫撫《ねこな》で声を出した。

「…………」

「どうしてひとりで出かけたの？　朋ちゃんも小百合ちゃんもいたのに」

母は唇をきゅっと結んだまま、口を開かない。

「お母さん、一度、私と一緒にお医者に行きましょう。私もいろんなこと忘れちゃうのよ。お母さんも同じでしょう。私、心配だから検査を受けることにしたの。お母さんも一緒に受けましょう」

母がきっとした目で昌子を見た。「あんたが検査を受ければいい。嫌よ、私は」

「そんなこと言わないで、ね」

母が昌子をか細い腕で押しやった。

「お母さん、言うこと聞いてちょうだい」昌子の声色が変わった。「みんな、お母さんのこと心配してるんだから」

「姉さん、お袋、散歩して疲れてるんだ。今日はその辺で」

「でも……」

昌子はぐずぐずして立ち上がろうとはしなかった。

昌子の態度は母を頑なにするばかりだった。母が『東京ブキウギ』を口ずさみ始めた。昌子が唖然《あぜん》とした顔を私に向けた。

脈絡もなく歌を歌い始めたものだから、脳のコンピュータの誤作動が、想像していたよりも激しいものだと誤解したらしい。

私は昌子を無視して一緒に歌った。母に笑顔が戻った。昌子の困惑《こんわく》振りがますます強まった。

その顔を見ていたら、〝ざまあ、見やがれ〟という気分になった。母を案ずる姉に対して、意地悪な気持ちを持つなど、ひどい話だが、赤塚不二夫《あかつかふじお》の漫画の主人公を真似て、〝これでいいのだ〟と心の中でつぶやき、にっと笑って見せた。

襖が僅《わず》かにするりと開いた。隙間から顔を覗かせているのは美猫の姉妹だった。母が歌うのを止めて、二匹の猫に目を向けた。「メグちゃん……グレちゃん……」

我が家の三毛猫は、メグとグレという名前なのである。

メグとグレは部屋には入らず、その場に固まっている。中に私がいるかららしい。

「姉さん」

私は目で合図を送り、立ち上がった。二匹の猫はささっと廊下に消えていった。

不承不承、姉も腰を上げた。姉を先に行かせ、私は襖を少し開けたままにして、母の部屋を出た。

「メグちゃん、……グレちゃん」母の優しい声が聞こえた。

居間には昌子と共に戻った。鉄雄と舞の姿はなく、小百合と朋香しかいなかった。

昌子は不機嫌そうな顔をしている。朋香が茶を淹れ直した。

「あんた、母さんに甘すぎるわよ。一緒に歌なんか歌っちゃったりして」憤懣《ふんまん》やるかたない昌子は、私を睨み付けた。

「お袋があの歌を歌い出したのには、それなりに意味があるんだ。姉さんから見たら、突然だから変に思えただろうけど」

私は深川公園からの帰り道のことを、昌子に詳しく教えた。

「姉さん、今日の件を徘徊だと決めつけるのは早すぎると思うんだ」

「そうかもしれないけど、ともかく一度医者に診せないと」

私はうなずいた。「それはそうだけど、姉さんみたいにポンポン言ったら、逆効果だよ。お袋の意思も尊重しなきゃ。おいおい、俺が話をして医者に連れていくから」

「あんたは何事においても〝おいおい〟なんだから」昌子がそっぽを向いた。

私が決断力のない優柔不断な男だと昌子は言いたいらしい。決める時はきちんと決める。そう反論したかったが、ぐっと堪《こら》えて茶をすすった。

昌子だけでなく、我が家の女たちの熱くてむせ返るような感情の暴風雨の前には、私の理屈などひとたまりもないことを、幼少の頃から身にしみて知っている。だから、筋が通っていようがいまいが、言葉を呑んでしまうのだった。しかし、決して事なかれ主義ではない。今回の母親の問題も、要するに母が不承不承でも納得して、病院に行くように仕向けられれば、それでいい。ここはとりあえず、姉をクールダウンさせることが、森川家の当主にあたえられた任務だと心得ているのだ。

「ゆくゆくは施設かな」

小百合の余計な一言に、私は天を仰いだ。

「そういうことを簡単に言わないでよ」朋香が口早に言った。

「できるだけ早いうちに医者に診せたいとは言ったけど、施設はねえ……」と昌子。

「でも、いずれは私たちじゃ面倒見切れなくなるでしょう」小百合が異議を唱えた。

「お姉ちゃん、冷たすぎるよ」朋香が怒りを露《あら》わにした。

小百合は、いずれは母を施設にと思っている。一理ある。朋香はできるだけ母の面倒を家で看たいと言っている。この気持ちも十分に理解できる。

小百合と朋香の言い争いは続いたが、実りある意見など出やしない。出たのは沸々《ふつふつ》と煮えたぎる感情だけだった。

ふたりが黙った隙間に、私はすっと入り込んだ。

「ふたりの気持ちはよーく分かった。だけど、今は、そんなことを話してるよりも、お祖母ちゃんと、どうやって接していくか考えてほしい。父さんは暇を作って、お祖母ちゃんを散歩に連れ出そうと思ってる」

「私もそうするわ」昌子が言った。

昌子が出張ってくると面倒だな。私はそう思ったが、むろん、口には出さなかった。

「お祖母ちゃんが、どんなことをし、どんな感じで暮らしてるのか、しばらく観察し、近いうちにまた協議しよう」

「それじゃ遅いかも」昌子が不満そうに短くつぶやいた。

私は壁にかかっていた時計に目をやった。「姉さん、時間、大丈夫？」

「私？　全然、大丈夫よ」

「じゃ、ちょっと俺の部屋に来てくれよ」

「いいけど」昌子が怪訝な顔をした。「何かあるの？」

「いいから来て」

私は、昌子に一言言っておきたかったが、娘たちが口を挟んでくると面倒だから、私の部屋に誘ったのである。

部屋に入った昌子は、ベッドの端に浅く腰を下ろした。私は机の前の椅子を引き、そこに座った。

昌子が周りを見回した。「この部屋に入ると、お父さんを思い出すわ」

美千恵の前に、この部屋を使っていたのは父だった。しかし、私は、そのことを思い出すことはほとんどない。私にとっては美千恵の部屋だという意識の方がはるかに強い。

「さっきも言ったけど、私も時間を作ってお母さんに会うようにする」昌子が言った。

「そうしてやってくれ」

「病院のことは、私に任せてよ」

「姉さん、ポンポン言いすぎるなよ」

「分かってますよ。お母さんの気持ちを見極めろって言いたいんでしょう？」

「うん。最後にどうするか決めるのは、子供である俺たちだからね、麗子も含めて」

昌子が私を見た。意味ありげな笑みが口許に浮かんだ。「あんたも大変ね」

「何が？」

「周りが女ばっかりだから」

「よく分かってるじゃん」

「分かっててもね、やっぱり、あんただけには任せておけないのよ」

「姉さんは家を出ても、気持ちはこの家の家長だもんな」

昌子が目の端で私をちらりと見た。「それって嫌味？」

「嫌味じゃないよ。事実をありのままに述べただけさ」そこまで言って、私は少し前屈みになった。「姉さん、毎日、何してるの？」

「何してるって……。昔の同僚と会って食事をしたり、芝居を見にいったりしてるだけよ。でも、何でそんなこと訊くの？」

「さっき、時間を作って、お袋に会うって言ってたろう？　だから、毎日、何してるのかな、って思ってさ」

「ふーん」昌子が壁の方に目を向けた。

「夕方、太郎さんに会ったよ」

昌子の目付きが変わった。「あの人が会いたいって言ったの？」

私は背もたれに躰を倒し、鶴歩橋のところの喫茶店で太郎に会ったことを教えた。

「最近、よくあの喫茶店に行ってるみたいね」

「暇だって、笑って言ってたよ」

「私のせいだって、あんた言いたいの」昌子がムキになった。

「そんなこと言ってないよ。リタイアした男が抱えがちな寂しさを太郎さんも持ってるんだな、って思っただけだよ」

部屋に姉を呼んだのは、彼女が先走りしすぎることについて一言意見しておきたかったからだ。どうせ、また言い返してくるに決まっていると覚悟していたが、昌子は拍子抜けするほどあっさりと認めた。

母のことは一件落着とはいかないが、大事にはいたらず、ほっとした。

すると、ホテルで昌子を目撃して以来、脳裏にひっかかっていたことが鎌首《かまくび》をもたげてきた。

探りを入れてみる絶好の機会。そう思って話題を変えたのである。

「あの人が、最初の会社を退職した時、一緒に出かけようって、私、何度も誘ったのよ。でもね、あの人、何のかんの理由をつけて腰を上げようとしなかった。だから、私、放っておくことにしたの」

私はまじまじと昌子の顔を見つめた。「へーえ、そうだったの」

「そんなに意外そうな顔しないでよ。あんた、私が、あの人を粗大ゴミ扱いしてると思ってたのね」

「正直に言って、その通りだよ。家でゴロゴロしてる旦那が鬱陶しい。世の多くの女房がそう思ってるらしいからね」

「私だって、家で何にもしないでぼんやりテレビなんか視てる旦那といるのは嫌よ。だけど、世間一般の主婦と一緒にしないで。私は私なりに気を遣ってきたつもりよ」

昌子の言っていることに嘘はないだろう。年中、消えない暖房器具のような女だから、夫に冷ややかな視線を送り、無視するような態度は取らないはずだ。むしろ、お節介なくらいにかまったに違いない。

太郎の方も、退職した途端に、それまで妻に取っていた態度を省みることもなく、妻に甘えるような男ではなさそうだ。暇を持てあまし、悶々《もんもん》としているが、妻と旅行をしたり、芝居やコンサートに出かけたりする気にならない。昌子にかまわれることが、ちょっと鬱陶しいのかもしれない。

「あんた、少しうちの旦那の相手してやってよ」

「それはいいけど、お袋の相手が先だな」

昌子が何度か小さくうなずいた。「そうね、そっちが先よね」

「姉さんには悪いが、飲み屋にでも、可愛《かわい》がりたい子がいたりすると、気持ちも変わる気がするけど」私は昌子の表情を窺《うかが》いながら、一歩踏み込んでみた。

昌子が視線を逸《そ》らした。「あの人に、それぐらいの元気があったらいいんだけどね」

本気で言っているのか、強がっているのか、判断はつかなかった。

「しかし、あんたにしては随分、大胆なこと言うわね」

「そうかな?」

「いくら姉でも、私、太郎の妻ですよ。妻に向かって、旦那に、ほの字になる女ができたらいいなんて言うんだもの。私が普通の女だったら、あんたと喧嘩になってますよ」

「そんなこと言ったぐらいで怒り出す姉さんじゃないことぐらい、俺にも分かってるから。その辺の女とは違うもん」

　昌子はプライドが高く、他の女と一緒だと言われることを嫌う。私から見たら、それほど特別な女だとは思わないが、おだてに弱いから、進歩的だと持ち上げておくに限るのだ。

「まあね、私は、そんなこと気にする人間じゃないけど」昌子が満更でもない顔をした。「でも、あの人本人じゃなくて、私相手にそういうことを言うのは、やっぱり……」

「姉さん、誤解してるって。ほの字は大袈裟。俺は、ズブズブの関係になるような相手がいたらいいなんて言ってるんじゃないよ。たとえば、ほら、オバサンにモテモテの演歌歌手がいるじゃない……何て名前だっけ」

　私は、その歌手の名前がすぐには出てこなかった。

「氷川《ひかわ》きよし？」

「そう、それそれ。氷川きよし」

　脳に詰まっていたゴミが一気に流れ出たような気分がした。

「氷川きよしにさ、目がハートマークになるオバサンたちがいるだろう？　ああいう相手が太郎さんにもいると、元気が出るんじゃないかって思ったの。それだったら、笑ってすませられるし、焼き餅《もち》を焼くこともないでしょう？」

昌子が真顔になり、私の顔を覗き込んだ。「変ね。お母さんの話から何で……」

「今日の太郎さんを見てたら、明日は我が身って気分になってね」私は笑って誤魔化した。

昌子が書棚に目を向けた。「谷崎潤一郎《たにざきじゅんいちろう》に川端康成《かわばたやすなり》、それに三島由紀夫、立原正秋《たちはらまさあき》、檀一雄《だんかずお》ねえ……。あんたは、何とかなるわよ。見かけによらず、恋愛に臆さないタイプだから」

昌子は、昔、私が大恋愛をしたことを思い出したらしい。

「今の俺はもう、そういう気持ちは持てないな。涸《か》れた井戸みたいなもんだから」

「いい人がいたら、あんたは再婚した方がいいわね。お母さんのこともあるし、やっぱり、家を守る女がいないと。小百合ちゃんもいずれはここを出ていくだろうし、朋香ちゃん夫婦だって、娘が大きくなれば、ここで暮らしてるわけにもいかなくなるでしょう？」

「姉さんが、俺の再婚を望んでるって話、太郎さんから聞いたよ」

「誰かいい人、いないの？」

私は黙って首を横に振った。

昌子の目が輝いた。「あんたに薦めたい人がいるのよ」

「太郎さんも同じこと言ってたよ。いい人がいるって」

昌子の右眉がきゅっと上がった。「それ、誰よ」

「名前は知らないけど、向島で喫茶店をやってる人だって言ってた」

「ああ。あの人、私も知ってる。でも、私は薦めないわね」昌子は軽く退けた。

「下町育ちだから、環境が合ってるし、美人だって、太郎さん、言ってたよ」

「あれが美人ねえ。あの人もセンスが悪くなったわねえ」昌子が鼻で笑った。

話が逸れた。しかし、私は、昌子の思いを聞いておきたくなった。

「太郎さんが薦めた人、性格はどうなの？」

「大人しくて、下手に出るのは上手だけど、何考えてるか分からない女よ。あんな女が、この家に来るなんて、考えただけで身の毛がよだつ」

私は呟き込むように笑った。

「何がおかしいのよ」

「姉さんのお眼鏡に適う女を見つけるのは大変そうだな」

「だから、私が薦める人と会ってみてよ。絶対、気にいるから」

「姉さん、この家をしっかり守ってくれる女がほしいだけでしょう？」

「恋の泉が涸れたんだったら、この家のことを考えてもいいんじゃないの」そこまで言って、昌子は私の方にぐいと躰を寄せた。「本当にお薦めの人よ。美人だし、気立てもいいし、素直だし」

「つまり、姉さんの言いなりになってくれそうな人ってことだね」

「何、その言い方」昌子が渋面を作った。

「その人とはどうやって知り合ったの？」

「最近、仲良くしてる人の遠縁なの」

昌子は、一年ほど前、スチュワーデス時代の同僚に勧められて、ある会に入ったという。

「簡単に言えば、大人の交流の場なの」

「シニア合コンみたいなもの？」

「全然、違うわよ」

私は、その大人の会とやらにすこぶる興味を持った。

会の名前は〝レット・イット・ビー〟というそうだ。入会金も年会費もいらず、毎月、開かれているイベントやセミナーなどのプログラムの中で気に入ったものがあれば、その都度お金を払って参加するというものだった。

昌子は協賛している企業の名前を口にした。いずれも超一流の会社。主宰者は元スチュワーデスで、昌子と同年代の女性だという。

「そういう会ってやっぱり、独身の男女が多いんじゃないの？」

「逆よ。夫婦で会員になってる人が大半。私、太郎を誘ったけど、気乗りがしないって断られたわ」昌子は不満げにつぶやいた。

昌子はホテルで一緒にいた男と、その会で知り合ったのではなかろうか。いや、まだ結論を出すのは早すぎる。私は、その会についてもう少し訊いてみることにした。

「イベントってどんなとこで開かれるの？　ホテル？」

「場合によりけりよ。ホテルの宴会場で行われる時もあれば、ホールを使うこともあるし、レストランを貸し切りにする時もあるわ。あんた、興味あるの？」

「そうじゃないけど、俺、そういうのに詳しくないから」

説得力のある答えではなかったが、そうとしか言いようがなかった。

あの時、昌子は〝レット・イット・ビー〟の集まりに出ていたのかもしれない。そうだとしたら、参加者と共にホテルにいたとしてもおかしくはない。しかし、姉が降りてきたエレベーターは客室に通じているものだった。宴会場は別の棟にある。

「そういう会ってさ、地方からくる人もいるんだろうね」

「いるわよ。かなりの会員数だもの」

会員のひとりが、あのホテルに泊まっていた。私は、昌子が男といたところしか見ていないが、あの男は伴侶と共に来ていて、たまたま、あの時だけ昌子とふたりだった。そういうふうに考えられないこともない。

「ひとりで参加してるから、姉さん、人気があるんだろうな」

「そんなことないわよ」

昌子は単純で素直である。そう言われた喜びが顔に広がった。

「姉さんの〝氷川きよし〟が、その会にいたりして」

軽い調子で言ったが、なぜか首筋に汗が滲《にじ》んだ。

「あんな若い会員はいないわよ」

「歳は別にしてさ、いないの？」

「あんた、やっぱり〝レット・イット・ビー〟のこと誤解してるわね。男女の出会いの場じゃないのよ。ひとりで参加してるっていっても、会には友だちと一緒に出てるの。女同士で入会してる人も多いのよ」

的が外れたのかもしれない。私はこっそりと小さな溜息をついた。

昌子が目の端で私を見た。「ひょっとして、あんた〝レット・イット・ビー〟に入りたいんじゃないでしょうね」

「まさか」

「よかった。弟が一緒じゃ、何だかねえ」

「男同士はいないにしても、姉妹で参加してる人間だっているんじゃないの」

「私の知ってる人たちの中にはいないけど、そんなことどうでもいいでしょう。何で話を逸らすのよ」

「逸らしてないよ。姉さんが薦める相手とは、その会で会ったんじゃないの？」

「その人は会員じゃないのよ。〝レット・イット・ビー〟で知り合った人の家に呼ばれたことがあってね。純子《じゅんこ》さんには……あ、その人、脇田《わきた》純子さんって言うんだけど、そこで会ったの。友だちの姪で、歳は五十二だったかな。二十年ほど前に夫に先立たれてからは、ずっとひとりよ。子供はいないから面倒なこともないし」

「何をしてる人？」

「ファミリーが持ってるマンションとか、駐車場の上がりで食べてるらしいわ」

「金持ちなんだ」

「葛西《かさい》の人でね、昔はあの辺りの豪農だったみたい。土地持ちなのよ」

「で、その人に再婚の意思はあるの？」

「ひとりでいるのは心細いって、叔母に当たる私の友だちにもらしたんですって。それで、誰かいい人いないかって訊かれたことがあったの。でも、その時は、あんたのことを思い出しもしなかったのに、この間、ここの風呂を借りたでしょう？　その時、森川家を守る女が必要だって感じたのよ。ねえ、私と友だちでセッティングするから一度会ってみて」

私は「うーん」と唸《うな》った。

昌子がくすくすと笑い出した。「あんた、その気がないわけじゃないのね。私、これまであんたに言わなかったのは、あんたにニベもなく断られると思ってたからよ。善は急げ。さっそく明日にでも友だちに連絡取るわね」

「そんなに急がなくてもいいよ」私は視線を逸らし、腕を組んだ。

私は再婚する気など毛頭なかった。しかし、昌子の友だちとやらには会ってみたかった。

昌子の秘密を、その友だちが知っている可能性がある。知っていても私に話すはずはないが、友だちの様子から分かることがあるかもしれない。

しかし……。私は自分の考えたことを即座に打ち消した。何もそこまでして、姉の行動を探る必要はないではないか。

私は組んでいた腕を外した。「いや、俺はやっぱり、当分、このままでいいよ」

「会ってみるだけ会ってみればいいじゃない」

「再婚の意思が芽生《めば》えたら、ってことで」

「何を躊躇《ためら》ってるの。ぐずぐずしてると誰かに攫《さら》われてしまうわよ」

私は軽く肩をすくめて見せた。

「あんたとお似合いだと思うんだけどな、その人」昌子はいかにも残念そうな口ぶりでつぶやき、窓の方に目を向けた。

私は姉の横顔を見つめた。

歳のわりには肌艶《はだつや》もよく、唇は往年のフランスの女優、ジャンヌ・モローを彷彿《ほうふつ》させるところがある。姉が、この歳になって恋に落ちたとしても何の違和感もない。

彼女の友だちに近づくなんてまどろっこしいことをしないで、思い切って疑問をぶつけてみるべきだろう。

私は姿勢を正し、軽い調子で言った。「姉さんさ……俺ね……」

一瞬言葉に詰まった。僅かな沈黙に、スローバラードが流れ込んだ。

昌子の携帯が鳴ったのだ。姉はちらりと携帯を見ると、そそくさと部屋を出ていった。

相手が太郎のはずはない。

昌子は三十秒も経たないうちに部屋に戻ってきた。

「私、そろそろ帰るわ」

「今の電話、誰？」

昌子の目が落ち着きを失った。「お友だちよ。お母さんのこと、注意して見ててよ。じゃね」

ドアが閉められたが、すぐに開いた。

「さっき話した女の人のことだけど、真面目に考えてみて」

私は、再び閉められたドアを見ながら溜息をついた。

姉の態度は明らかに変である。

ボーイフレンドができたとしても、家庭を壊すような重いものではなかろうが、どことなく元気のない太郎を見ていると、やはり、気になるのだった。

パソコンを開き、検索サイトに入った。〝レット・イット・ビー　会員〟と打ち込んだ。十七万件ほど引っかかってきた。割合早い段階で、大人のクラブ〝レット・イット・ビー〟の公式サイトが見つかった。しっかりとした会であることは、ホームページからも窺いしれた。

主宰者の言葉が目に入った。

『〝レット・イット・ビー〟（なるようになる）。前向きな響きはありませんが、人生経験の豊かな方だからこそ持てる心のあり方だと思います。

心の余裕こそが、明日につながる。

私は、このコンセプトを多くの方に理解していただくために、この会を立ち上げました……』

パソコンを閉じた。

なるようになる……ってことか。いずれまた話をする機会が訪れるだろう、私は、昌子のことは、しばらく放っておくことにした。

疑問を率直にぶつけようとしたところで、昌子の携帯が鳴った。それで決意が揺らぎ、話を続けることができなくなった。

簡単に腰砕けになった理由ははっきりしている。自分が、道ならぬ恋に落ちた経験があるからだ。

家族全員が具体的なことを知っていたわけではないが、私の様子がおかしいことには気づいていたはずだ。事情を知った昌子は、批判しながらも私を庇《かば》ってくれた。

久しぶりに自分の恋愛沙汰が記憶の底から甦ってきた。しかし、そんなことがあったんだな、と他人事のような気分でしかない。

恋愛に臆さないタイプ。昌子が言っていたが大間違いである。お恥ずかしいぐらいに臆しっぱなしの恋だった。

台風が近づいていることに気づかず、窓を開けっ放しにしていたら、突風が部屋に吹き込んできて、屋根まで吹き飛ばされそうになった。そんな恋だったのである。

# 第二章　戯れに恋はすまじ

恋の相手は、三つ年下の小説家で、私は、彼女の才能を高く買っていた。

名前は佐久間志乃《さくましの》という。

一九九一年、四十歳になる年に私は純文学雑誌の副編集長だった。

志乃はエキセントリックな性格で、ちょっとしたことで編集者と揉《も》め、どなりまくったりするものだから、多くの編集者は恐れをなして次第に遠のいていった。彼女の本の売れ行きがよかったら、付き合いづらい相手だとしても、各社とも原稿を依頼したはずだが。

志乃の父親は大学で哲学を教えている先生で、母親は弁護士だった。ひとり娘の志乃は、両親との関係が極めて悪く、中学の頃から男と寝るような暮らしをしていた。裕福な家庭に生まれた少女の鬱屈《うっくつ》と反抗。それをテーマにした作品で志乃は他社の新人賞を取ったのだ。

かなり荒れた少女時代を送り、破天荒《はてんこう》な生き方をしていたが、人の物を盗んだり、薬物をやったりするということは決してなく、昼間から酒を飲み、くわえ煙草《たばこ》で読書しているような女だった。

精神のバランスを欠いていることは、小説家にとっては栄養分になる。しかし、同時に本人を蝕《むしば》んでいくウイルスでもあるのだ。

特に美人というわけではないが、目がくりっとし、ふっくらとした頬が愛らしい小柄な女だった。大きな目はいつも張り詰めていて、人を信用したいが信じられない野良猫の目に似ていた。

私が、彼女の作品を評価していることを知っていたものだから、他の編集者に比べると多少の安心感を抱いていたのか、志乃はよく電話をかけてきた。

時間があると、私は志乃と食事をしたり、バーで飲んだりした。話の内容は大半、小説のことだった。といっても彼女の作品のことではなく、他の作家の作品の批評で、志乃は酒が進むと感情が露《あら》わになり、批評は悪口に変わるのが常だった。

私だって人の悪口を言うことはあるが、婉曲《えんきょく》な言い回しをして鬱憤《うっぷん》を晴らす程度のものである。おそらく、多くの男は私と同じだろう。しかし、女の場合は、ストレートな物言いをする者が圧倒的に多い。ガードするのを忘れ、攻め一本やりのボクサーみたいなのだ。

女の悪口に付き合わされていると、男は辟易《へきえき》する。しかし、考えようによっては、周りとの距離を計って用心深く悪口を言う男よりも、無防備になってまくし立てる女の方が正直といえば正直である。

大概の場合、女の言う悪口は愚痴《ぐち》と見なす方が賢明で、カウンセラーよろしく、女が〝大変なの〟と言ったら、〝大変なんだな〟と同調を装《よそお》い、〝むかつくのよ〟と苛立《いらだ》ったら〝むかつくのか〟と受け流すに限る。そのうちに、興奮が冷め、女は自ら冷静さを取り戻すのが一般的な流れのような気がする。

女ばかりの中で暮らしてきた私は、この術《すべ》を自然に身につけたようで、志乃の話も上手に聞き流していた。

しかし、時々、志乃は話を止め、「森川《もりかわ》さん、私の話、真面目に聞いてます？」ときっとなった目を向けてくることもあった。

適当に合いの手をいれるのが最上の方法だとはいえ、バリエーションを変えないと、こちらの心の動きが見抜かれてしまうのだから、実にやりにくかった。

志乃は、女特有の意地悪さも持っているし、他人の言うことはほとんどきかないし、機嫌が急に悪くなったりする。扱いにくい女だったから、私とて、長い時間、一緒にいることを避けたくなったこともあった。

志乃の担当になったのは、処女作が刊行された八八年。三年の付き合いになるが、その間、私は彼女に恋心など一度も抱いたことはなかった。悪態をつかれたことも何度もあり、見捨てようかと考えたことさえあったぐらいである。

針の穴に糸を通せないような気分で原稿に向かっている作家を支えるのが編集者の

役目。そういう気持ちで付き合っていた。しかし、どんなことがあっても、心底、志乃を嫌になったことはなかった。怒りをぶつけてくる時の志乃の目には、不安の色がいつも波打っていて、そこに無垢《むく》なものを感じた。

志乃が書き上げた作品を真っ先に私に読ませるようになったのは九〇年の暮れぐらいからだったと思う。

ある女性編集者が苦言を呈したら、ペン立てが飛んできたそうだ。それでもう付き合ってくれる編集者は私だけとなったらしい。

年末読んだ原稿を持って、志乃のマンションを訪ねたのは年が明けたある日の午後だった。

志乃はいつものように不機嫌だった。その作品を貶《けな》した編集者を偉そうだと罵《のの》しり、自分の淹《い》れた茶を飲まなかったことにも文句たらたらだった。

「この作品、うちの雑誌に載せますよ」

「ありがとう。で、森川さんの感想はないんですか？」

私は席を立った。

窓から隅田川《すみだがわ》がのぞめた。土手に並ぶ、裸木と化した桜の木を冷たい風がわたってゆく。マンションと隅田川の間に首都高が走っていて、車がだらだらと流れていた。

「よくできてはいますが、新人賞を取った作品とそう変わりないですね」

志乃がきっとなった。「じゃ、ボツにして」

「どうして？」

「………………」

「載せたいですね。読者や他の編集者がどういうふうにこの作品を読むか、僕は知りたい」

「私、読者の感想も他の編集者の意見も必要ないです。担当がどう思うか、それだけが一番大事なの。森川さん、卑怯《ひきょう》よ。判定を他の人に委《ゆだ》ねるなんてね」

「じゃ、次の作品で僕を喜ばせてください」私は外を見たままそう言った。

いきなり何かを打ち付けるような音が聞こえた。

志乃が木製のテーブルを拳《こぶし》で叩《たた》き始めたのだった。叩いているうちに、載っていた原稿や灰皿が縁に向かって移動した。ややあって、原稿の束が、ゆっくりと床に落ちた。

私は席に戻り、灰皿をテーブルの真ん中に置き直してから原稿を拾い上げた。「本当に載せなくていいんですね」

「森川さん、私にどんな小説、書いてほしいの？」

「あなたが書きたいものを書いて、僕が喜ぶ。それを望んでるんです」私は笑顔を絶やさずに言った。「作家はピッチャーで、編集者はキャッチャーです。キャッチャーは投げられた球を受けることしかできない。ただ言えることは、同じ球ばかり投げていると、バッターに舐《な》められる。だから考える必要はある」

志乃が顎《あご》を上げて笑い出した。

「じゃ、僕はこれで」

「ちょっと待って。お酒、付き合って」

「これからまた人に会わなければならないんです」

志乃が一呼吸置いた。「じゃ帰って」

私は鞄《かばん》を手にすると、軽く頭を下げ、志乃のマンションを出た。

以後、志乃からの電話はぱたりと止んだ。突き放しすぎたか、と私は気になり、十日ほど経ってから連絡を入れた。留守電だった。その後も、折りをみて受話器を取ったが、結果は同じだった。何も書けずに飲んだくれている志乃の姿しか目に浮かばなかった。変死体で発見される。そんな嫌な想像も脳裏をよぎった。しかし、放っておくしかなかった。

志乃のマンションを訪ねてから四ヵ月ほど経った五月の半ば、志乃から会社に原稿が送られてきた。その夜、ある作家の付き合いをそこそこに切り上げ、志乃の原稿を持って家に戻った。三百五十枚ほどの長編だった。一気に読んだ。

作風ががらりと変わっていた。連続殺人を犯した女を主人公にした作品だった。トルーマン・カポーティの『冷血』、佐木隆三《さきりゅうぞう》の『復讐するは我にあり』の流れをくむ作品で、ミステリの匂いはするが、連続殺人を犯す女の心理がメインテーマになっていた。主人公の心模様に、作者の思いや世の中を見る目が色濃く投影されていた。

細かな矛盾などが散見されたが、夢中で読んだ。興奮が冷めやらないうちに、私は長文の手紙を書き、翌朝、速達で出した。口頭で褒めるよりも、書簡の方が丁寧だし、途中で志乃に口をはさまれる心配がないから、きちんとした感想が言えた。

短期集中連載の形で雑誌に載せたいと思った私は、当時の編集長、迫田《さこた》に読ませたが、いい返事はもらえなかった。私がいくら熱弁を振るっても無駄だった。クセがありすぎるし、嫌な小説だとも言われた。迫田が志乃自身を嫌っているのは前々から知っていた。

その夜、銀座の路地にあるショットバーで志乃に会い、自分の力不足を詫《わ》びた。志乃は酩酊《めいてい》し、迫田の悪口を言いまくった。迫田は社で一番美人だと評判だった女と結婚しているのだが、「その女がおかしい、あんな男と暮らせるなんて」とまで言った。一緒に戦って負けた同志のような気分で飲み続け、バーを出たのは午前二時すぎだった。

私は相手が断らない限り、女の作家は家まで送り届けることにしている。タクシーを拾い、向島《むこうじま》に向かった。彼女は家が近づいた時、少し夜風に当たりたいと言い、私を桜橋《さくらばし》に誘った。

私だけではなく、志乃もしゃべり疲れたらしく、川を見つめたまま口を開かなかった。

水面《みなも》に崩れる街路灯の光を見ながらも、私は志乃の作品をどうするかばかり考えていた。

「他の社で出せるように俺がなんとかしてみる。編集者として、俺も試されることになるんだから」

志乃は唇をきゅっと結んだまま、川を見つめていた。「森川さん、ありがとう」

しんみりした志乃に接するのは初めてだった。

薫風《くんぷう》が臓腑《ぞうふ》にまで染みこむような気持ちのいい夜に耳にした優しい言葉。こういうところで、作家と編集者の垣根が取り除かれ、恋の兆《きざ》しが現れるのが一般的なのかもしれないが、この時点でも、私はまったく春情を覚えなかった。女ばかりの中で育つと、いい意味でも悪い意味でも、女という存在に慣れているものだから、相手を過剰に意識することがないのである。

昔、野坂昭如《のさかあきゆき》が歌った曲に『黒の舟唄』というのがあった。

男と女の間に〝深くて暗い川〟があり、男は、なかなかその川を渡りきれないが、めげずに頑張るぞ、という内容のものだが、私は、女のいる岸辺で育ったものだから、川を渡るという意識が希薄で、ぼんやりとしているところがあるのだ。

翌日、早速、横沢信代《よこざわのぶよ》という編集者に会って事情を話した。志乃にペン立てを投げつけられた当人だが、この編集者が、一番、志乃の作品を理解しているし、社内でも力があるから、何とかもう一度、付き合ってやってほしいと頭を下げた。

私とは昔から交流があるので、信代は不承不承、原稿を受け取ってくれた。

二日後、信代から電話があった。彼女も作品を高く評価し、もう一度だけ付き合ってもいいと言ってくれた。私は、すぐに志乃に電話で、その旨を伝え、何を言われても喧嘩《けんか》だけはするな、と口が酸っぱくなるほど言った。

「言いなりにはならないわよ」志乃がやや間をおいて突っかかってきた。

「応援団を敵に回すなと言ってるだけですよ」

「やっぱり森川さんがいい」

「ありがとう」私は優しく笑って受話器を置いた。

数日後の夕方、志乃から電話が入った。危惧《きぐ》していた通り、信代とやり合ったらしい。信代の悪口を一頻《ひとしき》り言ってから「今夜、会って」と言った。

その夜はある作家と飲むことになっていたから断った。しかし、何時でもいいから、電話をくれと志乃は引かない。私は根負けして連絡すると答えた。

打ち合わせの相手は高円寺《こうえんじ》に住んでいた。午後十一時すぎ、その作家と別れた私は、志乃に電話した。

「気持ちが悪いの」志乃の声は苦しそうだった。「すぐにきて」

志乃のマンションはオートロック式だった。エントランスでインターホンを鳴らした。だが、なかなか応答しない。しかたなく公衆電話を探しに行こうとした時だった。ドアのロックが外される音がした。

六階でエレベーターを降り、志乃の部屋のインターホンのボタンを押した。

「開いてます」

私は中に入った。書斎兼居間には志乃の姿はなかった。左隣のドアが半開きになっている。そこは寝室で、志乃はベッドに転がっていた。

書斎兼居間のテーブルの上には空になったワインのボトルが載っていた。

「飲み過ぎたみたいだね」

「心臓が、きゅって痛くなったの。救急車を呼ぼうかって思ったぐらい辛《つら》かった」

顔色がよくなかった。呂律《ろれつ》はきちんと回っている。単に酩酊していただけではないのは明らかだ。

「病院に行きましょう」

「大丈夫。もう治ったから」

「また始まるかもしれない。ここから一番近い救急病院は……」

「本当にもういいの。悪いけど、お水持ってきてくれません？」

私はグラスに水を注ぎ、寝室に運んだ。

志乃は、旨《うま》そうに一気に飲み干した。

赤いスウェットパンツに黒いトレーナー姿。長い髪を無造作に後ろでまとめている。

ベッド脇の照明に灯《ひ》は入っていなかったが、書斎兼居間の灯《あか》りが射し込んでいた。

枕元の灰皿は吸い殻《がら》でいっぱいだった。

「寝タバコ、気をつけてくださいよ」

「あの作品が遺作になるかもね」志乃が短く笑った。

「心臓に持病でも？」

志乃が首を横に振った。

「それじゃ、僕はこれで」

「何で帰るのよ」志乃が低くうめくような声で言った。

「もうこんな時間ですよ」

「気が小さいのね。私が襲いかかるとでも思ってるの？」

「戸締まりも忘れないように」私は無視して踵《きびす》を返した。

玄関に向かって短い廊下を歩きだした。志乃が追いかけてくるのが分かった。私は立ち止まって後ろを振り返った。

志乃が迫ってきた。「帰らないで」

私は棒のように硬くなり、その場に立ち尽くしていた。どう受け答えしたらいいのか分からなかった。

志乃は私を睨み付けている。

私は笑ってみせた。無理に作った笑みだが、笑みには違いない。

「じゃ、もうちょっとだけ付き合うよ。だけど、酒は飲まないでください」私は強い口調で言った。

志乃がこくりとうなずいた。

居間に戻った私は煙草に火をつけた。志乃は私の隣に座った。彼女も煙草をくわえたので、火をつけてやった。

高速を走る車の音がかすかに聞こえてきた。

「横沢さんって、私の書いたものが好きなんじゃなくて、森川さんが私を買ってるから、あの人、私に付き合ってるだけよ。彼女、森川さんのことが好きなのかも」

「何を言い出すかと思ったら」私は笑うしかなかった。「彼女も、あなたに才能があると思ってるよ。どうしてそういう邪推をするのかな」

志乃は目を伏せ、口を開かない。私は立ち上がり、キッチンに向かった。

「私を避けてるの？」

「違うよ。水が飲みたいだけです」

勝手に棚からグラスを取り、水を注ぐと、その場で飲んだ。

作家と編集者は、男女を問わず、疑似恋愛に近いものを感じるようになる場合がある。キャッチャーである編集者は、気に入ったピッチャーを独り占めにしたくなるものだ。そして、その逆も当然あり得る。

「それで、例の作品、いつから掲載されるって?」居間に戻った私が訊いた。

「来月から。三回に分けて載せるって言ってた」

「だとすると、遅くとも来年の初めには本になるね。俺もこれで一安心だな」

「でもさ」志乃の眉が険しくなった。「終章が走りすぎてるっていって、その部分の直しを要求されてる。森川さんも、同じ意見?」

「そうだなあ。ちょっと大団円に向かう前が走りすぎてるかな」

「あそこを厚塗《あつぬ》りしたら、テンポが悪くなってしまうと思うけど」

「テンポがいいって、あなたが思うところで、もう一度立ち止まってみたら。それでも、テンポが損なわれると思ったら、直すことないですよ」

「あの作品は森川さんのために書いたんだから、あなたの意見はきくよ。でも、あの女の言うことは聞きたくない」志乃が語気荒くつぶやいた。

長年、文芸編集者をやっていて分かったことがある。玄人《くろうと》だろうが素人《しろうと》だろうが、自分の書いたものに朱を入れられると、人格そのものを否定されたような気分になるものらしい。赤ペンは刀みたいなもので、直された部分が血を流しているのである。

しかし、治療のためのメスが入れられた跡だと思える場合は、素直に受け入れられるもののようだ。

私と横沢信代の指摘は大事な部分では、ほとんど違いはない。しかし、志乃は、横沢信代に言われると刀で傷つけられた気分になり、私が同じことを口にしても刀を使われたとは思わず、治療のメスだと受け取ることができるようだ。

女同士ということもあるのだろうが、志乃の反応は過剰すぎる。志乃の攻撃性は恐怖心の表れに他ならない。他人を恐れるがゆえに、他人の発言が異常に気になるのだ。

この性格は、作品が世に認められることで変わるのだろうか。ある程度緩和されるかもしれないが、三つ子の魂《たましい》なんとやら、根っこの部分が変化するとは思えない。

「佐久間さん……」

「志乃って呼んで」志乃は怒ったような目を私に向けた。

普通の女だったら、こういう発言をする時は柔らかい態度を取るものだ。もうじき四十の声が聞こえてくるのに、これほど甘えることの下手《へた》な女にこれまでお目にかかったことはない。

私は優しい視線で志乃を見つめた。志乃の目が戸惑《とまど》っている。

私は志乃から顔をそらした。「志乃さん、横沢さんもあなたの味方ですよ。大事に付き合った方がいい。ともかく、彼女のおかげで、歴史ある小説誌に連載が入ったんだから」

「分かってます。でも、なーんかねえ」

私は背もたれに躰《からだ》を倒した。「志乃さんが大家《たいか》になったら、もう誰も何も言わなくなる。それもまた作家にとっては寂しいらしいですよ。聞いた話だけど、晩年の松本《まつもと》清張《せいちょう》の担当は若い男だった。大御所に向かって若い編集者は何も言えず、ありがたく原稿をいただいて帰った。松本清張は、その後、親しい編集者にこう訊いたそうだ。〝担当は何も言わないけど、原稿、気に入らないのかな〟って。あれだけの人になっても、編集者がどう思ってるか不安になる。俺はそういうものかって感心したよ」

志乃が煙草に火をつけた。「もう分かった。私、横沢さんとうまくやるようにする」

私は黙ってうなずいた。

志乃が立ち上がり、私の隣に腰を下ろした。小振りのソファーである。肩と肩が触れ合った。

女が隣に座ったにもかかわらず、私の居心地は悪かった。だが、すぐに場所を移動したりすれば、志乃が不機嫌になるに決まっている。そのままの姿勢でじっとしていた。

志乃が私の右腕を取り、背もたれの上に置いた。そして空いた私の腋《わき》に、頭を埋《うず》めてきた。

「今度の作品、本当に気に入ってくれた？」

「何度もそう言ってるじゃないですか」

「私、しつこいね」

「そうですよ」

「森川さんを喜ばせたんだから、今度は私を森川さんが喜ばせる番よ」そう言って、さらに躰を密着させてきた。そして、くんくんと私の腋の辺りのニオイを嗅いだ。

「汗臭いでしょう」私は少し躰を離した。

「私、男の人の体臭が好きなの。煙草のニオイが混じってるともっと感じる」

対処の方法が見つからない。首筋に汗がにじみ、顔が火照《ほて》ってきた。

「森川さんも横沢さんが好きなの？」

一挙に躰がほぐされた。私は志乃の躰を押し返し、まっすぐに彼女を見た。

「彼女は優秀だし、素敵な女だと思う。だけど、恋愛感情を持ったことなんか一度もないよ。向こうも同じだ」

「どこからそんな想像が生まれてくるのか、俺には理解できないな」

志乃が私の腕を取って、彼女の肩に回した。ここまでやられたら、男として指先でだけでも意思表示をするのが、女に対する礼儀である。分かっているのに、志乃の肩に触れた指は、茹《ゆ》でたカニの足みたいに固まっていた。

「私の妄想だったみたいね」志乃がつぶやくように言った。

「そうだよ。妄想も作家にとって、場合によっては大事だけど、今の話はつまらない妄想としか言えないよ」

志乃が顔を上げ、訴えかけるような目で私を見た。「そんな妄想が生まれた理由、分かる？」

「そうかな……」

分からないととぼけることはあまりにも失礼である。志乃の肩に回っていた指が、志乃の肌にしっかりと触れた。

「俺、鈍いよね」

「そうよ。森川さん、鈍すぎる」

「俺も志乃さんのこと好きだよ。でも……」

「それ以上言わなくてもいいよ」

私は志乃を抱き寄せた。自分でも驚くほど自然な動きだった。志乃に対して想いを寄せたことはなかったし、今、こうして躰を寄せ合っていても、高まってくるものはなかった。しかし、微風が頰を撫《な》でるような気持ち良さを感じた。これまでも志乃を女として見ていたのは当たり前の話だが、男と女の関係を想像したこともなかった。ところが、私の胸に顔を預けている志乃を目の当たりにした途端、見る目が百八十度変わった。その瞬間、触れている志乃の肌から、えも言われぬ香気が漂ってきた。

志乃の唇が私に迫ってきた。恥ずかしい話だが、私は怖《お》じ気《け》づいた。何が怖いのかと聞かれてもよく分からない。こういうことに慣れていない男の戸惑いが、そんな感情をもたらしたとしか言えない。

赤子のようにちょっと突き出た志乃の唇は無防備だった。躊躇《ためら》いが消えた。一気に滑《すべ》り台を滑り降りる。そんな感覚で、私は志乃の唇に唇を落とした。志乃が貪《むさぼ》りついてきて、私の殻をあっけなく破壊した。

小さなソファーで、私たちは躰を小さくして抱き合った。なぜか、カーセックスの不自由さはこんな感じかな、と経験のない私は思った。

抱擁《ほうよう》はしばらく続いた。そのうちに私の躰がほぐれてきた。すると雄《おす》の欲望が鎌首をもたげ始めた。

志乃が私を見つめた。こんなに澄んだ志乃の瞳を見るのは初めてだった。凄艶《せいえん》さを秘めた透明な眼差《まなざ》しが、却《かえ》って、私を我に返らせた。理性という厄介ものが顔を出したのである。

「どうしたの？」

「いや、別に」汗が噴き上がってきた。

「今夜は一緒にいてくれるでしょう？」

「そういうわけには……」

怒り出すと思ったが、志乃は肩を落とし、目を伏せた。

高みに登り詰めていこうとしている矢先に、私は志乃に冷や水を浴びせたようなものだ。

「奥さんが怖いの？」

「それはない」

言ったことに嘘はなかった。妻のことも家庭のことも考えていなかった。

「男の人って、遊んでた女を避けることがあるよね。そういうこと？」

「それも頭になかった」

「じゃ、どうして？　やっぱり私には……」

私はどんどん追い詰められていった。

「作家になってからね、私、男にもてなくなった」

「自分とのことを小説に書かれるのが怖いからかな」

「それもあると思うけど、言葉を持ってる女ってうざいみたい」

「俺はそういう気持ちになったことはないな。自分のことをきちんと言葉にできる女が好きだよ」

「私、森川さんといるとすごくリラックスできるの」

「歳はそんなに離れてないけど、俺のこと、お父さんみたいに思ってるんじゃないの？」

「お父さんとは思ってない。でも……」志乃が言葉に詰まった。

「でも、何だい？」

「いいよ、もう。これ以上、迫ったりしないから」

そうあっさり言われると、却って腰を上げにくくなった。

俯《うつむ》いたままの志乃が、私に切々と訴えているものがある。その姿が愛らしくて、私は立ち去る気がなくなった。

泊まると決めた時、志乃の電話を借りて、家に連絡を入れた。妻には、離婚問題を抱えた作家をひとりにしておけないのだと嘘をついた。良心が痛んだが、もう後には引けない。

「明け方起こされるよりもいいわ」

妻のそっけない言葉が、私の気持ちを少し楽にしてくれた。

その夜、私は志乃とベッドを共にした。マドンナのCDがずっとかかっていた気がする。

明け方、マドンナのCDの代わりにラジオがつけられた。聞こえてきたのはその年、大ヒットした曲だった。

小田和正《おだかずまさ》の『ラブ・ストーリーは突然に』。私の運命を暗示しているような曲名である。もっとも、人間というものは、その時の関心事に引きずられるものだから、単なる偶然を自分に引き寄せてエモーションを覚える生き物には違いないのだが。そう思ってはみても、私は妙な気分に包まれた。

翌朝、そのまま出勤した。まだ心が昂《たか》ぶっていて落ち着かず、仕事はきちんとこなしてはいたが、頭の隅に志乃が棲《す》みついていた。その日は珍しく夜の予定がなかったので、まっすぐ家に戻り、久しぶりに家族と夕食を共にした。

姦《かしま》しい娘たち、そして、台所と居間を行ったりきたりしている妻を見ていると高揚感は立ち所に消え、罪悪感が沸々《ふつふつ》と胸の底から湧いてきた。

居間を出てゆく美枝《みえ》の後ろ姿を見ながら、私は思った。美枝と出会った時の方が、いわゆる恋愛感情の昂ぶりがあったことを。

美枝は大田《おおた》区生まれ。旋盤《せんばん》加工工場を営んでいる家の三女だった。

出会ったのは足立《あだち》区にある造園業者の事務所。中堅の男の作家の取材に付き合って、そこを訪ねたのである。仕事から戻ってきた作業着姿の美枝を見た瞬間、私の心臓がことりと音をたてた。

当時私は出版社に入社して二年目だった。ぐんと歳の離れた作家を相手にするだけで緊張していた。そんな立場だったから、美枝を遠目に見るだけで一言も口がきけずにいた。

すこぶる運のいいことが起こった。

男たちに交じって造園の仕事をやる女は、あの頃はまだ珍しかったので、想像力を刺激されたのか、作家がその夜の酒宴に、美枝を誘ったのだ。初めのうち戸惑っていた美枝だが、「せっかくだから、君も」という造園会社の社長の一言で末席に連なることになった。

美枝は私のひとつ下だった。短大を出てから、その造園会社に就職。将来、ガーデニングを生業《なりわい》にしたいと話してくれた。

地味だが、整った顔立ちの女で、どことなくこけしに似ていた。恋愛小説よりもミステリが好きで、特に外国のものをよく読んでいるという。

その夜はそれで終わったが、作家に資料集めを頼まれたことを口実に、数日後、美枝に電話を入れ、アドバイスをもらった。造園会社にも通った。デートに誘うことに躊躇いはなかった。美枝はあっさりと受けてくれた。

何度か逢瀬《おうせ》を重ねるうちに、自然に肌を合わせるようになった。結婚を申し込んだのは、神代《じんだい》植物公園に行った時だった。ヤマボウシが白い花をつけていた頃である。即座に承知してくれると思っていたが、違った。まさかの態度に私は動転したが、勇気を奮って理由を訊《き》いた。

仕事を続けていけるかどうか心配だと沈んだ声で答えた。私は仕事を辞めさせて専業主婦にする気はない、と笑った。

しかし、美枝の表情は明るくならなかった。もうひとつの不安は、我が家の家族構成にあった。両親との同居にも辛いところがあるが、その上、当時はまだ昌子《まさこ》も独身でいたし、妹の麗子《れいこ》は中学生だった。二の足を踏むのは当然だった。私は家の近所にマンションを借りることを約束した。

そのことに文句をつけたのは昌子だった。「長男夫婦はやっぱり、家を守るべきじゃないの」

「姉さんが結婚して、家に入っても、俺はいいよ」

「美枝さんのこと、私も気に入ってるし、彼女なら、家の切り盛りもできると思うわ。彼女も山の手のお嬢様ってわけじゃないんだから、大所帯には慣れてるはずだしね」

「彼女、ガーデニングの仕事をしたいんだ。姉さんも仕事を持ってるんだから、彼女の気持ち、分かるだろう？」

そう言ったが、昌子は引かなかった。

「女が仕事を持つことに、私は大いに賛成よ。だけど、森川家の跡継ぎにお嫁にくるんだから、諦めなきゃならないこともあるわよ。美枝さんには悪いけど」昌子が言った。

家族の前で私は、美枝とのこれからについて話した。昌子の反対を押さえ込んだのは父だった。父に言われたら、姉はもう黙るしかなかった。

知り合った翌年、私たちは結婚した。

披露宴で、造園屋のことを取材した作家がこう言った。

「森川君には本当にびっくりさせられました。青天の霹靂《へきれき》です。作家の取材を利用して、ちゃっかり女を口説《くど》くなんて、編集者の風上にも置けない男です。仕事は早いし、小説に対する愛情も人並み以上持っている若手のホープですが、女に手を出すのも早く、情熱的に迫る男だとは思ってもみませんでした。結構、結構、大いに結構。男はこうでなくては……」

恋愛経験の少ない私だったが、若さゆえだろうか、美枝に対しては積極果敢だったのだ。

私は、家から少し離れたところに建ったばかりのマンションを借りた。しかし、引っ越して間もなく、美枝が妊娠していることが分かった。おまけに、その少し前、美枝は現場で転倒し、右足首を骨折した。そして、時を同じくして、昌子が太郎との結婚を決め、家を出てゆくことになった。

美枝は骨折が治ったら仕事に復帰することを望んでいたようだが、こんな事情が重なって、私たちは親許《おやもと》で暮らすようになった。

ある時、私は美枝に言った。「俺と一緒にならなかったら、ガーデニングの仕事が続けられたのにな。悪いことをしたと思ってるよ」

こけし顔の表情は豊かではない。美枝は円《つぶ》らな瞳に諦《あきら》めの色を漂わせながら薄く笑った。

「いいのよ。子供が授かったんだもの」

そうは言ったが、今にして思えば、おそらく、死ぬまで自分の好きな仕事を断念せざるをえなくなったことを悔いていた気がする……。

雑誌に掲載された佐久間志乃の作品は、中には貶す者もいたが、編集者仲間の評判は概《おおむ》ねよかった。

あの作品を蹴った編集長の迫田は何も言わなかったが、私は内心、ざまあみやがれと高らかに笑っていた。そして私は、志乃の短編を載せたいと迫田に言った。渋々だが、迫田は受けた。

あの作品は年末に本になることが決まり、他の社からも仕事の注文がきているという。私と志乃はふたりだけで祝った。好転の兆しに、さしもの志乃も、棘《とげ》を出すことはなかった。

私たちの関係は、ますます深まっていった。良心の痛みを高揚感がねじ伏せ、私はいつしか、志乃と離れられなくなってしまった。

志乃に迫られて始まった恋だが、私も彼女に夢中になってしまったのだ。ほだされて恋心を抱くのは大半は女である。しかし、男にも同じようなことが起こることを身をもって知った。

志乃は書きあぐねて、心が乱気流に巻き込まれると、必ず私に電話をしてきて、会いたいと言った。むろん、他の仕事を放棄してまで、彼女に会いに行くことはしなかった。その分だけ、時間のやりくりがきつくなった。出張だと嘘をついて、志乃の家に泊まることも珍しくなくなった。

志乃の依存度はさらに高まった。気に入らないことがあれば当たり散らし、ビデオデッキが故障すれば電器屋代わりに私を呼び出した。

好きな女に頼られて嬉しくないわけはないが、あまりにも激しいものだから、自分は単なる依存しやすい相手にすぎなかったのではないか、と思ったこともあった。

ある時、堪《たま》りかねて、心によぎった疑いを口にした。すると、空が割れて稲光《いなびかり》が走るように、志乃はヒステリックになって収拾がつかなくなった。

「あんた、本当はもう私との付き合いを止めたいんじゃやない?」

志乃は関係が濃密になっても、普段は私のことを〝森川さん〟と呼んだが、時々

〝あんた〟とも呼んだ。私は、なぜか、志乃に〝あんた〟と呼ばれるのが心地よかった。

付き合いを止めたいのではないか、と志乃が言ってくる心の裏側は何となく見えている。私がいなくなるのが不安なのだ。

普通の女も喧嘩をすると、「あなたとはやっていけない」とか「もう別れる」とか捨て台詞《ぜりふ》のような言葉を口にするものだ。抑えきれない感情が一気に爆発すると、前後の見境がなくなるらしい。こうなったら、男は宥《なだ》めるしかない。そのようにして女のペースに乗せられていくのである。

私もむろん、例外ではなかった。この時も、そんなこと思っていないよ、と笑って、その場を収めようとした。

私が注文した短編は、男が主人公になっていた。男が描く男ではないところに特徴のある、まあまあの犯罪ものだった。一冊の本にしたいので、次の主人公も男で、と私は頼んだ……。

秋風が吹き始めたある日曜日、私は妻と娘たち三人と共に銀座のデパートに買い物に行った。滅多に女たちの買い物に付き合ったりしない私だが、当時、十一歳だった朋香《ともか》にせがまれて運転手を引き受けたのである。

女たちの買い物に付き合うのが愉《たの》しいと思う男は少ないだろう。私も途中で嫌気がさしてきた。

「お父さん、この服、私に似合うと思わない?」

中学に上がったばかりの小百合《さゆり》はフリルのついたブラウスを胸に当て、科《しな》を作った。

「似合うよ」

「でも、高いね、これって」

私は服など見ていなかった。一端《いっぱし》に大人びた発言をし、妙にあだっぽい目で私を見る小百合の姿に驚いたのである。

朋香は無邪気なままで、小百合には女の色気が備わり始めていたが、小百合のふたつ上の美千恵《みちえ》は無邪気さとも色気とも無縁で、態度も控え目、物をねだってくることもなかった。もっと幼かった頃は、私に激しくなつき、私のハンカチを人形を載せる敷物代わりにするような子だったのだが、一年ほど前から、私を避けるようになった。私の下着を彼女のものと一緒に洗濯するのさえ嫌がっていると美枝から聞いた時には、ちょっとショックだった。

私の気持ちが楽になったのは、ある本にこんなことが書かれてあったからである。思春期の娘が、父親を避けるのは、当然のことなのだそうだ。近親相姦《そうかん》から身を守るために、娘は男親を生理的に遠ざけようとするらしい。性を意識した大人の女になった証拠で、それが健全な姿なのだという。

そのことを知ってから、私は美千恵の態度が気にならなくなり、遠目から見守ってやるだけにしていた。

小百合がブラウスを元に戻した時だった。

「森川さん」と誰かに声をかけられた。

声を聞いただけで、相手が志乃だと分かった。一瞬、目の前が真っ暗になったが、何とか顔を取り繕った。

「佐久間さん、お久しぶりです」

「お久しぶり？」志乃が意味深な目付きをした。「この間、仕事の打ち合わせをしたじゃないですか？」

「ああ、そうでしたね」

私は笑って誤魔化《ごまか》し、家族と志乃を引き合わせた。

「主人がお世話になっております」美枝は如才《じょさい》なく挨拶した。

「ご家族でお買い物ですか、いいですね」

そう言った志乃は、私の家族を順番にじっと見つめた。頬はゆるんでいたが、目は、よく削られた鉛筆の芯みたいだった。

「佐久間さんもお買い物ですか?」私が訊いた。

「次の作品で歩行者天国を使おうと思って見にきたんです」

「休みの日も取材なんですね。すごいなあ」

「歩行者天国で家族が殺される話が書きたくなって」志乃がさらりと言ってのけた。

私は居たたまれない気分になった。

「それじゃ、私、これで」志乃は背中を私たちに向けて、颯爽《さっそう》とした足取りで去って行った。

「感じ悪い」美千恵が口早に言った。

「あの人、ミステリ作家?」小百合が訊いた。

「いや」

「でも、家族が殺される話を書くって言ってたよ。『十三日の金曜日』みたいなの、私、大好きなんだけど」

小百合の発言に救われたような救われないような気分で、私はしばしその場に立ち尽くしていた……。

家族と志乃が会ってしまった。これは、もう志乃との関係を続けるべきではない、という神様のお告げかもしれない。

そう思ったが、志乃に対する感情が消えたわけではなかった。家庭を持っている人間としての分別ある行動をどこかで取らなければ、と思っただけである。またもや理性が働いたのだった……。

私から志乃に連絡は取らなかった。言い訳の電話に思われたくなかったのだ。言い訳をするようなことではないのだから、毅然《きぜん》としているのが筋である。

志乃からも音沙汰はなかった。我慢比べをしているような気になってきた。そういう気持ちが起こるのも、やはり、彼女に会いたいからだった。

しかし、結局、先に白旗を揚げたのは私の方だった。仕事が早く終わった夜、電話をすると、志乃は不機嫌そうな声で出てきた。

「原稿進んでる？」

「全然」

「会おうか」軽い調子で誘った。

「お腹空いた」

私と志乃は向島の鮨《すし》屋で夕食を摂《と》ってから、彼女のマンションに行った。

志乃がウイスキーの水割りを作った。部屋にはマライア・キャリーの歌声が流れていた。

私は、最近読んだ、外国の小説を話題にした。彼女はその作品をすでに読んでいた。私は批判的で、志乃は好きだと言った。

「意外だね。志乃は評価しないと思ってたよ。破格なストーリーだけど、結局、〝清く正しく美しく〟ってところに収まってるのが嫌なんだよ。破格なテーマを持ってくれば、いかにも芸術作品だって作者が思い込んでいる感じがして鼻につくんだ。こういうのだったら、ハッピーエンドだけど苦みが隠れてるって方が俺の好みだな。淡々とした小説に毒があるってこともあるし」私は自分でグラスに酒を注ぎながら言った。

「森川さんの言うこと分かるけど、単に〝清く正しく美しく〟じゃないと思う。最後まで毒が潜んでる気が、私にはするの」

「そうかなあ」

志乃が目の端で私をちらりと見た。「あんたが、こういう小説が嫌いなのは分かったけど、あんた自身は淡々と〝清く正しく美しく〟生きてる人よね」

私の首が右に一度、左に一度動いた。

ある話題を避けたいがために、小説の話をした。しかし、迂闊《うかつ》といえば迂闊な私の一言を、志乃は見逃さなかった。このような隙を見つけるのが志乃は実に上手である。

「あんたって、私には反社会的なものや、普通の人が嫌がる毒を求めて煽《あお》るくせに、本人は小市民の世界でヌクヌクしていたい人。違う？」

「俺は小説家じゃないからね」

「退職する時、どれだけ年金が入るか計算した？」

「嫌味だなあ」

座が白けた。

「デパートでの森川さん、とても愉しそうだった」

「家族といて、愉しくないなんて思ったことないよ」私は志乃を睨み付けた。

「家族と仲良くやってるんだったら、私となんか付き合うことないじゃない」志乃が大声でわめいた。

「そうかもしれないな」私は一呼吸おいて、つぶやくように言った。「家庭を持ってる人間でも、他に好きな人ができることはある。だけど、そういうことをやっていい器みたいなものが必要だよね。俺にはその器がないようだ」

「情けない」志乃が吐き捨てるように言った。

「俺は出版社という会社で働いてる勤め人だよ。志乃の言う通り、小市民の世界にどっぷりと浸《つ》かってる。だからこそ、志乃だけじゃないが、精神のバランスの悪い作家という生き物と付き合っていけるんだよ。志乃は、俺がプールサイドにいて、泳いでる志乃に、ああだこうだ言ってるのが気にいらないみたいだけど、編集者である俺が異様な人格の持ち主だったら、それはそれで困るはずだよ。それにね、読者の大半は、俺と同じところで暮らしてる。そういう人たちに、時々、活を入れるような、時には嫌な思いをさせるけど、読者がもう一度読んでみたくなるような小説を作家には書いてほしい。そう思って、俺は作家の随伴者として生きてるんだ」

私は一気にグラスを空けた。

「私、森川さんをとてもいい編集者だと思ってる。この間の作品、森川さんがいなかったら書けなかった。感謝してます」

「書いたのは志乃だよ。俺は、俺を喜ばせてほしい、と言っただけだ。志乃の才能に目をつけた自分を誇りに思ってはいるけどね」

志乃は大変面倒な女である。迫られても願い下げだという男が大半だろう。女から見ても友だちにはしたくない相手に違いない。志乃が作家でなかったら、私も心を奪われなかった気がする。小説を書いていなければただの社会生活不適合者、という人間に対して私は点が甘いのだ。それは、そういう人こそがいいものが書ける、という私の幻想のせいかもしれないが。

志乃が真っ直ぐに私を見た。「私、あんたを、プールの中に引きずりこみたい」

私は短く笑った。「それは無理だな。随伴者の編集者は作家と一緒には泳げない。駅伝にたとえるなら、俺は車に乗って、志乃に声をかける役だからね」

「なぜ、誤魔化すのよ」志乃がいきなり声を荒らげた。「私、作家と編集者の話なんかしてない。男と女の話をしてるの。分かってるくせに、編集者という立場に逃げ込んでる。卑怯よ」

私は黙るしかなかった。作家として投げてくる剛速球も暴投も、編集者として受けてやる覚悟があるのに、男と女のことだと言われると、キャッチャーミットを構える位置すら分からなくなってしまうのだった。

「志乃はどうしたいんだ」

「…………」

「志乃も分からないか」

「分かってるよ」

それだけ言って、志乃はまた黙ってしまった。私は煙草に火をつけ、志乃の次の言葉を待った。

「頭で分かってたのに、あんたと家族が一緒にいるとこを見たら我慢できなくなった。私、ものすごく焼き餅焼きなの」

そして、ものすごく子供っぽい。そう言いたかったが、むろん、火に油を注ぐようなことはしなかった。

煮詰まって、鍋が空焚《からだ》き状態になりそうな深刻な場面を迎えているのに、不思議と追い詰められたような心理状態にはならなかった。

別に、志乃を舐めていたわけではないし、侮《あなど》っていたわけでもない。

志乃の頭には結婚という二文字はまったくないように思えた。自分だけ見ていてほしい。志乃が訴えているのは、その一点である。

それは重い訴えには違いないが、シンプルといえばシンプル。裏があるとは思えない。後は、こちらがどこまで、志乃の投げてくる直球を受けられるかが問題なだけだ。

「奥さん、大人しそうな人ね」志乃がぽつりと言った。

「志乃と比べたら、大半の女は大人しいよ」

志乃がつんと顎を上げた。「そう見えるだけかもしれないよ」

「そうだな」

しばし沈黙が流れた。

マライア・キャリーの歌はとっくに聞こえなくなっていた。志乃がグラスになみなみと酒を注ぐ音が取って代わっている。志乃は少し背中を丸く、躰を小さくして酒を飲んでいた。牙《きば》を持つ小動物。志乃がそんな架空の生き物に思えてきた。

「今夜は一緒にいてくれるよね」

「小市民は家に戻るのが自然だな」

志乃の眉《まゆ》がつり上がった。グラスが飛んできてもおかしくない雰囲気である。

私はふうと息を吐き、姿勢を正した。

「小市民、今夜はここで一泊させていただきます」そして、志乃に敬礼して見せた。

志乃は私の冗談にも上手には笑えなかった。

私は、すでにこうなることを想定して、家には外泊すると伝えてあったのだ。

「小市民のくせに、人を食ったようなとこがあるよね、あんたには。女ん中で育ったせいかもね」

「多分」

「一番上の娘さん、私を敵意のある目で見つめてたね」

「もう家族の話はいいよ」私は苛立った。

だが、志乃は止めなかった。「一番上の娘さん、何て名前だっけ」

「なんで、そんなに俺の家族に興味を持つんだい」

「好きな男がどんな家庭を持ってるのか、興味を持ってもおかしくないでしょう?」

志乃が軽い調子で言い返してきた。

正論である。しかし、お互いが暗黙の裡《うち》に作った垣根を、志乃が越えてきた気がして、重い気持ちになった。

「美千恵っていうんだけど、それがどうかした?」

「そうだったわね。美千恵さんだった。彼女、私とあんたの関係に何かあるって感じたのよ」

「まさか」

「美千恵さん、お父さんのこと、滅茶苦茶好きみたいね」

「…………」

「あんた、いいパパだもんね」

私は腰を上げ、寝室に向かった。そして、かなり前に志乃が用意してくれたパジャマに着替えた。そのパジャマは黒の上下。トレーナー風の上の部分の胸には金色の髑《どく》髏《ろ》がプリントされていた。

その夜は、髑髏が笑っているように思えた。

洗面をすませた。志乃は居間の同じ場所に座ったまま煙草を吸っていた。

「明日、早いんだ。もう寝るよ」

そう言い残して、ベッドに潜《もぐ》り込んだ。天井を見つめたまま、ふうと息を吐いた。

こんな状態をいつまで続けられるのだろうか。どこかでふんぎりをつけなければならない。しかし、きっかけがないと駒を進めることはできない。

男と女の関係を断ち切ってからも、編集者と作家の繫がりを保つのが理想だが、そううまくはいかないだろう。私も志乃も利口な人間ではなかったということだ。深みにはまらないようにしていれば、良好な関係が長続きしたはずだから。

志乃との終わりが頭の隅にあるのに、利口ではない私は、志乃に引っ張られる形で起こった関係から抜けられずに時が経っていった。

十二月、志乃の連載作品が単行本になった。売れ行きも悪くなく、いくつかの新聞や雑誌の書評に取り上げられ、インタビュー記事も載った。一ヵ月半で増刷がかかった。部数は大したことはなかったが、それまでの志乃の本の売れ行きに比べたら、大成功といえるものだった。

私も、連作短編を作るために、また仕事を頼んだ。短編集が出来る頃には、長編をと目論み、編集長と掛け合った。しかし、迫田からはいい返事を引き出せなかった。

だが、その話は一切、志乃にはしなかった。

他社の雑誌からの依頼を引き受けたはいいが、締め切り間近になっても、志乃は一行も書けない状態が続いていた。酒を飲んでは書けない理由を探し、私に愚痴った。

志乃はプレッシャーに弱い人間だった。彼女の母親は、常に志乃に完璧を求めたそうだ。それはさぞかし辛かったろう。達成感をあたえられずに幼少期を過ごすと、大人になってからもその後遺症は消えず、何をやっても満足感が得られないものだ。

そのことを志乃に伝えると、いきなり躰を私に預けてきた。

「私をそこまで理解してくれてるのは、あんただけ」

志乃が重かった。躰ではなく心がである。

近い将来、私に依存してくる佐久間志乃を見捨ててやらなければ、と本気で思った。

ここまでは、私という存在は彼女にとって大事なものだった。しかし、これ以上は、志乃という作家にとって私は害になる。

確かに、そういう発想を持ったのは、志乃との関係をどこかで終わりにしなければ、という別の思いが働いていたからだ。感情の尾を引きずっていたとしても、決断する時が迫っている。このままの状態にいつまで耐えられるか分からない私は、ふんぎりをつける機会を探そうと心に決めた。

別れることを強く意識したが、急に終わりを宣言することはできない。会いたいと思った時でも、私は理由をつけて会うのを避けるようになった。志乃も仕事が忙しくなったので、以前よりもしつこく誘ってはこなかった。

そうこうしているうちに、春がやってきて、志乃が喜ぶ情報が入ってきた。例の長編がある文学賞の候補に挙がったのだ。選考会は四月の下旬に開かれる。

私は心から志乃の作品の受賞を願った。志乃のためだけではない。これをきっかけにして、子供を乳離れさせるように、私との密なる縁を切らせようと考えたのだ。もしも落選したら、私は別れを切り出せないだろう。

選考会当日は、我がことのように落ち着きがなくなった。発表を待つ間、一緒にいてほしいと志乃にせがまれたが、断るしかなかった。

自社から刊行された作品も候補に挙がっており、雑誌連載時に担当したのは私だったのだ。

その候補者は、志乃が何かにつけて悪口を言っている女の作家だった。

私たち担当編集者は、彼女を囲んで結果を待った。

受賞したのは志乃だった。内心小躍りしたいほど喜んでいたが、おくびにも出さずに、落選した女流作家に付き合った。落胆を隠して笑顔を作っているのが痛々しかった。

信代から、志乃が苛々《いらいら》して私を待っているという伝言が入った。

落選者が帰ったのは午後十一時少し前だった。私はその足で、志乃のいる店に向かった。

志乃の行きつけのバーは貸し切り状態だった。信代の他にも、他社の編集者が三名残っていて、志乃を囲んで飲んでいた。

テーブルの上には花束が置かれてあった。

志乃は私をちらりと見たが、笑ってはいなかった。喜びを素直に表せる性格ではないので、別段驚かなかった。

私は畏《かしこ》まって祝いの言葉を口にしてから、くだけた調子で「よかった、よかった」

と何度もうなずいて見せた。

「ありがとう」志乃が腕を私の方に伸ばした。「握手して」

私は志乃の手を握った。改めて乾杯した。それが終わると、三々五々、編集者たちが帰っていった。

「私もそろそろ」

そう言った信代を私が引き留めた。「受賞作は、横沢さんがいなければ本にならなかった。本になってなかったら受賞もなかった。僕が礼を言うのも変だけど、ありがとうございました」

「賞を取るに価する作品だったたってことですよ」

「それはそうだけど」

「森川さんの一言がなかったら、書けなかった作品よ」志乃がぽつりと言った。

私は志乃に目を向けた。突然、目頭が熱くなってきた。私は志乃から目を逸らした。自分が関わった作品が受賞した。それだけでも感情が昂ぶっていたが、こみ上げてくるものがあった理由は違うところにある。

ついに別れを口にする時がきたという思いが涙を誘ったのだった。

志乃が私に抱きついてきた。

心ここにあらず。私はぼんやりとして彼女の躰を受け止めていただけだった。

「佐久間さん、本当にいい編集者と出会いましたね」信代がしんみりとした声で言った。

「横沢さんのおかげでもあります」私から躰を離した志乃が言った。

しばらくすると信代がグラスを空け、腰を上げた。「明日、早いので、私はこれで失礼していいかしら」

「遅くまでありがとう」志乃はそう答えて、スツールから降りた。そして、改めて信代の労をねぎらう言葉を口にした。

「次の作品、よろしくお願いしますね」

受賞作の版元だからと言って、そこまでの勘定を支払い、信代は店を出て行った。

バーテンダーがグラスにシャンパンを注いでくれた。

もう一度グラスを合わせた。

「森川さん、これからも私の傍《そば》にいてね」

シャンパンの甘みが舌にまとわりついてきた。

「いつかは担当を離れることになるよ。志乃も知ってる通り、余程のことがない限り、作家は担当編集者を選べない」

志乃の目がぎらりと光った。「担当じゃなくても傍にいられるでしょう？」

「まあね。でも……」

「でも、何よ」

「志乃は俺に依存しすぎてる。それを何とかしなきゃ」

「私が鬱陶《うっとう》しくなったってこと？」

私はカウンターの隅にいるバーテンダーが気になった。

「そういうんじゃないよ。ともかく、今夜は受賞した夜だ。愉しくやろう」

「森川さんが変なこと言うから、おかしくなったのよ」

「そうか。悪かったよ」

「最近、何か私を遠ざけてる感じがしてたけど、勘が当たってたみたいね」

「お互いに忙しかっただけじゃないか」

「誤魔化さないで」志乃が声を荒らげた。

バーテンダーと目が合った。彼は慌てて目をそらした。

「これを飲んだら帰ろう」

いきなりだった。志乃の拳が私の左頬《ほお》を捉えた。

志乃のパンチに力はなかった。殴られた頬に痛みすら感じなかった。

本能的に顔を背けたためだろう、頬を捉えた志乃の拳が眼鏡のツルを掠《かす》めた。弾《はず》みで、眼鏡が落ち、シャンパングラスにぶつかった。チンという音がした。義理で弔問《ちょうもん》にきた客が鈴《りん》を叩いたような勢いのない音だった。

口を半開きにして、私たちを見ているバーテンダーの顔が目に入った。

バツの悪さといったらなかった。私は照れ笑いを浮かべてみせた。私の笑みにつられてバーテンダーの口許もゆるんだ。

志乃はグラスを一気に空け、からりとした調子でこう言った。

「ああ、気持ちよかった」

殴られたことに動揺はなかったが、志乃の態度にうろたえた。

私は勘定を頼んだ。志乃が、自分が払うと言った。任せることにした。モグラ叩きも無料ではできない。なぜか、そんな冗談が脳裏を掠めた。

タクシーで志乃のマンションを目指した。車中、志乃は窓の外を黙って見続けていた。

女ばかりの家で育ったが、私に手を上げた女はひとりもいなかった。子供の頃に、父に殴られたことはあったが。

母にヒステリックな声で叱《しか》られたことはある。昌子と麗子に言葉の集中砲火を浴びたこともあった。居間の座卓で、顔を集めていた女たちから除《の》け者にされることもしょっちゅうだった。私に腹を立てようが、私を無視しようが、理由はすべて些細《ささい》なことだった。

中でもひとつ、よく覚えていることがある。小便の飛沫《しぶき》を便器の外に飛ばすな、というのだ。そのことでは父も同罪だった。

「はね散らかしてるのは、やっぱり、お前だよ」父がそう言ったことがあった。

「ずるいよ。僕だけのせいにするなんて」

「若い頃は、馬のションベンみたいに勢いがあったよ。けど、今はあんなには飛ばない」父が小さく笑った。

父が亡くなったのは、そんな男同士の会話を交わして間もなくのことだった。

そんな家庭に育ったのに、女のパンチを食らったことはなかった。志乃の態度に動揺しつつも、志乃のパンチが新鮮だった。

志乃も私も酒を飲む気にはなれなかった。

コーヒーを用意した志乃が、私の前に座った。「痛かった?」

「全然」

「手加減したからね」志乃はさらりとした調子で言い、コーヒーを啜《すす》った。

志乃の部屋で、このようにして相対すると、女に殴られたという新鮮な経験も消えてしまい、重い気分に包まれた。

「殴られた理由が分からないんだけど」

「もういいよ、その話は。気持ちよくなったんだから蒸し返さないで」

大きな賞を受賞したその夜に、感情を抑え切れずに人を殴る。俗人であれば、栄誉ある賞をもらったことで、大半の不満は一時とはいえ消えてしまうはずだ。ところが、志乃はそうならなかった。酒のせいもあろうが、それにしても、私にとって理解しがたい人間だということを改めて痛感させられた。

正直、私は恐ろしくなった。しかし、同時に、愛《いと》おしい思いも湧いてきた。

今夜は別れ話を持ち出すのは止そう。一瞬、くじけそうになったが、自らを律した。私を必要としている気持ちが、拳にまで表れたのだ。今が話をする絶好の機会ではなかろうか。

どうするべきか。私の心は、振り子が大きく揺れるように、右に左に、行ったり来たりした。揺れが大きくなればなるほど、迷いの谷は深くなっていった。

「何で黙ってるの？」志乃の声は沈んでいた。

「ほっとして気が抜けたんだよ。志乃は疲れてないのか」

志乃が首を横に振った。

「これからもっと忙しくなるな」

「どうして話を逸らすの？」

「仕事の話をしたら駄目かな」

「私、鬱陶しい女よね」

「作家らしい女だよ」

「森川さん、もう私に耐えきれなくなったんでしょう？」

私は答えに窮《きゅう》した。

「沈黙は多くを語るものよね」

志乃はぽつりと言って肩を落とした。唇がかすかに震えている。

躰を小さくした志乃の姿が、頑是《がんぜ》ない子供のように思えてきた。決意が鈍りそうになった。コーヒーカップでも投げつけられた方がよほど気が楽だった。

「志乃、お前はそろそろ俺から独立すべきだと思う」私は、志乃から視線を逸らさずに言った。

やっと道筋をつける言葉が吐けた。しかし、涙がじわりと目の縁に滲《にじ》んできた。私は何度も目を瞬かせた。

部屋には暗鬱《あんうつ》な雰囲気が澱《よど》んでいた。

「森川さんに寄りかかりすぎてたのは認めるよ。これからは自分のことは自分で決めるようにする」

これまで見せたことのない素直な態度に、私は言葉を失った。煙草を消すと、キッチンに立ち、グラスに水を汲《く》んで戻った。

廊下から男と女の笑い声がかすかに聞こえた。ややあって、隣の部屋のドアが開け閉めされる音がした。

私と志乃も、夜遅くに笑い声を立てながら、ここに戻ってきたことが何度あったことか。

作家としての志乃が、私を頼らなくなることは、今後の彼女にとって大事なことだと本気で思っている。しかし、それが別れを口にした理由の半分でしかないのは明白だった。

「あんた、初めから私には興味なかったもんね」

「付き合ってから大きく変わったよ」

「今でも私のこと愛してる？」

「ああ、愛してるよ」

志乃が顔をくしゃくしゃにして微笑んだ。「だったら仲直りしよう」

心がまた大きく揺れた。しかし、志乃の言葉をはねのけた。

「俺は、この宙づり状態の付き合いに耐えきれなくなった。志乃が見抜いてた通り、その程度の器しかない男なんだよ」

志乃は終始大人しかった。修羅場《しゅらば》を望んではいないが、この静けさが不気味だった。

ややあって志乃が言った。「鍵、返してくれる?」

私は財布を取り出し、ファスナーを開き、鍵を取りだした。

「帰って」

そう言われると、すぐには立ち上がれなくなった。

別れの着地をスムースなものにするための演技ではなかった。志乃への想いを断ち切れずにいる自分を持てあましていたのである。煮え切らない自分に反吐《へど》が出るほど嫌悪を覚えた。

思いきって立ち上がった。勢いをつけすぎたのか、一瞬、脚がふらついた。

志乃がそれを見て笑った。志乃は、別れ話がいまだ現実のものではなく、仲直りできると思っているらしい。

私は険しい表情を崩さずに、頭を下げると、ドアに向かった。靴を履きかけた時、志乃が私を見ているのに気づいた。

飼い主に捨てられた仔犬《こいぬ》のような、哀調を帯びた目がたまらなかった。しかし、彼女から視線を逸らすまい。私は志乃を見据え、もう一度頭を下げてから部屋を出た。

放心状態だった。そのまま家に戻る気は毛頭なかった。隅田川の土手に通じる階段を上がり、桜橋まで歩いた。

欄干《らんかん》に身を預けた。志乃のマンションが高速道路の向こうに見える。川面《かわも》から吹き上がってくる風は意外に強く、煙草に火をつけようとしたライターの火が危うく消えそうになった。

胸がずきずきと痛んだ。妻帯者が道ならぬ関係を止めたのだから、世間的には、それで良かったということになるのだろう。だが、人間としてはどうだったのか。志乃からのアプローチで始まったことだったとしても、心を全開にしてぶつかってきた女にむごいことをした、という思いからは逃れられなかった。

多情多恨の志乃の放つ刺激が私を魅了したが、編集者の法《のり》を越えてからは、随伴者の私は息切れし、秘密を抱えて生きることがいかに苦しいかを思い知った。

結婚していようがしていまいが、恋心が芽生《めば》えるのはすこぶる人間的なことである。頭では分かっているのに、腰が引けてしまっている自分が情けなくて、追い詰められた気分になった。

こういう悩みを抱えた者の中には、川にざぶん、と飛び込む生真面目な人もいるであろうが、私は、密閉性の極めて悪い安普請《やすぶしん》のように風通しのいいところがあるものだから、川を見つめていても、飛び込もうなんて気持ちにはまるでならなかった。時も人生も、川のように流れていくものだ。そんな手垢《てあか》のついた人生論めいたことしか頭に浮かばなかった……。

我が家では祝日に国旗を掲揚する習わしになっていた。

四月二十九日は、当時はみどりの日だった。その日の朝、私は例年通り、脚立《きゃたつ》に登って門の端に国旗を掲げた。娘たちが幼かった頃は、家族あげての行事だったが、その頃にはもう、母親しか国旗を見上げる者はいなかった。

微風に国旗がゆらゆらと揺れていた。長閑《のどか》なゴールデンウイークの始まりだった。

しかし、私の胸の中のざわめきは収まってはいなかった。志乃のことが頭から離れなかった。未練の尾を断ち切れずにいたのは確かだが、それだけではなかった。陰で私に悪罵《あくば》を浴びせたり、編集者に妄言を吐いたりするぐらいですんでくれれば目を瞑《つむ》っていられるが、それ以上の妄動に走りはしないかと不安だったのだ。

国旗の掲揚が終わると私は家を出た。足任せに門仲《もんなか》の交差点に出ると、地下鉄の出入口近くの公衆電話ボックスに入った。コインを落とし、ボタンを押した。が、途中で受話器を下ろしてしまった。

電話ボックスを出た瞬間、目の前に長女の美千恵の姿があった。

私は表情を取り繕い、「ここで何してるんだ」と訊いた。

「綾《あや》ちゃんと待ち合わせしてるの」

篠田《しのだ》綾は、福住《ふくずみ》に住んでいる美千恵の幼馴染《おさななじ》みである。ふたりで渋谷まで遊びにいくのだという。

「その後、腱鞘炎《けんしょうえん》の具合はどうだ？」

「そんなのとっくに治ったよ」美千恵が冷たく答えた。

腱鞘炎でピアノを弾けなくなったといい、教室に通わなくなったのは高校進学の直前、三月のことだった。きちんと治してから続ければいいじゃないか、もったいない、という私の言葉に、美千恵は口を開かず、首を横に振った。決意の固さが感じられる態度に、私はちょっと驚いた。腱鞘炎は口実で他に理由があるのではないか。私は疑いの眼差しを美千恵に向けたが、それ以上、そのことには触れなかった。

美千恵が私から目を逸らした。「お父さん、どこに電話してたの？」

「部下の家だよ」

「家から掛けられないの？」

的を射貫《いぬ》いた質問に、私は少なからず焦った。

「散歩の途中で、ちょっと思い出したことがあってね。でも掛けるのは止めた。休みの日にまで自宅に掛けるのはまずいと思ってさ」

思春期の少女は、小さな異変にも敏感に反応するという。だがまさか美千恵が、志乃との関係に気づいているはずはない。

「渋谷で買い物か」私は気を取り直して訊いた。

「…………」

そういう質問を親にされるだけで詮索《せんさく》されているのでは、と神経質になる。反抗期の態度。私はそう受け取りたかった。

「お小遣い、足りてるのか」

金で買収しているような嫌な気分だったが、財布を取りだした。

「いらない」

口早に突っぱねられた。それでもめげずに私は小遣いを渡そうとしたのだが、美千恵は受け取らなかった。

清澄《きよすみ》通りを小走りに渡ってくる篠田綾の姿が目に入った。

「こんにちは」綾が息を切らせながら私に挨拶をした。そして、美千恵に遅れたことを謝った。

「あんた、いつも遅れるんだから」

言葉とは裏腹に美千恵の表情は柔らかい。私と話していた時とは大違いである。

「失礼しまーす」綾が明るく言って、美千恵と共に地下鉄の階段を下りていった。

美千恵の姿が見えなくなるまで、私はその場に立っていた。

私は本屋に寄ってから家に戻った。掃除機をかける音が聞こえてきた。

美枝が廊下を掃除していた。私に気づくと、掃除機のスイッチを切った。

「電球が二個、切れてるの。換えてくれる？」

一箇所は廊下、もう一箇所は庭園灯だった。私は丸椅子に乗り、まず廊下の電球を換えた。それから庭に出た。レンゲツツジが黄色い花をつけていた。サンザシの控え目な白も目についた。元の暮らしが戻ってきた。胸の裡に仕舞い込んだ不安を一時忘れ、私は陽射しに頬をさらした。

小百合と朋香は、近所に住む友だちの家族と一緒にディズニーランドに出かけていた。麗子はすでに結婚し、仙台《せんだい》に移り住んでいたので、家に残っているのは母と美枝と私の三人だけだった。

昼は三人で蕎麦《そば》を食べた。食事が終わると、母は自分の部屋に戻り、テレビを視始めた。

私は煙草に火をつけた。「さっき門仲の駅前で美千恵に会ったよ」

「綾ちゃんと一緒だったでしょう？」

「ふたりで渋谷に行くって言ってた」

「あなた、最近、煙草の量が異常に増えたんじゃない？」

「仕事が忙しくなるとどうしてもね」

「そろそろ止めたら？　小百合も朋香も、すごく嫌がってるのよ」

「美千恵は何も言ってないのか」

「あの子は別に何も」美枝が浮かない顔で答えた。

「美千恵、ここんとこ態度が少し変だな」

「そう？　そうは思わないけど」

「俺の下着と自分のものを一緒に洗うの、今でも嫌がってるのか」

「そういえば、最近は調べたりしなくなったわね」

私は煙草の煙をゆっくりと吐き出した。

「けむい」美枝が眉をひそめた。

私は煙草を消した。「あいつ、何となく俺に冷たいんだよ。昔はすごくなついてたのに」

「なつきたくても、あなた、ほとんど家にいないじゃない」美枝が白けた調子で言った。「小百合がね、最近のお父さん、変だって言ってたわよ」

首筋にじわりと脂汗《あぶらあせ》が滲んだが、飄々《ひょうひょう》とした口調で答えた。「会社でいろいろあるんだ。これからはもう少し家にいるようにするけど、女の子の扱いは、男親にとっちゃ、やっぱ、難しいなあ」

「女の中で育ったあなたでも、男は男だもんね」

「そうだよ。俺は男だよ」

言わずもがなのことを口にした自分は、やはり変である。無意識に煙草に手が伸びた。

「病気ね、そんなに吸うなんて」美枝が苛立った調子で言い、席を立った……。

過去を振り返り始めたら、止まらなくなってしまった。

私は酒を飲むのを止めると、押入れを開けた。段ボール箱の中に当時のアルバムが仕舞《しま》ってある。それを引き出した。

美千恵と門仲でばったりと会った、あのゴールデンウイークの最中に、家族で撮った写真が見つかった。

なぜ、こんな写真を誰が？　と訝《いぶか》ったが、誰が撮ったかはすぐに思い出した。昌子の夫、太郎が、オートフォーカス一眼レフを買い、それを自慢げにぶら下げて、昌子と一緒に家にやってきた。その時、撮った一枚である。

私は今よりも髪が長くて、鼈甲《べっこう》色の眼鏡をかけていた。今よりもかなり痩せていた。笑ってはいるが、魂を抜かれたかのように生気が感じられない。歳を重ねた上に、癌《がん》が見つかり、再発の不安を抱えている今の方が、ずっと生き生きしている。

小百合と朋香の表情は明るかった。しかし、美千恵と美枝はちょっと難しい顔で写っていた。だからといって、暗い気分でいたとは限らない。写真は時として嘘をつく。だが、それでも特に美千恵からは陰気な雰囲気が漂っていた。

女子高校生にルーズソックスとミニスカートが流行《はや》り始めた頃だった。美千恵もルーズソックスを履いていたが、スカート丈は目立つほど短くはなかった。コギャルやガングロが流行ったのはもう少し後のことで、あの頃の女子高校生の服装はそれほど派手ではなかったことを改めて思い知った。

太郎が家族写真を撮ってくれた後、全員が一緒に写っている写真は一枚も見つからなかった。

私はアルバムを閉じ、グラスに残っていた酒を飲み干した。

あの頃すでに、美枝も私の様子がおかしいことに気づいていた。だが、その理由まではっきりとはわかっていなかったようだ。

考えられないことが起こったのは、それからしばらく経ってからだ。

今は、ささくれ立った思い出も風化し、淡々と思い返せる。だが当時は、ハンマーで頭を殴られたみたいな衝撃だった……。

五月の声を聞いても、志乃から音沙汰《おとさた》はなかった。

彼女に対する感情の尾を引きずっていた私は、心が崩れかけ、自ら連絡を取りたくなった。

密会していた時は、家族のことが気になって、宙づり状態の不安定な気持ちに苛《さいな》まなった。

れていた。しかし、家族の許へ戻った今は、絆《きずな》を無理やり断ち切った志乃のことが胸を翳《かげ》らせている。

しかし、自分の下した決断が間違っているとは決して思わなかった。

私から佐久間志乃の担当を降りたいと申し出ることはできるが、周りに私と志乃の噂が蔓延《まんえん》しているので言いにくかった。

ともかく、面倒なことになった。だが、それもこれも自分のせいである。仕事で付き合いが始まった相手と情を通じると、こういうことも有り得ると覚悟しておくべきだったろう。しかし、相手に夢中になっている時は、そんなことを考えもしない。それが人間というものだ。

志乃の顔を見ないわけにはいかない事情が、五月の下旬に巡ってきた。

志乃の授賞パーティーが都内のホテルで開かれたのである。欠席することは考えなかったものの、あんなに気が重い文学賞のパーティーは、後にも先にも経験がなかった。

その晩の志乃は黒いシックなドレス姿だった。選考過程の報告が終わると、受賞者のスピーチの番になった。

こんな時でも、非常識な発言をするかもしれない。何を言い出すだろうか、と不安だった。しかし、志乃のスピーチは拍子抜けするほど普通のものだった。
ほっと胸を撫で下ろした。そして、思った。やはり、私が彼女から離れたことがい
い結果を招いたのかもしれないと。
写真撮影などが終わり、会場が和《なご》やかな雰囲気に包まれた。人が多くて誰が来てい
るのか分からないくらい盛況なパーティーだった。祝いの言葉を述べる人たちが、志
乃の前に列を作っていた。
主役の志乃だが、華やかな印象からははなはだ遠かった。小柄なせいもあろうが、
裡に閉じこもりがちな彼女の性格に起因するところが大きいように思えた。しかし、
落ち着いた作家らしい雰囲気を漂わせていて、私は、志乃の魅力を再確認した。
志乃には編集者として簡単に挨拶をした。志乃は顔を引きつらせ、おざなりの言葉
を返しただけだった。
横沢信代に二次会はどうするか訊かれた。用事があるから欠席すると答えた。
「明日の午後二時頃、お宅の社の近くまで行く用があります。その後、ちょっと会い
ません？」
志乃のことで何か言いたいことがあるらしい。私は、仕事が終わったら社に電話を
くれと言って会場を後にした。

翌日、私が指定した喫茶店で信代は待っていた。果たして、用件は志乃のことだった。

志乃は信代に私との関係を、酔って、洗いざらい話したという。

「相当、荒れてたんですね」

「選考会の夜以来、飲んだくれてたそうよ。私が電話をした時は午後一時頃だったけど、彼女、べロンベロンでした。正直言って、面倒だなって思ったんだけど、様子を見に行ったの」

「あなたには迷惑ばかりかけてるな。ごめんなさい」

「森川さんとの恋の後始末。迷惑も迷惑。大迷惑ですよ」信代がからからと笑った。

「戯《たわむ》れに恋はすまじ。思い知らされたよ」そう言ってから、私はまた謝った。

笑顔が消えた信代は、まだ何か言いたげだった。私は、すべて話してほしいと迫った。

信代がおずおずと口を開いた。

「あなたを殺すと言って出刃包丁《でばぼうちょう》を手にしたんです」

「出刃包丁、はあ……」

私は口をあんぐりと開けてしまった。しかし、そこまで激しかったとは。驚きのあまり恐怖心も湧いてこなかったのだ。

「私が止めれば止めるほどいきり立って」

「どうやって止めたの?」私はおずおずと訊いた。

信代が、ふふふと笑った。「彼女が騒いでる時に、サイレンの音が聞こえてきたんです。パトカーのサイレン音でした。パトカーは、彼女のマンションの前で停まったの」

「彼女のわめき声を聞いて、住人が警察を呼んだの?」

信代が首を横に振った。「騒がしいから私が下まで見に行ったんです。近くにいた人に聞いたら、一階の住人が、下着を盗もうとしてた男を捕まえて、警察を呼んだんだって分かりました」

「下着泥棒《どろぼう》騒ぎが、彼女の興奮を鎮《しず》めたってことか」私の頬から笑みがこぼれた……。

季節が巡っていった。私は淡々と仕事をこなし、やむをえない場合を除くと、以前よりも早く帰宅するようになった。

美枝は、私が早く帰ってくることを、顔に出して喜んだりはしないものの、何となく以前よりも表情が柔らかくなった。

ある夜、久しぶりに美枝の躰を求めた。罪滅ぼしのつもりは毛頭なかった。愛おしく思う気持ちが、欲情をもたらしたのである。娘たちや母親に気づかれたくないから、コソコソとした交わりだったが、美枝の表情が、普段とはまるで違う輝きに満たされていくのが分かった。

夫婦になると、日常の時間が、男と女の部分を侵食していく。情愛を育《はぐ》むことはできても、愛を確かめ合う行為は疎《おろそ》かになるものだ。それはそれでしかたのないことだが、やはり、躰を求め合うことで、日常という潮風に晒《さら》され、錆《さ》び付いた蝶番《ちょうつがい》の滑りがよくなるものである。

家に顔を出した昌子がじっと妻を見つめ、こう言ったことがあった。

「美枝さん、最近、潑剌《はつらつ》としてるわね」

「そうですか」美枝は満更《まんざら》でもない顔をして、ちらりと私を見た。

「お母さん、前より化粧の時間が長くなったよ」小百合が言った。

昌子が私と美枝を交互に見て、にやりとした。

「私もお化粧したい」朋香が言った。

「あんたはまだ早いよ」小百合が鼻で笑った。

「小百合姉さん、この間、お母さんの口紅、こっそり使ってたよ」

「あんたって、おしゃべりなんだからもう」小百合が怒った。

美千恵は自室にこもっていて、温かい雰囲気に満たされた居間にはいなかった。ふと気になり、私は訊いた。

「美千恵はどうなんだ。あんまり化粧には興味ないみたいだけど」

「あの子、奥手なのよ」美枝が答えた。

高校生の娘が大人びた化粧をすることを、父親として喜びはしないが、かといって、まるで興味を示さないというのも気になるものだった。

佐久間志乃の担当編集者のままでいた私は、気になりながらも、担当を外れたいということを編集長には言わなかった。しかし、水面下で、私の代わりを引き受けてくれそうな編集者たちに打診してみた。だが、いい返事はまったくもらえなかった。

あれは、志乃の授賞パーティーから二ヵ月ほど経った七月下旬だったと思う。ある日の午後、編集部である作家の生原稿を読んでいた時、美枝から電話がかかってきた。

「あなた……」美枝はそう言ったきり、黙ってしまった。

「どうした？」

「あなた、会社にいるわよね」

「何を言ってるんだ。お前が社に電話してきたんじゃないか」

「前にデパートで会った佐久間さんって作家が家に来てるの」

私は言葉を失った。顔がかっと熱くなり、鼓動が全身の骨を叩く勢いで激しくなった。

ペンを握っていた手が震え出したのを止めようとした際、手許にあった缶コーヒーを倒してしまった。生原稿はみるみるうちに汚れ、机から垂れた茶色い滴《しずく》が、ベージュ色のズボンを濡らしていくのが見えた。

「ああ、ちょっと……すぐにかけ直す」

「あなた、一体……」

美枝の不安げな声を無視して、電話を切った。そして、濡れた原稿をハンカチで拭《ふ》いた。慌てて拭いたものだから、コーヒーが原稿に拡がり、万年筆で書かれた文字を滲ませた。

隣で仕事をしていた女性の同僚が、素早くティッシュペーパーを持ってきて、コーヒーを拭《ぬぐ》い取るのを手伝ってくれた。

「大変なことになった」私は呆然《ぼうぜん》としてつぶやいた。

「え？」同僚が怪訝《けげん》そうに私の顔を覗き込んだ。

「いや、その……。原稿を汚してしまったじゃないか」

私は笑って誤魔化そうとしたが、うまく笑えるはずもなかった。

「お宅で何かあったんですか？」

「え？ああ……。下の子が急に熱を出したらしくてね」

編集長の迫田は外出中だった。私は、彼女に編集長への伝言を託し、会社を出た。

空が炎症を起こしているような暑い昼下がりだった。

表通りに出るだけで、びっしょりと汗をかいた。汗だくなのは、暑さのせいばかりではなかった。冷や汗のせいである。

公衆電話ボックスに入ると、家に電話を入れた。

「佐久間さん、まだいるのか」

「いるわよ。あの人、どうして家に……」

「電話、替わってくれないか」

ややあって志乃が電話口に出てきた。

「突然、お邪魔してごめんなさい」

志乃の妙に明るく落ち着いた声に、私は目の前が真っ暗になった。

「どういうつもりなんだ」私の声は上ずっていた。

「会社に電話をしたら、家に戻られたって言われたものですから、こっちに来たんです」

「何か用？」

「原稿が出来たから、お持ちしたんです」

「九月の原稿のこと？」

「前みたいに、編集者の方にご迷惑をかけるようなことがないようにしようと思いまして。こんなに早く原稿が入るんだから、森川さん、喜んでくれるでしょう？」

「今から会社に来てくれないか」

「この後、門仲で人に会うんです。だから、森川さんが、こちらに戻ってきてくれると助かるんですけど」志乃の口調は、竹林をさらさらと吹き抜けてゆく風のようだった。

私はしばし口がきけなかった。

公衆電話ボックスの外で女が待っていた。苛々している様子だが、女に背を向け重い口を開いた。

「郵送してくれればいいですよ。読んだらすぐにご連絡申し上げますから」

「戻ってきてくださるのね。助かります」

志乃は私の言葉を無視してそう言うと、一方的に電話を切ってしまった。

受話器を元に戻しても、放心状態の私は電話ボックスから出られなかった。ガラス戸が叩かれる音で我に返った。

女に一礼して電話ボックスを出た。そして、タクシーを拾い、家に向かった。三時少し前、家の前に着いた。

門扉を開けると地獄が待っている。私はしばし門の前に立ち尽くしていた。

「崇徳《むねのり》」

声をかけられた。日傘の端から顔を覗《のぞ》かせていたのは母の笑顔だった。

「あんた、そこで何してるの」

「ああ、その……。この門も古くなったなあって思って」

「はあ？　何言ってるの？　暑さでどうかしたんじゃないの」

あの頃、母の頭はまだしっかりしていたのだ。

「入りましょう」

私は思いきり戸を引いて、母を先に通した。

母はしげしげと私を見つめた。「あんた、仕事は？」

「作家がうちに来ちゃったみたいで」私は額の汗をハンカチで拭った。白いハンカチはコーヒーで茶色く汚れていた。そのことに気づいた私は、母に見られないように素早くポケットに隠した。

「作家先生がうちにねえ」首を捻《ひね》りながら、母が玄関の戸を開けた。

廊下にただならぬ足音が聞こえた。小暗い廊下に立つ美枝の顔が陰と化している。

「お義母《かあ》さん」美枝が呆然とした調子でつぶやいた。

母が苦笑した。「崇徳がね、おかしいのよ。今もそこでね……」

「お客さん、まだいるの？」私は、母を遮《さえぎ》って訊いた。

「いますよ」美枝が強い口調で言った。

母が、私と美枝の顔を交互に見て、また首を傾《かし》げた。

奥から昌子が現れた。

どうしてこんな時に姉が……。私は口をあんぐりと開けて、昌子を見つめた。

「佐久間先生がお待ちかねですよ」昌子は何事もなかったような口調で言った。

靴を脱いだ。他人の家に上がる時のように、きちんと靴をそろえた。ヒールの高い派手なサンダルが目に入った。私は愕然《がくぜん》とするばかりだった。

美枝の姿はもう廊下にはなかった。

居間の襖《ふすま》を開けようとした時、廊下に美千恵が現れた。美千恵は彫像《ちょうぞう》のようにまったく動かず、私から目を離さない。

美千恵は廊下で盗み聞きしていたに違いない。そして、志乃の来訪の本当の理由に気づいた。唇をきゅっと結んだまま、廊下に立って私を迎えたのは、私に対する強い抗議の表れとしか思えなかった。

「美千恵ちゃん、部屋に戻って」昌子が強い口調で言った。

それでも、美千恵は私を見つめたまま動かない。

「崇徳さん、お客様を待たせちゃ駄目よ」

昌子は私にそう言い、美千恵に近づいた。

「作家先生がうちに見えたのは初めてね。ご挨拶しなくっちゃ」

のんびりとした母の声ほど場違いなものはなかった。

「お母さん」

昌子が声を殺して止めたが、状況がまるで呑み込めないらしい母は、「崇徳がお世話になってる方でしょう」と言いながら襖を開けた。

志乃が庭を背にして腰を下ろし、襖の近くに美枝が座っている。ふたりとも正座していた。昌子は入ってこなかった。美千恵の相手をしているのだろう。

「崇徳の母の基子《もとこ》でございます。息子がお世話になっているそうで」母も正座した。そして、深々と頭を下げた。

美枝の顔が引きつっていた。志乃は、母の出現にちょっと面食らったようだったが、吸っていた煙草を消すと、丁寧に挨拶を返した。

私は、美枝と志乃の間で胡座《あぐら》をかいた。

志乃の前には茶封筒が置かれてあった。

「お若くてお綺麗な方ですね」母がしげしげと志乃を見つめた。

「いえ、そんな」志乃が目を伏せた。

志乃の服装に、私は目を背けたくなった。胸の谷間を強調した真っ赤なミニワンピース。太股《ふともも》が露わになっていた。

「うちの社の誰が、私が家に戻ったなんて言ったんですか？」私は志乃に訊いた。

「若い女の人でした。社員教育をちゃんとしておかないといけませんね」志乃は教え諭すような口調で言った。

「そういえば、田山《たやま》君って編集者が早退したな。きっと、そいつと間違えたんでしょう」

美枝と母の手前、志乃の嘘に合わせるしかなかった。

志乃は落ち着いていた。私を虐《いじ》めることに快感を覚えているのは間違いなかった。美枝と母には、そろそろ退散してほしいと思ったが、後ろめたさが私を黙らせた。美枝も、夫と志乃の様子を見ていたかったのだろう、腰を上げる様子はまるでない。

「小説を書くって大変なことね」母が口を開いた。「私、若い頃、小説も読みましたけど、詩の方が好きでした。〝幾時代かがありまして　茶色い戦争ありました　幾時代かがありまして　冬は疾風吹きました〟。書いたのは……誰でしたっけ？」

「中原中也《なかはらちゆうや》です」志乃が笑いながら答えた。「現代にも通じるいい詩ですよねえ。茶色い戦争は、今もどこかで起こってますもの」志乃の声には張りがあった。

「茶色い戦争って今、どこで起こってるのかしら」母の口調は軽やかである。

「世界中、どこでも起こってます。そうでしょう、森川さん」

私は言葉が出てこなかった。心臓に持病でもあったら、そのままあの世に行ってしまっていたかもしれない。なぜかポケットに隠した、茶色く染まったハンカチが頭に浮かんだ。

「わざわざ、家まで届けてくれたということは、相当、作品に自信がおありなんですね」私は気を取り直して言った。

「自信なんか全然、ありません。森川さんの心の支え……というか、アドバイスがもらえなくなったものですから、不安ばかりが心に広がってしまって」志乃はちらちらと美枝を見ながら、目尻をゆるませてそう言った。

私と志乃の間に、作家と編集者の関係を超えた繋がりがあったことは、よほど鈍くない限り、誰にも分かることである。

「息子もお役に立ってるんですねえ、よかったわ」母の口調はあくまで大らかである。

「仕事の話をするから、お母さん、そろそろ」私はそう言ってから、美枝をちらりと見た。

「私たちお邪魔みたいよ。おふたりにしてあげましょう」美枝が不機嫌そうに言い、腰を上げようとした。

それを制したのは志乃だった。

「私、すぐに失礼しますから、そのままで」

昌子は現れない。美千恵と何を話しているのか。油蟬《あぶらぜみ》が庭先で暑苦しく鳴き始めた。

「お義母さん」美枝が母をせっついた。

母がゆっくりと腰を上げた。

「あら、美枝さん、麦茶しかお出ししなかったの？　昨日、甘くておいしいスイカをいただいたのに。あれをお出しなさいよ。先生はスイカ、お嫌いじゃないですよね」

「佐久間先生はお急ぎなんだよ」私は怒鳴った。

「佐久間先生、また遊びにいらっしゃってね。こんな古い家ですけど」

「素敵なお住まいです、風格があって。マンション暮らしの私から見たら、とても羨ましいです」

「先生のお住まいはどちら？」

「向島です」

「まあ」母の顔がぱっと明るくなった。「先生も下町のご出身？」

「いえ。生まれも育ちも成城《せいじょう》です」

母が顎を引き、志乃を覗き込むようにして見つめた。「道理でねえ、垢抜《あかぬ》けしてると思いました」

「お母さん」私は母を睨み付けた。

「それじゃ、失礼します」

母と美枝が居間を出ていった。

しばし、私と志乃も口を開かなかった。

蟬は鳴き止まない。

壁に耳あり、障子に目あり。

私も、編集者としての態度を崩さずにこう言った。「原稿の方、さっそく拝読させていただきます」

「素敵なお母様ね。チャキチャキした江戸っ子って感じ」志乃が薄く微笑んだ。

「…………」

「お母様も私のことを気にいってくださったみたいでよかったわ」

何がよかったんだ。大声で怒鳴りつけたくなった。しかし、そこをぐっと堪《こら》えて腕時計に目を落とした。

「お時間の方、大丈夫ですか？」

志乃が急に黙りこんでしまった。

「私も会社に戻らなければならないんです」

「じゃ、一緒に出ましょう」

「ちょっと家の者に話がありますから、どうぞお先に」

志乃の顔から笑みが消えた。出刃包丁を手にした姿が容易に想像できる恐ろしい目つきだった。

私は、志乃に言いたいことは何もなかった。美枝や昌子、そして美千恵に、志乃との関係がばれた。そのことしか頭になかった。

「それじゃ、私、これで失礼します」

苛立った調子で言った志乃が勢いよく立ち上がった。だが、すぐには動こうとしなかった。

私は何も言わず、そっぽを向いていた。

それでも、志乃は動かない。私は彼女に目を向けた。

「足がしびれた」少女のような甘えた物言いだった。

「歩けば治ります」

「冷たいね」

私も腰を上げた。そして、襖を思い切り開けた。

「原稿、愉しみに読ませていただきます」私は廊下に響くような大声で言った。

志乃がしびれた脚を引きずるようにして、私に近づいてきた。

私は志乃からかなり距離を取って、彼女を先に廊下に出させた。母の部屋からテレビの音が聞こえてきた。私は志乃を玄関まで送った。

志乃が派手なサンダルを履き終わるのを辛抱強く待った。

立ち上がった志乃は私を振り返り、小さく微笑んだ。これで復讐は完了した。そんな笑みに思えた。

志乃の姿が見えなくなった後も、私はその場に立ち尽くしていた。

口実を作って、志乃はこの家にやってきた。しかし、傍《はた》からみたら、訳ありの女が乗り込んできたとしか思えなかったろう。美枝だけではなく昌子も美千恵も勘づいた。母はどうだろうか。飄々とした態度だったが、気配を感じ取っていた気がしないでもない。

しかし、ぐうの音もでない決定的な証拠があるか？　私はひとりで大きく首を横に振った。

こんな場合、男の取る態度はふたつある。証拠がないのだから、どんなに糾弾されても白を切り通すのがひとつ。もうひとつは、観念してすぐに白状する。白状するといっても、赤裸々に語るのは愚《ぐ》の骨頂《こっちょう》。本当のことと嘘をない交ぜにして、浅瀬で戯れただけと相手に信じさせるように努力し、ひたすら詫びる。

偶然、テレビで視て、おおいに笑ったエピソードをふと思い出した。

ある男が、女とデートをしていた。それを妻の友だちに見られた。妻にそのことを持ち出された男はこう弁明したそうである。

「あれは女じゃない。男さ」

「スカートをはいた男と一緒だったわけ？」

「そうだよ。バグパイプをやるスコットランド人の男と仲良くなってね」

大嘘も、ここまでくるとあっぱれとしか言いようがない。しかし、私はそんな芸は持っていないし、状況がまるで違う。白を切り通すべきか。告白すべきか。

美枝次第である。真実と直面したくないと彼女が思っているのだったら白を切り通す方がいい。彼女は、私の言い訳を信じはしまいが、自分がこれ以上傷つきたくないから深くは追及してこないだろう。そうなった場合の問題は、ふたりの間に白けた雰囲気が漂い、すっきりしない関係の中で顔を合わせていかなければならなくなることである。正直に告白し、平謝りに謝った場合は、主導権は美枝に移る。離婚とまではいかないにしても、別居ぐらいは覚悟しなければならないかもしれない。しかし、もしも嵐が収まった時は、美枝と新たに向き合い、これまで以上に深い繋がりを結べる契機になる可能性もある。

しかし、どちらに転んでも、廊下の向こうには暗いトンネルが待っている。

私は踵を返した。

廊下の奥の右側が美千恵の部屋である。そこには昌子がいるはずなのに、しんと静まり返っていて、話し声どころか物音すら聞こえなかった。

私は重い足取りで廊下の角を曲がり、居間に戻った。そして、煙草に火をつけた。

テーブルの上に置かれた茶封筒が目に入った。志乃が残していった原稿である。

どきりとした。私との関係が小説仕立てで書かれているかもしれない。

慌てて茶封筒から原稿用紙を引っ張り出した。原稿用紙をぱらぱらとめくった。愕然として指の力が抜けそうになった。

百枚ほどある原稿はすべて白紙だった。

あなたとはもう仕事はしません。空白の原稿用紙は暗にそう言っているのか。いや、それは考えすぎだろう。家に押しかけるための口実にすぎなかったに違いない。

私は原稿用紙を茶封筒に戻し、電話機に近づいた。迫田編集長は会社に戻っていた。下の娘が高熱を発したと改めて伝え、早退扱いにしてほしいと頼んだ。むろん、了承された。

いつの間にか蟬は鳴き止んでいた。

小百合はどこに行ったのか分からないが、朋香は林間学校で箱根《はこね》に行っている。あのふたりが不在だっただけでもよかったと胸を撫で下ろした。

廊下で足音がした。昌子が居間に入ってきた。

「姉さん、今日は休み？」

それには答えず、昌子は、顎を引いて私をまじまじと見つめた。「あんたがねえ……」

「誤解だよ」私は淡々とした調子で言った。

「白を切り通しなさいね。告白すれば気が楽になるかもしれないけど、ここは白を切り通すんですよ」

小声でそう言った昌子の目つきは、賄賂《わいろ》を受け取ったことを誤魔化すように秘書に指示する政治家のようだった。

「でも、それは……」私は目を伏せた。

「ここでまた嘘をつくのは辛いだろうし、良心が痛むでしょうけど、美枝さんのために本当のことを言っちゃ駄目。そうやってあんたは煉獄《れんごく》を味わうの」

「煉獄か」私はそうつぶやき、小さくうなずいた。「分かった、そうするよ」

昌子は「後でうちに寄って」と言い残し、帰っていった。

ややあって、私は居間を出た。階段の前で二階を見上げた。我が家の階段は何と急なのだろう。重い足取りでステップを踏みしめ、急な階段を上った。

寝室に入った。美枝はベッドに寝転がってテレビを視ていた。私と目を合わせない。

私はベッドの端に腰を下ろした。テレビではワイドショーをやっていた。切ってほしいと言いかけて、その言葉を呑み込んだ。こういう時に限って、男優の不倫騒動を報道している。

「不愉快な思いをさせたな。悪かったよ」

美枝は口を開かない。

「作家っていうのは変人が多いんだよ。だから、突拍子《とっぴょうし》もないことをやる」

美枝がリモコンを手にして、テレビの電源を切った。

「私、作家の相手をしたとは思ってない。ひとりの女が家に乗り込んできた。そういうことじゃない」

「誤解だよ、それは」私は無理に笑って見せた。

美枝は何も映っていない画面から視線を逸らさない。「あの人とお付き合いしてたんでしょ？　認めなさいよ」

「勘違いもはなはだしい。そんなことは絶対にないよ」

「嘘つき」美枝が吐き捨てるように言った。

「違う。あの作家は確かに俺が好きというか、俺がいないと原稿が書けないんだ。俺に依存してる。ただそれだけなんだよ。彼女の奇行は業界じゃ有名でね」

「付き合ってた女の悪口を言うなんて最低ね」

白を切り通すと決めた限りは、このまま進むしかなかった。

「悪口なんか言ってない。あの作家の才能と奇行は分かちがたく結びついてる。奇行だけ取り上げれば最悪だけど、作品が産み出される限りは、それにも目を瞑るように、俺はしてきた、担当編集者としてね。難しい女だよ。だけど、才能はあるんだ」

「私には何の才能もないわよね」

ずしりと胸に響く嫌味に、私は言葉を失った。

美枝はガーデニングの仕事をやりたがっていた。どこまで本気だったかは分からないが、私との結婚で、仕事を諦めたことは間違いない。当初はかなり未練を持っていたはずだ。しかし、昔気質《むかしかたぎ》の家に育った美枝は、それを抑え込んで、森川家を支えてきた。そうやっているうちに、姑や小姑との多少の軋轢《あつれき》はあったにせよ、平穏な暮らしを手に入れた。それで概ね満足していたに違いない。しかし、志乃の出現で、自立した女の道を断念した自分を思い出し、余計に腹が立ってきたらしい。

「俺は彼女の担当を降りる。今日のような迷惑をお前にかけることは、これからは一切しない。それだけは誓《ちか》うよ」

「変だと思ってた時があったわ」美枝がつぶやくように言った。「外泊や出張が、ある時期、すごく増えたもんね」

私は苦笑して見せた。「それは関係ないよ。編集者は、それでもまだ出張が少ない方なんだよ。販売の連中だと、何日も家を空けることがある。何を言っても信じてもらえないようだけど、ともかく、彼女とは仕事もしないし、会わない」

美枝が弾《はじ》かれたように上半身を起こした。

私は美枝から目を離さなかった。

「〝森川さんは、私にとって大事な人なんです〟って私に向かって言ったのよ」声を荒らげた瞬間、美枝は泣き出した。

「それは……」

「言い訳はもういいわよ」

「聞いてくれよ……」

嘘に嘘を重ねようとした時だった。寝室のドアが大きく開いた。美千恵が立っていた。刺すような視線で私を睨み付けている。

美枝が態度を取り繕った。「美千恵、部屋に戻って」

「お父さん、ひどい」美千恵は無理に抑えたようなきつい声で言い、床が落ちるのではないかと思えるほどの勢いでドアを閉めた。

「美千恵、どうしたんだい？」母の声が階下から聞こえた。

母の声に、階段を駆け下りてゆく美千恵の足音が重なった。

ややあって美枝が口を開いた。「私、いろいろ考えたいから、しばらく実家に戻ります」

私は答えようがなかった。油蟬が再び鳴き始めた。

じっくり話し合おうと美枝を説得したが、美枝は聞く耳を持たず、荷造りを始めた。大小あるスーツケースの中で大きい方を選んだ。

「夕食、カレーライスのつもりだったけど、困ったら、お姉さんにでも頼んで」

「美枝、早まるなよ」

美枝は背中を丸め、スーツケースに衣類を詰め始めた。私はしゃがみ込んで、彼女の手を押さえた。

「放っといてよ」美枝はヒステリックになって私の手を振り払った。

今は好きにさせるしかない。私は、止めるのを諦め、一階に下りた。

妻のこともさることながら、美千恵のことが心配だった。美千恵の部屋をノックした。

返事はない。そっとドアを開いてみた。美千恵の姿はなかった。

母が襖を開け、自分の部屋から顔を覗かせた。

「美千恵、出かけたの？」

「すぐに戻るって言ってたわ。崇徳、ちょっと」

私は母の部屋に入り、柱を背にして畳に腰を下ろした。濡《ぬ》れ雑巾《ぞうきん》のようになった心臓が湿った鼓動を打っていた。

籐《とう》椅子に座った母は、薄い笑みを口許に溜めて私を見た。「私も、あの人を見た時から感じてたわよ」

「誤解だよ、誤解。佐久間志乃は破天荒なことをやるので有名な作家なんですよ」

「美枝さん、どうしてるの？」

「実家に戻るって言ってきかないんだよ」

「今はそれが一番かもね」

あっさりとした物言いに私は驚いた。

「俺は美枝と別れる気なんかまったくないよ」

「なるようにしかならないものよ、こういうことって」

母が荷物をまとめて家を出ていったことがあったろうか。私の記憶では一度もない。もっとも、婿《むこ》養子をとって森川家を継いだ母には戻る実家などないから、父と揉めても逃げ出す先はなかったろうが。

「どっこいしょ」母はそう言って、立ち上がった。「美枝さんと話してくるわね」

「家に留《とど》まるように言ってよ……」

必死で頼んだ私を無視して、母は部屋を出ていった。

今、あの時のことを思い返してみても、記憶から抜けていることがいくつもある。

結局、美枝は実家に戻っていったのだが、あの夜、誰が食事を作ったのか、帰ってきた小百合にどうやって説明したのか。細かなことは覚えていない。周りが何も見えない状態でトンネルの中を彷徨《さまよ》っている。そんな心の形だけは忘れずにいるのだが。

母は、美枝が実家に戻ることを容認した。

私に怒りをぶちまけて、家を飛び出した美千恵は、日が暮れてから昌子に連れられて戻ってきた。美千恵は昌子のところに駆け込んだらしい。

実家に戻った美枝、私と目すら合わせない美千恵。これからどうやって関係を修復したらいいのか、見当もつかなかった。

美千恵を送り届けにきた昌子と一緒に家を出て、彼女のマンションに行ったのは覚えている。

会社からすっとんで帰ってきた私が、ネクタイすら外さずに夕食を摂ったのは間違いない。そんな細かなことが記憶に残っていたのは、夜になって風が強まり、ネクタイが頼りなげに風に舞ったからだ。それを見た昌子がこう言ったのである。

「あんた、まさにそのネクタイみたいね。今にもどこかに吹き飛ばされそう」

姉の家に来たのは久しぶりだった。家具が新しくなっていた。

彼らの娘はふたりとも不在だった。郁美《いくみ》は美千恵のひとつ下で、妙子《たえこ》も朋香のひとつ下。まだ少女だった彼女たちが、あの夜、家にいなかった理由は記憶にない。

太郎は私とは違って、小まめに動く男である。酒の用意をし、自分で茹でたという枝豆をテーブルに置いた。

「ウイスキー、それともコニャックがいいかな?」

「あなた、崇徳を酔わせちゃ駄目よ」

「でも、こういう時は飲まなきゃ」

太郎は、騒動を愉しんでいるように見えた。

「しかし、あんたもやるわね」昌子は短く笑った。

「それは違うって言ってるでしょう」

「美枝さんには白を切れって言ったけど、私には本当のことを言いなさい。心の裡をぶちまけられる相手が必要でしょう？」

私は観念し、小さくうなずいた。そして、洗いざらいを、ふたりの前で話した。

「納得したわ」昌子は私の話を聞いてつぶやくように言った。

「何を納得したの？」私が訊いた。

「私は、あんたが積極的に口説いたのかと思ってた。でも、あんたの性格を思えば、それが意外だったのよ。あの先生に押し切られたわけね」

「才能のある子だけど、心が不安定でね」

「頼りにされて、いい気になったのね」

私は肩を落として姉を見た。「いい気になんかなってなかったよ。俺は女を作る器じゃないから、いつも気持ちが張り詰めててきつかった」

昌子がブランデーグラスを軽く揺らし、口に運んだ。「私、不倫って言葉、嫌いよ。結婚してても、他に好きな人ができるって、とても人間的なことだもの」

「理屈じゃ、俺もそう思ってるよ」そこまで言ってちらりと太郎を見た。「でも、太郎さんに愛人がいたら、姉さんだって黙っちゃいないでしょう？」

「そりゃそうよ。腹が立つぐらいじゃすまないかもしれない。だから、美枝さんの気持ち、よく分かるわよ」

「僕は浮気はしないよ」太郎が口をはさんだ。「だって、僕はね……」

「あなたの話はいいの」

太郎が軽く肩をすくめて、グラスを空けた。

「自分の伴侶《はんりよ》がやったら、傷つきもするし怒りもする。場合によっては別れることもある。だけど、だからといって、人が人を好きになってしまうことを、頭ごなしに否定する気にはなれない。一番、腹立たしいのは、自分の伴侶のことでもないのに、道徳を持ち出して、他人を糾弾する人間ね。そういう人間が権力を握ると、ヒットラーみたいになるのよ。純粋なものしか許さないって言って、何でもかんでも禁止しちゃって、挙《あ》げ句《く》の果ては、純粋じゃない者はすべて排除する」

「それはちょっと大袈裟じゃないのか」太郎が異議を唱《とな》えた。

「そうかしら」

「まあいいけど、そんなこと言ってても、崇徳さんが抱えてる問題の解決にはならないよ」太郎が真面目な顔で言った。

昌子が短く笑った。「そうね。ごめん。私の勘だと、美枝さんは必ず戻ってくる」

「そう願ってるけどね……」私はぐいとグラスを空け、溜息をついた。

「美枝さんのことも大変だけど、問題は美千恵ちゃんだな」太郎の声が沈んだ。

「姉さん、美千恵と話したんだろう」

「すごく感情的になってたわ。子供にとっては、父と母が仲良くやっていることが一番安心できるんだものね」昌子の口調も、不倫について語った時の勢いはなかった。

昔読んだ檀一雄《だんかずお》の『火宅の人』が頭に浮かんだ。道ならぬ恋を、家庭の事情も含めて赤裸々に描いた小説である。

檀一雄は、その作品の中で、恋のことを〝天然の旅情〟と表現しているが、こういう一節もしっかりと書いている。

〝つまるところ、どのような高貴な恋愛であれ、子供にとっては、その子供を産んだ肉親の恋愛沙汰に関して、寛大であり得ない〟

あの小説の主人公ほど、〝天然の旅情〟にどっぷりと浸かっていたわけではないが、娘である美千恵からしてみれば、寛大な気持ちで受け止められるはずはない。

「美千恵ちゃん、前から悩んでたそうよ」

「何を？」私は食い入るように昌子を見つめた。

「あなたとあの作家が、向島で愉しそうに歩いてるところを、美千恵ちゃん、見ちゃったのよ」

足許から崩れそうな気分になった。

美千恵の私に対する態度が変わったのは、そのせいだったのかもしれない。

「愉しそうに歩いていたのを見ただけらしいから、編集者は作家にお仕えする身なので、そういうこともあるのよって言っておいたけど」

手を繋いでいたこともあったが、それは見られていないようだ。

「デパートで偶然、あの作家とばったり会ったんですってね」

「ああ。美千恵だけがすごく態度が頑《かたく》なだった。なるほど、そういうことだったのか」

その女が、家にまでやってきて、母親に嫌な思いをさせた。

私は頭を抱えた。

昌子も美千恵のことは本気で心配し、また機会を見つけて話すと言ってくれた。

しかし、美千恵の態度は変わらなかった。そして、後年、家を出ていったのである。

# 第三章　頭痛の種

母の失踪騒ぎがあった翌々日の日曜日、私は電車に乗っていた。

その日は美千恵《みちえ》の誕生日。彼女がレースに出ていないことは確認してあった。会いに行こうという気持ちは以前から持っていたが、なかなかふんぎりがつかなかった。

昌子《まさこ》とのやり取りがきっかけで自分の過去を思い出した。それが、私の背中を押した。

門前仲町《もんぜんなかちょう》から美千恵の住む埼京線《さいきょう》浮間舟渡《うきまふなど》まで、どの線を使えばいいのかよく分からなかった。とりあえず東西線で高田馬場《たかだのばば》に出て、そこから山手線で池袋まで行き、埼京線に乗り換えることにした。自分の車を使うことも考えたが、美千恵と一杯やることになるかもしれないという期待感があった。

美千恵には、訪ねてゆくことは教えていない。不意打ちを食らわせるのもどうか、という思いはあったが、けんもほろろに「来ないで」と言われるのだけは避けたかった。

あの時の騒動のことはもう忘れようとしたが、電車に揺られていると、どうしても思い返してしまう……。

美枝《みえ》がいないから、家事はみんなで手分けしてやった。といっても、私は会社があるし、上げ膳据え膳とまではいわないが、台所とは縁の薄い暮らしに慣れてしまっていたから、食事だけは女たちに任せた。洗濯も苦手である。テレビやビデオデッキの配線は得意なのに、なぜか、全自動洗濯機のボタンは気軽に押せないのだった。洗剤を入れるのは分かる。しかし、柔軟剤の効用については今ひとつピンとこなかった。

私がよくやったのは掃除である。整理整頓と掃除は気持ちを晴らしてくれた。

向こうのお祖父《じい》ちゃんの躰《からだ》が悪い。そういうことにしてあったが、突然、母親が家から消えたものだから、小百合《さゆり》も朋香《ともか》も腑《ふ》に落ちない顔をしていた。

美千恵は、祖母や妹たちの前では普段通りの態度を取っていたが、私とはほとんど口をきかなかった。表向きはみんな明るく振る舞っていたものの、美枝の不在は家族の空気を変えた。どことなく落ち着かない雰囲気が漂っていたのだ。

「お母さん、いつ戻ってくるの」

朋香の邪気のない質問ほど、胸を痛める言葉はなかった。

「会いに行ってみようか」小百合が言った。

「今は駄目ですよ。向こうのお祖父ちゃんのことで大変なの。邪魔しちゃいけないわ」

孫を優しく諌《いさ》めるのは母の役目だった。

美枝に早く戻ってきてほしいと思っているのは娘たちだけではなかった。

私は、美枝と向こうの両親に手紙を出した。しかし、美枝も彼女の両親も何も言ってこなかった。むろん、電話もかけた。だが美枝と話をさせてはもらえなかった。彼女の母親、静恵《しずえ》の声も、普段とは違ってそっけなかった。

お盆休みまでは、じっと耐えていようと心に決めた。

その間に、何とか美千恵の閉ざされた心を開こうと、ゆっくり話ができる機会を見つけようとした。しかし、相手にされなかった。優しく接していても始まらないと、小百合と朋香がいないのを見計らって、彼女の部屋に入った。

美千恵は机に向かっていた。

冷たい視線を肩越しに私に向けたが、すぐに顔を元に戻してしまった。

「美千恵ちゃん、お父さん、お前と話がしたい。今日はちゃんと話ができるまで、ここを出ていかない」

「勉強中よ」美千恵は、教科書のページを、これみよがしに捲《めく》った。

娘に対して白を切るのは、妻に対するよりも良心が痛んだ。しかし、真実を話して詫びることは今更できない。仮に、美枝に正直に告白していたとしても、同じことを娘に話すのは憚《はばか》られたろう。

話があると言ったはいいが、私は言葉が出てこなかった。

「出てってくれない？」

「お母さんと仲良くやっていく。それだけは誓《ちか》うよ」やっと言葉になった。

美千恵が教科書を閉じた。しかし、相変わらず、私の方には目を向けなかった。

「昌子伯母《おば》さんから、聞いたでしょう？」

美千恵は、志乃《しの》と一緒にいるところを見たことを言っているのだろう。

「何を？」

私はとぼけた。しかし、志乃と一緒に歩いていたことを誤魔化《ごまか》そうとしたのではない。昌子が、美千恵と話したことをこちらに逐一《ちくいち》報告していることを、彼女に知られたくなかったのだ。これから先、昌子に美千恵のよき話し相手になってもらうためにも、余計なことは口にしないに限る。

「私が伯母さんに、お父さんとあの作家のことを話したこと、伯母さん、お父さんに話したでしょう？」

「いや。お前が、伯母さんに何を話したのか訊《き》いたけど、伯母さん、女同士の会話だから、って言って教えてくれなかったよ。お前、伯母さんに何を話したの？」

「向島《むこうじま》で、お父さんが、あの作家と一緒にいたのを、私、見たの」

「彼女の家、あの辺だからね。編集者はよく作家の家を訪ねる。家の近くで食事をすることもあるし、飲むことだってあるよ」私は、昌子が美千恵に言ったようなことを、ほんわかとした口調で繰り返した。

美千恵がきっとした目で私を見た。「編集者と作家って手を繋《つな》ぐの？」

「何かの間違いだ、それは」私は口早に否定した。

「昌子伯母さんにも、そのことは言ってない。でも、私はちゃんと見たの。手を繋いで川沿いのマンションに入っていくところを」

私は絶句した。

「そのことは、これからも誰にも言わない。お母さんにも小百合にも朋香にも、お祖母《ばあ》ちゃんにも。嫌な思いをするのは、私ひとりで十分だもの」

「…………」

「お母さんには本当のこと言ったの？」

「言ったよ。誤解だって」

「嘘つきでも、それでいいよ。本当のこと聞いたって何もいいことないもの。もしもお母さんがお父さんと離婚することになったら、私、お母さんと暮らすからね」美千恵はきっぱりと言って、机に突っ伏した。

お盆休みに入る前、私は迫田《さこた》編集長に、志乃の担当を降りたいと申し出た。

理由を訊かれた。志乃が私とは、もう仕事をしたくなくなったようだと答えておいた。

「編集者と作家も距離が縮まりすぎるといいことはないもんだよ」

志乃と私の噂は、当然、迫田の耳にも入っていたはずだ。だから、そんな嫌味ったらしいことを口にしたのだ。

「作家の機嫌を損ねたんだったら、まあ担当を外れた方がいいね。でもな」迫田が顔を歪《ゆが》めて笑った。「彼女を引き受けたいという後任が出てくるかな」

「その辺のことは編集長にお任せしたいと思います」

「わかった。後は俺が何とかする」

このようにして、私は志乃と仕事面においても関係がなくなった。

迫田編集長と話をした翌日か翌々日だったと思う。

美枝の父親、吉郎《きちろう》から会社に電話があった。会いたいと言う。美枝の実家は大田区《おおた》の羽田《はねだ》にある。仕事が終わり次第、そちらに出向くと言うと、吉郎は、それには及ばない、錦糸町《きんしちょう》で友人と待ち合わせをしているので、その近所で会いたいと言い、喫茶店の名前と場所を私に告げた。

仕事を早めに切り上げ、私は錦糸町に向かった。指定された喫茶店は、競馬の場外馬券売り場の近くにあった。昔ながらの喫茶店の奥で、吉郎は煙草《たばこ》を吸っていた。

私は躰を小さくして挨拶をした。吉郎は布袋腹《ほていばら》を摩《さす》りながら、笑顔で私を迎えた。

どんな話が出るのか。私は緊張しきっていた。ブレンドコーヒーを頼んでから、姿勢を正して吉郎に謝った。

「この度は、いろいろとご迷惑をおかけして、本当に申し訳ないと思ってます」

「いやいや。こっちこそ、突然呼び出してすまなかったね。釣り仲間のひとりが錦糸町に住んでおってね」

吉郎は、事務所に魚拓《ぎょたく》を飾って自慢するほどの釣り好きである。錦糸町に住む釣り仲間と、これから一杯やりにいくのだという。

「去年、秋の話だが、体長六十三センチ、重さが四・六キロの石鯛《いしだい》を釣ったよ」

「どこでですか？」

「房総《ぼうそう》の千倉《ちくら》だ。魚拓にしたから、今度、見にきてくれ」

私は、張り詰めていたものが少しゆるんだ。娘を、森川家に戻さないという話ではなさそうだ。少なくとも吉郎は、今回の件に目を瞑《つむ》る気でいるらしい。

吉郎はじろじろと私を見た。「崇徳《むねのり》さん、少し痩せたかな」

「かもしれません」

「女房のありがたみは、いなくなって初めて分かるもんだよ」

私はただうなずくしかなかった。

「話は大体、聞きましたよ」

湯気を上げているコーヒーには口をつけず、私はおずおずと訊いた。「それで、美枝はうちに……」

「帰りたい気持ちはあるようだ」

「私が迎えにいけば何とかなるということでしょうか?」

「多分」そこまで言って吉郎はかすかに口許《くちもと》をゆるめた。「曖昧《あいまい》な言い方しかできなくて申し訳ない。俺も、娘の気持ちが今ひとつ読めないんだよ。ただね、〝別れたいんだったら、別れろ。うちで面倒みるから〟って言ってやったんだけど、〝そうします〟とは言わなかった。だから、崇徳さんのとこに戻る気はあるらしい。おそらく、戻った後のことが不安なんだろうね。美枝は、ああいうことをさらりと受け流せるタイプの女じゃないからな」

「戻ってくれたら、時間をかけて彼女の気持ちを解《ほぐ》していこうと思ってます」

吉郎がぐいと私に躰を寄せた。「その女とはもう関係ないんですね」

志乃とのことは誤解だ、とここでも嘘をついた。心苦しかったが、そう言うしかなかった。

「つくべき嘘というものはあるもんだよ。それは相手に対しての礼儀でもある、とわしは思ってる」

「いや、それは……」全身に脂汗《あぶらあせ》が滲《にじ》んできた。

吉郎の顔から笑みが消え、眼光が鋭くなった。

「もう一度、訊くが、その女とは……」

「まったく会う気はありません。彼女の担当編集者でしたが、それも私から降りました」

吉郎の表情が再び柔らかくなった。「それだけ聞けば、俺としてはもう何も言うことはない」

「お義母《かあ》さん、私に怒っているようですけど」

「うちの婆《ばあ》さん？　あれは、大丈夫。すごい剣幕で怒ることもあるが、さっぱりした女だから、きちんと手打ちをすれば、それですむ。だけど、娘はそうはいかんようだ。根に持つタイプではないけど、尾を引く性格なんだよ」吉郎が腕を組んだ。「そうなったのはね、俺のせいもあるんだ。俺は若い頃ヤンチャだったから、婆さんが泣いてるのを見てる。だから、男の浮気に神経質になっちまったんだよ。美枝に嫌味を言われたよ。〝男ってみな同じね〟ってね。婆さんがそん時、何て言ったと思う？娘に対して〝あんたもやり返したら〟って煽《あお》ってやがるの。婆さんもそうしたかったらしいけど、時代が時代で、自分はできなかった。だから、冗談にしろあんな言葉が出てきたんだろうな」

吉郎と妻の静恵の間には、生々しいことが幾多もあったのだろうが、結局、収まるところに収まった。そんな夫婦に思えた。

「今から、私、お宅にお邪魔して……」

そう言った私を吉郎が右手を軽く挙げて制した。

「今日はやめなさい。俺がいないと、婆さんと娘を相手にして、あんた、孤軍奮闘せにゃならなくなるよ。長男夫婦は口を出さないからね」

「そうですね」

「明日の夜はどうだい？」

「伺います」私は姿勢を正し、強い口調で言った。

翌日の夜、午後八時すぎに、私は美枝の実家にいた。

洗濯屋から戻ってきた夏もののスーツを着た私は、居間のソファーに浅く腰を下ろし、美枝を待った。

私の前には吉郎が座っていて、麦茶を飲んでいた。晩酌《ばんしゃく》をしたのだろう、頬がほんのりと赤い。

ややあって、美枝が静恵と共に居間に入ってきた。美枝は私と目を合わさないいま、私の右隣にあった肘《ひじ》掛《か》け椅子に座った。長男夫婦もひとり息子も不在なのか、気配すら感じなかった。

「元気だった？」私は美枝を覗き込むようにして訊いた。

「元気よ」

「いろいろ不満はあるだろうけど、戻ってきてほしい」私は俯《うつむ》いたまま言った。

美枝は答えない。

「崇徳さん」静恵が口を開いた。「美枝はすごく苦しんでたんですよ」

「すべて私のせいです」

「言うはやすし。これからちゃんと美枝を幸せにしていける自信あるんですか？」

安手のテレビドラマにありそうな台詞《せりふ》。この手の台詞を平気で書く作家のものは読みたくもないが、現実面においては、侮《あなど》れない一言である。理屈を一刀両断にできる力を持っているのだから。

「時間をかけて、できるだけのことをやろうと思ってます」

吉郎が鼻で笑った。「情けない答えだな。嘘でもいいから、〝美枝を幸せにします〟って言いなさいよ」

「あなた、何それ」静恵が吉郎を目の端で睨《にら》んだ。「嘘でもいいからって、どういう気で言ってるの。美枝の気持ちになったら……」

「分かった、分かった。言い過ぎだった。でもな、静恵、そういうことを軽々しく口にしないところが、崇徳さんのいいとこなんだ。そう思わんか」

静恵が身を乗り出した。「でも、あなた、ここできちんとしておかないと……」

美枝が顔を上げた。「お父さんもお母さんも、席を外してくれない？」

「おう。そうか、そうか」吉郎が組んでいた脚を元に戻した。「婆さん、退散しよう」

「あんた、大丈夫なの」静恵が心配そうな顔を娘に向けた。

美枝は小さく微笑《ほほえ》んでうなずいた。

美枝とふたりきりになると、私は麦茶で喉《のど》を潤《うるお》した。

「お前が庭に植えたカノコユリ、綺麗に咲いてるよ」

美枝はそのことには反応せず、ややあってこう言った。「一昨日、美千恵と会ったわ」

「ここで？」

「有楽町《ゆうらくちょう》の喫茶店で」

「お前のことは、当然、ずっと気にしてたけど、あの子のことでも頭を悩ませてる。すべて俺のせいだけど」

「私、戻ります」美枝が落ち着いた口調で言った。

「本当に」私の声は震えていた。

「美千恵だけじゃなくて、子供たちのことを考えたら、我慢すべきことがあると思った。それに……」美枝が口ごもった。

「言いたいことは全部言って」

美枝が首を横に振った。

その時、ひょっとするとあのことか、と思ったが口にはしなかった。

「俺には我慢しなくていいよ。お前が戻ってきてくれれば何でもする」

「私、美千恵に離婚を勧められたわ」

「…………」

美枝の小さな口に笑みが浮かんだ。「娘に唆《そそのか》されて離婚するなんて、母親の沽券《こけん》に関わるわよね」

　離婚したかったと言われている気がして、暗い気持ちになった。しかし、ここで、焦ってそのことを口にするのはまずい。閉ざしてしまった心を無理やり開けるような真似はせず、腰を据えて、じっくり美枝と付き合って行くのが一番である。

「で、いつ戻ってくる？」

「荷物をまとめないといけないから、今日は無理。明日、帰る」

「迎えにこようか」

　美枝は首を横に振った。

　ほっとしたなどという言葉では表すことのできない安堵《あんど》感に満たされた。美枝のいない三週間ほどの間、私は、不安定な気持ちを抱いて生活していたことを改めて思い知った。

　私は腰を上げ、美枝の後ろに回った。そして、しっかりと彼女を抱きしめた。美枝はそれにはまったく反応しなかった。

　帰り際、吉郎が私を事務所に連れていき、石鯛の魚拓を見せた。吉郎の自慢話は長かった。だが、気分が晴れたせいだろう、飽き飽きすることはまるでなかった。

埼京線、浮間舟渡の駅に到着したのは午後三時半を少し回った時刻だった。初めて降り立つ駅である。埼京線が開通した時にできたらしい。地図によると、板《いた》橋《ばし》区と北《きた》区が隣接した場所にある。

広場の向こうに幹線道路が走り、それを越えたところに、浮間公園という大きな緑地が広がっていた。

美千恵は浮間公園の向こう、荒川《あらかわ》沿いのマンションに住んでいる。公園を抜けるのが美千恵のマンションまでの最短距離かどうかは分からないが、園内に入ってみることにした。

中央に広い池がある公園だった。水鳥の姿が見られた。池の左側の道を進んだ。どんよりとした空が広がっていた。歩いていると少し汗ばんできた。

いざとなったら、突然訪ねるのはまずいか、という思いにかられた。

黙々と歩く。日曜日とあって、家族連れも多く見られた。池に釣り糸を垂れている太公望《たいこうぼう》もひとりやふたりではなかった。散歩道の両側にはソメイヨシノが植わっていた。春には花見客で混雑しそうである。

美千恵も、この公園でのんびりすることがあるのだろうか。

三人の娘に対する思いに差はない。しかし、美千恵はある意味、私にとっても美枝にとっても特別な娘なのだ。

それは私と美枝しか知らないある重大な出来事と深く関係していた。

その話は後ほどしよう。

野球場の横から公園を出て、荒川の土手を目指した。土手沿いの道に達したところで、改めてプリントアウトした地図を開いて確かめた。

角を左に曲がって二軒先のマンションに、美千恵は住んでいた。

マンションの前に立つと気後れが激しくなった。土手を渡った川風が頬を撫《な》でた。思ったよりも大きなマンションだった。美千恵の部屋は六〇三号室。エントランスのインターホンに近づこうとしたが、先客がいた。

先客は、がたいの大きな若い男だった。髪は短く、肩が怒っていた。怒っていたのは、肩だけではなかった。本人自身がかなり苛立《いらだ》っている様子だった。それがボタンの押し方に表れていた。

先客が振り返った。武者人形のような濃い眉の男だった。私を睨みつけるようにして、男は去っていった。

私は六〇三号室のインターホンを鳴らした。しかし、応答はない。二度ばかり続けて押してみたが、結果は同じだった。

こういうこともあるだろうと予想はしていたが、落胆しなかったというと嘘になる。

どこかで暇を潰そう。私はマンションを出た。通りの隅で、先ほどの男が携帯で誰かに電話をしていた。

堤防の上に通じる急な階段が目に留まった。階段を上り遊歩道に出ると、美千恵のマンションを眺めた。六階の真ん中辺りが、彼女の部屋だろうか。

河原はゴルフ練習場になっていた。荒川の向こうは埼玉県戸田《とだ》市である。美千恵のホームグラウンドである競艇場はどの辺だろうか。埼京線の向こうだろうと、左の方に目をやった。しかし、どの建物かは分からなかった。

視線を右に振った。高層ビルがぽつりぽつりと建っている。あの辺は川口《かわぐち》市か？

ゴルフ練習場の周りにはヤナギが植わっていた。

木場《きば》の人間の中にはヤナギを嫌っている者が案外多い。葛西橋《かさいばし》通りの街路樹は至る所、ヤナギだった。さして手入れもされていないヤナギは鬱陶《うっとう》しいものなのだ。バサバサのロングヘアーの女にたとえた者もいた。それに虫が発生するものだから余計に始末が悪い。銀座ではヤナギは風物詩なのだろうが、木場では違うのだ。

そんな愚にもつかないことを考えながら少し土手を歩いた。監視カメラが設置されていた。安全第一とはいえ、嫌な世の中になったものである。

階段を上ってくる人物が目に入った。美千恵の住むマンションで出会った男だった。

男の携帯が鳴った。男はすぐに携帯を耳に当てた。

「ミチエ、どうして出ないんだよ」

私の足は金縛りにあったように動かなくなった。川を眺めている振りをして聞き耳を立てた。

「……。分かってるけど……。そう言われても、俺としては……。これまで、俺がミチエの邪魔をしたことあったかよ……。じゃ、そうする……今？　ああ。土手の上だよ……。ともかく、待ってるよ」

電話を切った男を肩越しに盗み見た。男はその場に立ち、美千恵のマンションの方に顔を向けていた。

ミチエという名前は珍しくはない。しかし、美千恵の住んでいるマンションのエントランスでインターホンを鳴らしていた男である。私の娘を訪ねてきたとみて間違いないだろう。

私はおずおずと男に近づき、後ろから顔を覗《のぞ》き込んだ。私が近づいたことに気づかなかったのだろう、男は一瞬、肩をそびやかした。

がたいが大きくて、武者人形の眉を持つ青年が、怯《おび》えたような態度を取ったのがおかしかった。おかしさが私の緊張をいくらか解きほぐした。

「あのう、失礼ですが、今、あなたが話をしていたミチエさんって、森川美千恵さんのことでしょうか、競艇選手の……」

男はじろじろと私を見、何も言わずに階段を下りていった。

「ちょっと待ってください」

男は私を無視し、川沿いの道路に降り立つと浮間公園の方に歩き出した。大股の上に早歩き。私との距離があっと言う間に開いた。

階段を駆け下り、男の後を追った。そして男の背中に向かってこう言った。

「あなたも森川美千恵を訪ねてこられたようですね」

男がはたと足を止め、躰を私の方に向けた。顎《あご》を引き、肩を怒らせ、私を睨んでいる。

「森川美千恵なんて知りません」

「でも、あなたはさっき、彼女のマンションに……」

「競艇選手か何だか知らないけど、そんな人、私は知りません。私の知り合いのミチエは警官です」

「警官？」

「ええ。ボートじゃなくて白バイに乗ってます」そう言い残すと、男は再びすたすたと歩き出した。

私はその場に立ち尽くしたまま、通りの角を曲がる男の姿を見ていた。

ボートではなくて白バイに乗っている美千恵？　デタラメに決まっているが、なぜあの男はそんな嘘をついたのだろうか。

訳が分からないまま、私はもう一度、美千恵の住むマンションのエントランスに入り、インターホンを押した。この短い間に帰宅したはずもないが、念のために鳴らしてみたのだ。果たして応答はなかった。

手帳を取りだし、空白部分にペンを走らせた。

〝美千恵、お父さんだけど、今日はお前の誕生日だよね。顔が見たくなって訪ねてきた。不在のようだから、しばらくこの辺で暇を潰してる。このメモを見たら、電話をくれないか。待ってます〟

私は携帯の番号を記し、切り取った紙片を郵便ポストに滑《すべ》り込ませた。

周りには喫茶店などなかった。公園まで戻り、テニスコートの脇を通って池に向かった。

心が洗われるような公園である。暇を潰すにはもってこいだ。太公望は相変わらず、池に釣り糸を垂れていた。


美千恵に会いにきたことで、再び美枝のことが生々しく甦《よみがえ》った。

母親が帰ってきて、家の雰囲気は一変した。

朋香は母親にまとわりついて離れなかった。小百合は、母親がいない間に起こったことを矢継ぎ早に話した。蕎麦《そば》屋の出前持ちが、門のところで滑って、タヌキ蕎麦とキツネうどんが、丼からこぼれてしまったこととか、気取っている英語の女性教師が、オナラを漏らして泣き出したこととか……。いずれもたわいない話ばかりだったが、小百合は、世の一大事のように勢い込んでしゃべりまくった。

美千恵の表情も変わった。母親のいない間に見せていた、頑《かたく》なな態度は取らなくなった。しかし、他のふたりの娘のように邪気のない態度で母親を迎えたわけではなかった。母親に離婚を勧めた美千恵だから、母親が私とよりを戻したことが不満だったのは間違いない。

昌子には、ちょっと自慢げにこう言われた。

「ほら、私の言った通り、美枝さん、戻ってきたでしょう」

「姉さんの人を見る目は大したもんだよ」私は大袈裟《おおげさ》に煽《おだ》てておいた。

その後、美枝は、何事もなかったかのように日々を送っていた。私は、わざとらしく見えない程度に美枝に優しくした。初めのうちよそよそしく感じられた美枝の態度も、時が経つに従って変わっていった。しかし、あの事件の起こる前とは何かが違っていた。拭《ぬぐ》い切れない膜のようなものが、私たちふたりの間に常に存在していたのである。

美枝に乳癌《がん》が見つかったのは、彼女が家に戻って半年ほど経った時だった。すでに肺と骨に転移が見られ、手術は無理、放射線治療も効果がないと言われた。幾種類もの抗がん剤を投与。当然、副作用も激しかった。

大御所の作家の紹介で、その道の権威にも診《み》てもらった。しかし、手の施しようのない状態だった。痛みが激しかった。鎮痛剤も効かなくなり、最後は塩酸モルヒネなどの強い薬に頼るしかなかった。

私は努めて明るく振る舞っていたが、心ここにあらずの状態で、仕事にも熱が入らなかった。

家族が一致団結して、美枝の看護、心のケアに当たった。その中でも、寝食を忘れて母親の面倒を看ていたのは美千恵だった。

苛々して、意味もなく家族に当たりちらすことのあった美枝だったが、美千恵は大声を出したり、ヒステリーを起こしたりしたことは一度もなかったようである。

息を引き取る少し前、病院を訪ねた私に、美枝は、聞いてほしい話があると言った。

美枝には、ずっと気にしていたことがあったのだ。

表情は穏やかだったが、話が進むにつれ、ひと筋、ふた筋と目許に溜まった涙が静かに頬を伝った。

私も泣いた。

美枝の語ったことは、人には話せない大変なことである。彼女の他に知っているのは私だけだ。しかし、生来、物事に拘《こだわ》らないというか、のんびりとしている私は、時折、思い出すことはあっても、もう気にしていなかった。

「あなたの、その大らかさが、私を救ってくれたのよ」

「そんなに自分を責めていたとは知らなかったよ。俺を見習って、すべて忘れてしまいなさい」私はそう言って、美枝の手をしっかりと握った。

美枝が息を引き取ったのはそれから三週間ほど後だった。一年五ヵ月の闘病生活に終止符が打たれたのだ。享年四十三だった。

私は足許から崩れるような思いを抱いて、永眠した美枝のこけしのような顔をずっと見つめていた。

志乃との騒動が発覚して二年ほどで、美枝は他界した。仕切り直しをして、ふたりの関係を新たに育《はぐく》んでいこうとした矢先だったから、後悔することではないのに、後ろめたい気分に苛《さいな》まれた。

そんな暗い気持ちに追い打ちをかけたのは美千恵の態度だった。口には出さなかったが、あの騒動のせいで、母親が癌になった。美千恵はそう思っていたようだ。やり場のない気持ちを、そこに持っていっただけかもしれないが、いずれにしろ、母親が死んでから、美千恵はますます私と距離を置くようになったのだ……。

私は深呼吸をして、過去を追い払った。そしてベンチに向かって歩き出した。

私の足がはたと止まった。

両脚を投げ出し、煙草を吸っている男の姿に目が釘付けになった。

男が私に気づいた。躰を起こし、身構えた。

「やあ、またお会いしましたね」

私の柔らかい態度にも、男は垣を崩さない。

「女の警官の帰りを待っているんですか？」

「あなた、競艇選手に会いにきたようですが、ああいう仕事の人は個人的にファンに会うことはないはずです。友人に競馬の騎手がいるんですが、ストーカーみたいな女のファンに一時、悩まされてました」

「白バイに乗ってる女の警官の恋人で、友人が競馬の騎手。華やかな人たちに囲まれてるんですね」私は男を見下したような口調で言った。

「あなたは一体……」

「私、森川美千恵のファンじゃありません。彼女の父親です」

男があんぐりと口を開け、私をじっと見つめた。

美千恵のファンが、彼女の住まいを見つけ出し、訪ねてきたと男は勘違いしたのだろう。だから、知らないと言い張ったらしい。

「あなた、やっぱり、警官じゃなくて競艇選手の美千恵さんのお友達なんですね」

男が目を逸《そ》らした。灰が煙草の先からぽとりと落ち、ジーンズの膝《ひざ》を汚した。

私は名刺を男に渡した。

「これでも信用できないというんでしたら、免許証をお見せしましょうか？」

男は近くにあった灰皿で煙草を消した。

「なぜもっと早く、そうおっしゃってくれなかったんですか？」

「あなたが恐い顔をするから、話せなかったんですよ」

「それは失礼しました」

「お名前を伺ってもいいですか」

「岩政圭介《いわまさけいすけ》と申します」

「で、今、美千恵はどこにいるんです？」

「この近くで、仲間と一緒にペラの調整研究をやってます。ペラって分かります？」

「プロペラのことでしょう？　戦法だとか水質に合わせて調整するそうですね」

「その通りです」

「美千恵の居場所を詳しく教えてください」

岩政圭介が困った顔をして、目尻をゆるませた。「邪魔しない方がいいですよ」

土手の上で漏れ聞こえてきた、岩政圭介と美千恵の電話の内容から推察すると、ふたりは単なる友人ではなさそうだ。

私は、美千恵と岩政の関係に大いに興味を持ったが、そのことには触れにくかった。自分が美千恵とうまく行っていたら話は別だったろうが。

「ご存じでしょうが、今日は美千恵の誕生日です。だから、プレゼントを渡しにきたんです。彼女の作業の邪魔をするつもりはありません。それに、美千恵には、あなたとの先約がある。プレゼントを渡したら、早々に引き上げます。だから、娘の居場所を教えてくれませんか」

近くで鳩《はと》が一斉に飛び立った。

岩政圭介は、鳩が飛んでいった中空を見つめた。

「失礼ですが、あなたも競艇選手？」

「いえ。僕はA建設で現場監督をやってます」

A建設は大手ではないが、名の通った建設会社である。

「あの子、昔、鳶《とび》をやってましたね」

「そう聞いてます」

「娘に会って、これを渡してきます」私は包みを岩政の前にかざした。

「居場所、お教えしますが、僕から聞いたとは言わないでください」

岩政は丁寧に美千恵のいるところを教えてくれた。そして、道に迷ったら電話を、と言われ、携帯番号の交換をすることになった。

テニスコートの脇を抜け、公園沿いの通りに出た。それから、都営アパートの間の通りを線路の方に向かって歩いた。遠くに煙突が見えたが煙は上っていなかった。

岩政は、美千恵の父親である私と親しくなりたがっている。別れ際の彼の態度で、それは明らかだった。将を射んとせばまず馬を射よ。岩政はそんな気持ちでいるらしいが、私は、大将に嫌われている馬だから、私と親しくなることはやぶ蛇かもしれない。

しかし、何であれ、岩政は、私と美千恵の関係をよく知らないらしい。美千恵が自分のことを話題にもしていない。そう思うと、一抹《いちまつ》の寂しさが脳裏をよぎった。

岩政が話していた神社が見えた。さらに進むと、寿《ことぶき》運送という看板が見えてきた。広いコンクリートの敷きつめられたスペースが駐車場で、トラックが何台も停まっていた。左奥にプレハブの建物が見えた。

岩政の話によると、寿運送の社長の甥《おい》が、やはり、競艇選手なのだそうだ。社長は、甥のためにプレハブの建物を提供し、そこをペラの調整研究に使わせているという。美千恵は、運送会社の社長の甥とペラ仲間なのだ。

私はしばらく、駐車場の入口に立っていた。呼吸を整え、高台から海に飛び込むような気分で駐車場に足を踏み入れた。

プレハブが近づいてくると、いよいよ鼓動が激しく打ち始めた。

金属をハンマーのようなもので叩《たた》く音がかすかに聞こえてきた。プレハブの入口の手前に窓があった。窓の端からそっと中を覗いてみた。四人の人間がいた。男と女が半々だった。四人とも、しゃがみ込んで、プロペラの調整を行っていた。

こういう光景を目にしたことがある気がした。そうだ。猿が地べたに転がった餌《えさ》を無心に探している姿にどことなく似ている。

嗚呼《ああ》。なぜ、こんな時に、そんなふざけた連想をしてしまったのか。自分でもよく分からない。これも緊張のせいに違いない。

美千恵は、私に背中を向けた格好でハンマーを手にしていた。薄いブルーのTシャツに赤いスウェットパンツ姿だった。薄茶に染めた髪を後ろで無造作に結わえている。

背中を丸くして、作業を行っている美千恵に目が釘付けになった。ハンマーで叩くのを止めた彼女は、薄い緑色の道具を手にし、叩いた箇所に当てた。寸法を測っているらしい。ゲージを床に戻すと、またハンマーを握った。

美千恵の隣で作業をしていた男が顔を上げた。目が合った。私は男に頭を下げた。

男は窓の横のドアから外に飛び出してきた。

「ここで何してるんだ」男の細い目がさらに細くなった。

私は視線を美千恵の方に向けた。美千恵はしゃがんだまま私の方に首を巡らせていた。

「おい、お前……」男が迫ってきた。

「私、森川美千恵の父親です」

「みっちゃんの父親……」男は困惑《こんわく》した表情を見せた。

美千恵が作業場から出てきた。

男が振り返った。「みっちゃん、この人……」

「何しにきたの？」美千恵は男の声を無視して私に訊いた。

「今日はお前の誕生日だから」

男の表情が和《やわ》らいだ。

「私、忙しいの」美千恵が冷たく言い放った。

「分かってる。今、作業をちょっと見させてもらってたから。終わるまでどこかで待ってる。少し時間をくれないか」

男が美千恵を見た。「みっちゃん、今日はもうそろそろ終わりにしよう」

美千恵は不愉快そうな顔をして、大きく息を吐いた。「私のマンションに行ったの？」

「うん」

「マンションの前の堤防のところにいて。もう少ししたら行くから」

そう言い残すと、美千恵は私にさっと背中を向け、作業場に戻っていった。

土手の上で風に吹かれ、私は美千恵を待っていた。

短い時間かもしれないが、美千恵とふたりきりで話せる。関係修復の第一歩になるかどうかも分からないが、どんな形であれ進展が見られることを願っている。

大学を中退した美千恵は、家を出て鳶職の道に進んだ。私は、美千恵の働いている現場まで様子を見に行き、近くの公園で一緒に昼食を摂《と》った。それ以来、美千恵とは会っていない。あれから十五年ほどの年月が流れていた。

美枝が死んだのは、美千恵が家を出る前の年である。母親の死が、美千恵の進む方向に影響をあたえたのは間違いない。

三十分経っても、美千恵は現れなかった。前言を翻《ひるがえ》して、私と会うのを避けようとしているのか。一抹の不安が脳裏をよぎった時、携帯が鳴った。美千恵からだった。

美千恵は家にいるから来てほしいと言った。

予想だにしなかった誘いに、私は却《かえ》って緊張したらしい。「分かった」と答えた声は低く沈んでいた。

階段を駆けるようにして下り、美千恵のマンションに向かった。

建ってかなり年月が経っているマンションらしく、廊下の壁にも傷《いた》みがあり、ドアも古くさかった。

エントランスを抜け、六〇三号室のチャイムを鳴らした。ドアを開けた美千恵の服装が先ほどと変わっていた。モスグリーンのカットソーにジーンズ姿だった。フクロウが象《かたど》られた銀色のペンダントを首にぶら下げていた。

狭い三和土《たたき》の靴箱の上には工具などが無造作に置かれていた。磨《す》りガラスの嵌《は》まったドアを開けて、美千恵が私を部屋に通した。十二畳ほどの部屋を居間として使っているらしい。左に短い廊下があった。

優勝トロフィーなどを飾ったコーナーがあり、その壁には、水を切ってボートを操っている美千恵の写真がボードにして貼ってあった。部屋の隅にもプロペラや工具類が置かれている。飾り用の小さな白い椅子が二脚並んでいて、一方には白黒の猫が、もうひとつには大きな熊が座っていた。その二体の縫《ぬ》いぐるみがなかったら、この部屋が女のものか男のものか判断がつかなかったろう。

「適当に座ってよ」

　ぼんやりと突っ立っていた私に美千恵が言った。

　私は窓際に置かれた黄色い革製のソファーに浅く腰掛けた。

　キッチンに入った美千恵がまた私に声をかけた。「コーヒーでいい？」

「何でも」

　レースのカーテンの向こうがベランダで、荒川の緑地帯がかすかに見えた。

　コーヒーを淹《い》れた美千恵が、同じく黄色い肘掛け椅子に座った。

　私は手にしていた包みをテーブルの上に置き、美千恵を見つめた。

「これ、誕生日のプレゼント。大したもんじゃないけど」

「ありがとう」美千恵は礼を言ったが、包みを開けようとはしなかった。

　重苦しい雰囲気が部屋に流れている。

「落ち着く部屋だね。他に部屋はいくつあるの」

「廊下の奥が寝室で、手前の部屋は納戸代わりに使ってる」

「広いんだね」

「家賃、けっこうするもの」

「見晴らしがいいね。荒川の花火は見えるのかな」

「見えるよ」

私も美千恵も淡々と話していたが、そこはかとない緊張感が漂っていた。

「お前とこうやって会うのは十五年振りかな」私はつぶやくような口調で言った。

「お父さんが病気したこと、小百合から聞いてたよ。でも……」美千恵が言葉を詰まらせた。

「いいんだよ。もう少しで五年が経つ。五年経てば、再発の可能性がほとんどなくなるんだ」

美千恵が目を伏せた。「お父さんにお見舞いの手紙を書いたんだけどね。何でか分からないけど出せなかった」

「その話はもういいって」私は無理に笑って見せた。

美千恵が包みを手にした。「開けていい?」

「どうぞ」

私はスワロフスキーの熊の置物をプレゼントとして用意してきた。何を買おうか随分迷った。小百合に相談しようかと思ったが、彼女から話が漏れるかもしれないし、美千恵のことばかり気にかけていると、小百合が焼き餅を焼く可能性もあるので、一言も口にしなかった。財布やバッグは使い勝手が分からないので念頭にすらなかった。ネットでいろいろ調べて、邪魔にならない小さな置物がいいだろうと、この品を選んだのである。

私は、包みを手にした美千恵をじっと見つめた。ここでやっと、久しぶりに会う娘をじっくりと眺めることができたのだ。

ネットで時々、見ているから、大人の顔になっていることは知っていた。しかし、こうやって実物に相対してみると、こけし顔だった母親にどんどん似てきたような気がした。そして、やや厚めの唇は私にそっくりである。

「素敵ね。ありがとう。寝室に飾るね」

美千恵が目を細めて控え目に笑った。その笑みも、ぞっとするほど母親に似ていた。

しこりがほんの少しだが、ほぐれてきたように思えた矢先、美千恵は椅子から離れ、窓辺に立った。

「お父さんのこと恨《うら》んではいないけど、やっぱり、あのことがどうしても……トラウマなのかもしれない」

私はすぐには口がきけなかった。

「ごめんなさい。でも、本当の気持ちを伝えた方がいいと思って」

「トラウマがそう簡単に消えるもんじゃないことぐらい、お父さんもよく知ってる」

そう言った時、久しぶりに志乃のことが脳裏をかすめた。あの女も両親との間に確執があったことを思い出したのだ。

しばし沈黙が流れた。

「でもな、美千恵……」首筋にじわりと汗が滲んだ。「時々、家に顔を出してくれないか。お父さんのことを別にしたら、家に帰りたくない理由はないだろう？」

「ニオイ」美千恵がぽつりと言った。「あの家のニオイってずっと変わらないでしょう。自分のせいだろうけど、暗いことばかり思い出しそうな気がして」

返す言葉を失った。

「小百合にはよく会ってるのか」

「ここにも何度も来てるよ」

私は顔を上げ、美千恵に目を向けた。「朋香も二度来てるし」

「朋香もここに来てるのか。それは知らなかった」

「私が絶対に言わないでって言ったの。でも、心配しないで、あの子たちには、お父さんの昔のこと、何にも話してないから。お祖母ちゃん、だいぶボケてきたみたいね。私、そのことも気になってる。で、どうなの？」

「認知症かどうかははっきりしてない。今のところはグレーゾーンだな。近いうちに医者にちゃんと診せようと思ってるんだけど、お祖母ちゃんの意思もあるからな」

「私が頑なことは分かってるけど、どうしようもないのよ」

「美千恵、伝えておきたいことがあるんだ」

「何？」

「お母さん、あのことを許してくれてたんだよ」

「嘘」美千恵の語気が荒くなった。

「まあ、聞きなさい。実家から戻ることに決めたのは、許せると思ったからだそうだ」

美千恵が席に戻ってきた。「それは絶対に嘘よ。心の傷ってそう簡単に癒《い》えるわけないじゃない」

美千恵が私の言ったことを信じないのも無理はない。

志乃は家までやってきて、自分との関係をほのめかすようなことを口にした。その相手をさせられた美枝が、たった三週間程度の短い期間で、気持ちの整理をつけられたなどと誰が信じるだろうか。プライドを傷つけられたのだから、家に戻った後も、苛々したり、寂寞《せきばく》とした思いに駆られたりしていると考えるのが普通である。

病床で涙を流しながら、胸の裡《うち》を明かした時、美枝は、私のことを、家に戻る時には許していた、と言ったのだ。

その言葉を聞いた時、私ですら、にわかには信じられなかったが、話を聞いているうちに納得できた。だが、美枝がそういう気持ちを持てた理由は、美千恵には何があっても絶対に言えないのである。

「美千恵が信じられないのも分かるが、お父さんとお母さんには、お前ら子供たちにも、お祖母ちゃんにも分からない深い繋がりがあったんだよ」

美千恵が私を真っ直ぐに見た。「何よ、その深い繋がりって」

私は満面に笑みを浮かべて見せた。「それは説明できない。夫婦じゃないと分からないことだから」

「そういう話をお母さんがしたのは、死ぬ間際じゃないの」

「そうだよ」

美千恵が頬を軽く歪めて、目を逸らした。「お母さん、優しい人だから、自分が先に逝くのを申し訳ないって思ったのよ。お父さんの気持ちを楽にしてあげたくて、そう言っただけに決まってる。お父さんってやっぱり卑怯《ひきょう》な人ね」

「どうして?」

「死んでゆく人のそういう言葉が、生きてた時の本当の気持ちを表してるなんて、思ってないでしょう。小説をいっぱい読んできたお父さんが、お母さんの心理を読めないはずないもの。心が読めてるのに、それに目を瞑って、自分が救われようとしてる。だから、卑怯だって言ってるの」

しゃべっている間に美千恵の頬が紅潮《こうちょう》してきた。

どんなに美千恵に誤解され、ひどいことを言われても、私は本当のことを話したいとは思わなかった。

そのことだけは絶対に言えないのである。

美千恵が納得するような言葉を探したが、見つからなかった。

「その場にいなかったお前に、分かってほしいと言っても無駄だろうが、美千恵が今言ったようなことではなかった。それだけは伝えておく」私はきっぱりとした口調でそう言った。

美千恵はしばし黙り、ゆっくりと息を吐いた。

私の携帯が鳴った。登録されていない番号からだった。

「もしもし、岩政ですが」

タイミングの悪い男だ。私は苛立ったが、おくびにも出さずに、軽い調子で受けた。

「ああ、どうもどうも」

私は腰を上げ、ちらりと美千恵に目をやってから廊下の方に歩を進めた。

「後ほど、ご連絡申し上げます」

「美千恵さんには会えました？」

「今、娘のところにきてるんですよ。今日は彼女の誕生日でしてね」

「…………」

「今から誕生会が始まりますので、それじゃ」

私は一方的に電話を切った。

「休みでもおかまいなしに、電話をしてくる作家がいるんだよ」

私は元の席に戻った。

美千恵が小馬鹿にしたような顔をして私を見た。「仕事の電話なんかじゃないんでしょう？」

「編集者は、作家のカウンセラーみたいなもんなんだよ」

「ああ、そういうこと」美千恵が背筋を伸ばし、大きくうなずいた。「何で、突然、誕生日にかこつけて、私に会いにきたのか分かった」

私は小首を傾《かし》げた。「お父さんの方は、ちっとも分からないけど」

「誤魔化さないでよ」美千恵の口許に笑みが射した。

優しい笑みではむろんない。勝ち誇ったような陰気な笑みだった。

「お父さん、再婚相手を見つけたのね」

「再婚相手!?」私の声が一瞬、裏返りそうになった。

「私、お父さんが誰と再婚しても何も言わないよ。私に関係ないもの」

私はへなへなと背もたれに躰を預けた。「付き合ってる女の人なんかいやしない。

それに再婚したいとも思ってない。美千恵の誤解。大いなる勘違いだよ」

美千恵が目の端で私を見た。「本当？　今の電話、超嘘くさかったよ」

私は腹を抱えて笑った。「今の電話、付き合ってる女からだと思ったのか」

「…………」

「信用ないんだな」

「当たり前よ」

美千恵の語気が次第に弱くなった。勢い込んで、自分の推測を話したものの、どうやら的外れだったと分かったらしい。

「お父さんは、もう女の人と付き合う気力もないよ。もうじき還暦《かんれき》。赤いチャンチャンコの仲間入りだからな」

「今の六十歳なんて若いよ」

「競艇選手というのはすごく寿命が長いんだってね」

「そうよ。六十歳を超えた選手も珍しくない。いい成績、残してる人もいるし」

私はコーヒーをすった。コーヒーは微温《ぬる》くなってしまっていた。

「お父さん、お前の出場するレースを観にいったことがあるよ」

自分が観にいくと、決まって美千恵の成績が悪くなったことは当然、口にしなかった。

「ありがとう」美千恵が目を伏せた。「最近、調子でなくて」

「らしいね」

美千恵が胸に下げたペンダントを撫でた。「このペンダントね、私と仲の良かった後輩がつけてたの。その後輩、この間、レース中に転覆して死んだのよ」

「死んだ選手の話は、お前のブログで読んだよ」

「それから何だか思うように走れなくて」

いい成績を残さなくても、事故を起こさなければいいのだ。しかし、そういう親の気持ちを、必死で優勝を目指している美千恵には言えるはずもない。

事故死した選手の形見のペンダント。つけないでほしい、と喉まで出かかった。何はともあれ、思いきって訪ねてきてよかった。私はほっと胸を撫で下ろした。

「さっき初めて見たけど、ペラの調整って根気がいる仕事だな」

「そうよ。でもすごく愉《たの》しい」

「お前は、子供の頃から船が好きだったね」私は遠くを見るような目をした。「黒船《くろふね》橋《ばし》んとこから出てた水上バスによく乗ったな」

「覚えてるよ」美千恵は懐かしがる様子もなく、ぶっきらぼうに言った。

黒船橋は、門前仲町の交差点を、月島《つきしま》に向かったところに架かっている。そこから、江東《こうとう》区が運営している水上バスが出ていた。天井がサンルーフの平たい観光船が、夢の島公園の傍《かたわ》らを走り、新木場《しんきば》の辺りから東京湾に出て、船の科学館の近所を巡って戻るものだった。

「あの水上バス、今は走ってないって聞いたけど」

「なくなったな。乗り場の跡は残ってるみたいだけど、お父さん、最近、あの辺を散歩してないからよく分からない。今度一緒に行ってみようか」

美千恵は答えなかった。

地元に戻れば、家に顔を出さなければならなくなる。敷居を跨《また》いだ途端、家のニオイが嫌な思い出を運んでくる。美千恵はそれを怖がっているらしい。

もう少し美千恵と一緒にいたかった私は話題をペラに戻した。

「ネットで見たんだけど、選手のペラの持ち込みが禁止になるかもしれないんだってね」

「よく知ってるね。まだ決定したわけじゃないけど、そうなる可能性があるんだって」

「じゃ、愉しみがひとつ減っちゃうな」

美千恵が食い入るような目で私を見つめた。

「お父さん、どうやって、私が、あそこでペラの調整をしてるって知ったの？」

しまった。うまい言い訳を考えておくべきだった。しかし、美千恵と再会したいという思いが邪魔をして、そんなことにはまるで気が回らなかった。

「お父さん、私の後を尾《つ》けてたの？」

「探偵を雇ったんだ」私は淡々とした調子で言った。

「嘘」美千恵が目を瞬《しばたた》かせた。

「嘘だよ」私はにっと笑ってみせた。「そんなことするはずないだろう。さっきここに来た時、住人かどうかは分からないけど、美千恵のことを訊いたら、あの運送屋の駐車場のプレハブでペラの調整してるかもしれないって教えてくれたんだよ」

美千恵の瞳が猜疑心《さいぎしん》で被《おお》われた。「どんな人よ」

「普通の男の人」私はとぼけた。

子供が親につく嘘のように幼稚な言い訳だと思ったが、岩政との約束は守るべきだと苦しい言い逃れをしたのだ。

「誰かしら」美千恵が考え込んだ。

私の目が泳いだ。コーヒーをまた口に運んだ。すでに冷えてしまっていた。

インターホンのチャイムが鳴った。

美千恵が立ち上がり、部屋の入口の脇に取り付けられているモニターの前に立った。だが、すぐに椅子に戻ってしまった。

チャイムがまた鳴った。

「誰？」

「いいの。放っておいて」

「でも……」

私はゆっくりと腰を上げた。美千恵が怪訝《けげん》な顔で私を見ていた。

モニターの前に立った。案の定、訪ねてきたのは岩政圭介だった。

「お父さん、ひょっとして、運送屋の場所を教えたの、その男？」

「うーん？」私は唸《うな》ってみせ、モニターに目を近づけた。「似てるな。この人、誰？」

「お父さんは知らなくてもいい人」

私はにやりとした。「ボーイフレンドだね」

「……」

「なかなかハンサムだな」

突然、女の歌声が聞こえてきた。美千恵の携帯が鳴ったのだ。

美千恵は画面に目をやったが無視した。

「親切な人だったよ。出てあげたら」

着信音が切れた。ややあって、美千恵は留守電を聞くためだろう、携帯を耳に当てた。

留守電を聞き終わった美千恵が携帯を手にしたまま廊下の奥に姿を消した。

私は窓辺に立ち、レースのカーテンを少し開けた。辺りはすっかり暗くなっていた。対岸の街の灯《ひ》が遠くに見えた。

岩政圭介との出会いが、私を助けてくれた。しかし、せっかく美千恵との距離が縮まりかけた矢先に現れたボーイフレンドは邪魔者でしかない。

美千恵が戻ってきた。再びチャイムが鳴った。美千恵はオートロックを外した。帰って、と言われると思ったが、美千恵は何も言わなかった。私は元の席に戻った。

ほどなく玄関のチャイムが鳴った。美千恵が迎えに出た。

「こちらは岩政さん」

美千恵はそっけなく紹介した。

私は立ち上がった。「美千恵の父です。さきほどは助かりました。てっきりここにお住まいの方だと思ってましたよ」

「僕もお父さんとは存じ上げず、大変失礼しました」岩政は上手に調子を合わせた。

「どうぞ、こちらに」私は自分の座っていたソファーを勧めた。

美千恵に睨まれた。余計なことをするなと怒ったらしい。

私と岩政は並んでソファーに座った。誰も口を開かない。

「おや、これ、スワロフスキーの熊さんだね」岩政が言った。「誰からもらったの」

「そんなことあなたに関係ないでしょう」美千恵がそっぽを向いた。

「私が持ってきたんです」

「お父さんのプレゼントですか」

「三十四にもなる娘にどうかと思ったんですが、他に思いつかなくて」

「お父さん、そろそろ……」

「あ、ああ」私は間の抜けた調子で応じた。「そうだね」

「すみません。追いだすようで」岩政が申し訳なさそうな顔をした。

私は腰を上げた。「今日はこれで帰るけど、また会ってくれるね」

「連絡します」

「小百合たちに伝言はない？」

硬い表情で首を横に振った美千恵が玄関に向かった。私は、ソファーに座っている岩政に挨拶をし、美千恵の後に続いた。

美千恵ともっと一緒にいたかった。私は感情の尾を引いたままマンションをゆっくりと離れた。そしてまた浮間公園に入った。

木立を渡る風には夏の名残《なごり》が感じられたが、やはり、陽が沈むのは日に日に早くなっているようだ。園内にも灯が入っていた。

私は自分の影を引きずって駅を目指した。だが、このまま電車に乗る気にはなれなかった。

女を物色している痴漢《ちかん》よろしく、駅前を行ったり来たりしていた。

ふと思った。岩政とふたりきりで会えたら、現在の美千恵のことが聞けるではないか。向こうも私に会いたがっているから、悪い返事はしてこないだろう。

私は携帯を取りだした。岩政はすぐには出なかった。切ろうとした時、彼の声が聞こえてきた。

「どうもどうも」岩政の口調は、先ほど、彼からの電話を受けた時の私と同じだった。

「彼女との話は長引きそうですか。早く終わりそうでしたら、お会いしたいと思って電話しました」

「何とも言えないですね。震災で資材の調達が遅れてまして、予定通りには運んでません。後ほどこちらからお電話いたします」

「じゃ、浮間舟渡の駅前で待ってます」

岩政には駅前で待っていると言った。しかしその場にぼんやりと突っ立っているのも妙だし、疲れる。喫茶店は閉まっていた。ファストフード店に入る気はしなかったので、結局また公園に戻った。

釣り人の姿はなく、街路灯の灯《あか》りが水面にたゆたっていた。木立の方から虫の鳴き声が聞こえた。気温はいまだ高かったが、夜の公園は秋の匂いに包まれていた。

家に電話をしておくことにした。朋香が電話に出た。

「お父さん、夕食は外ですませるよ」

「遅くなるの？」

「まだよく分からない。お祖母ちゃんの様子はどう？」

「変わったことは何もないよ。さっき部屋を覗いたら、古いアルバムを見てて、お祖父ちゃんは立派だったって言ってた」

「お祖父ちゃんが立派かあ」声に笑いが混じった。

「どうして笑うの？」

「別に意味はないさ。時々、そうやってお祖母ちゃんの様子を見てくれよ」

「分かった。あ、そうだ。お父さんが出かけてからすぐ、友成《ともなり》さんっていう人が訪ねてきたよ」

深川《ふかがわ》公園で母を見つけてくれた幼馴染《おさななじ》みの友成に、お礼の電話をするのをすっかり忘れていた。

友成は母のことが気になって寄ってくれたそうだ。

「お祖母ちゃんの反応どうだった？　相手が誰だか分かってた？」

「うん。うちに置いてあった高い壺を壊した人だって言って、友成さんのこと睨みつけてたから」

「深川公園で声をかけてくれたことについては？」

「友成さんが、その話をしたら、お祖母ちゃん笑ってた。だから、分かってるんじゃないの」

本当のところはどうなのだろうか。曖昧《あいまい》な記憶しかない時、人は分かっているような振りをすることがある。脳が砂嵐状態でも、プライドが〝覚えてない〟とは言わせないはずだ。

「友成さんって、門仲《もんなか》の眼鏡《めがね》屋さんでしょう？」

朋香の声には明らかに含みが感じられた。

「そうだけど」

「あそこの娘、すごく嫌な女でさ、私、中学の時いじめられたのよ」

「不良だって噂は聞いてたけど、お前がいじめられてたなんて、お父さん、初耳だよ」

「家では隠してたもん。美千恵姉ちゃんが、その子を呼び出して文句を言ってくれたんだけど、効き目はあんまりなかった」

「そうかあ、そんなことがあったのかあ」

「今日、美千恵姉ちゃんの誕生日よ」

「知ってるよ。お前も時々、美千恵に会ってるのか」

「たまにね」朋香が言葉を濁した。「あ、鉄雄《てつお》が帰ってきた。じゃ切るね」

携帯を胸ポケットに滑り込ませた私は苦笑した。

昔の嫌な思い出を、愚痴とはいわないまでも暗い調子で語っていたが、旦那が帰って来ると、拍子抜《ひょうしぬ》けするほどあっさりと電話を切ってしまう。朋香は屈託がない。

三人の娘の中で、一番屈託を感じさせるのは美千恵だ。屈託がない方がいいに決まっているが、屈託がその人の魅力の隠し味になっている場合もあるからややこしい。

友成に電話をしたかったが、私は彼の携帯番号を知らなかった。番号案内で店の電話番号を調べようか。そう思った時、岩政から電話が入った。

美千恵のマンションを出たところだという。私は駅前に戻った。

岩政がほどなくやってきた。駆けてきたのか、少し息を切らしていた。

岩政に案内され、高架線沿いの焼き鳥屋に入った。店は混んでいたが、出入口近くの四人掛けの席が空いていた。生ビールを注文し、お互いが適当にツマミと焼き鳥を頼んだ。

店員が遠のくと、岩政が姿勢を正した。「失礼の数々、改めて謝罪いたします。すみませんでした」

「いや、こちらこそ」

生ビールが運ばれてきた。

私はジョッキを手に取った。岩政の飲みっぷりは豪快だった。唇についた泡を手の甲で拭《ふ》き取ると、岩政は薄く微笑んだ。だが、口は開かなかった。私も黙っていた。沈黙するふたりの間に、もずく酢やタコブツが並んだ。

私はもずくをちゅるちゅると啜《すす》って喉に流し込んだ。岩政が深い溜息をもらした。

「美千恵とのことについて伺ってもよろしいでしょうか」

「何でも訊いてください」岩政はそう言って、タコブツにかぶりついた。

「美千恵とは何年ぐらいのお付き合いになるんですか？」

「けっこうになりますね。もう五年は経ったかな」

「それはまあ長いといえば長いですが……」

「長すぎた春です」

「どこで知り合ったんですか？」

「六本木のシューティングバーです」

「シューティングバー？」

シューティングバーとは、エアガンを撃たせてくれるバーのことだという。

「そんなバーがあるんですか」

「あるんですよ。お義父《とう》さんは、エアガンには興味ないですよね」

私はつくねを口に運んだ。「触ったこともないですよ。あなたはガンマニアなんですか？」

「全然。同僚に誘われて行ったのがきっかけで、時々、撃ちにいくようになっただけです」

岩政がハイボールを頼んだ。私も同じものにした。

「美千恵さんがエアガンに興味があるなんて信じられないな」

「美千恵さんにとってシューティングはモグラ叩きみたいなものなんですよ。当たればスカッとしますから。競艇は水上の格闘技。だから、心にアカが溜まることがよくあるみたいです。お義父さんにもお分かりになると思いますが」

気軽に〝お義父さん〟と呼ばれることに抵抗があったが、気にせず話を進めた。

「美千恵、ひとりで来てたんですか？」

「僕が会った時はそうです。でも、紹介したのは妹さんだって言ってました」

串が口の手前で止まった。「どっちの妹ですか？」

「一番下の妹さんです」

　意外なことを次々と見聞きさせられる日である。

　美千恵がエアガンを撃っていることにも驚いたが、一緒にいたのが朋香と聞いて、私は口に運びかけた串を皿に戻してしまった。美千恵とそのバーにいたのは小百合だと、勝手に思い込んでいたのだ。朋香にも何かしら不満があるのかもしれない。

「美千恵さん、妹さんに誘われて行ったのがきっかけだって言ってました」

　話が紛れるので、自分の驚きは抑えることにした。

　美千恵と岩政は三度、そのバーで一緒になった。ふたりともひとりで来ていたので、自然に話をするようになったのだという。

　私はハイボールを半分ほど飲み、岩政の歳を訊いた。三十三だという。美千恵の年下には見えない。私はてっきり三、四歳上だと思っていた。

「歳より老けて見られることが多いんですよ」

　岩政は、表情から私の心を読み取ったかのようにそう言った。

「そんなことはないですよ」私は笑って誤魔化した。

「単刀直入にお伺いしますが、五年もの付き合いがあって、美千恵との結婚は考えなかったんですか?」

岩政は顎を引き太い眉を寄せ、きっぱりとした口調で言った。「プロポーズしましたよ」

「ということは、美千恵に、あなたと結婚する意思がなかったということですか」私はつぶやくように言った。

「僕と、というよりも、男と結婚するつもりがないそうです」

胸に軽い衝撃が走った。「男と結婚するつもりがないというのは、有り体にいうと同性とだったら……」

「違います、違います」岩政が慌てて否定した。「僕の言い間違いです。男と一緒に暮らすのは嫌だという意味です。すみません。言葉足らずで」

私は背もたれに躰を倒した。「ああ、よかった。男勝りの商売をしてますから、そっちの方かと思ってしまいましたよ」

「だったら諦めもつくんですけどね」岩政が寂しげにつぶやいた。

岩政はよく飲んだ。傷心を抱えて美千恵のマンションから出てきたはずだから、痛飲したい気分なのだろう。しかし、この男、大食いでもあった。焼き鳥を食べ終えた途端、焼き豚の盛り合わせとやらを頼んだのだ。

「ここの豚バラ、旨《うま》いですよ。ちょっと食べてみてください」

「ゆっくりやりますから」私は丁重に断った。「先ほど、ふたりの間にはかなり険悪なムードが漂ってましたが、何が原因で喧嘩《けんか》したんですか？」

「彼女の言ってることは、すべて別れる口実なんですよ」

先ほどまでは筋道を立てて話していたが、矢継ぎ早に飲んだせいか、頭の回路が少しおかしくなってきたようだ。

「美千恵、あなたに何を言ったんです？」

「こういうと何だか自慢してるみたいですが、僕を追いかけてる女がいるんです。その女のことは美千恵には黙ってたんですが、美千恵がうちに泊まった夜、その女が訪ねてきたんです。それも午前二時半に」

私はグラスを空け、お代わりを頼んだ。「その女とは本当に……」

「何もありませんよ。お義父さんとは違うんです」

私の動きが止まった。岩政も口をあんぐりと開けたまま微動だにしない。

「す、すみません。今のは失言でした。忘れてください」

動揺が、岩政の声を一段と大きくした。周りの客の視線が私たちに集まった。

ずばりと言われて、私は一瞬むっとしたが、平常心を取り戻すのにそれほど時間はかからなかった。むしろ、その失言のおかげで、美千恵と自分とのことを話しやすくなったと思った。

問題は他にある。岩政が、自分の話を聞ける状態を保てるかどうか。酩酊《めいてい》されたら話しても意味がない。

「ピッチが速すぎますよ。さあ、水を飲んで」

「大丈夫です」岩政は自分に言い聞かせるように大きくうなずいた。

深夜遅く岩政のマンションを訪ねてきた女のことに腹を立て、美千恵は別れると言い出したという。しかし、それは口実ではないかと岩政は考えているのだった。

ポケットから煙草を取りだした岩政だが、私の顔を見て元に戻した。

「遠慮はいりませんよ」

「でも、お義父さん、ご病気なさったんでしょう?」

「私は昔、ヘビースモーカーでしたから、気にしてません。どうぞ吸ってください」

「それじゃ、お言葉に甘えて」

煙草を見ると、私の顔がほころんだ。「ハイライトですね。私もずっとハイライトを吸ってた」

「粋がって強い煙草を吸い始めたんですけど、それが病みつきになりました」岩政が照れくさそうに笑った。

「美千恵、煙草のことは何も言わない？」

「全然」

「君が言ったことが正しいとすると、別れたい理由は他にあるということになりますね」

「それを言わせようと思って、今日、会いにきたんですが進展はまったくありませんでした」

それ以上、私は何も言えなかった。焼き豚セットがまだ残っていた。豚バラを少し食べてみた。

「うん。これ、なかなかいけますね」

「でしょう？」そう言った岩政の表情はあどけなかった。

「美千恵は私の話を時々してたんですか」

「いえ。出版社にお勤めだということは前から知ってましたが、ご病気のことや、その……他の話は、さっき初めて聞きました」

「男と暮らすことが不安なんじゃないかなあ」私はつぶやくようにそう言った。

岩政は黙って水の入ったグラスを手に取った。

「美千恵は、私のせいで男性不信になった。そんなことを口にしてやしませんでしたか?」

「…………」

「隠さなくてもいいですよ」私は岩政に微笑みかけた。

「まあ、そのようなことを言ってました。でも、あれも何だか嘘のような気がします。僕と別れたい。それだけのことだと思います」岩政は半ば諦めたような口ぶりだった。

「美千恵の態度を見てると、そうは思えませんけどね」私はまた豚バラに手をつけた。

「温かいお言葉に感謝します。でも、僕にはそうは思えません」

「女が男を振る時は、もっとあっさりしてるっていうか、冷たいもんですよ。男はソフトランディングを試みるが、女は、一気に下降する」

「そうですよね。確かに、確かに」岩政の顔がぱっと明るくなった。「さすがに経験豊かなお義父さんだけのことはありますね」

私は肘をついて、ぐいと岩政に躰を寄せた。「誤解しないでくれませんか。美千恵が何を言ったか知らんが、私は決して、そっちの方に明るい男じゃないですよ」

「失礼しました。でも、お義父さんのおっしゃったことは正しい。まだ諦める必要はないですよね」

「話を逸らして悪いけど、私のことを〝お義父さん〟と呼ぶのは止めた方がいいんじゃないのかな」

「お嫌ですか？」

「嫌というかしっくりこないでしょう？　君はうちの娘にプロポーズして断られた。なのに私のことを〝お義父さん〟と呼ぶのに抵抗はないのかい？」

私の口調は次第にぞんざいになっていった。

岩政はがっくりと肩を落とした。

「そんなに落ち込まないでほしいな」

「美千恵さんのお父さん、って意味なんですけど、それでもやっぱり親しすぎますよね」

「あ、そういうこと」私は躰を元に戻し腕を組んだ。「舅《しゅうと》と父の違いは、こういう関係で話してると分からなくなるな。日本語はやっぱ難しいもんだね」

「そうですね。日本語は難しい」岩政は心ここにあらずといった体《てい》でつぶやいた。

「話を戻そう。私が思うに、まだ脈はありそうな気がするね。美千恵は今も君のことが好きだよ。だけど、あの子は頑固《がんこ》だから、ちょっとやそっとじゃ言ったことを変えないだろうな。それもこれ、父親の不徳のいたすところだけど」私は大袈裟に笑って見せた。

私の一言に励まされたのだろう、岩政は、愁眉《しゅうび》を開くとまではいかなかったが、安堵の笑みを浮かべた。しかし、それは一瞬のことで、束の間の晴れ間は薄い雲に被われた。

「でも、僕は何をしたらいいのか……」

「それは自分で考えるしかないな。美千恵の心のくすぐりどころぐらい分かってるんだろう？」

「くすぐりどころですか」岩政が首を傾げた。「僕は人の心を読むのが苦手なんです」

「苦手かあ」

「苦手です」

私は小さく何度かうなずいた。

「お父さん」そう言った瞬間、岩政は口を手で押さえ、「森川さん」と言い直した。

「お父さんでいいよ。舅という漢字をイメージしないようにするから。で、私がどうしたんだい？」

「小説をたくさん読んできて、小説家のような、言葉は悪いですけど気むずかしいというか、複雑なことを考えてる人間と付き合っている方とは違うんです。僕は、あまり物事を深く考えない人間でして」

「小説はあまり読まないのか」

「すみません。ほとんど読みません」

「何も謝ることはないさ」

「太宰治《だざいおさむ》の『走れメロス』は好きですけど。小説を読んでるとまどろっこしくなってきて、十ページほど読むと眠くなってしまうんです」

私はまたハイボールに口をつけた。「実は私もだよ」

「お父さんも小説が嫌いなんですか？」

「大好きだよ。だけど小説ってのは、初めの数ページを読んだだけじゃ、何が始まるのか、登場人物が何をするのかもよく分からない。だから本を開いたばかりの時は退屈なもんなんだよ。そこを我慢して通りすぎると、その小説の世界に入っていける。もちろん、好みがあるから、我慢して読んだから面白くなるってもんじゃないけどね」

「本にもよるでしょうが、我慢して読むと、人の心が読めるようになるんでしょうか」

私は思わず噴き出してしまった。

小説本、特に単行本が売れなくなった原因のひとつは、岩政のような人間が増えたからなのだろう。

「小説を読んでも、一言でいえば何の役にも立たないよ。それから小説家にも単細胞の人間は大勢いる。私が言うのも変だが、無理して読む必要なんかまったくないよ」

「じゃ、人生読本みたいなものは役に立ちますかね」

「役に立つ人には役に立つ。本も、新聞広告に似てる気がするな」

「どういう意味ですか？」

「どんなに大きな広告を打っても、その商品に関心のない人は、広告が載っていたことにすら気づかない。同じように、そういう本に興味のない人は見向きもしないでしょう？」

「なるほど。お父さんのお話を聞いてると目が開けます」

「繰り返すが、まだ諦めるのは早い」

「そうですね。お父さんのおっしゃる通りです」岩政は力をこめてつぶやいた。

私は改めて岩政という男を見つめた。自分は一体、どうしてこの男の応援をしているのだろうか。岩政といると美千恵が傍にいなくても、彼女を身近に感じられる。しかし、それだけで、恋愛指南めいたことを口にしている自分がおかしくなってきた。岩政圭介という男に好感を持ったのは確かだが。

深く物事を考えたことがなく、人の心が読めない。それは時として、困ったことを招きかねないが、彼の精神のバランスがよいことの証《あかし》でもある。おそらく、これといった問題のない家庭に育ったのだろう。

歪《いびつ》な精神が、素晴らしいアートを産み出すことはあるが、それは特殊なことだし、作品が評価された時、初めて、作者の歪み、奇行が好意的に受け取られるだけである。

欠陥人間は世の中にごろごろいる。その大半はただの欠陥人間なのだ。現代ニッポンは高度に成長した分だけ複雑になり、妙な人間を生み出すようになった。そんな社会で生きているのに、岩政にはさしたる歪みが見当たらない。

この男は掘り出し物かもしれない。私は、美千恵の暗い表情を思い出しながら、そう思った。

若い男女が五、六人、がやがやと店に入ってきて、私の後ろの席に座った。

岩政が顎を上げ、私を真っ直ぐに見つめた。「お父さんはまた美千恵さんに会いますよね」

「君は、私と美千恵の関係を、あの子から聞いたんじゃなかったのか」

「お父さんのその……」岩政が目を伏せた。

「私が女を作ったことが原因で、あの子は私を避けるようになった。美千恵、そう言ったんだろう」

「そのようですね」

後ろの客がやたらとうるさくて話がしづらくなった。

私は少しまた躰を岩政の方に倒した。「だから、私が君の応援をしていると分かると、余計にあの子は君を疎《うと》ましく思うだろうよ。私とは……」

「お父さん、ちょっと待ってください」岩政はメニューを手に取った。「僕はシャケ茶漬けを食べますが、お父さんも何か召し上がりますか？」

「私はもういいよ。それに少し騒がしすぎるね、ここは」

岩政がカシを変えようと言い出した。

岩政は西武新宿線の中井《なかい》に住んでいた。新宿の歌舞伎町《かぶきちよう》に日曜日も営業しているカウンターバーがあるという。私たちは電車で新宿まで出ることにした。

「君はどこ出身なんです？」電車に揺られながら私が訊いた。

「高知です」

「高知のどこ？」

岩政が私を見てにやりとした。「銀座です」

「高知の銀座？」

「正式には室戸《むろと》市です。でも、あの辺は台風銀座として有名でしょう？」

私は腹を抱えて笑った。

家は果樹園を営んでいるという。

「……ブンタンとかポンカンとかを作ってます。でも、このまま温暖化が進めば、日焼けしちゃったりして栽培が難しくなるかもしれません」

「家業はお父さんが？」

「ええ。兄貴と一緒にやってます。高知には行かれたことありますか？」

「作家の付き合いで何度か行ったけど、室戸市まで足を延ばしたことはないな」

「今度、是非、遊びにきてください」

「うん」

邪気のない誘いに、私はちょっと引き気味になった。

池袋をすぎた。

「兄貴はいますが、うちもどちらかというと女系なんですよ」

「ほう」

岩政は五人兄弟の末っ子で、長男との間に姉が三人いる。全員がすでに嫁ぎ、その子供たちはすべて女の子だという。

「雌猫《めすねこ》はいないのか」

「猫はいません。紀州犬《きしゅう》を飼ってますが」

「雌犬ですか」

「雌犬です」そこまで言って、岩政は含み笑いを浮かべた。「公園でお話しした時、美千恵さんのことを、ボートじゃなくて白バイに乗ってる警官だって言いましたよね」

「よくまあ、あんなデタラメが咄嗟《とっさ》に出てきたもんだね」

「今は結婚して辞めたんですが、一番上の姉が本当に白バイに乗ってたんです」岩政が眉をゆるめて微笑んだ。

新宿で電車を降りた。私は岩政について歌舞伎町の方に歩を進めた。

久しぶりの新宿である。日曜日とあって、ウイークデーほどの活気はなかったが、かなり様子が変わっていた。西武新宿の駅前にガラス張りの商業ビルが建ち、大きな電化製品の量販店がそこに入っていた。

岩政は歌舞伎町入口近くの雑居ビルの三階にあるバーに私を連れていった。

内装に木材をたっぷりと使った落ち着いた店だった。若いカップルが、奥のボックスで飲んでいるだけである。

私たちはカウンター席についた。

バーテンダーは四十代らしい小太りの男だった。岩政はハイランド・クイーンを頼んだ。

木製のキャビネットに収められたボトルを眺めた。オールド・パーが目に留まった。私は久しぶりにオールド・パーを飲むことにした。

父親は日本酒党だったが、オールド・パーだけはよく飲んでいた。酒の名前は、百五十年以上生き、百二十歳頃に再婚したパーという農民にちなんだものだそうである。蘊蓄《うんちく》を垂れることなど決してなかった父親が、意味深な笑みを浮かべながら教えてくれた。だから妙に印象に残っているのだ。

薄めの水割りにしてもらった。やはり、病気のことが気になった。

カウンターに指先で触れてみた。「これはブビンガって木材かな」

「ええ。ナイジェリア産のブビンガです」バーテンダーが答えた。

「さすがですね」岩政が感心した。

「君はお腹が空いてたんじゃないのか」

「いいんです。最近、食いすぎで太っちゃったから」

「しかし、君は大人物《ダイジンブツ》だな」

「大人物……。僕がですか？」

「傷心なのによく食べるからさ」

「不満が溜まるとよく食べる。よくあることじゃないですかね」

「単に腹が減ってるようにしか見えなかったけど」

「そうかもしれません。どんなに悩んでいても、腹だけは減るんです。不思議ですよね」岩政が薄く微笑んだ。

「君が気に入ったよ。だから、何とかしてあげたいが、私は何の役にも立たないよ」

私は軽く肩をすくめて見せた。

「今のところはそうかもしれません」

私は岩政の顔を覗き込んだ。「今のところ？」

「お父さんがおっしゃってたように、美千恵さんは強情張りです。お父さんとの関係を修復したい。けど、きっかけが掴《つか》めない。僕にはそんな気がします。美千恵さん、幼い頃、お父さんっ子だったそうですね。お父さんのニオイが好きだったたって照れくさそうに言ってました」

私は酒棚を見るともなしに見て、グラスを口に運んだ。

「確かにね。あの子は私にまとわりついてばかりいたよ。だからこそ、例のことがショックだった。母親を苦しませた私が許せない。今はもう恨んではいないだろう。だけど、関係を修復したいとも思ってないんじゃないかな」私はグラスを空け、お代わりを頼んだ。

「今日、お父さんを家に上げたのは、きっかけがほしかったからじゃないですかね」

「うーん」私は唸った。「どうなんだろうね」

私は、岩政のように楽観的な考えは持てなかった。

家に上げたくないほどの憎しみを今でも持っていられたら打つ手はない。しかし、憎しみは愛情のネガティブな表れでもある。

今日の美千恵には、夫に対して関心をなくし、冷え切った態度でしか接しない妻の発するニオイに似たものを感じた。会いにきたから会ったが、幼い頃の関係に戻す気もないし、新たな展開も期待していない。私はそのように受け取った。長く会わない間に、美千恵は、父親に対する感情を整理し、ふんぎりをつけたのではなかろうか。一見、積極的な態度を取る美千恵だが、実は相手の出方を待っている。そんな性格のようだ。今頃気づいても遅いが、彼女が家を出た後すぐに、押しかけていくぐらいの迫力が私には必要だったのかもしれない。たとえ、美千恵にヒステリーを起こされても、さらに嫌われても。

そうできなかった原因は私の性格にある。壁をこじ開けるよりも、隠されたドアを見つけ、そこから相手の心に入る。そんなやり方を選んでしまう人間なのだ。

それに男親は、やはり、娘の胸の裡に入っていくのが苦手なものである。女に囲まれて育った私だから、男兄弟しかいない男よりも、女には慣れているはずだが、いざ娘たちの心の襞《ひだ》にまで触れるとなると話は別である。

美千恵のことは常に頭の隅にあったが、これまでは、無事で幸せにいてくれればいい、と陰膳《かげぜん》をすえるような思いを抱いていただけだった。

今日、初めて積極的な行動に出たわけだが、そうしたくなった理由は自分でもよく分からない。ただ、最近、よく過去を振り返るようになった。そのせいかもしれない。

「お父さんは、美千恵さんが競艇選手になるって言った時、反対しなかったんですか？」

岩政は、私と美千恵の関係がうまくいかなくなったことは教えられたが、細かな点については聞かされなかったらしい。

「競艇選手になる前、鳶の仕事をやっていたことは聞いたと言ってたね」

「ええ」

私は、順を追って、岩政に、美千恵と私の関係を教えた。

岩政は口をはさまず私の話を聞いていた。

「……だから、私が口出しする余地はまったくなかった。次女の小百合から話を聞いて驚いたんだよ」そう言ってから、私はまたお代わりを頼んだ。「美千恵が競艇選手になると私に言っていたら反対したろうね。娘に危険な職業に就いてほしくないから」

「美千恵さんの話だと、競艇選手を目指した娘を応援してる親もいるそうですよ」

「そっちの方が親としては正しい態度かもしれないね」私は新しい酒を口に運んだ。

岩政はバーテンダーに向かって空のグラスを持ち上げた。バーテンダーがグラスに酒を注いだ。

「どうしてそう思うんです？」

「積極的に応援している親だって、危険な職業だと分かって、心の中では心配してるはずだよ。だけど、その気持ちを抑えて、娘の希望を叶《かな》えてやろうとする。そこが立派だと思うんだ」

岩政は黙り込んでしまった。

「どうした？　君はそうは思わないのか」

「おっしゃってることは正しいと思います。だけど……」

「そうか。分かった。君は美千恵に競艇選手を辞めてもらいたいんだろう？」

「死んだ選手がけっこういますからね」

私は岩政に目を向けた。「君は美千恵に、競艇選手を辞めろって言ったんだね」

「言いましたよ。彼女と仲の良かった後輩が脳挫傷《のうざしょう》で死んだ時に」

私は短く笑った。

「なぜ笑うんです」大きな目に苛立ちが表れていた。

「男と同じ屋根の下で暮らすことに不安を持ってる美千恵に、今の職業を辞めろって言ったら、君を遠ざけたくなるに決まってるじゃないか」

岩政の酒を飲むピッチがまた速くなった。「君の理想は、美千恵が競艇選手を辞め、専業主婦になることなのか」

「そこまでは思ってませんが……」岩政が目を伏せた。

死んだ妻はガーデニングの仕事に就きたかったが、それを諦めて、私と結婚した。ガーデニングに対する未練はあったろうが、プロポーズした時、美枝はまだプロにはなっていなかった。心の整理がつけやすかった気がする。

美千恵は、頂点を極めたことはないにしても、プロとして活躍している。惚《ほ》れた男に懇願《こんがん》されたとしても競艇をやめるはずはない。

男が外に働きに出て、女が家を守り、子育てをする。それは、家族制度としては実に安定した形である。

子育てに父親が協力しても、母親にしかできない赤ん坊との接し方があると私は思っている。

しかし、今は、夫の稼ぎだけでは家庭が維持できないことも珍しくないし、妻も、女として人間として、いろいろな場所に出ていって〝自分〟の思いを実現したいと思うようになった。

そういう現実を無視して、好きな仕事をしている女に、家にいろ、と男が言っても鬱陶しがられるだけだろう。

岩政は、年のわりには古風な考えを持っている男のようだ。

「美千恵に、彼女の生き甲斐を取り上げるようなことを言っちゃ駄目だよ」

「ご存じだと思いますが、競艇選手の寿命は長いんです。日高逸子《ひだかいつこ》って選手なんか今年で五十になるんですが、まだ現役です。美千恵は日高選手みたいになりたいんですよ」

「美千恵が五十の時は私は……」私は独りごちた。

「彼女が、その歳までボートを降りなかったら、彼女の現役中に、私は確実に、天に昇る船に乗ってるね」

「ともかく、僕は美千恵にできるだけ早くボートから降りてもらいたいんです」岩政は私の話など聞いていなかった。

「気持ちは分かるが、君は美千恵を応援し、支えなくっちゃ」

「お父さん、彼女が競艇選手になると知ってたら反対しただろうって言ってたのに」

「今は応援してるよ。最近は公園で子供が走ったり、大声を出したりできなくなってるそうじゃないか。遊具の不備についてもうるさいしね。安全は大事だけど、危険なことをすべて排除しようとする世の中が、私は嫌いなんだ。そりゃね、レース場で、ボートに乗ってる美千恵を見ると、勝ち負けよりも、事故が起こらないことだけを願うよ。だけど、危険だからこそ、何かを得るってこともあるよ。五十までボートに乗っていたかったら、乗ればいいじゃないか」

「この点では、お父さんと意見が一致すると思ったんですがね」岩政が残念そうな顔をしてグラスを手に取った。

岩政圭介が好青年であるという思いに変わりはない。しかし、世の中の通念に疑いを持たないところに、ちょっと不満を感じた。

美千恵はひょっとすると、私と同じような目で岩政を見ているのかもしれない。

「話は変わるが、美千恵はけっこう稼いでるのかね」

「何でそんなことが気になるんですか？」

「親として、彼女の暮らし向きに興味を持つのは当然だろうが」

「今、彼女、Ｂ１の選手ですから、年収は一千万ぐらいかな。よくは分かりませんけど、Ａ１だった時はもっとあったみたいですよ」

「三十代半ばの女の収入としてはすごいもんだな」

「保障のない仕事ですからね」

「大変、失礼なことを訊くが、美千恵は君よりも稼いでるのか」

岩政は少し私から躰を離した。眉が険しくなっている。

その顔が答えのように思えた。

「ごめん、ごめん。そんなこと訊くもんじゃないよな」

「うちの社は、名前はそこそこ知れてますが、不況のせいもあって、あまり給料はよくないんです。でも、妻子を養えるぐらいの収入はありますよ」

「今の男の子は、デートの時もワリカンだったり、女の方がお金を持ってると払わせるっていう話だけど、君たちもそうしてたのか」

「まさか。僕はそんな男じゃありませんよ」岩政がいきり立った。「女に金を払わせるなんて男の恥です」

「よかった。どちらが払おうが、ふたりがよければ他人がとやかく言うことじゃないけど、私はやっぱり、無理をしてでも女には金を払わせない男が好きだから。現場監督の仕事って大変なんだろう？　休みはなかなか取れないし、残業も多いって聞いてるけど」

「その通りです。でも、お父さんが頭に描いている現場監督の仕事って、ビルや家を建てる時の現場監督でしょう？」

「違うのか？」

怪訝な顔をした私に、岩政が首を横に振った。

岩政は、一年ほど前まではビル建設の現場監督だったが、今は環境緑化部で、造園や屋上庭園の施工を指揮しているという。

私は岩政の顔をまじまじと見つめた。

岩政がきょとんとした顔をした。「何か気になることでも？」

「いや、別に」私は笑って誤魔化した。

私が、造園という言葉に反応したのは言うまでもないことだ。美枝がやりたかったことはガーデニングだったのだから。

「緑化については下請けに出す会社も多いんですが、うちは自社で行ってます。僕は今、ビルやマンションの屋上庭園を主に担当させられてます」

「君は果樹園の息子だもんな」

岩政の口許がゆるんだ。「不思議なんですけどね、果樹園の息子だからこそ、農業には興味がなくて、都会に出て高層ビルを建てるような仕事に就きたかったんですよ」

「それが東京に出てきて変わったってこと？」

岩政がうなずいた。「ある時、花屋の店先に置かれてたハイビスカスが目に留まったんです。家の中が殺風景だから、と何の気なしに買って帰ったんです。買った後、失敗したなって思いました」

「どうして？」

「相手は生き物ですからね、ちゃんと育ててやらないといけないって気持ちになったんです。忙しくて、水やりだって疎《おろそ》かになりそうだから重荷でした。でも、絶対に枯《か》らさないでやろうと思ったことがきっかけで、植物や野菜に興味を持つようになったんです」

エコがビジネスになるからなんて嬉《うれ》しそうに言われたら興ざめしただろうが、田舎《いなか》から都会に出てきた青年の素直な気持ちが緑化の仕事に向かわせたのだと分かると、岩政の好感度がさらにアップした。

「その話、美千恵にしたんだろう？」

「もちろんしました。でも、彼女、植物にはあまり興味がないんです」

少女の頃は違った。母と一緒に庭いじりをするのが好きだった。美千恵にせがまれて、私も何度手伝わされたことか。

美千恵の部屋を思い出してみた。よく覚えていないが、植物は見当たらなかった気がする。

家を空けることが多い仕事だから、枯れさせてしまうのが忍びなくて置かないようにしているのかもしれないが、母親に対する想いが、却って植物を遠ざけている気がした。いや、それはちょっと考えすぎではなかろうか。私は心の中で自分を笑った。

「言われてみると、あの子の家の居間には縫いぐるみは置いてあったけど、花は飾ってなかったね」

「寝室にクンシランの鉢《はち》植えが置いてあるだけです」

「クンシラン？　そんなランがあるのか」

「ラン科の植物じゃないんです。ヒガンバナ科です。植物のランの漢字の前に、〝君《くん》子《し》危うきに近寄らず〟の君子と書く場合もあります」

「君子蘭か」私は小さく笑った。「男勝りの仕事をしてる女に似合いそうな植物だな」

岩政も肩をゆすって笑った。「強い光には弱くて葉焼けしやすいんですが、サボテンみたいに乾燥には強いんです。ですから、あまり陽の入らないマンションに向いてるし、水やりに気を使わなくてすむから育てやすい植物といえるでしょうね」

「花はつけるのかね」

「オレンジ色の綺麗な花をつけますよ」

「それはよかった」私は思わずそうつぶやいてしまった。

岩政は訝《いぶか》しそうな表情で私を見た。

「光に弱く、乾燥に強いだけの植物じゃ、何だかねえ、って思ったんだよ」

岩政は、そう言っても納得した顔はしなかった。

「正直に言うと、日光を避け、乾燥してても生きている君子蘭のイメージが、今日会った、美千恵と重なったんだよ」

「お父さん、それってちょっとひどすぎますよ。美千恵さんは確かに変わったところはありますが、乾燥女じゃないですよ」

「そうか。それを聞いて安心した。私に対して冷たいから、ついそういう気になったんだ。すまん、すまん」

私は空笑いをしているうちに、自分が変に思えてきた。こんなことで父親である私が、岩政に謝る必要などまったくないではないか。

私と岩政は、それからも飲み続けた。岩政は、屋上庭園の話を熱く語った。土は普通のものよりも約半分の重さの培土《ばいど》を使用するのだという。防水、保水についてもいろいろな方法があることを教えられた。耐根対策という意味がよく呑み込めなかったが、岩政は分かりやすく説明してくれた。

植物の根は強いから、どんどん伸びて建物のちょっとした切れ目にまで入り込み、漏水《ろうすい》の原因になる。それを阻止することを耐根対策というのだそうだ。

材木屋の跡地に父親が建てたマンションの話をすると、岩政は是非、自分に緑化させてほしい、と目を輝かせた。

「緑化するのは悪くないかもしれないが、君は気が早すぎる」

「そうですね。すみませんでした」

岩政はグラスを空け、お代わりを頼んだ。私は自重した。

「私には姉と妹がいて、そのマンションは三人の共同名義になってる。だから、そういうことも私ひとりじゃ決められないんだよ」

「でも、屋上を緑化することに、お姉さんや妹さんが反対するとは思えませんが」

「妹は仙台《せんだい》に住んでるから何も言わないと思うけど、姉が近くに住んでいて、いろんなことに口を出してくるんだよ。屋上を緑化するのに反対しなくても、何を植えるかという段になるとね」

岩政が大きくうなずいた。「分かります。うちも、白バイに乗ってた姉が、果樹園の今後を心配して、兄貴にいろいろ言ってくるし、僕の結婚についてもうるさいですから」

と言いながらも、その後も、うちのマンションの屋上の緑化方法について語り続けた。

この男、生来、馴れ馴れしい性格のようだ。下町の人間には、お節介が多いが、岩政ほどではない。

　私は途中で口をはさんだ。

「うちのマンションの屋上を緑化する前に、緑化すべきところが君にはあるだろうが」

「はあ？」

「分からんのか。美千恵との関係が枯れそうじゃないか。そっちをまず緑化すべきだよ」

「ああ」岩政がそっくり返り、天井を見上げた。躰が左右に揺れている。

　スツールに背もたれはない。

「おい、ひっくり返るなよ」

　そう注意しても岩政は天井を見たままだった。

　私はグラスに口をつけ、躰を前に倒した。岩政に言ったことは、そのまま自分にも当てはまるではないか。そう思うと、胸を冷たい風がすっと通りすぎていった。

　岩政が急に躰を起こした。驚いた私は彼に目を向けた。

「お父さん、僕と手を結びましょう」

「手を結ぶ？」

「そうです。僕は、美千恵のお父さんに対する頑なな態度を命をかけて何とかします」

私は、大袈裟な物言いに唖然《あぜん》として、すぐには口が開けなかった。

「頑張りましょう、ふたりで」

岩政は力強くそう言ったが、呂律《ろれつ》が怪《あや》しげだった。

「君の先走りは病気みたいなもんだな」

「お父さんはのんびりしてる方みたいですから、ちょうどいいじゃありませんか」

「何がちょうどいいんだ」私は吐き捨てるように言い、グラスに少しだけ口をつけた。

私もかなり酔っていた。しかし、デッドポイントを超えたためか、いくらでも飲める気がした。

「出陣の乾杯といきましょう」

「ちょっと待て。さっき言ったことを忘れたのか。私の話を美千恵にするのは得策じゃないよ」

「そういう消極的な考えは、この際、捨てましょう。焼き鳥屋で話してた時は、僕も気持ちが滅入《めい》っていたせいで、お父さんの言う通りだと思いました。でも、今は違います。同じような悩みを抱えた我々が、美千恵のマンションの入口で出会った。これは吉兆《きっちょう》以外の何ものでもありません」

「酔ってる時は気が大きくなるもんだよ」

岩政の武者人形のような眉がつり上がった。

「僕は高知の男です。お父さん、穴の空いた猪口《ちょこ》で酒を飲んだことないでしょう？」

私の頬《ほお》が歪んだ。「あるよ。高知出身の作家のお伴で、向こうに行った時、地元の人にそれで酒を注がれた。正直言って翌日が大変だったよ。二日酔いでのゴルフがきつかった」

私の言ったことは岩政の耳には入っていないようだった。

「高知の男は、あれで酒が飲めないと一人前じゃないんです」

「一緒に高知に行った作家だがね、彼は下戸《げこ》でね、無添加のトマトジュースばかり飲んでた」

「作家もトマトジュースもどうでもいいです」岩政はグラスを空け、またお代わりを頼んだ。

「それぐらいにして、今夜はお開きにしよう」

「お父さんも、グラスを空けてください。乾杯してから帰りましょう。さあ、ぐっと空けて」

　バーテンダーの視線を感じた。彼の口許がかすかにゆるんでいた。

　若い男に挑まれた。引くわけにもいかず、私はグラスを空け、お代わりを頼んだ。

「岩政君、乾杯はしないよ」

「僕のこと、圭介と呼んでください」

「君が美千恵を射止めたら、そう呼んでやる」

「分かりました。じゃ、それでいいです」

「で、君は、今夜、私と会って飲んだことを美千恵に話す気なんだな」

「もちろんです。包み隠さず話します」

「やっぱり私の肩を持たない方がいいと思うがね」

「お気遣いには感謝します。ですが、簡単にお父さんの肩を持ったりはしませんよ。お父さんの悪口を言う可能性だってあると覚悟しておいてください」

「私は何を言われてもいいが、どんな悪口を言うんだい」

「それは内緒です」

　私は横目で岩政を睨んだ。「感じ悪いな。正直に言えよ」

「大したことは言いませんよ。美千恵に、お父さんに対する不満を全部、言わせるつもりです。僕は彼女に大いに同調しながら様子を見ます。家族同士で悪口を言い合っても、他人に同じことを言われると腹が立ってくる。そういうことってあるじゃないですか」

「ほう。なかなかの策士なんだね、君は」

「坂本龍馬《さかもとりようま》の国の男ですよ、僕は」

私は思わず噴き出しそうになった。今夜、岩政と会ってから、何度、笑ったかしれやしない。

「〝俺は、落胆するよりも、次の策を考える人間だ〟って言いたいんだね」

「さすがに教養がおありですね」

「分かった。君のやりたいようにやってみたまえ。で、私はどうしたらいいんだ」

「どうしたいですか？」

「策士の君に訊いてるんだよ」

岩政が腕を組んだ。肩が怒っている。

いかにも勇ましく男らしい姿だが、大丈夫だろうか、と思わせる態度にも見えた。

「ふたりが同時に圧力をかけるのはよくないですね。お父さんはしばし静観しててください。どんな状況かはお教えしますから、それから作戦を立てましょう」岩政はグラスを手に取った。「乾杯してくれますね」

大きくうなずいてから、私もグラスを握った。

「君は本当に酒が強いね。私はへろへろだよ」ビルの出口に向かいながらそう言った。

気分よくバーを後にした。

「お父さんもなかなかのものですよ。近いうちにまたお会いしたいです」

病気のことを考えたら明らかに飲みすぎである。次回は慎《つつし》まなければ、と自分に言い聞かせた。

夜風が気持ちよかった。路肩に停まっている空車を目指して歩いた。

「お父さんとは不思議なご縁を感じます」岩政がしんみりとした調子でつぶやいた。

「連絡、必ずくださいよ」

「もちろんです。屋上庭園のこと、考えておいてください」

私は、それには答えず、足を止めた。目を細め、向こうから駆けてくる女を見つめた。黒く短いフレアスカートの裾《すそ》が揺れている。

「お父さん、嫌だなあ。パンチラに……」岩政がくすくすと笑い出した。

「違うんだ」私は心ここにあらずといった調子で答えた。

　女はタクシーに乗ろうとしているらしく、空車の停車している車道に向かった。女の後ろから、髪の長い細身の男が迫ってきた。

「もう帰るって言ってるでしょう」女が、空車の前でヒステリックな声を上げた。

「ホテル、予約したんだぜ」

「そんなの知らないよ」

　ふたりは言い争いを始めた。

「あの子、私の姪《めい》なんだ」私は走り出した。

　男が香澄《かすみ》の肩に手をかけたのが目に入った。

　私についてきた岩政が、あっと言う間に私を追い抜き、もめている二人に近づいた。

　突然、目の前に現れた躰の大きな男に、香澄も髪の長い男も驚いたようで、ふたりは口論を止め、岩政を見つめた。

「なんだよ、テメエ」

　長い髪の男の声がした。岩政は一言も口を開かない。

「香澄ちゃん」

彼らに追いついた私は、ぜえぜえ言いながら声をかけた。

「伯父《おじ》さん」香澄は口に手を当て、呆然《ぼうぜん》とそうつぶやいた。

私は長い髪の男を睨みつけた。「彼女は帰りたがってる。私が連れて帰る」

「あんた、この女の何なんだよ」

よく似た台詞が、昔流行《はや》った歌にあったのを思い出した。

男はふて腐《くさ》れた笑みを口許に浮かべ、香澄を見た。「伯父さんだって？　マジかよ」

「そんなこと、あんたに関係ないでしょう？」香澄は小馬鹿にしたような調子で言った。

「さんざん金を使わせておいて、関係ない、はねえだろうが」

「ケチ臭い男ね」香澄が吐き捨てるように言った。

相手がいきり立った。岩政が、香澄と髪の長い男の間にすっと割り込んだ。そして、脚を大きく開き、両手を腰に当てた。相変わらず一言も発さない。もめている私たちの横をすり抜け、若いカップルがタクシーに乗った。

「早く行ってください」岩政は男から目を離さずに言った。

「君は……」

「僕は大丈夫です」

「分かった。それじゃ、お先に失礼するよ」

私は香澄を先立てて、空車に向かった。

運転手に行き先を告げた時も、岩政から目を離さなかった。髪の長い男が先に去っていった。岩政が空車を拾うのを見届けてから、背もたれに躰を倒した。

香澄は私に目を向けず、窓の外を見ていた。

岩政が、タクシーに乗ったと連絡してきた。私は彼に礼を言った。

「お父さんも大変ですね」岩政は余計なことを言って電話を切った。

携帯をしまった私は長い溜息をついた。

タクシーは四谷《よつや》に向かって走っている。

「だいぶ飲んでるね」私が言った。

香澄は答えない。何があったのか問いただしたくなったが我慢した。

「明日の夜、用はあるのか」

「…………」

「答えなさい」

「ないですよ」香澄の口調は投げやりだった。

「ふたりだけで話がしたい」

「お説教ならノーサンキュー」香澄は苛立った調子で言った。

「説教になるかどうかは香澄ちゃん次第だよ。ともかく明日の夜、ゆっくり話そう」

「伯父さんの家じゃ嫌よ」

「分かった。場所は考えておくけど、家の近所にしたい。それでいいね」

「はい」

私と香澄は待ち合わせの時間だけを決め、連絡を取り合うことにした。

それからしばらく、私たちは口をきかなかった。

「さっきの男の人、誰？」香澄に訊かれた。

「月光仮面」

「はあ？」

私は笑った。「たとえが古すぎたね」

「知ってるよ、月光仮面」

仏文科の学生のくせにモーパッサンを知らなかった香澄だが、月光仮面は耳にしたことがあるらしい。そういえば、政治家の汚職などを糾弾するために、月光仮面の姿をして辻立ちした人物が話題になったことがあった。だから、知っているのかもしれない。

「月光仮面の正体は？　伯父さんのボディーガードみたいだったけど」

「香澄ちゃん、美千恵に会ったことあったっけ」

「子供の頃に会ってるけど、私が上京してからは一度も」

「月光仮面の正体はね、美千恵の恋人なんだ」

「へーえ。伯父さんと美千恵さん、ぎくしゃくしてたんじゃなかったっけ」

タクシーは鍛冶橋《かじばし》の交差点で信号に引っかかった。

「そんなこと、誰が言ったんだい」

「ママも心配してたし、小百合さんからも聞いてた」そこまで言って、香澄は私に顔を向け微笑んだ。「仲直りしたんですか？」

「まだそこまでは行ってない」

香澄が首を傾げた。「仲直りしてないのに、美千恵さんの恋人と会ってたの？」

私はにっと笑ってうなずいた。

訳が分からない。香澄はそんな顔をした。

「別に秘密じゃないんだけど、小百合たちには、美千恵の恋人と私が会ってたこと、黙っててくれないか」

香澄が目の端で私を見た。「今夜のこと、ママに言わないでくれます？」

「取引はしたくないな」

「どうして？」

「事情が違いすぎるから」

香澄はまた窓の外に目を向けた。

「君の行状をお母さんやお父さんに話したことなんか一度もないよ」

「分かってます。伯父さん、優しい人だもの」

「甘ちゃんだって舐《な》めてるんだろう」私は冗談口調で言った。

「そんなことないですよ」香澄は沈んだ声で言い、また黙ってしまった。

私は我慢できずにこう言った。「さっきの奴、この間、うちの前に車を停めてた男じゃないよね」

香澄の眉間《みけん》が険しくなった。「すべて忘れてしまいたい」

私はそれ以上、追及するのを止めた。

タクシーが永代橋《えいたいばし》に近づいた。私は橋をゆっくり渡ってほしいと運転手に頼んだ。

タクシーのスピードが落ちた。

私は窓を開けた。「香澄ちゃん、見えるかな」

「何が？」

「スカイツリー」

「ここから見えるの？」

「見えるよ」

香澄が中腰になって、私の座っている窓の方に躰を寄せてきた。

開業を待つばかりのスカイツリーだが、まだ照明は入っていない。しかし、闇にそびえ立つ雄大な影が見て取れた。

「あ、見えた、見えた」香澄は無邪気に喜んでいる。

二十歳《はたち》にしては幼すぎる。そんな気がしたが、幼くなったのは、香澄の世代だけではない。自分の世代にも当てはまることだ。還暦まぢかなのに、自分も昔の男に比べたら、いい意味でも悪い意味でも青臭いところがあるではないか。

「でも、残念だなあ」元の席に躰を戻した香澄が言った。

「まだよく見えないもんな。ライトアップされたらすごく綺麗だろう」

「スカイツリーの話じゃないですよ」

「え？」

「月光仮面のこと。美千恵さんの恋人なのねえ」

私は香澄を覗き込み、しげしげと見つめた。「香澄ちゃん、まさか彼のことを……」

「ちょっと恰好いいなあ、って思っただけです」

確かに、岩政の態度は男らしかった。相手が絡んできても、一言も口を開かず冷静だった。相手を威圧できる立派な躰をしている男が、無言で相手の前に立ちはだかった姿は迫力満点。あの光景を目にしたら、どんな女も彼が素敵に見えるだろう。

「なかなかいい青年だよ」

「美千恵さん、幸せね」

傍目にはそう思えるのに、現実は、別れ話が持ち上がっている。男と女というのは、何と複雑で不条理なものなのだろうと私は改めて思った。

「香澄ちゃんの周りには、ああいう男はいないのか？　いるだろう？」

「は、は、は……」香澄は大きな口を開け、躰を軽く左右に振って、大袈裟に笑ってみせた。「会ったことないですよ。周りはお子ちゃまばっかり。美千恵さんの月光仮面っていくつ？」

「三十三」

「もっと上かと思った」

「私もそう思ったよ」

「あの人、特別ね。今の三十代って、小娘の私から見ても子供よ」

「月光仮面みたいにしっかりした三十代もいるはずだよ」

「会ったことないな」

私と話している限り、香澄は素直で、ひねくれた感じはしない。ほっとする一方で、それが却って、私の不安を呼ぶのだった。家庭環境は一見すると問題なさそうなのに、道を踏みはずす子供が増えているからである。

家に着いた。香澄は小さな声で「お休みなさい」と言って階段を上がっていった。

翌日の午後八時半、門前仲町の交差点にあるパチンコ屋の前で、香澄と落ち合った。食事は別々に摂ると決めてあったので、私の馴染みのバーに直接向かった。

香澄はデニムのショートパンツを穿《は》き、ライトブルーのニットを着ていた。ニットの胸が大きく開いて、スパンコールの下着が見えていた。サンダルというのかミュールというのかは知らないが、キラキラ光る履き物が足を飾っている。意外に足が大きいことに気づいた。今の子の成長が著しい表れなのかもしれない。

私は、香澄と歩くのが恥ずかしかった。知らない人が見たら、キャバ嬢と同伴しているオヤジにしか見えないに決まっている。

「伯父さん、引いてるね」香澄が軽い調子で言った。

「何が？」

「私の服装によ」

「下着を見せてる女と歩くのは初めてだから」

「下着？」

「見えてるのはブラジャーのヒモじゃないの？」

香澄が噴き出した。「違うよ。これ、タンクトップよ」

「タンクトップね」

「伯父さん、知ってるの、タンクトップ」

「それぐらいは知ってるさ。昔からあるからね。でも、タンクトップって黒い色してるんじゃないの？」

香澄が、また呆《あき》れたように笑った。

路地に入り、大横川《おおよこがわ》沿いにあるバーを目指した。いつかしら門前仲町にもキャバクラが進出してきた。店の前に客引きの女が立っていた。キャバクラの入っている雑居ビルの建っているところが、かつて肉屋だったことを思い出した。肉を売っていた店が、胸の谷間や太股を露《あら》わにした肉体で男を引きつける店に変わったのだ。これは考えようによってはスムースな移行といえるかもしれない。私はそんな愚にもつかないことを考えながら奥に進んだ。

バーのある雑居ビルに入った。小さな店だが、カウンターの奥に個室とまではいかないが、静かに話せるボックス席がある。私はママに事前に電話をし、その席を予約しておいた。

L字形のカウンターで、サラリーマン風の男が三人、飲んでいた。男たちの視線が香澄に集まった。ママの美沙子《みさこ》には、誰と一緒か教えてあった。それでも、彼女の顔にも一瞬だが驚きの表情が現れた。

昌子の夫、太郎に喫茶店で偶然会った時、彼に紹介しようと思ったのが美沙子だった。

私たちは席に着いた。窓から大横川が見える。

私は、美沙子に、昨日飲みすぎたと言ってマッカランの薄い水割りと水を頼んだ。

それから香澄を紹介した。

「お母さん、一度ここにお見えになってます」美沙子が言った。

驚いたのは私だった。「え？　あいつ、ここに来たことあるの？」

「あーら、嫌だ。崇徳《そうとく》さんが連れてこられたんですよ。だいぶ前のことですけど」

「言われてみればそんなこともあったような気がするね。俺もだいぶボケてきたかな」

美沙子は軽く肩をすくめてみせてから香澄に目を向けた。

「お嬢さんは何になさいます？」

「伯父さん、シャンパン、飲んでいい？」

「いいよ」

香澄はグラスシャンパンを注文した。

美沙子が引き下がると、香澄が言った。

「落ち着ける店ですね」

「大横川の桜を観たことある？」

「ないです」

「春になったら観てみたらいい。ここの桜並木は素晴らしいよ」

ほどなく酒が運ばれてきた。あえて乾杯はせず、水割りにもほとんど口をつけなかった。

「私、シャンパンが大好きなの」

「私は苦手だな」

「そういう男の人、多いよね」香澄がそう言って、窓の外に目を向けた。

私は水を少し口に含んだ。「香澄ちゃん、君は、うちには居づらいかもしれないね。部屋は別だとしても、私の家族の中で生活してるんだから」

香澄が真っ直ぐに私を見た。「みんないい人だけど、正直言って気を遣います」

「でも、そうなった理由は分かってるよね」

香澄が目を逸らした。「あれは運が悪かったのよ」

「それは、悪い運を呼び寄せるような生活をしてるってことじゃないのか」

香澄がグラスを空け、煙草をぷかっと吸った。「昔の話よ」

「昨日、新宿で遊んでたの？」

「そうよ」

私は背もたれに躰を倒し、腕組みをして香澄を見た。「髪の長い男の言ったこと、家に帰って思い返してみたんだ。香澄ちゃん、夜の店でバイトしてるんじゃないのか」

「お代わり頼んでいいですか？」

私は席を立ち、カウンターに行った。

「ママ、シャンパンをボトルで頼むよ。一番安いやつ」

「うちには高いシャンパンなんておいてありません」

私は美沙子に笑顔を残し、席に戻った。そして、何を頼んだかを香澄に教えた。

「ありがとう」

私は注文したものがくるまで、窓の外を見ていた。私の携帯が鳴った。岩政からだった。

「昨夜はご馳走《ちそう》様でした」

「二日酔いだったろう」

「平気です、あのぐらいの酒だったら。さっき電話で、昨日のことを美千恵さんに教えましたよ。浮間舟渡の駅で偶然、会ったということにして」

「それで……」

「僕たちが何を話したのか興味を持ってました。でも、詳しい話はしてません。彼女、明後日から三国《みくに》でレースなんです」

三国は福井にある競艇場である。

「帰ってきたら、会おうと思ってます。また連絡します」

「頼むよ」

岩政と話している間に、シャンパンが用意された。

私の分のシャンパングラスも用意されたが、岩政と話しながら、いらないと美沙子に身振り手振りで教えた。

「月光仮面ね」香澄の表情が和らいだ。

「そうだけど、そのことはどうでもいい。私には本当のことを言ってほしい。勤め先はキャバクラ？」

「そうよ」

「昨日は客とデートしてたのか」

「違う。私の勤める店は年中無休。お正月だってやってるんです」

「うーん」私は唸るしかなかった。

「パパやママに報告します？」

「しないから、そういうバイトは辞めなさい」

「なぜ？　水商売のどこが悪いの？」

「水商売が悪いなんて言ってない。運を下げるような男と縁ができることを心配してるんだ」

「いいお客さんもいますよ。伯父さんと同じ歳の人もいるしね」

「お金のため？」

「それもある。けど、気晴らしになるの」香澄はまたグラスを空け、自分でボトルを手に取った。

「趣味はないのか」

「ファッションと貯金」

「それって、なかなか両立しにくい趣味だね」

香澄が軽く反った前歯を小さな唇から覗かせて笑った。「そうなの。それもあってバイトを始めたんです」

「学校には興味ないの？」

「全然」香澄はあっけらかんとした調子で答えた。「私、東京に出たかっただけ。たまたま受かったのが、今の学校だったの」

「君が幼稚園に通ってた頃だと思うけど、お母さんと一緒に東京に来たよね。あの時、将来は歌手かタレントになりたいって言ってたけど、そういう気持ちはもうないの」

香澄が笑い出した。「私、そんなことを伯父さんに言ったんですか？」

「安室奈美恵《あむろなみえ》が好きだとも」

「よく覚えてますね」

「昔のことははっきり思い出せるんだ」私はまた少しだけ水割りを口にした。

今は芸能界には何の興味もないと香澄は言った。そして、こう続けた。

「ママが東京に来たら、一緒に歌舞伎を観に行こうと思ってるけど」

「歌舞伎が好きなんだ」

「内容はよく分からないんだけど、観てると愉しい。ママも歌舞伎が好きなのよ」

歌舞伎の台詞よりも、香澄の考えていることの方がずっと難解に思えた。

「お母さんとはよく連絡取ってるの？」

「しょっちゅう」長い睫《まつげ》に守られた瞳の奥に暗い影が漂った。「伯父さん、絶対に誰にも言わないって約束できます？」

「話の内容によるね」

「じゃ言わない」

はっとした。「もしかして、香澄ちゃんもお父さんとうまくいってないのか……」

「まあね」

「原因は？」

「私とは別に何もないけど……。パパとママがうまくいってないの」

母娘で父親を疎ましく思っているということなのだろうか。

「伯父さん、絶対に内緒よ。昌子伯母さんにも言っちゃ駄目よ」

香澄も、昌子の性格を見抜いているらしい。

「誰にも言わないよ。で、うまくいってない原因を君は知ってるの？」

「いろいろあるみたいだけど、一番はお父さんのギャンブルね」

「ギャンブルって何をやってるの」

「麻雀と競馬。麻雀になると徹夜だもの」

麗子《れいこ》の夫は長男で、地元の大学に通っていたが、父親が病気になったために中退し、家業の煎餅《せんべい》屋を継いだ。東北人らしいおっとりとした男で、ギャンブルにのめり込むタイプには見えないのだが。

ギャンブルに嵌まる男は、女遊びの激しい男よりも始末に悪い。女遊びは相手があることだからいつかは終わる。しかし、ギャンブルはいつでもどこでもできるし、際限なく金を使ってしまう可能性がある。

香澄の素行の問題で会ったのに、話が意外な展開を見せた。私はしばし口が利けなかった。

麗子の夫は高中泉一《たかなかせんいち》といい、麗子のふたつ上の五十二歳。高中米菓店は、本店の他に、仙台に二店舗持っている。それほど大きな商いをやっているわけではないが、知る人ぞ知る名店と聞いている。

「震災が起こった時も、パパ、雀荘《ジャンそう》にいたのよ」

私の眉が自然に険しくなった。「地震が起こったのは昼間じゃないか」

香澄の顔も歪んだ。「だから、分かるでしょう？　それにママは、やっぱり江戸っ子だから、口の重い東北人とは合わないみたい」

麗子は昌子のようにポンポン物を言う女ではない。それでも、向こうのテンポと合わないのか。

「君のお父さん、おっとりしてはいるけど、無口ではないと思うけどね」

「そうだけど、ハキハキしてないのよ。いつもママは、そのことでいらついてるの」

「うーん」私はまた唸って、水を飲んだ。「お父さんとお母さんの話は後回しにして、話を戻そう。君が学生であり、私が預かっている限りは、キャバクラ勤めは辞めてもらいたい」

「…………」

「伯父さんの言うこと、聞いてくれるね」

「あのままパパが雀荘にいりびたってたら、店だってどうなるか分からないよ」

「お父さんのせいにして、気晴らしの勤めを続けさせろっていうのは虫が良すぎる」

「伯父さん、私のことを男遊びの激しい女だって思ってるんでしょう？」

「短い間に、二度も男ともめてるところを見せられれば、そう思うのが普通じゃないか」

「そうね。でも、私、男にはほとんど興味ないの。恋人もいらないし、結婚するつもりもありません。伯父さんから見たら、意外かもしれないけど、私はすごく堅いのよ」

私は改めて香澄を見つめた。

「格好で決めないで。派手な服装してる女が必ずしも遊んでるって考えるのは間違いです。私のクラスメートで、一番、男を手玉に取ってるのは、見た目の大人しい地味な感じの子よ」

香澄が嘘をついているとは思えなかった。派手な衣服は、香澄のナルシシズムを満足させるアイテムにすぎないのかもしれない。

「私は、香澄ちゃんのこと信じてるよ。でも、君が身持ちが堅くても、ああいうところで働いている限り、誤解する男が出てきて、何と言ったらいいのかな、事故が起こる可能性が高くなる。いくら男に興味がなくても、客に媚《こ》びを売った振りはしなきゃならないだろうが」

香澄はつんと顎を上げた。「私は媚びなんか売って商売してないよ」

「アイスドールも売りになるよ」

「伯父さん、よく知ってるね」

「そのぐらい知ってますよ」

香澄が覗き込むようにして笑った。「伯父さん、アイスドールがタイプでしょう?」

「どうしてそう思うの?」

「何となくよ」

佐久間志乃とのことが、香澄の耳に入っている? 入っていたとしても志乃の性格まで分かるはずはない。考えすぎている自分がおかしくなった。

「優しい女の方がいいよ、やっぱり」

「優しい女は恐いですよ。年寄りの男を殺して金を奪う女にアイスドールはいないもの」

「私の女の趣味なんかどうでもいい。それよりもだな、香澄ちゃんがどんな態度で男と接しようが、相手が何を思うか分からない。夜の仕事はそういう職業じゃないか。違うかな?」

香澄は不満げに唇をきゅっと結んだ。空になっていたシャンパングラスに酒を注いでやった。

「両親には何も言わない。だから……」
香澄が顔を上げた。「私がひとり暮らしできるように、ママを説得してくれませ
ん？　ひとり暮らしができたら、キャバクラ勤めは辞めます」
私は苦笑するしかなかった。「ひとり暮らしをしたら家賃はどうするんだ？　ファ
ッションと貯金という趣味が両立しなくなるじゃないか」
「私、本当はママと東京で暮らしたいの」
疲れがどっと私を襲った。
「ママね、東京に戻りたがってるのよ。戻ってきたら私は、ママと暮らす。そしたら
キャバクラに勤めるわけないでしょう？」
「話が飛躍しすぎてるよ」私は軽い調子で注意した。
香澄は、森川家で暮らすのがきついと繰り返した。夜遊びや夜のバイトをしている
ことの口実だとは言い切れない。
「気持ちは分かるよ。だけど、両親が不仲じゃ、私は君のことを誰に話せばいいん
だ」
「伯父さんにママたちのことを話したって、ママにだけ私から伝えるよ。そうしたら
話しやすくなるでしょう？」

「麗子、いや、ママは別れたがってるのか」

「だと思う」

「困ったもんだな。麗子んとこはうまく行ってると思ってたんだけど」

「関係がまずくなった夫婦が他にいるのね」そこで香澄の声色が変わった。「ひょっとして朋香さんとこ？」

「違う、違う。知り合いの夫婦にいろいろあるんだよ」私は笑って誤魔化した。

「ともかく、ママに私、話すよ。私が伯父さんの家を出たら、私が何をしようが、伯父さんの監督責任ではなくなる。その方が気が楽になるでしょう？」

「ひとり暮らしができるように、私がママを説得できたら、キャバクラを辞めるんじゃなかったのか」

「辞めるよ。でも、私が伯父さんの家にいない方が楽でしょう？」

図星である。しかし、そのことには触れずにこう言った。

「君がママと話した後、麗子とじっくり話してみるよ」

「ママに電話させるよ」香澄の顔が引き締まった。「でも絶対にキャバクラ勤めの話はしないでね」

「言わない。約束するよ」

「話がまとまってよかったですね」香澄がにっと笑った。

他人事《ひとごと》のような言い草である。私は拍子抜けするばかりだった。

カウンターから美沙子の笑い声が聞こえてきた。

「あのママ、独身？」

「そうらしいよ」

「優しそうね」

「優しいい人だけど、それがどうかしたか」

「昌子伯母さんがね、伯父さんの再婚のことを口にしてるのを聞いちゃったから」

私は水割りのグラスを手に取った。氷がすっかり解けてしまって、水みたいだった。

昌子が私を再婚させたがっていることを、香澄までが知っていた。

直接間接を問わず、我が家の女たちのネットワークは、ハイテク機器に勝るとも劣らない速さだと改めて驚いた。

「この店にはよく来てるんでしょう？」香澄が少し躰を前に倒し、声を殺して言った。

「たまにしか来ないよ」

「伯父さん、誰かいい人、いないの？」

「いない、いない」

「ふーん。寂しいね」

「話を変えるな。ともかく、今夜の約束をきちんと守るんだよ。君がママと話をしたら、おそらく、彼女から私に電話があるだろう。なかったら、私から連絡を取って、香澄ちゃんの気持ちを伝える。それでいいね」

「はーい」香澄が小さくうなずき、シャンパンを飲み干した。

腕時計に目を落とした。午後十時を少し回った時刻だった。

「伯父さん、私、帰っていい？」

「どこに行くんだ？」

「森下《もりした》」

森下は門前仲町から、地下鉄ですぐのところだ。

そこに高校の先輩が住んでいて、その夜は夫が出張で不在だから遊びにこないかと誘われていたのだという。

私は上目遣いに香澄を見た。「本当か？」

「嘘じゃないよ。赤ちゃんがいるから、彼女、なかなか家を空けられないの。伯父さんとの話を優先したから、待っててもらってるのよ」

まるで私の問題に付き合ってやったと言わんばかりの口調に、私は二の句が継げなかった。

「早く帰るんだぞ」

「午前様にならないようにします」香澄が腰を上げた。

私は財布を取りだし、一万円札を香澄に差し出した。「カボチャの馬車代」

「はあ？」

「タクシー代だよ」

「ああ、分かった。シンデレラになれっていうことね」香澄が子供っぽい口調で言い、「ありがとう。早く帰るようにします」。

「気をつけて」

香澄はヒールの音を床に響かせて去っていった。

# 第四章　秘中の秘

ひとりになった私はカウンター席に移った。三人のサラリーマン風の男たちは、会社の話で盛り上がっている。真ん中に座っている痩せた男が上司らしい。ふたりの部下は交互に愚痴《ぐち》を口にしていた。

美沙子《みさこ》がシャンパンのボトルが入ったアイスペールを私の前に置いた。

「まだだいぶ残ってるけど、飲みます？」

口調が先ほどよりもくだけている。美沙子は私の小中学校の後輩の妹。子供の頃から知っている仲だから、遠い親戚《しんせき》みたいな関係なのだ。今年、五十四歳になったはずだ。

「俺は水でいい。代わりに飲んで」

「じゃ、遠慮なく」

私の前に水の入ったグラスを置いた美沙子はシャンパンをグラスに注いだ。

「いただきます」美沙子はシャンパンで喉《のど》を潤《うるお》してからこうつぶやいた。「姪御《めいご》さんねえ」

「俺の愛人だとでも思った？」

「そうは思わなかったけど、どういう関係だろうって興味が湧いたわよ」

「いい子なんだけど問題もあってね」

カップルが入ってきて、先ほどまで私と香澄《かすみ》が座っていた奥の席に向かった。美沙子が私の前を離れた。

ここにきて妹の麗子《れいこ》までが問題を抱えていることを知った。私が口出しすることではないが、夫がギャンブルにのめり込んで家を顧《かえり》みなくなっているというのは由々しき事態である。

姉の謎めいた言動も気になるところだが、もっか一番私の頭を悩ませているのは、当然、美千恵《みちえ》とのことだ。それに母親の様子も気にかかる。嫁いだ姉や妹の行く末を気遣っている暇はない。しかし、そうはいっても頭の隅に引っかかっている。その上、香澄のことも放ってはおけない。

何事も結局は収まるところに収まるものだとタカは括《くく》っているが、日々是《これ》好日とはなかなかいかないものである。自分は熱帯雨林の中で、このまま立ち枯れしていくのか。何となく寂しい思いがしないでもなかった。

美沙子が戻ってきた。私は薄い水割りを作ってもらうことにした。

ドアが開いた。

「いらっしゃいませ」

客は女だった。

「そこに座って」

女は、会社の話で盛り上がっている三人の客と、壁に寄りかかるようにして水割りを舐《な》めていた私の間のスツールを引いた。

「混んでますね」

「こんなこと珍しいでしょう。昨日なんか客が一組よ。荷物、預かるわよ」

「ありがとう」

女は、黒革のビジネスバッグと薄茶のトートバッグを美沙子に渡した。

女の横顔が目に入った。日本人にしては彫りの深い顔立ちだった。顎《あご》の線がすっきりとしているけれど、頬にはほどよく肉がついていた。二重瞼《ふたえまぶた》に守られた円《つぶ》らな瞳。化粧はあっさりとしている。香澄のキャバ嬢風のメイクを目の当たりにした直後だからかもしれないが、とても涼しげな感じに見えた。さらさらとしたボブ風の髪は内に軽く巻かれていた。薄いグレーのパンツに白いシャツを着、羽織《はお》っているのは落ち着いたブルーのカーディガンだった。歳は四十代後半というところだろうか。

ちらちらと盗み見ているうちに、この女にどこかで会った気がしてきた。このバーで会ったのか。いや、そうではなさそうだ。他人の空似《そらに》かもしれない。私はまたグラスに口をつけた。

美沙子が女にビールを出したすぐ後に、三人組が腰を上げた。上司らしき男が勘定を頼んだ。

男たちが出口に向かうと、美沙子も客の後について店を出ていった。

店内が急に静まり返った。奥の席にはカップルがいるが、私と女はカウンターの片隅でふたりきりになった。

私がしゃべりかけようとした時、女が先に口を開いた。

「間違っていたらごめんなさい。文話《ぶんわ》出版の森川さんじゃありません？」

「そうですが」

女が自分を知っていたことにびっくりした私は、改めてしげしげと女を見つめた。

「どこでお会いしたんでしょうか？　最近、記憶力が極度に低下して、部下の名前すら時々、思い出せないことがあるんですよ」

「お宅の会社やパーティーでお見受けしてます。私、白石温子《しらいしあつこ》と申します」

私の背筋が伸びた。「ああ、医学ジャーナリストの……。うちでも本を出させてもらってますよね」

「ええ、お世話になってます」

一時、私はノンフィクション部門の編集者だったことがある。白石温子を担当していた女性編集者に、今度こんな本を出すのだと見本を見せられたことがあった。顔を覚えていたのは、テレビで見たことがあったからだろう。

　客を見送った美沙子が戻ってきた。

「やっぱり、ふたりは知り合いだったのね」

「美沙子さん、トートバッグ、取ってくれません？」

　私はポケットから名刺入れを取りだした。

　名刺交換をした。

　もらった名刺を手にして、今度は老眼鏡を懐《ふところ》から取りだした。

「東陽《とうよう》五丁目にお住まいですか。木場《きば》公園の向こう側ですね」

「今年に入ってから引っ越したんです」

「有名なモンジャ焼き屋の近くかな」

「すぐ傍《そば》です」

「一緒に食べに行ったことあるのよ」美沙子が口を挟んだ。「医学ジャーナリストが友だちだと何かと便利よ。何かあった時に、いい医者とか、いい病院を紹介してもらえるから」

「よくそう言われるんだけど、良かれと思って紹介した医者とうまくいかなくて恨《うら》まれたこと、何度もあるのよ」

私はうなずいた。「医者と患者の相性っていうのがありますからね」

「でも、他に頼れる人いないから、やっぱり当てにしちゃうわね、私なんか」

「うちで本を出されたのはいつ頃でしたっけ」美沙子の話の腰を折るようにして私が訊《き》いた。

「一九八九年です。テーマは陣痛促進剤の事故でした」

「だんだん思い出してきましたよ。今は廃刊になった女性誌でレポートを書かれてませんでしたか？」

「よく覚えてらっしゃいますね」

白石温子が柔和《にゆうわ》に微笑《ほほえ》み、グラスをぐいっと空けた。

「残り物ですが」と断ってからシャンパンを温子に勧めた。

彼女は素直に受けた。

私は自分のかかった病気について話した。

「……病気をしてから、いろいろなことが変わりました。ヘビースモーカーだったんですが、一切煙草《たばこ》は止めたし、酒もほどほどにしか飲まなくなりました」私はグラスを持ち上げた。「見てください。こんな薄い水割りですよ」

「気をつけるに越したことはありません」温子は爽《さわ》やかな口調で言い、グラスを手に取った。

「でも、昨日は深酒したんでしょう？」美沙子が口をはさんだ。

「病気のことを忘れるぐらい飲んだね」

「温《あつ》ちゃんは酒豪よ」

「美沙子さんには敵《かな》わないわよ」

「いえいえ。温ちゃんの飲みっぷりと歌いっぷりには負ける」

「カラオケ、お好きなんですか？」私が訊いた。

「特別、好きっていうわけじゃないんですけど、誘われて断ったことはないですね」

「『天城《あまぎ》越え』の熱唱が出たら、絶好調の印よね」と美沙子。

「今度、みんなで歌いに行きましょうか」自然に誘いの言葉が出た。

「行きましょう、行きましょう」美沙子がはしゃぎ声を上げた。

私は美沙子に視線を向けた。「美沙ちゃんは日曜日じゃないと無理だよね」

「崇徳《そうとく》さん、今度の日曜日、用事あります？」

「ないよ」

「温ちゃんは？」

「私、駄目なの」温子がいかにも残念そうな顔をした。神戸《こうべ》で開かれるシンポジウムに出席しなければならないのだという。

「再来週なら大丈夫？」美沙子が訊いた。

温子が少し考えた。「十月十日、体育の日なら大丈夫よ」

私は手帳を開いた。「私も何もないね」

話は簡単に決まった。太郎のことが頭をよぎった。

「知り合いを誘っていいかな」

「男だったらね」美沙子が浮き浮きした調子で言った。

妙に気分が弾《はず》んでいた。酒を飲みたい衝動を抑えるのにひと苦労した。

陣痛促進剤の事故をテーマにし、本を出したことのある女性のジャーナリスト。それだけ聞くと、ウーマンリブが擡頭《たいとう》してきた頃を知っている私の世代は、発言に気をつけなければ、と身構えるか、触らぬ神に祟《たた》りなし、と避けてしまうことも珍しくない。

しかし、温子の物腰はすこぶる柔らかく、気さくである。物を申す女すべてがスクエアな人間とは決めつけられないということだ。

香澄のことが脳裏をよぎった。服装は自由すぎるほど自由だが、心には制服を着ている。先ほど、話しながらそんな印象を持った。それに比べたら、温子の方が、意見を言う時は言うだろうが心が広い気がした。

美沙子が私の家族について温子に話し始めた。

「奥様、そんなに早く」温子が沈んだ声で言った。

「手を尽くしたんですが……。それも天命だったと今は思ってます。親父も早くに死んだから、私も長く生きないかもしれませんね」

「そんなことないわよ。崇徳さんは絶対長生きすると思う」美沙子が言った。

「お迎えがきてるのにぐずぐずしてるような長生きはしたくないね。何事もほどよいのが一番だよ」

「崇徳さんの家は女系よね。女の中で育った男って長生きなのよ」

私は噴き出した。「そんなデータあるの？」

「知り合いに、崇徳さんの家庭環境に似てるお爺《じい》ちゃんが三人いるんだけど、三人とも九十を超えてるの。だから、崇徳さんもそうなるって」

「美沙子のデータ、厚労省が発表するものより正確かも」温子が肩を揺すって笑った。

「その中に生まれ変わったら女系は嫌だって言った爺さんはいなかった？」

「いないわよ。異性に囲まれてる方が絶対に細胞が活性化するの」美沙子が押しつけるような口調で言い切った。

「そうなんですか」私はわざと神妙な顔をしてそう言った。

「そうなんです」

一度思い込んだことを、事もなげに断定する女たちの癖には、子供の頃から、慣れっこになっている。私は知らず知らずのうちに、女に飼い馴らされてきたのかもしれない。私が、そのような男であることを、家族以外の女も鋭い鼻でもって嗅ぎ分け、ずけずけと物を言っても大丈夫、と一瞬にして見抜くのだろう。美沙子の言い方を聞きながら、ふとそう思った。

それは気を許している証《あかし》だろうが、この男の面子《メンツ》やプライドには、さして気を遣わなくてもいいという態度にも取れる。しかしまあ、今更、性格や立ち居振る舞いを変えることはできないので、いつものようにへらへらと笑ってこう言った。

「女の人といると男は若返るといわれてるけど、相手が家族じゃね。少なくとも俺の場合は寿命を縮めてると思うよ」

「お宅の家族、みんな優しいじゃない」

「内弁慶《うちべんけい》ばかりなんだよ」

私と美沙子のやり取りを、温子は愉《たの》しそうに聞いていた。

「白石さんとこはどうなんです？　兄弟がいらっしゃるんでしょう？」

「ちょっと歳の離れた兄と、ふたつ下の弟がいます。どちらかというと、うちは男系かな」

「男系ね。男系って言葉は確かにあるけど、あまり使わないね」私は美沙子に視線を向けた。「美沙ちゃんとこも、男系だよね。それでもって肩身の狭い思いをしたことある？」

「肩身の狭い思い？」美沙子が怪訝《けげん》な顔をした。「ないわね。私、兄たちが好きだったから、一緒に遊びたかったのに、女はついて来るなって追っ払われたりして、腹が立ったことはあったけれどもね。女の子、私ひとりだから、着るものはお下がりじゃなかったし、まあ、可愛がられて育った方だと思うな」

「白石さんとこはどうでした？」

「肩身の狭い思いはしてないけど、私は男に生まれたかったですね。美沙子さんと同じで、男の子に交じって遊ぶ方が愉しかった。でも、兄はやっぱり、私がなつくのを嫌がってましたね」

「男の世界に女が入ってくると鬱陶《うっとう》しいもんですよ、特に少年の頃は」

美沙子が、男の子たちに交じって川に浮かんでいた丸太に乗った女の子が、川に落ちて死んだ話をした。その子は美沙子の友だちだったそうだ。その事故のことを私は聞いた覚えがあった。

私と美沙子が幼い頃の話をしているうちに、温子が金沢《かなざわ》の出身だということが分かった。両親はすでに他界しているという。

「金沢はいいところだな。今でもたまには戻るんですか？」

「ここしばらく帰ってません。でも、今度のお正月には帰郷しようと思ってます」

「東京生まれの人間は、故郷があってないようなものだから、地方から来てる人が羨《うらや》ましいと思ったことがありますよ」

「東京の人はよくそう言いますね。でも、東京といっても山の手と下町じゃ、かなり違いますね」

「そりゃ全然違うわよ。金沢も古風な町だから、温ちゃんには下町の方が馴染《なじ》むんじゃない？」美沙子が口をはさんだ。

「地方の町と東京の下町は似て非なるものがある。江戸っ子は江戸っ子だもの」

「下町には人情があるとよくいわれるけど、余所者にかまえるところありますよ。その点は田舎《いなか》に似てると思うけど」と私が言った。

えっさか　ほいさ
ねこに　バイオリン
めうしがつきを　とびこえた
こいぬはそれみて　おおわらい
そこでおさらはスプーンといっしょに　おさらばさ

講談社文庫「マザー・グース 1」より

「崇徳さんの言うこと分かる気がするな」と美沙子。「シャイな人が多いから、知らない人に慣れるのにちょっと時間がかかるのよ」

「でも、親しくなると面倒見がいいといえば聞こえはいいけど、お節介だよね」私が言った。「山の手の方がクールで、人との距離を大事にするから、そっちの方が住みやすいかもしれないね」

「私なんか絶対駄目」美沙子の声が大きくなった。「山の手には住めない。私の友だちで、山の手の家にお嫁に行った人がふたりいるんだけど、ふたりとも離婚して地元に戻ってきた。下町の人間は外には出られないのよ」

またもや、きっぱりと言い切られた。

「たまたま、そのふたりが、一緒になった男と合わなかっただけじゃないの」私は軽い調子で異を唱《とな》えた。

美沙子が渋面を作った。「違います。別に向こうさんが悪いんじゃないのよ。ただ合わないだけ」

「山の手と下町とではニオイは違うけど、山の手の人間がクールというわけでもない気がするわね」温子が口をはさんだ。「地方出身者もたくさんいるから。目黒区のファミリーマンションに住んでたことがあったけど、住民同士のトラブルがかなりあったもの。田舎町よりもすごいって感じた。離婚してから、子供と一緒にそのマンションに移り住んだんだけど、私、昼夜が逆転してるような生活してたし、医者や病院と闘ってる勇ましい女だという誤解もあって、浮いた存在だった」

私が知りたかったことが、自然な形で耳に入ってきたから、さらに話が弾んだ。

私は温子に、子供について訊《たず》ねた。

二十二歳になる息子がいて、来年、大学を卒業するが、まだ就職口は決まっていないという。

「じゃ、今、一緒に暮らしてるんですか？」

「ええ。早く独立してほしいんですけど、働き口が決まらないことには、出ていけとも言えないし」温子が軽く肩をすくめた。

「崇徳さん、どっかいいとこ探してあげてよ」

「うちでも契約社員を毎年何人か採ってはいるんだけど、ほとんど女の子なんだよね」

温子が頬を軽く歪《ゆが》めて首を横に振った。「うちの子、出版社は無理。本になんか全然興味ないですから。それにある意味、私と業界が一緒というのは、お互いやりにくいし」

経済を専攻しているというが、日本の大学の学部は、就職先と直接結びつくものではない。

「息子さん、どんなことに興味があるんですか？」

温子の顔が母親のものに変わった。「何を考えてるのか全然分からないんです。素直ないい子だとは思うんですけど、覇気がなくて」

「お母さんが元気すぎるのよ」美沙子が茶々を入れた。

「パラサイトされたら堪《たま》らないわよ」

美沙子がうなずいた。「そうだよね。恋するにも邪魔っけだしね」

「恋はもういいわ」温子がぽつりと言って薄く微笑んだ。

「たくさんしてきたことですかね」

「結婚に二度も失敗したのよ。男とうまくやっていけない女だって証明されたようなものよ」

絶対に秘密にしなければならないことではないが、初対面の人間には打ち明けにくい話だ。それを、温子はあっさりと口にした。その言い方が実に爽やかだった。

「温ちゃん、もてるのよ。うちのお客さんの中にも、彼女のこと気に入ってる人、けっこういてね」

「そんなこと全然ないわよ」

「温ちゃんが相手にしないだけじゃない」

温子は曖昧《あいまい》に微笑んでグラスを口に運んだ。

美沙子が私を見た。「煙草、吸ってもいい？」

「どうぞ、どうぞ」

「私もいいですか？」

「もちろん。遠慮しないでください」

ふたりの女の口から煙がゆるゆると立ち上った。

奥の席にいたカップルが席を立った。入ってきた時どうだったかは分からないが、ふたりの様子は明らかに変だった。男が沈痛な表情で勘定をすませている間に、女は店を出ていってしまった。ハンカチで鼻の辺りを押さえながら。美沙子は遠慮したのだろう、客を送りに店を出なかった。

「羨ましい」

カップルが姿を消した後、美沙子がやや投げやりな調子でそう言った。

「何が？」私が訊いた。

「別れ話で険悪な雰囲気になったの、いつだったかなって思っちゃったのよ」

「美沙ちゃん、案外恋愛体質だったんだね」

「女なら誰だってそうだと思うけど」

「今の子はそうでもないみたいだよ」私は香澄の言ったことを掻《か》い摘《つま》んで教えた。

「失恋も恋愛のうちだって思えないから、駄目なのよ」

「確かに。変なたとえだけど、海に行って泳いだり甲羅《こうら》干《ぼ》しをしたりしたら気持ちいいよね」

「崇徳さん、今もそんなことしてるの」美沙子が訊いてきた。

「たとえ話だって言ってるでしょう」

「あ、そうか。ごめん」

「でね、海水浴は愉しいけど、肌を焼きすぎて、皮膚が火傷《やけど》みたいになっちゃったら後が苦しいよね。気持ちのいい海が恋愛だとすると、火傷みたいな皮膚は失恋。今の子は一度二度恋愛しても、気持ちのいい海より、肌の痛みばかりを覚えてる。だからもう海に行かなくなる。そういう感じがするな」

「崇徳さん、恋愛マイスターみたい」

「オジサンをからかうもんじゃないよ」私は大いに照れて、薄い水割りを飲み干した。

「とても明快なたとえですね」温子がしみじみとした口調で言った。「肌の痛みに怖《お》じ気《け》づかずに、どんどん海に行ってると、肌が焼けても大した痛みは感じなくなるものですよね」

「その通り」私は大きくうなずいた。

「でも、なかなか現実はそうならない」温子が顎を軽く上げ、つぶやいた。

結婚離婚を二度も繰り返した温子は、情熱的な性格なのだろう。恋に関心がなくなったようなことを口にしていたが、胸の奥には熱いものがたぎっている。そんな気がした。

久しぶりに気持ちが昂《たか》ぶっている。別段、温子とどうのこうのしようとは考えていないが、一緒にいると愉しい。それだけの関係で十分。恋愛を海水浴にたとえたりして偉そうなことを言ったが、私も火傷はこりごりだと思っている。温子を追いかけている若い男のことを聞かされても、きっといい聞き役になれるだろう。温子の方も、私のことを相談役に適した相手だと感じ取ったはずだ。

気に入った女が傍にいる。さしたる生き甲斐があるわけではない私にとっては、それはとても大きなことに思えた。

「恋愛マイスターは大袈裟《おおげさ》にしても、崇徳さん、意外に恋愛を知ってるのね」

「意外だって言うけど、美沙ちゃん、俺のことそんなに知らないじゃない。子供の頃は別にして」

「聡兄《さとし》さんから聞いてます」

聡とは、私のひとつ年下で、小中学校が一緒だったことを私が温子に教え、とてももてた男だとも付け加えた。

「今はメタボで、ブルドッグみたいな顔になっちゃったけど、若い頃はそれなりにいい男だったね。聡兄さん、大学の時に、崇徳さんに女の子を紹介したことあったでしょう」

「思い出した。その子って美沙ちゃんの友だちのお姉さんだったよね」

「そうよ。崇徳さん、彼女を連れてギャング映画を観にいったでしょう」

「ああ、あれね。あれは失敗だったな」

その女の子と『ゴッドファーザー』を観に行った。残酷なシーンになったら、彼女は席を立ってしまった。あっさりと振られた。映画が原因だとは言えないが、引き金になったようだ……。

「確かに残酷なシーンがあるけど、あれは名作よ」温子が言った。

「お歳からすると、劇場では観てないですよね」

「ええ」

美沙子が目の端で私を見た。「温ちゃん、いくつだと思う？」

こういう質問が出るということは、見た目よりも歳がいっているのだろう。

「そうだな。四十四、五？」

私は見積もったよりも低めの年齢を口にした。

温子がちらりと私を見た。「そんなに若いはずないでしょう。八九年に私、お宅から本を出してるんですよ」

「教えていいわね、本当の年齢」

「もちろん。本の略歴にも書いてあるもの」

「先月、五十一になったのよね」

私よりも八歳年下。まったくそうは見えなかった。

談笑はそれからもしばらく続き、あっと言う間に零時をすぎた。新たな客は来ない。

温子が腕時計に目を落とした。「私、そろそろ」

「お送りしましょう」

「でも、遠回りに……」

私は首を横に振った。「大した違いはありません」

「そうしてもらったらいいじゃない」美沙子が口をはさんだ。

温子が美沙子を見た。「店、まだ開けてるの？」

「一緒に帰りたいとこだけど、これから来るお客、けっこういるの。もうしばらく蜘《く》蛛《も》の巣張って待ってる」

温子が私に目を向けた。「じゃ、お言葉に甘えて」

二個のバッグを受け取った温子が財布を取り出した。

私は右手を軽く挙げて言った。「今日は私に任せてください」

「そんな」温子が困った顔をした。

「著者にお金を払わせられません」

自腹を切るつもりだが、言外に会社の経費で落とせる、そんな顔をして見せた。

「温ちゃん、遠慮はいらないって。崇徳さん、重役なんだから」

温子は恐縮しっぱなしだった。

美沙子が釣り銭と一緒に領収書を渡してくれた。宛名は私の会社になっていた。

温子と私は美沙子に見送られて店を出た。この時間になっても、路上には客引きがたむろしていた。

永代《えいたい》通りに出て、深川不動尊《ふかがわふどうそん》の方に渡った。

タクシーを拾おうとした時、温子が言った。「森川さん、お願いがあるんですけど」

「何でしょう？」

「一緒に歩いてくれません？」

「家まで？」

温子がうなずいた。「美沙子さんの店から歩いて帰ってみたいって前々から思ってたんですけど、やっぱり、女ひとりだと恐くて」

「お付き合いしましょう」

私の声はいつになく弾んでいた。

温子は東陽五丁目に住んでいると言っていた。最寄りの駅は木場。門前仲町《もんぜんなかちょう》から木場までは一駅である。家の正確な場所は知らないが、おそらく二キロはあるまい。大した距離ではない。酔った頰《ほお》に夜風が気持ちのいい日だから、ちょうどいい散歩である。

温子の持っているバッグが目に入った。黒革のバッグがやたらと重そうだった。

「その黒いバッグ、持ちましょうか？」

「とんでもない」温子はバッグを腰の辺りに引き寄せた。

きっぱりと断られたので、お節介は焼かないことにした。

永代通りに面した商店街にはまだアーケードが残っている。大半の店がシャッターを下ろし、人の姿も絶えていた。ふたりの足音が響きあっている。

私と温子はゆっくりと木場駅に向かって歩いた。

「気持ちいい」温子が私を見て目尻をゆるめた。

「私もです」

「我《わ》が儘《まま》言ってごめんなさい」

「とても新鮮な気分ですよ。普段、この辺を歩いてる時、周りなんか見てませんから。今夜は、あなたの目を借りて、この街を見てます」

「この通りにも昔は都電が走ってたんですってね」

「私が大学生の頃にもまだありましたよ。28系統っていう線でしてね」私は車道に目をむけ、指さした。「その辺が、富岡町《とみおかちょう》っていう停車場でした。ひとつ地元の言葉を教えてあげましょう。深川不動尊の参道入口に赤い鳥居《とりい》がありますよね。地元の人間は、赤門《あかもん》と呼んでます。赤門の前で待ち合わせと言ったら、東京大学の前じゃなくて、あそこのことです」

温子の目が輝いた。「今度、美沙子と門仲《もんなか》で待ち合わせする機会があったら、使ってみようかしら」

「美沙ちゃん、慣れすぎてて、あなたが赤門って言っても驚いてくれないかもしれないな」

東西線の木場駅を越え、さらに真っ直ぐに進んだ。

「コンビニに寄ってもいいかしら」温子が言った。

「もちろん」

私もコンビニに入った。ただでさえ深夜のコンビニに入ることなどないのに女連れである。違う土地に来ているような錯覚《さっかく》を起こすほど不思議な気分になった。

温子はミネラルウォーターや菓子パンを買った。

私は膨《ふく》れあがったレジ袋に目を向けた。「それは私が持ちましょう」

「大丈夫ですから」

温子は断ったが、かまわずレジ袋に手をかけた。「女の人だけが重いものを持ってるっていうのは、男としては格好悪いもんですよ」

「分かりました。じゃあ、すみませんけどお願いします」

私たちは再び歩き出した。

「森川さん、役員になられて、文芸から離れたんですか？」

「いえ。文芸担当の役員ですから。白石さんは小説、読みます？」

「大好きですよ」

「読むのは医学物？」

「そういうのは読まないですね。仕事とどこかで繫《つな》がってる気がして、触手が伸びないみたい」

東陽三丁目の交差点に着いた。横断歩道を左に進んだ。その辺りが五丁目である。

「どんな作家の物を読んでるんですか？」

「私、佐久間志乃《さくましの》の大ファンなの」

横断歩道の真ん中で、一瞬、足が止まった。

「どうかしました？」

「いや、別に」

「森川さん、彼女を担当したことありますか？」

「ありますよ。短い間だったけど」

「噂だと、かなり気性の激しい人だっていう話ですけど、本当ですか？」

「昔は、すぐに怒る人でしたけど、今はどうなんでしょうね」

私との付き合いを止めた後、志乃が、しばらく荒れていたことは、横沢信代《よこざわのぶよ》から聞いて知っていた。締め切りを守らず、編集者を泣かせていることも耳に入ってきた。しかし、しばらくすると、精力的に書き始めた。私と別れて二年ほど後に、別れるきっかけにもなった受賞作が映画化された。大物女優を使ったこともあり、映画は当ったようだ。

〝ようだ〟というのは、私は志乃の情報を出来るだけシャットアウトしようとしていたからである。彼女のことに関しては、作品を含めて詳しいことは何も知らない。

映画が公開された翌年、志乃はまた大きな賞を受賞した。ベストセラー作家とはいえないが、しっかりと読者を摑《つか》んだらしく、その後も次々と作品を発表している。

温子は、私と志乃の関係を知らないらしい。当然といえば当然である。小説の世界とノンフィクションの世界は近いようで遠いから、よほどの偶然がない限り、文壇の小さな艶聞《えんぶん》が温子の耳に入るわけがない。

「真っ直ぐで正直な人だって、作品を読んでると感じるんですけど」

小説や作家の話になると、今でもつい力が入ってしまうし、温子が小説好きだと分かってさらに親近感を持ったのに、彼女の口から飛び出してきた作家の名前が佐久間志乃とは。

私は天を仰いで深い溜息《ためいき》をつきたくなった。

「彼女は裏表のない人ですよ」

「そこがいいのよね。情念をストレートにぶつけてくるとこが」

「今もそういう作品を書いてるんですか？　担当を外れてから、彼女の作品、ほとんど読んでないもので」

「六月に出した『愚者は眠らず』の迫力、すごいですよ」

新聞広告は嫌でも目に入るので、私も新作を出したことは知っていた。夫を殺害し、逃亡した五十歳の女を主人公にしたサスペンスタッチの小説らしい。

「男の人が読んでどう感じるかは分かりませんが、今、ああいうものを書ける作家はほとんどいなくなった気がします」

「時間があったら読んでみましょう」私はさらりと受け流した。

「森川さんの感想、是非聞きたいわ」

温子は心から愉しそうな顔をしてそう言った。何も知らないのだから温子に罪はない。

「必ず読みますよ」私は真っ直ぐに温子を見て答えた。

温子は、二ブロック先を右に曲がった。

「あの煉瓦《れんが》色のマンションの四階に住んでます」

玄関脇に植え込みが設けられた、割合大きなマンションだった。

「散歩に付き合ってくださってありがとうございます」温子が改まった口調で礼を言った。

「カラオケ、愉しみにしてます。お休みなさい」

「あのう」温子の目が私の手許《てもと》に向いた。

「あ、すみません」

私は、レジ袋を持ったまま帰ろうとしたのである。

「いやあ」私は照れ笑いを浮かべ、レジ袋を温子に返した。「ボケてますよね、ごめん、ごめん」

「そうだ。待ち合わせの場所、赤門にしませんか」

「いいですね」

温子はエントランスに向かった。オートロックを外す前、肩越しに私を見て、軽く会釈《えしやく》した。

私は小さく手を挙げてから元きた道を戻っていった。

久しぶりに浮き浮きした気分だった。歩いて帰ることにした。

香澄と話をするために美沙子のバーに行ったことが思いもよらない展開を見せた。再来週のカラオケが待ち遠しい。

しかし、温子の口から佐久間志乃の名前が飛び出した時は全身に衝撃が走った。小さな衝撃だが、衝撃には違いなかった。

志乃の新作を読むと約束せざるをえなかった。断ったら変である。

志乃には人知ではうかがい知れないパワーが授けられていて、本人の手が届かないところで私の清々《すがすが》しい気持ちに水をさした。そんな気がしてならなかった。志乃は、そういうパワーを持っていてもちっともおかしくない人間である。

志乃との問題が起こってから、かなりの歳月が流れている。だから、志乃の名前を新聞で見ても、目の前で口にされても、心が揺さぶられることはなくなった。しかし、志乃の小説を読むことはなぜか避けたかった。

小説は作り物にすぎない。にもかかわらず、生々しいものと直面しなければならない恐ろしさのようなものを感じるのだった。私に対する悪感情が形を変えて書かれているのではなかろうかと心配しているのではない。恋愛シーンがまるでない小説だとしても、胸が詰まるような思いでページを捲《めく》ることになるだろう。小説というものは、実は、告白記やエッセーよりも書き手の感情や考え方が出ると私は思っている。

それが小説の力なのだ……。

私と別れた後、志乃は文壇のパーティーには姿を見せなくなった。編集者である私はそうはいかなかったが、どんなパーティーにでも必ず出席しなければならないというわけではないので、仕事にかこつけてなるべく顔を出さないようにした。

しかし、そんな拘《こだわ》りもいつしかなくなり、会場に入る際に決まって覚えた、志乃が来ていたら、という緊張感も消えてしまった。

志乃の方は、すったもんだしてから二十年近くの歳月が流れているのに、パーティーに来ている様子はなかった。だが、それを理由に変人扱いされることはない。そのような作家は珍しくないからである。

もしもどこかで志乃に会っても、今は、胸が粟立《あわだ》つことはないだろう。一種のバツの悪さと懐かしさがない交ぜとなったむず痒《がゆ》い気持ちを抱くにしても。

志乃がパーティーに来ないのは、いまだに私と会ってしまうことを避けているからだろうか。そうは思えない。元より、人との付き合いが上手ではない志乃である。衆人に囲まれることが鬱陶しいのだろう。いや、どうなのだろうか。私の会社とは、その後、まったく仕事をしていない。恋愛感情が生み出した怨嗟《えんさ》のようなものは消えたとしても、意地でも私のいる会社には書かない。そんな拘りがあるのかもしれない。

こんな形で、志乃のことを思い出すとは。片頬がゆるんだ。私の家庭に波風を立てた女には違いないが、彼女を責めることはできない。私の態度が招いたものでもあるのだから。しかし、何であれ、志乃とは深い縁があったことは否めない。

家が近づいてきた。二階の窓に灯《あか》りがついていた。朋香《ともか》夫婦の部屋は表からは見えないが、小百合《さゆり》と香澄の部屋は見上げれば目に入る。双方の部屋から灯りがかすかに漏れていた。香澄は私との約束を守ったようだ。

自分で鍵を開け、家に入った。洗面をすませ、日本茶のペットボトルを用意すると自分の部屋に入った。

温子のことが脳裏をよぎった。しかし、具体的なことは何も浮かばない。ただぼんやりと彼女の顔を思い出したにすぎなかった。

会社の帰り、母を見つけてくれた幼馴染《おさななじ》みの友成一郎《ともなりいちろう》の眼鏡《めがね》屋に立ち寄ったのは、週半ばのことだった。友成眼鏡店は赤門からさほど離れていないところにある。経営者は一郎だが、実際に商売を切り盛りしているのは長男夫婦で、一郎は店番以外に、これといってやることはないらしく、一杯やろうと誘われた。世話になった人間の誘いを断るわけにはいかず、彼の行きつけの居酒屋についていった。道々、私は自分の罹《かか》った病気について話し、一杯ぐらいしか付き合えないと断った。

友成は知らなかったことを私に詫《わ》びた。

「いや、いいんだ。それよりも、お袋《ふくろ》を見つけてくれてありがとう」

「そんなこと気にしなくてもいいさ」そう言いながら一郎は飲み屋の暖簾《のれん》を勢いよく捲り上げた。

一郎は日本酒をぬる燗《かん》で頼んだ。私はビールの小ジョッキにした。

肴《さかな》を適当に注文してから私が言った。「ボケが始まったんじゃないかって心配してるんだよ」

「かもしれないけど、お袋さんには、あの日、目的があったみたいだよ」一郎は煙草に火をつけた。

「目的？」

「崇徳《そうとく》、気分悪くするなよ」

私は一郎を見つめた。

「俺もよくは知らないんだけど、又聞きだから」

「何だよ、はっきり言えよ」

「かなり前のことだけど、お袋が、近所の人と話してるのを聞いたことがあるんだ。

うちの二軒隣りで、昔、算盤塾《そろばん》を開いてた男がいたのを覚えてるか？」

「算盤塾かあ。確かにあったね」

「お袋さん、その人のとこによく通ってたらしいよ」

私は目を瞬かせて、友成を見た。「通ってたっていうのは」

一郎が私から目を逸《そ》らした。「算盤を習いにきてたんじゃないよ」

私はお茶をすすった。「それっていつ頃の話？」

「三十年ぐらい前だな。うちの店を改装した後ぐらいのことだから」

一郎の記憶が正しいとすると、父親が死んだ二、三年後のことになる。

一郎が酒を追加注文した。

「その人の名前、何ていうんだい」私が訊いた。

「宮内《みやうち》だよ。下の名前は忘れちまったけど。お袋さんをお前に渡してから家に戻って、何があったか家族に話したんだ。そしたら、嫁が、よく似た服装のお婆《ばあ》ちゃんが、路地をうろついてたって言うんだな。それでピンときた。お前のお袋さん、宮内さんを思い出して散歩に出かけたんだよ。目的もなしに徘徊《はいかい》したんじゃないよ、絶対に」

「で、その宮内さんって人、今は？」

「もう二十年は経つかな。算盤塾が駄目になって、家を売ってどっかにいっちまったよ」

母は、宮内という男が引っ越してしまったことを覚えているのだろうか。覚えているのだとしたら、単に懐かしいから宮内の住まいのあった路地に入ったことになるが、そうでないのなら、記憶中枢に何らかの障害があると考えるべきだろう。

温子と飲んでいた時、母のことが脳裏をよぎった。医学ジャーナリストが目の前にいるのに、あえて話さなかった。なぜか話したくなかったのだ。

昌子は、すぐに医者に診《み》せるべきだと言っている。正論である。しかし、母の病名が認知症だと宣告されることに抵抗感があった。一度、病名がつけば、投薬治療が始まるに決まっている。早期発見、早期治療が最善の道なのだから。

自分の場合は、それで命を繋ぐことができた。にもかかわらず、母のことでは二の足を踏んでいる。矛盾しているのは分かっている。だが、健やかに生きている母を見ていると、無理やり診断を受けさせるのに躊躇《ためら》いがあるのだった。

私の子供の頃にも近所にボケた老人はいたが、家族も周りの人も耄碌《もうろく》したんだろうと大らかに放任していた。だが、今は、ちょっとでも言動がおかしくなると、医者に連れてゆき、やれ薬だ、やれ介護保険だ、などと大騒ぎする。世の中の流れに簡単に乗ってしまう。そういう風潮に抵抗を感じるのだ。しかし、そのせいで病気が進行して、患者により大きな負担をかけてしまう可能性もあるのだから、私の考えは間違っているのだろうが、何よりもまず患者とじっくり向き合って熟考するべきことがあるのではないかと思ってしまうのだ。

この点について、機会を見つけ、温子の意見を聞いてみたいと思った。

一郎の酒のピッチは速かった。

話題が次々と飛んだ。同級生のうちで死んだ人間の思い出話にもなったし、お互いの家族のことについても語り合った。

一郎は競艇もやるらしく、戸田《とだ》で美千恵に賭けたことがあると言った。

「そん時は儲《もう》けさせてもらったよ。今度一緒に行こう」

「いいよ。で、お前の娘はどうしてる？」

朋香をいじめたという一郎の娘は、大阪に住んでいて、タクシー運転手をやっているという。

「普通のサラリーマンの恋人ができて、結婚することになってるんだけど、問題がひとつあってな」一郎の眉《まゆ》が引き締まった。

「問題？」

「あの馬鹿、若い頃に、背中に入れ墨《いずみ》を入れたんだよ。今になってそれを消したがってんだ。向こうの両親と温泉にも行けないし、子供ができたら見られたくない、って言ってね。金がないから、俺が援助してやることにした。あいつ、昔はまともじゃなかった。朋香ちゃんにも迷惑かかってたと聞いてる。この間、お前ん家《ち》を訪ねた時、冷たい顔をされたのはそのせいだろうな。謝っておいてくれよ」

「迷惑をかけられたなんて聞いてないな」私は惚《とぼ》けた。

私たちは一時間半ほど一緒にいた。帰ると言うと、一郎は寂しそうな顔をした。私は無理やり、一郎に金を渡して居酒屋を後にした。赤門を潜《くぐ》り、一郎の家のある路地を目指した。

母の脳に障害があろうがなかろうが、宮内という男の話に私は驚いた。茶飲み友だちだったのか、それ以上の関係だったのかは知らないが、母にも秘めたものがあったということだ。母と仲の良かった男は、二十年ほど前にこの街を去ったという。その頃、母の様子に変化があったはずだ。しかし、私はまったく気づかなかった。志乃とのことで頭がいっぱいで、母のことに目を配る余裕がなかったのだ。美枝《みえ》は勘づいていたかもしれないが、美枝の性格からすると、いちいち姑《しゅうとめ》の秘密の行動を私に報告するはずはない。

宮内と母が仲良くしていた時期は定かでないが、父が死んだ時、母は五十二歳。女として思うことが多々あったに違いない。

私は、母の人生を改めて考えながら、暗く沈んだ路地をしばし見つめていた。

翌週の日曜日、私は母を散歩に誘った。月が変わり十月に入っていた。

「どこにいくの？」投げやりな声が返ってきた。乗り気でないのは明らかだった。

「天気もいいし、八幡様《はちまん》とお不動さんにでもお詣《まい》りしようよ」

母は口を開かない。

「行こう、行こう」

「我が儘な子だね」ややあって、母はそっけない調子でそう言うと、ゆっくりと腰を上げた。

秋晴れの気持ちのいい日だったが、母にはセーターの上にカーディガンを着させ、ショールを首に巻いてやった。

朋香夫婦は子供を連れてどこかに出かけ、小百合は仕事で地方に行っていた。香澄の姿もなかった。

私は居間のテーブルに置き手紙を残し、戸締まりしてから、母と共に富岡八幡宮の方に歩を進めた。

「あんた、何かあったの？」母が俯《うつむ》き加減で訊いてきた。

「何で？」

「お詣りなんかしようって言うから」

「別に」

富岡八幡宮に着いた。私と母は並んでお詣りをした。

「この間、深川公園から一緒に帰ったの覚えてる？」

「覚えてますよ」

母が答えるまでには少し時間がかかった。本当に覚えているかどうか、はっきりしない。

「あん時、お袋、歌を歌ってたけど、何て曲だっけ。最近、俺、すげえんだ、物忘れが」

「歌なんて歌わないよ」

「歌ってたよ」

私は、笠置《かさぎ》シヅ子の『東京ブギウギ』を口ずさんだ。

音程もリズムもすこぶるあやふやだった。だから、認知症の疑いがなくても、母が曲名を当てるのは難しかったかもしれない。

母がやっと笑った。「あんた音痴だね」

「音痴じゃないよ。この曲、難しいんだよ」

母がか細い声で歌い始めた。

「うまい、うまい」

私が褒《ほ》めまくると、母の機嫌はさらによくなった。

無邪気に、昔の歌謡曲を口ずさんでいる母を見ていると、脳に障害があるとは思えなくなった。母は若い頃から、ぼんやりとしたところがあって、物忘れも激しかった。

「私、何で一階に下りてきたのかしら」とつぶやき、二階に戻ろうと階段のステップに足をかけた途端、当初の目的を思い出す。そんなこともしばしばあった。父に頼まれたことを忘れてしまい、叱《しか》られているのを何度見たことか。

母は商家のお嬢さんだから、物事を鷹揚《おうよう》に受け止めるところがあり、世間知らずでもあった。そういう性格の人間が、加齢によって、認知症とも取れる振る舞いをする。あり得るのではなかろうか。それは希望的観測にすぎないのかもしれないが、私はそう思いたかった。

「『東京ブギウギ』だったね。すっかり忘れちまってた。お袋、けっこう記憶力いいんだな」

私の言ったことには反応せず、母は歌い続けていた。

「さあ、行こう」

母が歌うのを止めた。途端、母の顔から笑みが消え、表情がなくなった。

一郎の住まいのある路地は、八幡様からすぐのところにある。

「この間、友成一郎と飲んだよ。覚えてるだろう？　うちの大事な壺を壊した、俺の同級生のこと」

母は小さくうなずいた。

私たちは階段を下り、八幡様の前の道に立った。

「この辺も随分、昔と変わったけど、俺が子供の頃から住んでる人もまだけっこういるね。前島《まえじま》さん家も桜田《さくらだ》さん家も、改築してはいるけど残ってる」

「知らない人ばかりだよ」母が不機嫌そうに答えた。

「息子や孫の世代に変わったから、それはしかたないよ。そういえば、この辺に算盤塾があったたな」

「あんた、覚えてるの？」母の感情が動いた。

「覚えてるさ。塾の先生の名前、何て言ったっけ」

「宮内さんだよ」

「そうだった。宮内さんだったね」

私は目の端で、母の様子を窺《うかが》った。表情に変化は見られない。

母はその場を動こうとしなかった。しばし沈黙が続いた。私は、母の次の言葉を待った。だが、彼女は何も言わず、お不動さんの方に歩き出した。

「宮内さん、今でもあそこに住んでるのかな」

「もういないよ」

「算盤を習う人がほとんどいなくなったからな」

「田舎に行ったんだよ。田舎だと算盤を習う人がいるから」

「いつ頃、引っ越したの？」

「この間、引っ越した」

私は天を仰いだ。母の頭の中で時間が飛んだことは明らかだった。

「お袋、宮内さんと仲がよかったんだね。知らなかったなあ」私は軽い調子で言った。

「もう帰ろう」

「お不動さんにお詣りしようよ。せっかく来たんだから」

「お前、ひとりで行けばいい」母の言葉に棘《とげ》が含まれていた。

宮内の話が、母を苛立たせたのは間違いなかった。

「まあ、そう言わずに俺に付き合ってくれよ」

眉をゆるめて頼むと、母は渋々私についてきた。

会話は弾まなかった。こういう時、どうも男という生き物はいけない。女のように無駄話ができないのだ。取るに足らない無駄話が、相手を和《なご》ませることは分かっているのだが、言葉が出てこない。男から見たら、つまらないおしゃべりにしか思えない女の会話が時には大いに役立つ。無駄の効用ってやつである。だが、私にはできない。

お不動さんのお詣りをすませると、私と母は帰路についた。

来た時は裏から八幡様の境内に入ったが、帰りは、宮内の家のあった路地の前を通った。母が路地の方に目を向けたのを私は見逃さなかった。

「お前、大丈夫なの？」母がいきなりそう訊いてきた。

「大丈夫って何が？」

「いい歳をして、ひとりでいるのはいけないよ。いつまで経ってもお前は子供なんだから」

「俺に、もう一度所帯を持てと言いたいわけ?」

母が私を見つめた。「お前はねえ……」

「何だよ、はっきり言えよ」

「しっかりしてないから」母は突然、親としての威厳を発揮したくなったらしい。

「嫁なんか取ったら、あんな狭い家に女ばっかりになっちまうよ。嫌だね、俺は」

母がじろりと私を見た。「ひとりになったら、誰があんたの面倒見るの」

「お袋が元気そうだから、俺、安心してる」

母は、その言葉には反応しなかった。

私は足を止めた。「でも、健康診断は受けなきゃね。近いうちに一緒に行こう」

母が真顔になった。「あんた、どっか悪いの」

「別に。例の病気は今のところ心配いらないし。ただね、ごく一般的な検査を受けておいた方がいいと思ってさ」

宮内という男についての記憶が、明らかにおかしいとまでは言い切れないが、変といえば変である。ちょっとしたことで、すぐに病院に駆け込む風潮を嫌っている私だが、自然にそう言える流れを見逃したくなかった。

「一緒に健康診断を受けようよ」私は優しく誘った。

母が首を横に振った。「行かない」

「簡単な検査を受けるだけだよ」

「病院は嫌い」ぴしゃりとドアを閉めるような言い方だった。

「俺だって嫌いだよ」

「あんた、ひとりで行きなさいよ。いつまで世話を焼かせる気？」

私が子供だった頃の記憶が甦ってきて、現実と混ざり合ったようだ。

何であれ、母は、自分の様子がおかしいことに薄々気づいているのかもしれない。もしもそうだとしたら、病院に行くことを拒んだ理由は、本当のことを知るのが恐いからだろう。

認知症かもしれないと、自らが不安になり病院に行く人間もいるが、真実に直面するのを頑《かたく》なに避けようとする者もいると聞いている。

いずれにせよ、その日の説得は失敗に終わった。閉じた貝を無理やり開かせるようなことはしたくなかった。私はそれ以上、病院に行こうとは言わなかった。

家に戻ると、母は真っ直ぐ自分の部屋に消え、夕食の時間まで出てこなかった。

その夜、私は昌子の家を訪ねた。太郎はクラス会に出かけていて不在だった。昌子はハーブティーを作ってくれた。

「姉さん、富岡八幡宮の近くで、算盤塾を開いてた宮内っていう人、覚えてる？」

「いきなり、どうしたのよ」

私は、一郎から聞いた話を昌子に教えた。

「算盤塾のことは知ってたけど、母さんが、その宮内って男と仲がよかったなんて初耳よ」

「単なる茶飲み友だちだったと思うけどね。俺も話を聞いてびっくりしたよ」

「いい話じゃない」昌子の声は軽やかだった。「心に秘めてた人がいたっていうのは」

私はじろりと昌子を見た。

「何でそんな変な目つきするのよ」

「別に」私はティーカップを口に運んだ。

昌子自身の秘密が脳裏に浮かんだのだ。しかし、むろん、そのことを口にする気はなかった。

「実は、宮内って男とのことはどうでもいいんだよ」

私は、散歩に出かけた時の母の態度を詳しく話した。

「やっぱり、おかしい、それは」昌子は真剣な口調でつぶやいた。「でも、あんた、騙《だま》し討ちは駄目よ」

「そうだね。でも、正直に話しても、お袋、頑固《がんこ》だから、言うことをきくかどうか」

「私が話す」昌子がきっぱりとした口調で言った。

「ちょっと待ってくれないか」

「どうして？」

私は、医学ジャーナリストと知り合ったことを教え、その人の意見を訊いてみたいのだと言った。

「医学ジャーナリスト？」昌子の眉間が険しくなった。「そんな人に相談しなくてもいいわよ」

「なんで？　いい病院を知ってるはずだし、診察を拒否してる患者の扱いも分かってるかもしれないじゃないか」

「ジャーナリストっていうのは、自分は安全な場所にいて、人のミスばかり探しているから、私、嫌いなの」

「それは人によりけりだよ。そのジャーナリストはそういう人間じゃないよ」

「郁美《いくみ》に訊いてみる」

勤務医をしている昌子の長女の郁美なら、確かに専門医を知っている可能性はある。

「分かった。それで埒《らち》が明かなかったら、俺はその人に相談してみる」

昌子が上目遣《うわめづか》いに私を見た。「あんたの会社で本を出してる人？」

「昔ね。なかなかしっかりしたいい人だよ」

「郁美が前に働いてた病院、週刊誌で叩かれたことがあったの覚えてる？」

「あったね」

「郁美、記事を書いたジャーナリストに頭にきてたの。眼科までしつこく調べられたから」

「あの病院は、医療ミスが続いたから叩かれてもしかたないよ」

「あんたの、その知り合いのジャーナリスト、何て名前なの」

「白石温子って人だけど」

「女の人なの？」

「それがどうかした？」

「郁美が腹を立ててた相手も女だったから。郁美に同じ人かどうか訊いてみるわ」

「姉さんが、ジャーナリスト嫌いだって初めて知ったよ。でもこの俺も、昔、しばらくだけど、週刊誌にいたこと忘れてないよね」私は軽い調子で訊いた。

「そうだったわね。でも、あんたは週刊誌向きじゃない。あんたの性格じゃ、毒のある記事は書けないもの」

私は苦笑した。「それって褒めてるの、貶《けな》してるの？」

「どっちでもないわよ。客観的に見てそう思うだけ」

「まあね。政治家の不倫現場を押さえるために、路上生活させられた時は、何でこんなことやらされるんだって思ったもんな」

「政治家の女問題なんか叩いても、政治はちっともよくならないわよ」

「言えてるな」

「あんた、梨《なし》食べる？」

「うん」

昌子が席を立ち、台所に消えた。

母を説得する役は昌子に任せることにした。うまくいかなかった場合は、他の方法を考えればいい。

自分は、昔でいうと、五叉路《ごさろ》の中心に立って交通整理をしているお巡りさんみたいなものである。

いろいろな問題ができるだけスムースに解決に向かうよう、左手を挙げたり、右手を下ろしたり、時には笛を思い切り吹いたりしている。しかし、我が家の場合は、お巡りさんを無視し、暴走する車やバイクがいるから始末に悪い。しかも、勝手に走った車やバイクが事故を起こさないどころか、交通渋滞の緩和に役立つという摩訶《まか》不思議なことも起こる。私は、童謡にある〝犬のお巡りさん〟程度の存在でしかない。それでも、五叉路の中心に立っている必要はあるのだ。

昌子が梨と一緒にお茶を運んできた。

「日本はフランスを見習った方がいいわよ。大統領に愛人がいても、失脚しない国の方が風通しがいいに決まってるもの。その代わり、フランスは脱税や汚職にはものすごく厳しいのよ」

「言いたいことは分かるよ。でも、文化性も、拠《よ》り所にしている理念も違うから、日本はフランスみたいにはならないね」

昌子が爪楊枝《つまようじ》に刺した梨の切れ端を手にしたまま、壁の方に目を向けた。「変わらないか」

「変わらないね」私は梨にかぶりついた。

「あんた、いい人ができたみたいね」

突然、話が飛んだ。梨の塊《かたまり》が喉に引っかかりそうになり噎《む》せた。お茶を飲んだ。

「熱い」私は顔を顰《しか》めた。

「何、焦ってるの」

「焦ってなんかいないよ。いい加減なことを書くジャーナリストよりひどい情報だな。そんなありもしない話、誰が姉さんの耳に吹き込んだの？」

「妙子《たえこ》よ」

外資系証券会社に勤めている次女が、なぜそんなことを母親に言ったのか、皆目《かいもく》見当がつかなかった。

「この間、あんたを木場で見たんだって」

「ああ」私は素《す》っ頓狂《とんきょう》な声を発し、何度もうなずいた。

「白状しなさいよ。相手、どんな人？」昌子が身を乗り出した。

「その夜、バーで知り合っただけの女性だよ」

「嘘ばっかり」

「深夜遅くに、コンビニのレジ袋を持って、木場公園の裏の道に消えたんでしょう？バーで知り合っただけの女と一緒に、コンビニで買い物するかしら」

レジ袋は日常生活を象徴するものだ。誤解を招いてもしかたがないだろう。

「誰よ？」

「誰でもないよ」

その女性が、医学ジャーナリストの白石温子だと、この時点で教えると面倒なことになるだろう。私は口にしないことにした。

「レジ袋を持ってやっただけ。本当にそれだけだよ。デートしたこともない相手なんだから」

しばし疑いの眼差《まなざ》しを向けていた昌子だが、ソファーの背もたれに躰《からだ》を倒すとこう言った。「嘘はついてないみたいね」

「姉さんに、そんな嘘をついてどうするんだい」

「それもそうね。あんただったら、私も手足みたいに使いたくなるかもしれないし」

「姉さん、子供ん時から俺を手足にしてきたじゃないか」

「あら、そんな風に私のこと思ってたの」

「はい。ずっと使われてる気がしてます」私はにっと笑った。

「話が飛んだわね。あんたは、そんなに親しくなくても、気兼ねなく、そういうことが頼みやすい男だっていうことよ。そこが問題だと私は思う。あんたをいいと思った女も、恋愛感情が芽生《めば》える前に、男友だちの気分が勝っちゃって、それ以上の気持ちが湧いてこなくなる気がする」

「俺のことはいいよ。で、姉さんの方はどうなの？」私はさりげなく訊いた。

「何が？」

「太郎さんとうまく行ってるの？」

これまで訊きそびれていたことが、妙子の目撃情報のおかげで、自然に口をついて出た。

昌子が血相を変えた。「何でそんなこと言い出すのよ。太郎が、あんたに何か言ったの？」

「何も言ってないよ。姉さんの様子がおかしいって、この間、俺の部屋で話してた時に思っただけさ」

昌子はぼんやりとした顔をして梨を囓《かじ》った。さくっとした、歯ごたえのある音が部屋に響いた。

「妙ちゃんじゃないけど、俺も見ちゃったことがあるんだよ」

「何を見たのよ」昌子が目を瞬かせた。

「姉さんが、日比谷《ひびや》にあるホテルのエレベーターから男と降りてきて、一緒にタクシーに乗ったところを」

「そんなことあったかしら」

「惚けるなよ。相手は俺と同じぐらいの歳格好《としかっこう》の、背の高い男だった。姉さん、すごく愉しそうに見えたよ」

「そう……。前に話した、〝レット・イット・ビー〟って会で知り合った人よ」

「数少ない男の会員ってわけ？」

昌子が首を横に振った。「彼は陶芸家でね、長野県の富士見《ふじみ》高原に住んでるの」

「あの日は陶芸教室でも開いたの？」

「違うわ」

「何でもいいけど、どういう関係なんだよ」

「何であんたに責められなきゃならないのよ」昌子がヒステリックな声を上げた。

「責めてなんかいないよ」私は努めて落ち着いた声で言った。「太郎さん、何か元気ないから、ちょっと心配になっただけだよ」

「ビール飲んでいい？」昌子が言った。動揺を隠しているように思えた。

「俺も一杯ぐらいなら付き合うよ」

昌子が再びキッチンに姿を消した。私の携帯が鳴った。岩政《いわまさ》からだった。

「こんばんは」

岩政の屈託のない声も、その時ばかりはちょっと鬱陶しく感じた。

「今、大丈夫ですか？」

「人と会ってるところなんだ。何かあった？」

「いえ。今週の木曜日に、美千恵に会うことになったので、お伝えしたくて電話しました。用はそれだけです。また電話します。夜分遅くにすみませんでした」

「連絡ありがとう。また電話してくださいよ」

「はい」

昌子はなかなかキッチンから戻ってこなかった。

「手伝おうか」私はキッチンにいる昌子に声をかけた。

「いいわよ」

ほどなく昌子が戻ってきて、コースターを敷き、ビールグラスをそこに載せた。

私は昌子を真っ直ぐに見て微笑んだ。自分でもなぜそうしたかは分からなかった。

昌子もかすかに頬をゆるめた。

「知り合ってもう長いの？」私が訊いた。

昌子がグラスを口に運んだ。「今年の一月に会ったたっていうか、彼が〝レット・イット・ビー〟で、山暮らしと都会暮らしをテーマにした小さな講演会を開いたの。それがきっかけで時々、会うようになって」

「好きになっちゃったってことだね」

昌子が小さくうなずいた。「でも、あんたが想像してるような関係にはなってないわよ。彼と過ごしてると、とても愉しい。それだけよ」

「本当？　俺に隠すことないよ」

昌子が天井に目を向けた。「ないって言ってるでしょう」

「彼、名前、何ていうの？」

「名前なんてどうでもいいじゃない」

「いくつ？」

「あんたのふたつ上」

「独身？」

「うん。十年ほど前に離婚したんだって」昌子はまたグラスを手に取った。「こんなこと、あんたにしか言えないけど、私の方から誘ったのよ」

「いわゆる逆ナンか」

「そういう軽い言葉、使わないでちょうだい」昌子の口調ががらりと変わった。

睨み付けられた私は謝った。

「女が男を誘うこと、私、はしたないなんて思ってないから」昌子は低い声で言葉を噛《か》みしめるようにして言った。

「俺だって思わないよ」

志乃のことが脳裏を掠《かす》めた。

「で、相手は、姉さんのことをどう思ってるの？」

「彼も私と会うことを愉しみにしてるわ。でもそれ以上は……。もうこの歳でしょう。もしも関係を持ったとしても、若い頃とは違う。私、彼と旅行して、添い寝ぐらいできればって思ってるだけ」

私はビールを口に含んでゆっくりと喉に流し込んだ。

「で、彼の方はどうなの？　求めてきてるんだろう？」少し間を置いて訊いた。

昌子が目を逸らした。「そこまでの関係は望んでないみたい。でも、それでいいかって思ってる。ともかく、彼といると愉しいんだから、それを大切にすればいいって」

私の口から溜息がもれた。「太郎さんとの関係を、どうこうしようって気はないんだね」

昌子が首を横に振った。「それはないわ。離婚したいって思ったこと、昔はあったけど、今は全然、そういうことは思わない」

「離婚を考えてたなんて気がつかなかったな。理由は何だったの？」

「一言では言えないわね。長く一緒にいると、知らず知らずのうちに、ふたりの関係が錆《さ》びついてくるもんでしょう。それだけのことよ。太郎も口には出さないけど、私と離婚したいって思ったことはあったはず」沈んだ調子でそこまで言った昌子の顔が、急にぱっと明るくなった。「彼って、すごく褒《ほ》めるのが上手で、ちやほやしてくれるの。気を遣ってそうしてくれてるのかもしれないけど、そんなことどうでもいい。やっぱり、女って、かまってほしいし、褒めてもらいたいのよ。それって、どんな歳になっても、みんなそうだと思う。あんたも好きな人ができたら、ともかく、褒めるべきね」

私は噴き出しそうになった。こんな時ですら、姉貴風を吹かせるなんて。しかし、そのおかげで、聞いている私の気持ちがちょっとほぐれた。

「姉さんの歳って、枯れるには早すぎるもんな」

「女は一生枯れたくないもんよ」

「そうかもしれないね」

「そうなんですよ、女って生き物は」

女特有の断定口調に私は苦笑した。

「彼、富士見高原に住んでるんだよね。そこに泊まったことないの」

「遊びに行ったことはあるけど、泊まったことはない。その時は〝レット・イット・ビー〟の仲間と一緒に工房見学に行っただけ。友だち関係で終わってもいいの」

私はそれには答えず、ビールを飲み干した。

昌子と太郎の夫婦生活がどんなものなのか、長い歳月を経るうちに、どんな変容を遂げ、今に至っているのかは、家族といえども分かるはずのないことである。世界を飛び回る仕事から身を引き、手塩にかけた子供たちが早くに独立した。昌子の心に、ぽっかりと穴が開いてしまったことは容易に想像がつく。

女性は子供が巣立った後、定年退職後の男が味わうのと同じような欠落感と付き合わなければならなくなる。しかし、乗り越えるやり方は男と女ではかなり違う。女は蕎麦《そば》打ちや野菜作りで孤独を癒《い》やすことはまずないだろう。異性の存在は、女にとって重要なのである。それは、相手と深みに嵌《は》まっていく関係を求めているというよりも、見られること、かまわれることで、自分が女であることが確認できるからではなかろうか。

昌子は、陶芸家の男に恋をしてしまったようだが、そこまでいかなくても、たとえば〝レット・イット・ビー〟のような、華やぐ場にお洒落《しゃれ》をして出かけていくだけでも細胞が活性化するはずだ。実は男にとっても異性による刺激は大事なのだが、男の場合は、女があたえてくれる蜜を享受するためには、まず自分の方から相手をかまいにいかなければならない。しかし、歳を取ると、これが億劫《おっくう》になり、女との縁が薄れてしまうのだ。

私は、昌子の気持ちが理解できる。賞味期限がとっくに切れてしまっているモラルを錦《にしき》の御旗《みはた》に、「女のくせに」なんて口が裂けても言うことはできない。

自分は好き放題やっているくせに、妻に向かって、そのようなことを夫が言えた時代は、とうにすぎた。人にもよるだろうが、私の世代の男で、進歩的な考えを若い頃に吹き込まれた者は、頭のどこかで、一世代前の男の傍若無人《ぼうじやくぶじん》な態度に憧れていたとしても、いざとなると頭ごなしに女を抑えつけるような真似はできない気がする。

いわんや、今回の場合は姉の問題である。私がとやかく言う話ではない。しかし、太郎のことを考えると、昌子の恋に水を差したくなるのだった。

昌子が相手と深みに嵌まっていないと聞いて、私はほっとした。しかし、友だち関係に甘んじるというのは、さらに面倒なことになる可能性を秘めている。

とことん付き合うと、とんでもない事態が待ち受けていて、悲劇的な結末を迎える危険性はあるが、ともかく終わりがくるものだ。

昌子のいう〝友だち〟関係は、常に温暖な気候の土地にいて、微風《そよかぜ》が吹いているようなものだから、決着をつけるもつけないもない。このままずっと続いてしまうかもしれない。しかも相手は独身。向こうから別れを切り出すこともないとなると、余計に厄介だ。もっとも、夫が妻の心の動きすら察知できず、鈍感という僥倖《ぎょうこう》の中で日々を送っていれば問題はないのだが。

太郎はどうだろうか。

「姉さん、俺が口を挟むことじゃないけど、太郎さんと別れる気がないんだったら、いい頃加減のところで止めなきゃねえ」

「あんたは偉かったわね」昌子はつぶやくように言った。

「何が？」

「例の作家とのことよ。ばっさりと相手を切ったじゃない」

今度は私の方が背もたれに躰を倒し、天井を見上げた。「どこが偉いんだよ。途中で恐くなって、腰が退《ひ》けただけじゃないか。自己保身以外の何ものでもないよ」

「あんたみたいに腰が退けてても、ずるずると愛人と付き合ってる男の方が多いもんよ。働いてた時、私、そういうのをいっぱい見てきた。そんな関係はね、男も不幸になるかもしれないけど、女もよ。だから、冷たく切ってくれた方が、その時は怒り狂っても、立ち直れるから、結局は女のためにもなってるの」

「借金と同じで、早めに返さないと返せなくなるもんだからね」私は天井から目を離さずに言った。

「その堅実さがあんたの取り柄ね」

「男としてはみっともないよ」私はふうと息を吐いて、昌子に視線を戻した。

再びキッチンに立った昌子が、新しい缶ビールを手にして戻ってきた。そして、私のグラスに注ごうとした。

「俺はもういいよ」

昌子は何も言わずに自分のグラスに注いだ。

「太郎さん、姉さんが変だって気づいてるのかな」

「よく分からない」

「勘づいてるんじゃないの」

「だとしても、あの人、何も言わないし、顔にも出さないのよ。だから見当のつけようもないの」

私は躰を起こした。「姉さん、その男と会うなとは言わないよ。言っても聞きはしないだろうから。だけど、どんなに苦しくても、太郎さんに打ち明けちゃ駄目だよ」

昌子がグラスを宙に浮かせたまま、含み笑いを浮かべた。「こんなことも、あんたにしか言えないけど、彼とのことを一番、聞いてもらいたい相手が太郎なの」

私は乗り出さんばかりの姿勢で、昌子を睨みつけた。「それをやっちゃあ、絶対にいけない」

「分かってますよ。私の気持ちを正直にあんたに教えただけ」

「ならいいけど」私は躰を元に戻した。

自分が好きになった異性のことを、嬉々として話したくなる相手が、長年連れ添った伴侶《はんりょ》ということは、それほど珍しくはない。この世で一番気心が知れているのが伴侶だからである。

それだけ深い関係だという証だが、何も言わないのが相手に対する礼儀なのだ。こういう場合の告白は正直さの表れでは決してない。背負っている十字架の重さに耐えきれなくなったにすぎない。嘘にもいろいろあって、昔、美枝の父親が言っていた通り、つき通すべき嘘というものもあるのだ。

「今日、あんたに言えることはこれくらいだけど、また話聞いてくれる？」

「もちろん」

「頼りにしてるわよ」

いつものように言い方は偉そうだったが、昌子は珍しく殊勝な顔をしていた。

私は少し間をおいてから話題を変えた。

「姉さん、美沙ちゃんのバーに行ったことあったよね」

「美沙ちゃんってあんたの後輩の妹のこと？」

「そう」

「なら行ったことあるけど、それがどうかしたの？」

「体育の日、彼女とカラオケ行くんだけど、そん時、太郎さんを誘っていいかな」

「いいけど、私が行っちゃ駄目なの？」昌子が怪訝な顔をした。

「駄目っていうことはないけどさ」

昌子の目つきが鋭くなった。「あんた、太郎に探りを入れようっていうんじゃないでしょうね」

「そんなことしやしないよ」

昌子が少し考え込んでから口を開いた。「そうね。私が行かない方がいいわね。うまく探りを入れられるんだったら、入れていいわよ」

「そういうことはしないけど、話してるうちに何か分かるかもしれないな」

「気づいたことがあったら教えて」

「うん、分かった。ちょっともらうよ」私は、昌子のグラスを取って、ビールを一口飲んだ。

「ところで、妙ちゃん、木場で俺を見たって言ってたけど、彼女、あんな時間に木場で何してたの？」

「木場に引っ越して、カレシと暮らし始めたの」昌子が淡々とした調子で言った。

妙子の付き合っている男は税理士だと聞いている。

「付き合ってもう長いよね」

「妙子、やっと一緒になる気になったみたい」

「妙ちゃんも地元がいいってわけか」

「らしいわ。カレシ、妙子の言いなりみたいよ」

長女の郁美は広尾《ひろお》に住んでいて、あまり家には寄りつかないが、妙子はしょっちゅう遊びに来ているという。

短い沈黙の後、私は膝を軽く叩いた。「さて、帰るかな。お袋の件、頼むね」

「何としてでも医者に診せるわよ」昌子は自信たっぷりだった。

私は昌子に見送られて部屋を出た。

「ちょっと気分がすっきりした。ありがとう」昌子がしんみりとした口調で礼を言った。

　私は、姉の言葉を薄い笑みでもって受け、エレベーターに向かった。

　私は真っ直ぐに家に戻る気はなかった。仙台堀川《せんだいぼりかわ》に架かる亀久橋《かめひさばし》を渡った。

　森川マンションは橋からすぐのところにある。

　マンションの管理責任者は私だから、キーホルダーには、管理に必要な鍵がぶら下がっている。現実には、私よりも長い時間家にいる朋香が、何かあればマンションに飛んでいくことの方が圧倒的に多いのだが。エントランスに防犯カメラが設置されているが、ダミーである。空き巣に入られたことがこれまで二度あった。

　六階までエレベーターで上がり、そこから階段で屋上に向かった。屋上に通じるドアを鍵で開けた。そして、灯りのスイッチを押した。

　ここに来るのは本当に久しぶりのことである。地上の雑然とした音が沸き上がってきた。

　四十坪ほどの土地に建てられたマンションである。高架水槽や空調設備などが設置されているので、屋上にすっきりとした庭園を作ることは難しい。しかし、スペースがないわけではない。花壇よりも畑の方が向いている気がした。何であれ、ここをいじる時は、フェンスのペンキも塗《ぬ》り替えなければならないだろう。

大した広さはないとはいえ、緑があると随分雰囲気が変わる気がした。マンションが建った頃、隅田川の花火をここで愉しんだことを思い出した。あの頃と比べたら、周りに高い建物が建ったので、花火を我が物にするのは難しいものの、見ることはできるはずだ。残念ながら、高層マンションが迫っているため、スカイツリーを視野に収めることはできないが。

屋上庭園のことを昌子と相談したかった。それだけではない。美千恵の恋人、岩政のことも、妹の麗子の問題も彼女の耳に入れておきたかった。しかし、話の流れで、昌子の秘密に切り込むことになったものだから、話題を逸らすわけにはいかなかった。

しかしまあ、還暦という節目が間近に迫っている時に、いろいろな問題が起こるものだ。

私が何よりも先に気にしていることは、母の病気と美千恵と私の関係である。昌子の秘密にしろ、麗子と夫の不和にしろ、いくら家族とはいえ、深いところまで立ち入ることはできない。

風がすっと頬を撫《な》でていった。

〝あっしには関わりのねえこって〟私は、抑揚をつけて、木枯《こがら》し紋次郎《もんじろう》の台詞《せりふ》を口にした。

何だかとてもおかしくなってきて、私は自然に笑い出していた。

その週の木曜日の夜のことだった。ひと風呂浴びて、自分の部屋に戻った。

佐久間志乃の新作は買ってあったが、他の本で隠すように机の上に積んであるだけ。なかなか手が伸びなかった。

そろそろ読むか、と覚悟して、ソファーに座り、分厚い単行本を開いた時、携帯が鳴った。

「こんばんは、岩政です。今、よろしいでしょうか」

「いいよ」私は、閉じた志乃の本から目を離した。

「さっきまで美千恵さんと一緒でした」声が疲れているように思えた。

「で、どうだった？」

「正直言って芳しくありません」

美千恵の心が簡単に解せるとは思っていなかったので、落胆はなかった。

「僕とお父さんが飲んだことを話したら、彼女、目がつり上がりましたよ」

「そりゃそうだろうな。敬遠してる父親と別れたい恋人が会ってたんだから」

「そうあっさり言わないでくださいよ。胸が痛みますから」

「そうだな。ごめん、ごめん。でも、事実は事実として認めないといけないよ」

「僕は諦《あきら》めてません」

「で、どんな話をしたんだい」

「お父さんとの関係に限って言えば、お父さんの例の事件について、本人から詳しく聞きました。やっぱり、そのことでお母さんが傷ついたことが、今でも許せないみたいです」

私の口から溜息がもれた。「それは前から分かってることだよ。それで、君はどう答えたんだい？」

「〝浮気をする男は最悪だ〟と怒って見せました。〝大体、編集者が、作家という、いわば、会社にとって大事な人間と私情をからめて付き合うのは、社会人としてもルール違反だ〟とも言いました」

私は突然、喉に違和感を覚え、咳《せ》き込んだ。

「お風邪ですか？」

「いや。喉の調子が悪くなったみたいだよ」

「まさか、また喉に……」

「そうじゃないと思うよ。君の言葉が喉に引っかかったんだよ」

「失礼は承知の上で、そう言ったんです」そこまで言って、岩政の口調ががらりと変わった。「もちろん、本音じゃないですよ。結婚してても、他の女に惹《ひ》かれることってあるでしょうからね。全部、お芝居です。心を殺して演技したんです。お父さんは、どう見ても浮気体質の人じゃないですが、それでも魔が差した。そこがまたお父さんの人間的魅力です」

「上げたり下げたり、君も苦労が絶えんな」

「恐れ入ります」

何が、恐れ入ります、だ。私は、ちょっとつっかかってやりたくなったが、そんなことをしたら話がこじれるので我慢した。

「ようするに、君の戦法は失敗に終わったってことだな」

「そうなんです」岩政がしゅんとなった。

「美千恵は、君の言ったことに対して、どんな反応をしたんだい」

「〝嘘くさい〟ってまず言われました」

「君はちょっとやりすぎたようだね」

「もっとタメのある芝居をするべきでした。前のめりになりすぎました」

「君はいい奴だが、調子に乗りすぎるところがあるよな。美千恵に人を見る目があってよかった」私は淡々とそう言った。

岩政の声色が変わった。「それって、僕が、美千恵さんの結婚相手に相応《ふさわ》しくないっていうことでしょうか」

「そうじゃないよ。美千恵に物事を見抜く力があることに、父親として安心したってことさ。で、〝嘘くさい〟の他にどんなことを口にしたんだい」

「〝お父さんのことを話しにきたの？〟って冷たく訊かれましてね。それで、もうお父さんのことを話題にしづらくなってしまったんです。でも、いいご報告もあります。お父さんがプレゼントした熊さんは、ちゃんと飾ってありましたよ」

「そうか。飾ってあるのか」私はつぶやくように言った。

「ちっとも嬉しそうじゃないですね」

「そんなことはないよ」私は笑って誤魔化《ごまか》した。

危惧《きぐ》していた通りのようだ。美千恵は、私に無関心なのである。だから、プレゼントを平気で部屋に置けたのだろう。憎しみとまではいかなくても、負の感情が働いていたら、あの熊を見るのも嫌なはずだから。

「で、君との関係にも進展はなかったのか」私は気を取り直して訊いた。

「ありませんでした。というよりも、美千恵の態度がよく摑めなかったというのが正直なところです」

「摑めないってことは、まだ脈があるかもしれないね」

「その辺がよく分からなくて。競艇選手を続けてもいいし、結婚しなくてもいいから、付き合いを続けようと言ったんですけどね」

「美千恵はどんな反応をしたんだい？」

「しばらく会わないでおきましょう、っていきなり言われてしまって」

私も美千恵の真意を測りかねた。しばらく考えさせてほしい、ということなのか、岩政に対する想いが失せてしまったのか。どちらにも取れる発言である。

私と美千恵の場合は、父と娘の不和である。それはそれで面倒で複雑なものが多々あるが、原因ははっきりしている。父娘の枠を超えるような問題を考慮する必要はまったくない。

しかし、男女の場合は他人同士の付き合い。美千恵に新たな意中の人が現れたという可能性もある。だが、岩政に情もあるし、今でも彼のことをいい人だとは思っているから、本当のことを言いだしかねているのかもしれない。となると、岩政が、どんなに素晴らしい提案をしても、彼の望みが叶うことはあるまい。恋とは誠に不条理なものである。

「君は、それに対してどう答えたんだ」

今度は岩政が溜息をついた。私の耳に息が吹きかけられたかと錯覚するほどの深い溜息だった。

「嫌だと言えば言うほど頑なになっちゃって。ですから、仕方なく引きました。今度はお父さんが、美千恵さんに会いにいってくれませんか」

「会って、君とのことを訊けというのか」

「頼れる人はお父さんしかいません」

「私は今すぐにでも美千恵に会いたいよ。しかし、この間会ったばかりだろう？　少し時間を置こうと思ってる」

「どれぐらい時間を空けるおつもりですか？」

「そんなこと、まだ分からんよ。でも、何とか方法を考えてみる」

電話を切って私は部屋を出た。小百合と話したくなったのだ。風呂場から舞《まい》の笑い声が聞こえてきた。グレとメグが二匹並んで、洗面所の前に座っていた。階段を上がった。小百合の部屋の前に立った時、朋香の声がした。

「……鉄雄《てつお》ってアレが淡泊でさ。嫌んなっちゃう」

「そんな感じするね」小百合が軽い調子で答えた。

何の話だろうか？　ひょっとすると……。

私はつい聞き耳を立ててしまった。

「私と娘を大事にしてくれる優しい人なんだけど」

「あんたの誘い方がまずいんじゃないの」

私は金縛りにあったように動けなくなった。

「うまく誘うって、どうすればいいのよ」朋香が訊く。

「分かんないけど、パンツとブラジャーをエロいのに変えるとかさ」

「そうしてみたけど、鉄雄が照れちゃって」

「駄目か。急にそういうことすると男は引くかもね。外国人だったら引かないと思うけど」

「お姉ちゃん、外国人と……」

「私はないわよ。そういう話を聞いたことあるだけ」

「本当？」

「あんたに嘘なんかついたってしかたないでしょう？」

しばし沈黙が流れた。

鉄雄が舞と風呂に入っているのを、これ幸いとばかりに、朋香は小百合に相談を持ちかけたらしい。

「大体、この家は、夫婦生活に向いてないよ」小百合が投げやりな調子で言った。

「そうだよね。壁に耳あり障子に目ありの家だもんね」

「あんたたちが新婚の頃、あんたの喜びの声、私、聞いちゃったことあったもん」

「お姉ちゃん、いやらしい」朋香の声に不快感が波打った。

「何言ってんの。妹のそんな声を聞かされた、こっちの方が困ったわよ。壁、叩いてやろうかと思った」

「………」

「もっと飲む？」小百合が訊いた。

「もういい。このお煎餅《せんべい》、麗子叔母《おば》さんのとこのものよね」朋香が突然話題を変えた。

「そうよ」

「あんまり、おいしくないね」

「私もそう思う」

再び沈黙が流れた。

「ふたりで旅行にでも出てみたら」

小百合の言い方には親身になっている感じはまるでなかった。

「舞をどうするのよ。お姉ちゃん、預かってくれるわけ？」

「私は無理に決まってんじゃん」

「舞を連れていったら、家にいるのと同じよ。それに、お祖母ちゃんのこともあるから、私が家を空けるわけにはいかないでしょう？」

「あんた、何で結婚した時に、この家を出なかったのよ」

「住み心地がいいから」

「鉄雄さん、昆虫のフェロモン、研究してるのにねえ」小百合がくくっと笑った。

「それは言わないで」朋香がきっとなった。

「私に怒らないでよ。運命だと思って我慢するか、他の相手を見つけるかしかないね」

「他の相手なんかいらないよ。面倒だもの」

「薬、使わせてみたら」小百合が言う。

「まだ若いんだから、必要ないでしょう」

「若いのに駄目なんだから、使えばいいじゃん。あ、駄目か。あれってさ、聞いた話だけど、やる気がないと効果がないみたいだから」

「お姉ちゃん、私に魅力がないって言いたいの？」

「また怒る。怒るんだったら話、聞かないよ」

朋香が六本木のシューティングバーで、エアガンを撃ったりしているのは、そういう不満があるからなのか。頭がくらくらしてきた。

階段を上がったところに、下にいたはずのメグの姿があった。じっと私を見つめている。普段は私に寄ってこない猫が、こういう時に限って、邪魔をしにくる。私は舌打ちしたくなった。

「美千恵姉ちゃんとは真逆ね」小百合が続けた。

「真逆って……」

「美千恵姉ちゃん、あれ、嫌いなんだって。でも、カレシは絶倫で、昼間でも求めてくるらしいよ」

「昼間から？　それも何だかなあって思うけど、ないよりもマシよ」朋香の声は切実だった。

「同じ両親から生まれたのに、こうも違うもんなのね。不思議」

「そういう小百合姉ちゃんはどうなのよ。私寄り？　それとも美千恵姉ちゃんみたいなの」

「どっちでもないな。普通ね」小百合はすました調子で言った。

「最近はどうなの？」

「今は男にかまけてる暇ないの」小百合の声がやや沈んだ。

一階の廊下をばたばたと走る音がした。

私は小百合の部屋のドアから離れ、下の様子を窺った。メグが勢いよく階段を駆け下りてゆく。

舞が私を見上げた。「お祖父ちゃん、何してるの」

私は咳払いをした。

小百合の部屋のドアが開き、小百合と朋香の両方が顔を覗かせた。

「ちょっと小百合に話があって上がってきたところなんだ。ふたり、一緒だったのか」私は顔を作って微笑んだが、うまく笑えたかどうかは分からない。

「私に用なの？」小百合が廊下に出てきた。

「ちょっとお父さんの部屋に来てくれないか」

「何？」

「いいから来なさい」

「すぐに行くから、部屋に戻ってて」

舞が母親のところに飛んでいった。後ろから来た鉄雄と顔が合った。つい、私は目を逸らしてしまった。

「風呂の水道の蛇口《じやぐち》、ちゃんと閉まりません。パッキンを替えないといけないみたいです」

君は暢気《のんき》すぎる。蛇口のパッキンよりも、君自身のパッキンが問題なんだよ。そう言ってやりたかったが、言えるはずはない。

鉄雄は私の態度が変だと思ったらしく、一瞬、怪訝そうな顔をした。

「私が明日、水道屋を呼ぶよ」朋香が言った。

「そうしてくれ。お休み」

そう言って私は階段を下りた。危うくステップを踏み外しそうになった。

部屋に戻ると、ほどなく小百合がやってきた。ミネラルウォーターのミニペットボトルを手にしていた。頬が桜色に染まっている。ソファーに足を投げだした小百合は、水を飲み始めた。

「だいぶ飲んでるみたいだな」私は何事もなかったような顔をして微笑みかけた。

「そうでもないよ。朋香の方がピッチが速かった」

「何かあったのか」

「何もないよ。ガールズトーク」

私が口を開かずにいると、小百合にせっつかれた。

「何よ、用って。早く言ってよ」

「うん」

「どうせお姉ちゃんのことでしょう？」

私は黙ってうなずき、やや間を置いてこう言った。「小百合は、岩政圭介《けいすけ》って男のこと、美千恵から聞いてるんだろう？　お父さんには、恋人はいないって言ってたけど」ややあって私が口を開いた。

小百合は足を床に下ろし、じろりと私を見た。「お父さん、何で、彼のことを知ってるの？　探偵でも雇ったの？」

「そのことは後で話す。で、小百合は岩政君に会ったことあるのか」

小百合が首を横に振った。「写真を見せられたことはあるけど」

「さっき、お父さん、岩政君と電話で話してたんだ」

小百合が目を白黒させた。「どういうこと？」

私は簡単に事情を説明した。

「……美千恵と岩政君、うまく行ってないみたいだけど、何か聞いてる？」

「ちょっとはね。詳しいことは分からないけど、お姉ちゃん、逃げてるのよ」

「逃げてる？　ってことは相当嫌になったってことか」

「どうなのかな。嫌ってるって感じはしなかったけど」小百合の歯切れが悪い。

「岩政君よりも好きな男ができたのかな」

「それはないよ」小百合が言下に否定した。

岩政は絶倫らしい。それが問題なのかもしれない。

「男と女の関係は、くっつくにしろ別れるにしろ、一言では言えない何かが作用しているんだろうけど……」私はつぶやくように言って、小百合の言葉を待った。

小百合は水を口に含み、ふうと息を吐いた。「お父さん、彼にいい印象を持ったみたいね」

「素直ではきはきした、今時、珍しい好青年だと思ったよ」

小百合が手にしていたペットボトルをテーブルに戻した。「話を聞いてると図々しい男に思えるけど」

私は腕を組んだ。「人なつっこい男だね。初対面とは思えないほど、お父さんにも積極的に関わってきたよ」

「お姉ちゃんには、彼が強引すぎるみたい。私は彼に会ってないから、判断できないけど」

「結婚のことも口にしないし、競艇選手も続けていいって、岩政君、美千恵に譲歩したんだけど……」

私は、岩政の言ったことを詳しく小百合に教えた。

小百合が私をじっと見つめた。頰に皮肉めいた笑みが浮かんでいた。

「お父さん、何で、その男の肩を持つの？　一回しか会ってないんでしょう？」

「肩を持ってなんかいないよ。岩政君は情熱的だから、つい彼に押しきられてね」

「彼のそういう態度に、お姉ちゃん、腰が退けてしまうらしいよ」

「女の子をデートにも誘えない男が増えてるって話じゃないか。それに比べたらマシだと思うけどな」

「うーん」小百合がうなった。「難しいところなのよね、そこが。女にアピールできない男は論外だけど、男が積極的に前に出すぎると、女って引いちゃうこともあるのよ。お姉ちゃん、その……」小百合が言い渋った。

「何？　誰にも言わないから教えてくれないか」

何が言いにくいのか、盗み聞きをしていなかったら、私にはさっぱり分からなかったろう。

「言いにくい」

「そう言われると余計に聞きたくなるな」私はとぼけて見せた。

「何て言ったらいいのかな、ようするに、その岩政さんって人、お姉ちゃんには濃すぎるのよ」

「お父さんから見たら、そんなに濃い感じはしないけどね。確かに押し引きは上手じゃなさそうだけど。パーフェクトな男なんていないよ」

「いないって分かってるから、結婚したいって思ってても、できない女が増えたのよ」

その言葉に、小百合の気持ちが入っているのは明らかだった。

「小百合、美千恵が、岩政君と本当にどうしたいのか、機会を見つけて訊いてみてくれないか」

「いいけど、訊かなくても、もう答えは出てる気がする」

「あの男は駄目か」私が言った。

「駄目じゃないんだけど、こういうことって相性の問題だから」

男女の営みの相性。これを一致させるのは不可能に近い。

「岩政君には脈はないか。しかし、相性の悪い男と、これまでよく我慢して付き合ってたね」

「全部、合わないってわけじゃないみたいよ」

「奥歯に物がはさまったような言い方だな」

「そんなことないわよ」小百合は私から目を逸らした。

どきりとした。小百合の視線の先には志乃の新作が置かれていたのだ。

「ところで、お前はどうなんだ」私は慌てて話題を小百合のことに振った。

「私のこと、気にしてくれるの？」小百合が私に目を戻し、皮肉たっぷりにそう言った。

「気にしてるさ。お前、本当に付き合ってる人いないのか」

「いないよ」小百合はあっさりと答え、頬をゆるめた。

「結婚式の司会、これまでどれぐらいやった？」

「覚えてないよ。でも、相当やったね」そこまで言って、小百合はペットボトルを空にした。「今、初めて考えたけど、私が司会を務めたカップル、どれぐらい離婚したかな」

「何を馬鹿なこと考えてるんだ。結婚式の司会をやりすぎて、結婚に対する幻想が消えてしまったんじゃないのか」

「そんなことないけど、私の悩みはそういうところにないの」

「小百合の悩みって何だい？　お父さんでよかったら話してみなさい」

五叉路に立つ〝犬のお巡りさん〟は、真面目な顔で娘を見つめた。

小百合が腰を上げた。「ビール、取ってきていい？」

私は黙ってうなずいた。

「お父さんは？」

「いらない」

小百合が出てゆくと、志乃の新刊に目を向けた。片付けようかと思ったが、却《かえ》って不自然だから、そのままにしておくことにした。小百合も、父親の巻き起こした騒動を知っているはずだ。だが、彼女がそのことを私の前で口にしたことは一度もない。

小百合が缶ビールとグラスを持って戻ってきた。ビールを少し口に含んでから躰をソファーの背もたれに倒した。

「で、小百合の悩みは何なんだい？」私は優しく訊いた。

「仕事に行き詰まってるっていうか、ちょっと嫌になってきたの」

「何かトラブルでもあったの？」

小百合が首を横に振った。「こういう話って、お父さんに聞いてもらうのが一番いいって前から思ってた。以前は、テレビの深夜番組とか、ラジオのレギュラーの仕事が入ってきてたでしょう。でも、最近は、全然いい仕事が回ってこないの。後輩たちにどんどん抜かれていってるのよね」

後輩の方が脚光を浴び、苛々《いらいら》している作家に付き合ったこともある私は、こういう愚痴には慣れているはずだが、娘のこととなると、どうやって気持ちを癒やしてやったらいいのか分からなかった。

「お父さんは、お前のしゃべり、好きだけどな」

「ありがとう」小百合は小さく微笑んでグラスを手に取った。

いつも相手にしている作家は自由業。立場は小百合と違わない。だが、作家には作品という形になるものがある。アナウンサーにはそれがない。〝一週間のご無沙汰でした〟という台詞で有名になった玉置宏《たまおきひろし》や、紅白の司会でお茶の間の人気をさらった高橋圭三《たかはしけいぞう》、宮田輝《みやたてる》のような、今でも記憶に残っている名アナウンサーはいるが、アナウンサーがタレント化していったせいだろうか、話術で勝負できる人間が減ったのかもしれない。特に女性のアナウンサーの場合は。

「若い子の方が受けるのはしかたないけどね」小百合がつぶやくように言った。

「お前、まだ三十二だよ。AKB48には入れんだろうが、アナウンサーだったら、まだまだ若い方じゃないか」

私は、知っている女性アナウンサーの名前を口にし、歳を訊いてみた。

「私よりも上の人はいるけど、ほとんどは局アナよ」

「フリーでお前の歳ぐらいの人間だって活躍してるんだろう？」

「私の知り合いはほとんど結婚して、辞めたよ」

「でも、お前にその気はない」私は努めて明るい口調で言った。

「いい人がいたらするわよ。周りには早く結婚した方がいいって言う人が多いし、友だちが結婚して、赤ちゃん抱いてるのを見ると、私も早くしなきゃって気にはなるよ。だからって、相手が誰でもいいってわけじゃないでしょう？」

「さっきも言ったけど、パーフェクトな人間なんかいやしないよ」

小百合の眉が険しくなった。「私だって妥協する気持ちはあるわよ」

私は小馬鹿にしたように笑った。

「何がおかしいの？」

「妥協するとかいう発想が、そもそも間違ってる。好きになったら飛び込んじゃえばいいじゃないか」

「そうなんだけどさ、やっぱ、先を見ちゃうのよね」

「誰だって先を見てるよ。だけど、立ち止まって考えちゃ駄目なんだ。余計な計算が働いてしまうからね。気持ちが舞い上がってる時に、ちらりと先を見るぐらいがいい。小百合が司会をやってる時って
「もちろんよ」

「司会にも芸がいるから、演技者として興奮してる。だけど、冷静に周りを見てもいるだろう？」

「お父さん、何が言いたいの？」

「恋愛も興奮しながら、どこかで周りを見てると思うんだ。舞い上がっているようでいて、見るべきものは見てる。観衆の前で司会してる時の昂揚感と冷静な気持ち。これが好きな男といる時にも大事だって言いたいんだよ」

「いいこと言うね。見直しちゃったよ」小百合がしきりと感心して見せた。

「これまで侮ってたってことだな」私は大袈裟に渋面を作ってみせた。

「そんなことないよ。お父さんは男の中の男。そう思ってる」

「女の中の男の間違いじゃないのか」

小百合がくすくすと笑った。しかし、すぐにまた表情が翳《かげ》ってしまった。「でも、私、恋とか結婚よりも、仕事の方が大事。その仕事がうまくいかないから鬱々《うつうつ》としてるの」

「フリーの仕事は波があるよな。だから、自由業の人間は大変だよ。お父さんみたいに給料取りは、いろいろあるにしても、保障はされてるから、作家だろうがフリーのアナウンサーだろうが、えらいなって本気で思ってる」

「私、甘えてるよね。仕事が減っても、家賃払わずにすんでるから何とかなるもんね」

「収入次第だけど、お前も独立したらどうだ」

小百合が目の端で私を睨んだ。「お父さん、私にここから出てってほしいの？」

「何言ってるんだよ。自分で甘えてるって言ったくせに。腰を据えて頑張るためには、家賃や光熱費を自分で払った方がいいかもしれないよ」

「…………」

「ひとり暮らしは自由でいいと思うよ。いくら家族だからといっても、いろいろ気を遣うことがあるだろう？　プライバシーを保つのはこの家じゃ難しいから」

〝この家は、夫婦生活に向いてない〟

朋香にそう言っていた小百合の言葉を念頭において、私はそう言ったのである。

「旦那も娘もいるのに、朋香、何でここから出ていかないのかしらね。私、結婚したら、とても家族とは住めない」

「それは朋香の問題。ともかく、小百合は後輩のことなんか気にしないで、今の仕事を続けること。しぶとくなきゃフリーの仕事はできないよ」

小百合がグラスを空けた。そして、志乃の本の方に目を向けた。しかし、本を見ているかどうかははっきりしない。

「お父さん、会社、辞めたいって思ったことないの？」

「ないな。若い時はいろいろやらされたけど、概《おおむ》ね、好きな文芸の世界にいられたからね。途中で女性誌に回されてたら、転職を考えたかもしれない」

私が笑うと、小百合も笑い出した。志乃の本に気づいていたとしても、気にしていないらしい。

「お父さんに話したら、少しすっきりした」小百合が小さく微笑んだ。「周りなんか気にしないで、あたえられた仕事をやっていくよ。私にもちょっとした計画があるし」

「どんな計画なんだい？」

「それはまだ内緒。具体性のない話をしてもしかたないでしょう？」

「仕事に関係したことなんだね」

「もちろんよ。恋愛にかまけてる暇はなし」小百合はきっぱりと言い切った。

「相談にはいつでも乗るよ。お前の仕事の内容が分からなくても、社会に出てる人間の悩みは男の方が理解できるから」

「お父さん、受け皿、広いよね」小百合がつぶやくように言った。

「そうかあ」

突然、娘にまともに褒められたものだから照れくさくなった。

「私、お父さんと同世代の男とも仕事してるけど、みんな頭、硬いもん」

「お父さんだって、部下にそう思われてるかもしれないよ。譲れないところは絶対に譲らないから」

「でも、頭ごなしに物を言うことはないでしょう？」

「そういう迫力がないんだよ。相手にしつこいぐらいに説明するから、理屈っぽいって嫌がられてる気がする」

小百合がまた志乃の本の方に視線を落とした。「美千恵姉ちゃん、どうしていつまで経っても昔のことに拘ってるのかしらね。私だったらもう気にしないけどな」

「お父さんの接し方がまずかったんだよ」

「そうだとしてもさ、もういいじゃん。お父さんも気にしすぎだよ。あれだけ拒否されてるんだから、放っておいたら」

私は小百合をじっと見つめた。「誤解しないでくれよ。私はね、美千恵にばかり気持ちがいってるんじゃないんだよ。関係を修復したいから、つい……」

「それは分かるけどさ、お姉ちゃん、お父さんに甘えてるのよ」

私は覗き込むようにして小百合に訊いた。

「どういう意味？」

「お父さん、本当に分かんないの？」小百合の口調が厳しくなった。

「お姉ちゃん、お父さんを仮想の敵にしてるだけよ。傷ついたことは本当なんだろうけど、その傷に逃げ込んでる気がする。お父さんを拒絶してる気持ちを支えにして生きてるのよ。危険な競艇で、それなりに成績を上げてるのはすごいと思うけど、図太い神経があるからできてるわけじゃない。普通の生活が恐いから、子供の頃の傷を拠り所にして、破格なことに挑戦してきたんだと思うの」

「そう思うのには、根拠があるんだね」

「お姉ちゃん、全然、野心家じゃないのよ。後輩に抜かれていっても平気なの。それって心が広いからじゃない。〝どうせ私は子供の頃に心に傷を負った不幸な女ですから、しかたないの〟っていうところに逃げ込んで、自分を誤魔化してるの。男と付き合ってる時も同じ。うまくいきそうになると、相手の欠点を探して、それを理由に相手から遠ざかるの」

「幸福を恐れてるってことか」私はつぶやいた。「なるほどね」

「幸福は長くは続かない。だから、幸せが近づいてくると、怖じ気づいて逃げちゃうのよ。私だって、そういう気持ち、持ってないわけじゃないから、理解できないことはないけど、お姉ちゃん、それを全部お父さんの例の事件のせいにしてしまってる。ずるいんだよ」

幼い頃の美千恵にとって、我が家は理想の家庭で、幸福感に包まれて暮らしていた。それを、私の起こした騒動が壊した。我が家に対する思いが強かった分だけ、ショックが大きかったのだろう。

しかし、小百合が、そこまでの鋭い見解を持っていることに感心したと同時に、歯に衣着《きぬ》せぬ言い方で口にしたことに驚いた。美千恵のふたつ下の小百合は、美千恵が私に懐いているのを、面白くない気分を抱いて、遠巻きに見ていたのかもしれない。その頃の思いが、無意識に胸の奥から浮かび上がってきて、美千恵をきつい言葉で糾弾した。私にはそんな気がしてならなかった。

「お父さんもね、美千恵とのことはなるようにしかならないって気はしているよ」私は溜息混じりにそう言った。

「私だって、お父さんとお姉ちゃんに仲良くしてもらいたいよ。でも、やっぱり、お姉ちゃんのことは放っておくしかないよ」

私は納得したわけではないが、首を何度か縦に振った。それから、小百合を真っ直ぐに見た。「それはそれとして、お前とこうやって話せてよかったよ」

「私も」小百合がグラスと空いたビール缶を手にして立ち上がった。

「明日、仕事？」私が訊いた。

「横浜で開かれる小さなイベントの司会の仕事が入ってる。また話、聞いてね」

「いつでも話に来なさい」

小百合が部屋を出ていった。

ほどなく廊下で物音がした。猫が姉妹で追っかけっこをしているのだ。

私はそっとドアを開け、猫の様子を窺った。二匹の猫は走るのを止め、顔を並べて私を見つめた。

「メグ、グレ」私は猫たちに声をかけ、「ニャー」と愛嬌《あいきよう》を振りまいた。

メグは興味深げに私を見ていたが、私の〝鳴き声〟を聞くやいなや、グレの方は階段を駆け上って姿を消した。

メグとグレは、時々、喧嘩はするが仲のいい姉妹である。私の娘たちも基本的には仲がいい。しかし、ひとりひとり、いろいろな思いを抱いて付き合っているようだ。そんなことは当たり前の話だが、普段はなかなか気づかないものだ。

小百合の美千恵批判を聞いたことで、父親には想像のつかない人間関係を、彼女たちが築いているのだと改めて思った。美千恵に関して、小百合が言ったことは概ね当たっているに違いない。

美千恵が臆病なのは、少女の頃から気づいていた。うちの猫で比較すると、メグではなくてグレに似ている。しかし、臆病な人間をさらに臆病にする原因を作った私としては、小百合のようにばっさりと切り捨てるようなことは口にできない。


体育の日がやってきた。妙に朝からそわそわしていた。普段から着る物にはそれなりに気を遣っている私だが、その日は、三度も着替えた。結局はバーガンディ色のボタンダウンのシャツにベージュのコットンスーツにした。

コンビニのATMで金を下ろしてから、赤門の前に立った。

待ち合わせの時間は六時半だったが、私は十五分前に着いてしまった。太郎には数日前に連絡した。店の予約は美沙子に任せた。

ほどなく、太郎がやってきた。

「崇徳《むねのり》さん、早いですね」

「太郎さんも」

「お誘いいただいてありがとうございます」

「たまにはカラオケもいいかと思って。姉さんはどうしてます？」

「家にいますよ。でも、どういう風の吹き回しなんです？　私、お邪魔じゃないんですか？」

「全然。姉さんに言ってないことがあるんです。女の人はバーのママだけじゃないんです。数合わせに呼んだわけじゃないんですが、もうひとり男がいた方がいいと思って」

太郎がにやりとした。「崇徳さんにガールフレンドができたらしい、って昌子が言ってましたよ。その人が来るんですね」

「ガールフレンドなんて言えるような関係じゃありません。今日、会うのが二度目ですからね」そこまで言って、私は往来に目を向けた。「姉さんから、母の病気のこと、聞いてるでしょう?」

「ええ。できるだけ早く、検査を受けてもらうようにした方がいいですね」

「そうですね。医学ジャーナリストの話も出たでしょう?」

「聞いてます」

「今日来る、もうひとりの女性がその人です。姉さんにそれを言うと、やいのやいのうるさいから黙ってたんです」

「そういう人を知り合いに持っていると何かと役に立ってくれますよね」太郎の声がかすかに翳った。

「でも、姉さんは、医学ジャーナリストなんか信用できないって言ったんじゃないですか?」

「医者でもないのに、知ったようなことを言う人間だと決めつけてましたよ」

横断歩道を渡ろうとしている女が目に入った。白石温子だった。私の心臓がことりと鳴った。

私に気づいた温子が小走りに横断歩道を渡ってきた。

「お待たせしてしまって」

私は太郎を紹介した。温子は、太郎が私の姉の夫であることを美沙子から知らされていた。

約束の時間を少しすぎた頃に、美沙子がやってきた。

私たちは美沙子の案内で門前仲町の交差点の近くのビルに入った。食事も出来るカラオケルームだ。歌う前に腹ごしらえをすることにした。
七、八名がゆったりと座れる部屋だった。内装は渋い色でまとめられていて落ち着きがあった。
「奥様、うちの店にいらっしゃったことがあるんですよ」美沙子が、太郎のグラスにビールを注ぎながら言った。

「聞いてます」太郎は控え目に答えた。

美沙子が、持ち前のサービス精神を発揮して、満遍なく全員に話を振り、場を和ませてくれた。

私は飲みすぎないように気をつけて、ビールをちびりちびりやっていたが、焼酎《しょうちゅう》をボトルで頼んだ残りの三人は、よく飲んだ。

太郎が私を見た。「白石さんに、お母さんの話はしました？」

「いやまだ」

「お母様って森川さんの……」温子が口を開いた。

「そうです」私が答えた。

「どこかお悪いんですか」

「認知症の疑いがあるんです」

「まだ医者に診せてないんですね」

私は首を横に振った。

「早く診せなきゃ駄目よ」美沙子が口をはさんだ。「いいお医者さん、紹介しましょうか」

温子がくすりと笑った。

「温ちゃん、ごめん。プロを前にして、そんなこと言っちゃ駄目よね」

「いいのよ。いい医者を選ぶのはとても難しいから私たちでも間違える。駄目な医者だけは分かりますけどね」そこまで言って、温子が視線を私に向けた。「で、お母様、どんな様子なんですか？」

私は、母の様子を話した。

「お話を伺っていると認知症の徴候が出ている気がしますが、まずは、かかりつけのお医者さんに診てもらってください」

「それがですね……」私は、母が病院に行きたがらないことを教えた。

温子は口をはさまずに私の話を聞いていた。

「……というわけです。何か妙案はありませんかね」

「残念ながら、それはないですね。どのようにして、納得させるかは、相手の性格や自尊心のあり方によりますから。言葉は悪いですが、くすぐりどころがどこかを見つけるしかないです。騙してはいけませんし、理詰めで説得しようとするのもまずいわね。〝ずっと愉しく元気でいてほしい〟と言う方法も効果がある場合とない場合があります。疑り深い性格の人だと、却って、優しい言葉には裏があるのではないかと勘ぐりますから」

「母は普段はぼんやりしてる人間ですけど、すごく敏感になることがあるんです」私は首を軽く傾《かし》げた。「突然、優しい言葉をかけたら裏読みしそうな気がするな」

「昌子にはやらせない方がいいな」太郎がつぶやくように言った。

「昌子さんって、奥様のことですか？」

「はい。うちの奴は理屈っぽいんです。ああ言えばこういう女でして」太郎の視線が私に移った。「そうでしょう？」

私は大きくうなずいた。「母の言動をあげつらって、首に縄をつけてでも病院に連れていこうとするタイプです」

「それは駄目ですね。お母さんを頑なにするだけです。かかりつけのお医者さんとの関係はどうなんです？」

「先代には全幅の信頼を置いてました。でも、跡を継いだ息子さんのことは信用してないみたいです」

「息子さんっていくつ？」美沙子が訊いてきた。

「四十ぐらいかな」

「そのぐらいの歳の医者って知識はあるけど、年寄りの気持ちは分からないことがまあるわよね。老眼になったことのない人間が老眼を実感できないのと同じで、言ってることが患者の気持ちに入ってこない」美沙子が、自分の通っている病院の若い医者の悪口を言い始めた。

「もうこの話は止めましょう。歌いにきたんですからね。母のことは、白石さんに改めて相談します」私の一言で、美沙子の愚痴が収まった。

食事が終盤を迎えた。

美沙子がカラオケのリモコンを手に取った。「誰が最初に歌います？」

「そりゃ美沙ちゃんでしょう」私が言った。

「いいわよ」美沙子がタッチパネルを操作した。「温ちゃんは、何にする？」

「自分で選びます」

美沙子が選んだ曲は山口百恵《やまぐちももえ》の『プレイバックPart2』だった。

ノリのいい曲から始めようと決めていたのだろう。

座は大いに盛り上がった。

温子がマイクを握った。『飾りじゃないのよ涙は』のイントロが流れた。

温子は、画面に真剣に目を向け、軽く躰でリズムを取りながら歌い始めた。

美声だが、リズムのある曲には向かない声の質である。それが却って可愛く思えた。一生懸命に歌っている。その姿に私は惹かれた。

歌い終わった温子は、着地を決めた体操選手のように爽快な顔で、小さく頭を下げた。

私たちは大きな拍手を送った。

次に、私が『ルビーの指環』を歌った。

太郎は選曲に戸惑っていた。結局、選んだのは『北の宿から』だった。

最初は照れくさそうだったが、次第に気持ちが入ってきて、時々、コブシを回してみせた。

熱唱している太郎を見ていると、昌子のやっていることを非難する気はないものの、ちょっと切ない気分になった。

数曲、代わる代わる歌った後、ツマミを頼み、小休止した。

「崇徳《そうとく》さん、けっこう上手じゃない」美沙子が言った。

「ありがとう。でも、レパートリーが少なくてね」

「私もです」温子が口をはさんだ。

「新しい曲はどうです？　チャレンジすることはあるんですか？」太郎が温子に訊いた。

温子が首を横に振った。「駄目ですね。若い人の歌って、私には難しすぎます」

「大菅《おおすが》さん、奥様とカラオケに行ったりするんですか？」美沙子が太郎に訊いた。

「いや。行ったことないですね」

「美沙子さん、愚問よ。カラオケは他の人とやった方が愉しいもの」温子がばっさりと美沙子の言ったことを切り捨てた。

「夫婦でカラオケやるって素敵だと思うけどね」

「本当に盛り上がることができれば、それが理想でしょうけど」温子がやや投げやりな調子で言った。

温子は二度、結婚している。そのことを私は思い出した。

「姉さんはね、〝レット・イット・ビー〟とかいう会に入ってて、イベントや食事会に出て、人生を愉しんでる。そうですよね、太郎さん」

太郎が力なく笑った。「うちのは元気だから」

「太郎さん、姉さんにエネルギーを吸い取られてるんですよね」私は、目の端で太郎の様子を窺いながら、わざとそんなことを口にしてみた。

「女の人には、男は勝てやしませんよ」

諦め口調である。だからといって昌子のやっていることに気づいているとは限らないが、何となく分かっているのではないかという気がした。

「太郎さん、近いうちに美沙子さんのバーに行きましょう」私が誘った。

「是非、いらっしゃってください。奥様に自由を許している男の人って素敵だけど、ご本人も遊んだ方がいいですよ」

太郎は曖昧に微笑んでグラスを口に運んだ。

私はもう一杯ビールを飲むことにした。美沙子が注文をしてくれた。

「よし、また歌いますかね」私がリモコンを手に取った。「太郎さん、グループサウンズをやろうと思うんですけど、好きな曲あります」

「『想い出の渚』がいいなあ」

「一緒に歌います？」

太郎がうなずいた。

美沙子が、立って歌って、と注文をつけた。私たちは立ち上がり、マイクを握った。

歌いながらちらりと太郎を見た。胸の奥に翳りがたゆたっていたとしても、この瞬間の太郎には憂いなどまるで感じられなかった。

時が経つにつれ、美沙子も温子もそして太郎も、さらにノリがよくなってきた。抑えて飲んでいた私だが、気分が高揚していたものだから、彼らの輪から外れることはなく、大いにその場を愉しんだ。

「美沙子さんと温子さんにザ・ピーナッツの『恋のバカンス』を歌ってもらいたいな」

太郎の呂律《ろれつ》が少し回らなくなっていた。

美沙子と温子に躊躇う様子はまるでなかった。太郎が躰を揺すって、ふたりの歌を聴いていた。サビの部分でハモった。美沙子が上のパートを歌ったのだ。

全員が天真爛漫《てんしんらんまん》になっていた。

「崇徳さん、温ちゃんとデュエットして」美沙子が私にマイクを渡した。

「やって、やって」太郎からも声がかかった。

私と温子は『別れても好きな人』を歌うことにした。

「いいね、いいね、僕はシルヴィアの大ファンだったんだよ。あの子は色っぽかった。本当に色っぽかった」

私と温子は、そう言った太郎を見て頬をゆるませた。

緊張はなかったが、目が合うと、ちょっと照れた。

「お似合いだな。いいなあ。もっとくっついて」太郎がはやし立てた。

私も久しぶりに、時間を忘れるほど愉しかった。

次に、太郎と美沙子が『銀座の恋の物語』をデュエットした。太郎は美沙子の肩に手をかけて歌った。

こんなに酔った太郎を見るのは初めてだった。昌子は『銀座の恋の物語』を選んだりしない気がした。そもそもカラオケではしゃぐこともないのではなかろうか。

昌子がお高くとまっているとは思わないが、このような雰囲気には馴染めないに違いない。

私の勘が当たっているとしたら、太郎は昌子の前では、どこかしら裃《かみしも》を着ているところがあるのかもしれない。

どんな夫婦でも、入り込めない世界をお互いが持っている。だから、ちょっと袢を着ていたとしてもおかしくはない。ただ些細《ささい》な食い違いが、何らかの作用で、ふたりの間に亀裂を生じさせることがあるものだ。一度、姉と太郎を誘って、カラオケをやってみたいと私は思った。

あっと言う間に四時間がすぎた。

「そろそろお開きにしましょう」私は、眠そうにしている太郎を見ながら言った。

美沙子がちらりと温子を見た。「温ちゃん、『天城越え』で締めて」

「了解」

温子は素直に応じて腰を上げた。

まさに熱唱だった。温子は右手で拳《こぶし》を作って歌った。

途中で、太郎が目を覚まし、ハミングを始めた。

支払いは私がした。

太郎がしつこく、それは困ると言ってきたが、「次回は太郎さんにお願いしますから」と断った。

外に出た。汗ばんだ躰に風が気持ちよかった。

「秋の匂いがする」美沙子がぽつりと言った。

「本当に」温子が受けた。

「今はもう秋……」太郎が呂律の回らない口で歌った。

「私が送りましょう。先に太郎さんを降ろしてから」

私が空車に手を上げた。女性ふたりと太郎を後部座席に乗せた。

まず太郎を送ることになった。家の前に着いた太郎は「愉しかった」と呂律の回らない口で繰り返しながら、タクシーを降りた。

「私を先に降ろしてね」

美沙子が言った。気をきかせたらしい。

美沙子は東陽町の隣町、千石《せんごく》に住んでいた。温子のマンションまでは歩くと少し距離がある。

美沙子が降りると、私は後部座席に移った。美沙子が私たちを手を振って見送ってくれた。

「明日は早いんですか？」私が温子に訊いた。

「いえ。お母さんの話、今からうかがってもいいですよ」

「本当に？」

「休日でも開いてるバーがあります。そこに行きませんか」

温子が運転手に行き先を指示した。

温子に案内されたバーは東陽一丁目にあった。昔は遊郭で有名だった地区である。ドアは幅広で大きかったが、店内はそれほど広くなかった。ボックス席があったので、私たちはそこに座った。ふたりともビールにした。

グラスを合わせてから、私は言った。「この辺で飲むことは全然ないから、こういう洒落たバーがあるなんて知りませんでしたよ」

「私も二回目なんですよ。友だちが家に遊びにきた時、入ってみたんです」

「この辺は、昔、洲崎《すさき》っていってね、遊郭だったんですよ。知ってました？」

「洲崎って地名は知ってましたけど、この辺がそうだったというのは、引っ越してから人に教えられました」

「大きな門があってね。夜になるとネオンが輝いてました。この通り、今も大門《おおもん》通りっていうんです。赤線がなくなった時、私はまだ小学生だったから、詳しいことは知らないんですけど」

「その頃の建物が、まだちらほら残ってますよね」

私は、『洲崎パラダイス赤信号』というタイトルで映画化された芝木《しばき》好子《よしこ》の小説の話をしたが、温子は知らなかった。

話しているうちに、次々と過去のことが脳裏に浮かんできた。このまま続けていたら止まらなくなりそうだ。私はぐっと堪《こら》えて、母のことに話題を振った。

「先ほどのお話だと、かかりつけのお医者さんの診断が大事なようですが、専門医じゃないから見逃すこともあるんじゃないんですか？」

温子がうなずいた。「よくありますよ。それで治療が遅れてしまったという例は珍しくありません。ですが、患者の病歴や性格を知っている医者は重要でもあるんです。いきなり会ったこともない医者に診せると、患者が怯《おび》える場合がありますから。でも、森川さんのお母さんの場合は、かかりつけの医者を信頼してないようですから、専門医に直接診てもらってもいいですね。最初は患者ではなくて、家族の問診から始める方法もあります。それで大体の判断はつきますから」

「認知症の疑いが決定的なものになった後が問題だな。姉には引っ込んでもらうとすると、私が連れていくことになるんでしょうが、母に、うんと言わせる自信はないな」私はふうと息を吐いてグラスを口に運んだ。

「区から健診の知らせがきた、と言う方法もあります」温子が真剣な目を私に向けて言った。「周りの老人がみんな行く、みたいなニュアンスで話すと腰を上げてくれるかもしれません。騙すことにはなりますけど、お母さんにばれなければ、嘘をついてもいいんです」

「区の健診ね、なるほど」私は小さくうなずいた。

「この人に誘われたら、不承不承でも、うん、と言いそうだという人が周りにいませんか。近所の方でも親戚でもいいんですけど」

「そういうことだったら、私の三女ですね。というか、その娘しか適任者はいませんね」

私は朋香のことを詳しく教えた。

朋香が母のことを一番身近で見ていて、母も朋香を頼りにしている。それに母は曾《ひ》孫《まご》の舞が可愛くてしかたがない。

「……ともかく、母は、朋香と曾孫の舞には弱い」

「区の検査だと娘さんに言わせて、専門の医者に診せるのが一番の早道かもしれません。舞ちゃんもうまく使えば、お母さん、病院に行く気になるんじゃないかしら。それに朋香さんでしたっけ、彼女はお母さんの日頃の生活態度をよく知ってるはずですから、問診にも的確に答えられるでしょうし」

「さっそく、娘と相談してみます」

「お母さんに話すのは、病院に行く二、三日前にしてください」

私は探りを入れるような目で温子を見た。

「途中で気が変わる場合があるからですか？」

「ええ。時間を空けると、やっぱり止めたい、と言い出すことがよくあるんです」

「どうしたらいいか、少しずつ見えてきましたよ。ありがとう」

「煙草、吸っていい？」

「どうぞ、どうぞ」

温子が煙草に火をつけた。「〝物忘れ外来〟というのはご存じですか？」

「ええ」

「江東区にも〝物忘れ外来〟のある病院があります。評判は悪くないですよ」

「そこに知り合いのお医者さんはいませんか？」

「いませんが、繋がりのある医者を探してみます」

昌子の娘に病院を見つけさせるつもりだったが、ここまで話が進んだのだから、私は温子に任せたかった。

温子がビールのお替わりを頼んだ。

「美沙ちゃんが言ってた通り、お酒強いんですね」

「歌うとお酒が抜けるでしょう？」

「私も以前はもっともっと飲んでたんですけどね。今は控えるしかありません」私は肩をすくめてみせた。

「ごめんなさい。そういう方の前で遠慮もしないで飲んでしまって」

私は首を横に振った。「気を遣われると却って居心地が悪くなります。へべれけになったら、私がおぶって帰りますから、好きなだけ飲んでください」

温子がくすりと笑って、旨《うま》そうにビールを飲んだ。

歌ったり飲んだりしている時は、美沙子の代わりにバーのママが務まるくらい物腰が柔らかいが、医療に関する話をする時は、昔風に言うならば、堅物の職業婦人のような態度で応対する。温子の切り替えの速さに私は感心した。

「病院や医者と闘ってるって、この間、おっしゃってたけど、どこまでが医療ミスになるんですかね。こんなことを言うと、あなたのやってることに反対してるみたいですが、どんな名医でも誤診することってあるでしょう？」

「その通りです。私が追及した例でいうと、責任のある立場の医師が立ち会いもせずに、経験の浅い医者に任せて起こった事故とか、同じミスを何度も繰り返す医者。これをリピート医師というんですが、このような悪質なケースについて、患者の側に立ちながら調査しています」そこまで言って、温子は口許に笑みを浮かべた。「私は、何でもかんでもミスをあげつらって槍玉《やりだま》に上げようとは思ってないんですよ。もう亡くなったんですが、名医といわれたある医者も、ミスをしたことがあると言ってました。その医者は、自分の失敗を隠さず、家族を呼んで、謝罪をし、何が原因だったのかを説明してました。日本は何事においてもそうですが、問題があると隠蔽《いんぺい》したがります。人間は自分の失敗を公にしたくないものですが、医療関係者は、人の躰を預かってるんですから、勇気を持って、非を認めるべきなんです」

温子は落ち着いた調子で語ったが、胸の底に熱いものがたぎっているのが感じ取れた。

私は、昌子の娘、郁美が勤めていた病院で起こった医療過誤について訊いた。

「あの病院の場合は管理が滅茶苦茶でした。それに、主任医師が部下の医師よりも腕が悪くてね。森川さん、あの病院と何か関係あるんですか？」

「実は、太郎さんの長女が眼科医で、当時、あの病院に勤めてたんです。週刊誌にあの病院のことを書いたのは女性のジャーナリストだって聞いてますが、あなただったんですか？」

「いえ。私じゃないですよ。あの記事ね」温子が含み笑いを浮かべた。「叩かれて当たり前の病院ですが、記事はやや大袈裟でしたね。あそこに勤めている人間がすべて悪者みたいな内容でしたから」

「週刊誌にいたことがありますから分かりますけど、扇情的になりがちなものですよ」

「私も若い頃、突っ込みすぎた記事を書いたことがあります。今は、慎重にしつこく裏を取って書くようになりましたけど」

「嫌がらせとかはないんですか？」

「露骨な嫌がらせにあったことはないですけど、テレビで発言したことに嚙みつかれたこともありますし、ネットで攻撃を受けたこともありますよ」そこまで言って、温子はまた頰をゆるめた。「患者の団体が訴訟を起こして、証人として出廷した時、すごく面白いことがありました。法廷を出て廊下を歩いていた時、相手側の関係者が、私の前に立ちふさがったんです。助けてくれたのは誰だったと思います？」

「さあね」私は首を傾げた。

「別件で裁判所に来ていた暴力団関係者だったんです。〝何をしてるんだ〟って言って、その男を取り囲んだんです。男は逃げていきました」

「それはまたびっくりだな」

「女親分になった気分でしたよ」

愉しそうにそう言った温子を、私はついじっと見つめてしまった。

私の視線に気づいた温子は訝《いぶか》しそうな目をした。

「いろんな経験をなさってるんですね、すごいな」

ありきたりの、つまらない言葉を吐いてしまった。だが、気のきいた台詞などまったく浮かばなかった。私はグラスに残っていたビールを飲み干した。

「佐久間志乃の新刊、読まれました？」

温子が、話題を変えようとして、志乃の本を持ち出したのは明らかだった。何も知らないのだからしかたがないが、私と温子の沈黙に志乃が割り込んできたような気分になった。

「買ってはあるんですが、忙しくてまだ読んでないんですよ」

「読んだら感想、聞かせてくださいね」

「もちろん」

温子が腕時計に目を落とした。「そろそろ出ましょうか」

私はカウンターまで行き、勘定を払った。

「今夜も歩いて帰りません？」店を出ると、温子が言った。

「コンビニに寄ります？」

「今日はいいです」

私たちは永代通りに向かって歩き出した。

「ここに昭和五十年代まで川が流れてたんです。今は緑道公園になっていて、洲崎橋跡地という碑が建ってます。そこが遊郭の入口でした。門の横の交番も十年ほど前までは残ってたんですが、今はもうありません」

「時間がある時に散歩してみます」

「病院のこと、よろしくお願いします」

「分かったらすぐにお知らせします」

私は一呼吸おいてこう言った。「今度の土曜日は仕事ですか？」

「いいえ」

「じゃ、夜、食事でもしませんか？」

温子がちらりと私を見た。「私にご馳走《ちそう》させてくれるんだったら、オッケーです」

「それは困るな。誘ったのは私ですから」

「いいんです。その次はまたご馳走になりますから」

「その話は会った時にまた。ともかくおいしいものを食べましょう」

待ち合わせは、次回も赤門の前にした。

「二、三日中に電話します」

マンションに着くと、温子はそう言い残して去っていった。

私は表通りまで戻り、タクシーを拾った。温子に対してさらに特別な想いを抱き始めている。にもかかわらず、このまま突き進んでいくことに躊躇いがあった。だったら食事になど誘わなければいいのに。もうひとりの自分がそう言っていた。

温子と知り合ったことで、何かが具体的に大きく変わったわけではない。が、暮らしに弾みがついた気がする。私の人生のメロディー自体に変化はないが、ボンゴかコンガか、はたまたドラムなのかは分からないが、温子は私の日常にリズムをあたえてくれた。会える日を待つ。それだけでも張りになっている。

軟らかい部分と硬派な面の両方を持ち合わせている温子だが、何を考えているのか分からない女ではまったくない。温子の言動は常にストレートである。含みを持たせたり、曖昧な態度を取ったりしない。『天城越え』を熱唱する時も、医療について話す時も、すこぶる自然である。

恋愛した時も、相手に気を持たせるような態度は取れない気がする。

女の大きな武器は色気だが、色気というのは、じわりと出てくる樹脂みたいなものだ。温子はそういうものを発してはこない。しかし、色気を感じないかというと決してそんなことはない。まとわりつくような色気がないだけで、素直な言動の奥に、熱く燃える女の部分がありそうだ。二度も離婚している女である。激しいものがないはずはない。

しかし、そのような解釈も私の幻想にすぎないのかもしれない。温子に魅力を感じたことが何よりも先で、その後に想像したことは、私が勝手に作った物語ではなかろうか。だとしても、自分が紡ぎ出した物語が、私の胸をときめかせているのだから、それはそれでかまわないではないか。

私は、家族のことで難問を抱えている。それらは、母の病気を含めても、今のところ家族の一大事というほどのものではない。私ぐらいの歳になれば、ひとつやふたつ、誰もが抱えるごくありふれた日常の問題である。しかし、大したことのない問題だとしても厄介ではある。

いつも頭の隅に些細な不具合が残っていて、それなりに気になっている時に、魅力を感じる女と知り合った。だから、余計に温子に前のめりになっているのかもしれない。

カラオケに行った翌夜、朋香を部屋に呼んだ。鉄雄はまだ帰っていなかった。舞は、私の母に預けた。母は喜んで引き受けてくれた。

舞がいるとうるさいし、大人の話を中途半端な形で理解し、後で余計なことを口にしそうなので、話を聞かせたくなかったのだ。

朋香をソファーに座らせ、私はベッドの端に腰を下ろした。

「鉄雄君、今夜は遅いようだね」

「化学会社の人と食事してくるって言ってた」

「化学会社とね。昆虫のフェロモンが、何かに役に立つってこと？」

「害虫や雑草の駆除に利用できるそうよ。フェロモンっていうと、私たちは性フェロモンしか頭に浮かばないけど、いろいろあるらしい」

朋香の口から性フェロモンという言葉が出たことで、この間、盗み聞いた彼女の発言を思い出し、つい朋香を見つめてしまった。

「どうしたの？　私の顔に何かついてる？」

「いや」私は慌てて誤魔化した。「お前も大人になったなって思ってさ」

「それって、老けたってこと？」

「違う。違う」

「ならいいけど。話があるんだったら早く言って」

「話というのはね、お祖母ちゃんのことなんだ。最近の様子はどう？」

「機嫌いいよ。テレビも、時々だけど自分でチャンネル替えてるし、冷蔵庫に蚊取り線香を入れるような変なことはもうしないしね」

「認知症になると塞ぎ込んだり、怒りっぽくなったりするって聞いてるけど、そういう感じはしないよな」

「逆よ」朋香の声が大きくなった。「私と舞に、前よりもなついてくるのよ。誰かに甘えたいんじゃないかしら」

「そうか、だったら……」私は首を傾げた。

「よくいわれてる認知症の症状じゃないけど、分かんないよ。学生時代の友だちのお母さん、六十六歳で認知症を発症したんだけど、娘にすごく甘えてきたっていうから、人それぞれじゃない。その人のお母さん、いつもおめかししてたっていうし」

「朋香にお願いがあるんだ」

「何？」

私は、温子と話したことを朋香に伝えた。

朋香が不安げな表情を浮かべた。「いいけど、うまくいくかしら」

「何とか、お祖母ちゃんに〝うん〟と言わせてほしいんだ。お前が頼りなんだよ。舞ちゃんに一役買ってもらってもいいし。さっきも言ったけど、昌子伯母《おば》さんには絶対に任せられない。話がこじれそうだから」

「昌子伯母さん、お祖母ちゃんの娘よ。絶対に一緒に行くって言い出すに決まってる」

「内緒にしておけばいい」

「そういうわけにはいかないでしょ。後で、何か言われそうだもん」

「事が進んでしまえば、伯母さんだって、何も言いやしないよ。伯母さんには、お父さんが説得するって言っておくよ」

朋香が困った顔を私に向けた。「お父さんも一緒にいた方がいいと思うんだけど」

「うまくいくんだったら、お前に頼まずに、お父さんが自分で話してるよ。朋香、お前も母親だから分かるだろうけど、親の権威っていうのがあるだろう。お祖母ちゃんから見たら、お父さん、今でも子供なんだ。だから、下に見たがる。下の奴がだな、上に向かって何か言っても素直にはきかないと思うんだ。もちろん、必要とあらば、いつでもお父さんが出ていくけど」

「孫娘の私だって下に見られてるんじゃないの」

「下も上もない。孫娘はただ可愛いだけ。お前はお祖母ちゃん子ではなかったけど、三姉妹の中じゃ、一番、仲良しじゃないか。仲良しに言われると、人間って弱いもんだよ」

「分かった。やってみるよ。お祖母ちゃん、舞には本当に弱いから、あの子にもうまいこと言わせる」

「舞ちゃんに本当のこと言っちゃ駄目だよ」

「分かってるよ」朋香がくすりと笑った。「あの子に嘘をつかせるのは無理だから。舞にも、区の検査があるっていうことにしておく」

「頼むよ、朋香」

「で、いつ言えばいいの」

温子から病院を紹介された時点で、もう一度相談することにした。

玄関が開く音がした。

「鉄雄かしら」

朋香がドアを開け、玄関の方に目を向けた。舞が、母の部屋の襖《ふすま》を思い切り開けて、廊下を駆けてきた。

十時少し前だった。

「舞、ちゃんと襖、閉めなきゃ駄目でしょう」朋香が叱った。

「はーい」

「舞、もうちょっとお祖母ちゃんとこにいて」

正確には、舞から見たら母は曾祖母である。しかし、我が家では〃お祖母ちゃん〃で通している。

「どうして？」舞が鋭い目つきで母親を見た。

様子が変だと察知したらしい。大人顔負けの態度に、やはり、女の子はマセていると改めて感心させられた。

「ちょっと、お祖父ちゃんとお話があるの」

「今晩は」鉄雄が、まとわりついてきた舞の頭を撫でながら、私に挨拶をした。頬が桜色に染まっていた。

「お父さん、鉄雄にも話しておいた方がいいでしょう？」

「うん」

朋香が舞を、母のところに連れていった。

鉄雄が部屋に入ってきた。「何かあったんですか？」

「まあ、座って。朋香が戻ってきてから話すから」

鉄雄がソファーに腰を下ろした。

「朋香から聞いたけど、昆虫のフェロモンが、害虫の駆除に役立つんだってね」

「ええ。生物農薬といわれているもので、以前から商品化されてるんですが、さらなる研究を、ある会社と共同研究してるんです」

鉄雄は、昆虫のフェロモンの話になると目が輝く。以前、彼が言ったことを思い出した。昆虫の性フェロモンの分泌は、夜間に活動するものの方が活発だと言っていた。その時も生気に満ちあふれていた。

だが、本人は、ベッドでの夜間飛行は苦手らしい。

それでも何とか夫婦の営みをつづがなく継続してもらいたい、と私は思った。

朋香が部屋に戻ってきて、夫の隣に座った。そして、私が口を開く前に、彼女が何の相談をしていたかを話した。

明快な説明だったので、私は、時々うなずくだけで黙っていた。

このふたりのアレの相性がねえ……。そう思った途端、かすかに胸がちくりとした。それ以上のことを考えたくなかった私は、彼らから目を逸らした。

「僕も及ばずながら協力します」

「お祖母ちゃん、鉄雄になついてるのよ」

「そんな感じだね」

「お祖母ちゃんね、鉄雄といると、妙に女っぽくなるの」そこまで言って、朋香がちらりと夫を見た。「お祖母ちゃん、あなたのこと男として見てるみたい」

冷ややかな口調である。朋香が、やんわりと嫌味を言っているように思えた。

鉄雄は老女を引きつけるフェロモンを分泌しているのか。

そんな馬鹿な。心の中で笑った私は改めて、朋香夫婦に、よろしくと頭を下げた。

また玄関が開いた。香澄か小百合が帰ってきたのだろうと思ったが、違った。

「お邪魔しますよ」

朋香が目を見開き、あんぐりと口を開けて私を見た。言外に〝まあ、大変〟と言っている。

「崇徳、どこなの？」

私が自室のドアを開けた。目の前に昌子の顔があった。

それにしても分かりやすい女である。私に一言、言わないと気がすまない。顔にそう書いてあった。

「今晩は」朋香が何事もなかったような声で挨拶した。

「お久しぶりです」鉄雄が頭を下げた。

朋香が鉄雄に目配せした。「あなた、行きましょう」

「うん」

朋香夫婦は、そそくさと私の部屋を出ていった。

自分の部屋が駐在所に思えた。〝犬のお巡りさん〟は人を呼びつけたり、人に押しかけられたりと、てんてこ舞いである。

昌子はソファーにどすんと座った。唇がきゅっと結ばれている。私は首を軽く揉みながら、昌子に背中を向けて窓辺に立った。

塀の向こうの街路灯の光が、庭と呼ぶにはあまりにも狭い、窓の外のスペースに射し込んでいる。塀に沿って、黄色や紅《べに》色の花をつけているコスモスが、鈍い光に淡く浮かび上がっていた。

「太郎から話を聞いたわ。木場の女っていうのが医学ジャーナリストだったんじゃない。この間、あんた、何にも言わなかったわね」

首がかなり凝《こ》っている。久しぶりにマッサージ師を家に呼ぼうか。姉の癇癪玉《かんしゃくだま》に慣れ切っているせいだろう、そんなことを考えていた。

「その医学ジャーナリストに母さんのこと相談したの？」

「したよ」

「まずは私に任せるって言ってたじゃない」

「………」

「こっち、向きなさいよ」

私は窓に軽く寄りかかって、昌子を見た。「姉さんのように、ポンポン言う人間が、相手を説得するのは却って逆効果なんだって」

「太郎にもそう言われたわ。頭に来ちゃった。あんたの恋人だかガールフレンドだか知らないけど、その女のことすごく褒めてた」そこまで言って、私をじっと見つめた。「その顔、何よ。デレッとしちゃって」

「彼女、姉さんが嫌っているようなマスコミの人間とは違うよ」

私は、郁美が勤めていた病院が週刊誌で叩かれたことに対して、温子がどんな感想を口にしたかを教えた。

「あんたにいい顔したいだけかもしれないわよ」昌子が冷たくそう言い放った。

「それで、郁美ちゃん、病院のこと何て言ってた」

「今、いい病院を探してるとこよ」

「ともかく、お袋の説得は、やっぱり俺がやる」

珍しく私が、力をこめてはっきりと言ったものだから、昌子は驚いたようだった。

「この間も失敗してるんだから、うまくいきっこないわよ」昌子は端《はな》っから否定的である。「昔から母さん、あんたの言うことを聞かなかったでしょう。女同士の方が、こういうことは絶対にうまくいくのよ」

確かに母は、昌子の忠告や助言に逆らったことはほとんどなかった。だが、それは、昌子の口うるささに閉口していたから言いなりになっていた気がする。良かれと思ってお節介を焼く昌子に異を唱えると余計に面倒なことになるから、難を避けていたとしか思えない。

母は私の言うことを素直に聞くことは少なかった。私がAだというと、Bだと言い張ったりもした。そんな時、なぜBなの？と訊いても明快な答えが返ってきたためしはなかった。そして、私に対しては、母は口うるさかった。昌子は、母のそういうところを受け継いでいるようだ。

母は昌子の言いなりになっていたのだから、昌子が母を説得した方がいいように思えるが、今回は引っ込んでいてもらいたい。

母が認知症を患《わずら》っているとしたら、昔の母ではない。口うるさい娘に妥協するような鷹揚さは消え、本音が剝《む》きだしになる気がするのだ。

「もう一度、俺が説得してみる。方法を考えてやるから大丈夫」

「まさか、あんた、白石とかいう人に母さんを会わせるつもりじゃないでしょうね」

「初対面の人間に説得させるなんてこと、やるわけないよ」

「ならいいけど」

「姉さん、要するに、母さんが病院で検査を受けてくれればいいんだろう？」

「そうよ」

「だったら、もう少し、俺の話を聞けよ」

「……………」

「母さんのこと、誰に相談したっていいじゃないか。郁美ちゃんの勧める病院がいいか、白石さんが推薦するとこがいいかは誰にも分からないし、ふたりとも正しいかもしれないし、間違ってるかもしれない。先のことは見通せないから、賭みたいなところがある。最後に決めるのは、姉さんと俺だよ」

「分かってますよ、それぐらいのことは」昌子が腹立たしげに言った。

「今度だけは絶対に譲らないからね」私は強い調子で言った。

昌子は唇を真一文字に結び、黙ってしまった。

「いいね」私は念を押した。

「分かったわよ」ややあって昌子が口を開いた。

昌子にどんなに不満が残ろうが、言質《げんち》だけ取れれば、私はそれでよかった。

「あんた、変わったわね」昌子が薄く微笑んだ。

「認知症の疑いがあったのに、そうは思いたくなくて放っておいた。責任を感じてるんだよ」

「やっぱり、白石っていうジャーナリストに影響を受けたんじゃないの」

「話を聞いて、一刻も早くという気にはなったけど、それ以外の影響は受けてない。繰り返しになるけど、病院選びの時は、誰が推薦したからじゃなくて、俺たちが、いいと思った病院を選ぼう。それが一番だろうが」

「ダブルチェックさせることもできるわよね」昌子がつぶやくように言った。

「お袋さえ承知してくれればね」

「私、喉が渇いた」

「ごめん、ごめん。何がいい？」

「ウーロン茶でいいけど、私が取りに行くわよ」

立ち上がろうとした昌子を制して、私は部屋を出た。

母の部屋からは何の音も聞こえてこなかった。もう眠りについたのだろう。

ウーロン茶を二杯用意して部屋に戻った。昌子が机の前に立っていた。ぎくりとした。志乃の新作を拾い読みしているではないか。

私は、ソファーのテーブルにグラスを置き、ベッドの端に座った。

「あんた、まだあの作家と付き合いがあるの」

「あるわけないよ。新作を読まざるをえなくなっただけ。でも読む気がしなくて」

「やっぱり、激しいこと書く人なんだね」昌子はそう言いながら席に戻った。

「彼女の書く恋愛って、姉さんの趣味に合ってるかも」私は軽い調子で言って、グラスを口に運んだ。

昌子は、心ここにあらずといった体で、ウーロン茶を飲んだ。そして、こうつぶやいた。

「昨日、あの人、ベロベロだったわね」

「気分転換になったんじゃないかな」

昌子が私に目を向けた。「酔った勢いで、何か言ったりしなかった？」

「別に。注意して様子を見てたけど、報告できるようなことは何もなかったよ。昔の歌を歌いまくってた」

「あの人、どんな歌を歌うの？」

私は呆れた。「夫婦なのに、そんなことも知らないの？」

「ふたりでカラオケなんか行ったことないもん」

「グループサウンズから演歌まで何でも歌ってたよ」

「ふーん」

「姉さんは、どんな歌、歌うの？」

「私、カラオケ自体がそんなに好きじゃないの」

私は片足だけ床に落とし、ベッドに寝転がった。

「太郎さんの『北の宿から』、なかなかよかったよ」

「『北の宿から』って、都《みやこ》はるみの？」

「うん」

「あの人、ああいう歌が好きなのね」昌子が考え込んでしまった。

「姉さんは苦手？」

「そんなことはないわよ。でも歌う気はしないな。『紅白』で演歌を聴くのは好きだけど」

「今、思い出したんだけど、姉さん、子供の頃、『ウエスト・サイド物語』の『マリア』っていったっけ、あの歌を歌ってたね」

昌子が照れ笑いを浮かべた。「歌ってたって、〝マリア、マリア〞っていうところだけでしょう？　子供が最後まで歌えるわけないもん」

「『オーバー・ザ・レインボー』もよくハミングしてたね」

昌子がきっとした目で私を見つめた。「それがどうかした？」

「別に」

「私が気取ってるって言いたいの？　太郎もそういう曲、大好きなのよ」

「でも、演歌も好きなんだよ。今度、一緒にカラオケ行こうか？」私は天井に目を向けたままそう言ってみた。

「行かない。太郎も私と一緒じゃない方が愉しいみたいだし」

「昨日、家に帰ってきた太郎さんと話した？」

「〝遅かったわね〞って言ったら、〝何時に帰ろうが俺の勝手だろう〞って怒鳴られたわ」

「太郎さんの言ってること、正しいね」私はさりげない調子で答えた。

「あの人、人が変わったみたいだった。さっきも言ったけど、白石さんって人のことすごく褒めてたから、私、ちょっと頭に来て言い返したの。そしたら滅茶苦茶罵倒《ばとう》された。どういう話の流れだったか忘れたけど、お前はいくつになっても偉そうな少女みたいだ、なんて言われて大喧嘩になったの」

「そういう喧嘩って、これまであまりしてこなかったんじゃないの」

「言い争いはしてきたけど、太郎が、あんなに荒れたことはこれまで一度もなかった」

「姉さんのやってることに薄々気づいてるんだよ、絶対」

「………」

「気づいてないにしても、何か変だって感じてるんだろうね。で、太郎さん今日はどうしてるの？」

「頭に来たから、朝食も作らずにいたら、家を出たっきり、夜になっても帰ってこないの」

「連絡、取ってみた？」

昌子が首を横に振った。「電話しづらくて」

太郎はどこに行ったのだろうか。美沙子のバーで飲んでいる気がしないでもなかった。

「私が決断しなきゃならないことよね」昌子が沈んだ声で言った。

「それさえ分かっててくれれば、俺としては何も言うことないよ」

「あんた、クールね」昌子が力なく笑った。

「俺は姉さんほどお節介焼きじゃないんでね。ふたりがうまく行ってほしいと心から思ってるけど、俺はどちらの味方でもないよ」

「それでいいのよ。白石さんのことだけじゃなくて、あんたのことも褒めてたよ。私よりもずっと苦労人だとも言ってた」

玄関の鍵が回される音がした。昌子が来たから、鍵はかかっていなかった。小百合にしろ香澄にしろ、それを知らずに回しているのだろう。

「姉さん、この話は今夜はもう止めよう。他にも姉さんに話しておきたいことがあるんだ」

「何？」

玄関が開いた。私はそっとドアを開け、玄関に目をやった。帰ってきたのは香澄だった。香澄が気づく前にドアを閉めた。香澄が階段を上がってゆく音を聞きながら、私は口を開いた。

「麗子から連絡ある？」

「あんまりないわね。私がメールを打つと必ず返信してくるけど、あの子から連絡してくることは滅多にない。あんたには？」

「香澄ちゃんの問題が起こった時は、何度か電話で話したけど、それからは何も」

「麗子に何かあったの？」

「誰にも言わないって香澄ちゃんに約束したんだけど、姉さんには教えておくよ」

香澄から聞いた家庭の事情というやつを昌子に話した。

「そう。泉一《せんいち》さんがギャンブル好きだと聞いたことはあったけど、そこまでのめり込んでるの」昌子が眉を顰《ひそ》めた。

「どの家にも、ひとつやふたつ地雷が埋まってるんだよね」

他意もなく、口に任せてそう言ったのだが、昌子の目つきが変わった。

「それって私に対する嫌味？　昔、とんでもない地雷を家に持ち込んだくせに、よく言うわよ」

「そうカリカリしなさんなって。一般論を言っただけ。何の問題もない家なんてないだろうが」

「それはそうだけどさ。あんたに言われると……」

私は右手を大きく挙げて、昌子を制した。

昌子が溜息をついた。「それで、麗子は旦那と別れたがってるの」

「香澄ちゃんから聞いてるだけだから、麗子の真意は分からないけど、東京に戻りたがってるらしい」

「あんた、そこまで知ってて何で麗子に直接訊かないのよ」

「まず香澄ちゃんが、両親の関係について俺に話したことを、麗子に伝えることにしたんだ。そうすれば、麗子から何か言ってくると思って」

「それで、香澄ちゃん、麗子に話したの？」

私は肩をすくめた。「その話をしてからだいぶ経ってるけど、どうなったか何も言いにこないんだよ」

昌子が苛立《いらだ》った。「あんたから訊いてみればいいじゃない。お母さんのこともそうだけど、一事が万事、悠長すぎる」

「香澄ちゃん、帰りが遅いし、母さんの問題や何やかやで、訊く機会がなかったんだよ。あの子、会った時は、すぐに電話するようなことを言ってたけど、いざとなると話しにくいのかもしれないと思って放っておいた。話が伝わっていれば、麗子から何か言ってくる。それを待ってる方が、彼女の本音が聞けると思ってさ」そこまで言って、私は真っ直ぐに昌子を見た。「姉さん、このことで、絶対に先回りしちゃ駄目だよ。さっきも言ったけど、俺は香澄ちゃんとの約束を破って話したんだから」

「分かってますよ。あんた、私が口を出すとまとまるものもまとまらない、そう思ってるんでしょう？」

「場合によりけりだね。姉さんの積極的な言動が功を奏《そう》することもあるし、そうでない時もある。俺と姉さんは、子供の頃からよくぶつかってきたけど、その分だけ仲がよかったよな。麗子は俺たちと距離を置いてた。そんな気がしない？」

「まあね。あの子、私みたいに前にどんどん出ていく性格じゃないから」

「麗子は、この家を出たかったんだと思うよ。俺たちの仲に嫉妬してたのかもしれない」

「まさか」

「嫉妬は大袈裟にしても、俺たちの濃い関係に入ってこられなかったものだから、独自の道を歩もうって若い時から決めてたんじゃないかな。だから、あまり戻ってこないし、連絡をしてこない気がするな」

「そうよね。盆暮れに、自分とこの煎餅を送ってくるのも、よく考えてみると、他人行儀で変だものね」

「麗子、姉さんに対抗心があったと思うよ。花形の仕事に就いて、意気揚々としてる姉さんに何か感じるものがあった。俺はそんな気がしてたよ、昔から」

昌子は黙って、ウーロン茶に口をつけた。「私、一生懸命、あの子のこと、かまってたけど」

「知ってるよ。だから、姉さんには何の責任もない。麗子、姉さんにかまわれて嬉しかったのは間違いないけど、いろいろ考えることがあったんだろうよ」

昌子がちらりと私を見た。「あの子、私がかまうことで、下に見られてるって思ってたって言いたいの」

「複雑な気持ちを抱いてた気がするな」

〝きょうだい〟とはいえ、そこには差がでる。勉強のできる子もいれば、そうでない子もいる。運動がからっきし駄目な子も出てくる。姉妹の場合は、どちらが目立つかということも大きく作用する。目立ったからといって、決して、愉しい人生がまっとうできるわけではない。目立ったがゆえに不幸になったり、人生を誤った者もいる。地味な女の子が、大人になってから幸せを摑むことは珍しくない。

平等は社会の基本だが、赤裸々《せきらら》にいえば、努力によって埋められない差というものは存在する。その差を、優位な立場に生まれた人間も、そうでない者も、どのようにして受け止めるかによって人生は決まってゆく。

誰もがナルシシズムを持っているといわれている。自分にはどこかいいところがある、と自己満足できるものを持つように生まれついているのが人間だということだ。

社会に貢献している自分、立派に子供を育て上げた自分、眼鏡が似合う自分、八十をすぎても入れ歯が必要ない自分、犠牲となって介護に大半の時間を割く自分、人を笑わせる能力のある自分、ブルペン捕手として、何人もの名投手の球を受けてきた自分、円周率を十万桁《けた》、暗記できる自分……。

大半の人間は、自分の描いた理想や夢を断念して、自分の生きる場所を見つけ、そこその幸せに満足して生涯を閉じてゆくものである。

麗子が仙台の老舗《しにせ》の煎餅屋に嫁いだ理由が、姉に対する対抗心だけにあるはずはない。しかし、少女の頃の複雑な思いが作用していたから、生まれ育った土地を離れ、連絡もそれほど取らなくなったのではなかろうか。そんな麗子が東京に戻りたがっているとしたら、よほどのことである。

「姉さんに黙ってるのも変だから話したけど、頭の隅に入れておくだけにしておいてよ」

「あんたの言う通りにするけど、何も知らない振りをして、メールぐらい出してもいいでしょう」

私は少し昌子から躰を離し、目を細めた。「本当にそれができる?」

昌子が私を睨みつけた。「できるわよ」

「麗子が相当悩んでるとしたら、姉さんに自分から本当のことを話すかもしれないな」

「私には意地張って言わないかもしれないわよ」昌子が半ば諦め口調で言った。

「それは何とも言えないな」

兄弟の場合は大人になると、いい意味でも悪い意味でも疎遠になることが多いようだが、姉妹の距離の取り方は単純ではない。振り子の振れが男よりも大きいから、反発と密着が交互に現れたりもする。だから、麗子が昌子に本音を言わないとは限らない。男である私に麗子が気持ちを打ち明けても、私は露骨に泉一を非難したりはしないだろう。由々しきことだと妹に同調しながらも、調停役に徹しようとするに決まっている。だが、昌子は中庸を得たようなことは言わないはずだ。麗子の怒りを我がことのように引き受け、「何とかするから、すぐに戻ってらっしゃい」ぐらいのことを口走るだろう。熱くなった姉の声を聞くことで、麗子が却って冷静になる可能性はある。

「ともかく、うまくやってくれるんだったら、連絡、取ってみて」

「あんたは香澄ちゃんに、ちゃんと、どうなってるのか訊いて」

「分かった。それとは別にもうひとつ話したいことがあるんだ」

「まだ何か問題があるの？」

「そうじゃないんだ。あのね、俺たちの持ってるマンションの屋上を緑化したらって言った人間がいるんだ」

「屋上の緑化？」

「うん。花壇にしようが菜園にしようがいいんだけど、悪い話じゃないって思ってさ」

「屋上って、どうなってたっけ」昌子が考え込んだ。

昌子も所有者のひとりだが、女で、屋上に設置されているものを覚えている者はあまりいないはずだ。車を運転するのは愉しいが、メカについてはまるで興味がない女と同じである。

私は、先日、屋上に上がって見てきたことを教えた。昌子の反応は鈍かった。

「俺もどうしてもそうしたいんじゃないんだよ。そう言われて、やってみてもいいかなって思った程度なんだ。近いうちに一緒に屋上を見にいこう。それで姉さんの気持ちが動かなかったら止めるよ」

「費用、けっこうかかるんじゃないの」

「金は俺が出すよ。あんまり高かったら当然止めるけど」

「植物と触れ合うことって、認知症患者にはいいそうよ。検査次第だけど、母さんのためになるかもね」

「俺もそう思う」

「花壇とか聞くと、美枝さんを思い出すわね」昌子がしみじみとした口調で言った。

「俺も、この話が出た時、あいつのことが頭に浮かんだよ」

昌子が私を見た。「誰がそんな話を、あんたにしたの？」

「それがねえ、美千恵と関係あるんだ」

「どういうこと？」

「勧めてきたのは、美千恵と付き合ってる男なんだ」

昌子がきょとんとした顔をした。「訳が分かんない」

「俺もよく分からないうちに、そういう話になったんだ」

「美千恵ちゃんとの間のシコリが取れたの？」

私は首を横に振った。「そういうことがあったら、姉さんに真っ先に報告してるよ」

「でしょうね」

私は岩政圭介との出会いから、親しくなった経緯までをかいつまんで昌子に話した。

「……ってわけで、妙な付き合いができちゃったんだよ」

「今の話からすると、美千恵はその男と別れたがってるんでしょう」

「うん」

「だったら、そんな男に頼んだら、美千恵、もっとあんたを遠ざけようとするんじゃない？」

「やることにしたら、美千恵に事前に話すよ」

「あんた、いろいろ抱えて大変ね」

「よく言うよ」私は苦笑した。

昌子も笑い返してきた。

翌日、昼休みに香澄に電話を入れた。留守電だった。〝お母さんの件、どうなってる？　時間ができたら連絡して〞と残しておいた。

午後、会議中にマナーモードにしてあった携帯が光った。香澄ではなくて太郎からだった。会議が終わってから、すぐにコールバックした。

「姉さん、心配してましたよ。外泊したんですか？」

「まさか」太郎の声から笑みがこぼれた。

「崇徳さん、今夜、時間取れます？」

新橋のホテルで、六時から始まる他社の賞の授賞パーティーに出る予定が入っていた。しかし、適当に抜けられるだろう。

「九時頃でしたら空けられますが、それじゃ遅すぎます？」

「ちょうどいいです」

「じゃ、美沙ちゃんのバーに行きましょう」

「いいですよ」

「場所が分からないでしょうから、どこかで会って……」

「名刺、もらってますから、直接、彼女の店で待ち合わせるということで」

私を誘ってきたところを見ると、何か話があるに違いない。電話での声は普段と変わりなかった。太郎は、酔っ払えば別だが、心の裡《うち》を簡単には表さない男だから、どんな気持ちで会いたいと言ってきたのかはよく分からない。

先月の単行本の売り上げ表を見た。小説に限っていえば、売れっ子作家のものが何冊も上位に入っていて、かろうじて九位、十位に名を連ねている作品との部数の差はかなりのものだった。

どんな作品も満遍なく売れることはあり得ないとしても、もう少し、バランスの取れた売れ方をしないものだろうか。それが安定した経営に繫がるのだが……。

そんなことを考えていたら、受付から電話がかかってきた。

「高中《たかなか》香澄さんという方がいらっしゃってますが」

「え？　香澄が……」私は思わずそう言ってしまった。「じゃ、談話室に通してください」

電話することもなく、突然、社にやってきた。何を考えているのか見当もつかない。

驚きを抱いたまま、私は一階の談話室に向かった。

香澄は窓際の席で脚を組み、スマホの画面を見ていた。

フリルのついた黒いミニスカートに、青く光ったブラウス姿。中折れハットは被ったままだ。窓から差し込む弱い光が、剝きだしになった太股《ふともも》を照らしていた。

談話室は地味で落ち着いた造りをしている。香澄の存在は、トランプの黒い札に紛れ込んだ赤い札のように目立っていた。

モデルや女優も、この談話室で打ち合わせをすることはある。だが、香澄のことを芸能界の女だと思う者はひとりもいないだろう。

私に気づくとスマホをバッグにしまい、腰を上げた。

周りにいた社員たちの目が私に注がれた。

「いきなりどうしたんだ？」

「学校の帰りに友だちとAホテルでスイーツ食べてたの」

Aホテルは社からすぐのところにある。

「ここまですぐだから寄ったのよ。あのホテルのマンゴープディング、すごくおいしいって伯父《おじ》さん知ってた？」

「いや」

受付の女子社員が注文を取りに来た。コーヒーと紅茶、それにお茶しかないのだが、一応のもてなしはできるようになっている。

私はお茶を頼んだ。見ると、香澄の前には水しか置かれてなかった。

「香澄ちゃんは何もいらないの？」

「さっき飲んできたから」

「何で電話しないんだよ」

「ごめんなさい。そうしようかなって思ったんだけど、伯父さんが、どんなとこで働いてるのか見たくなって来ちゃったの」香澄は茶目っ気たっぷりの表情をして微笑んだ。

私は腕時計に目を落とした。午後五時少し前だった。

「五時半には出なきゃならないんだ」

「私も同伴があるから、ゆっくりしてられないんだ」

あっさりそう言われて、私は二の句が継げなかった。

香澄の横に置かれた大きなバッグに目がいった。その中には教科書が入っているのだろうか。気になったが、話が逸れてしまうので余計なことは口にしなかった。

「留守電聞いたよね」お茶が運ばれてきた後に、私は口を開いた。

「この間、伯父さんに会った翌日に電話したよ」

「そのことを伯父さんに教えなきゃ駄目じゃないか」

「ごめんなさい。お母さんがね、自分から伯父さんに電話するって言ったから、てっきりしたと思ってたの。どうなったか、気になったんだけど、私もやることが一杯あって」

両親の不和。我が家から出て母親と暮らしたいという思い。香澄にとってはかなり大きな問題のはずだが、どれもこれも真剣に考えているとはとても思えなかった。

それは単に不真面目というよりも、何事もリアルに感じていない証ではなかろうか。いや、そういう考えも外れているかもしれない。

実は、大きな問題だということをよく分かっている。だからこそ考えたくない。問題とまともに向き合うと気を揉《も》むことになる。脆弱《ぜいじゃく》な心を守る一番の方法は、ノンシャランな態度で、その日その日の小さな愉しみを追っかけていることだ。

見かけは派手だが、遊んでいない堅い女だというようなことを、香澄は口にしていた。この間は、人目を引くような格好をしているのはナルシシズムの表れだと思ったが、心の深い部分にたゆたっている空虚感を埋める道具でもあるのかもしれない。

「お母さんからは、何も言ってきてないよ」

「やっぱり、話しにくいのかな」

「で、電話で話した時、麗子、いや、お母さん、どんな様子だった？」

「伯父さんに話したって言ったら、怒られちゃった。でも、東京に戻る気持ちに変わりはないみたい。私が、こっちで一緒に住みたいって言ったら、お母さんもそうしたい、ってしんみりした声を出してたもの」

離婚するとなると、生活をどうするかという差し迫った問題が生ずる。しかし、それを横に置いておいても、離婚にはエネルギーがいる。年老いた夫婦が離婚しない理由には、もうそんなエネルギーがないから現状を維持しているということもあるものだ。

「今日はゆっくり話せる時間が取れないからやめておくけど、明日、お母さんにこっちから電話してみるよ」私は香澄に薄く微笑んだ。

「そうして。そうだ、教えておかなくっちゃいけないことがあった。この間お母さん、携帯をスマホに換えたの。だから、前の番号じゃ通じないよ」

香澄がバッグからスマホを取り出した。私は香澄が口にした麗子の番号を控えた。

「香澄ちゃん、そのバッグは何が入ってるの」

「気になる？」

「すごく大きいねえ」

「仕事用のドレスが入ってるの」

「夜の制服ね」

香澄が肩を揺すって笑い出した。「伯父さん、さすがうまいこと言うね。私、本当は派手なドレス嫌いなの。何か自分にフィットしてない気がして」

「教科書も入れてあるのかな」

香澄の顔から笑みが消えた。「もちろんよ。今日だってちゃんと授業には出てきたもの。私、サン・テグジュペリって小説家、好きになったよ」

「『星の王子さま』を読んだんだね」

「それだけじゃない。『人間の土地』っていうのがテキストになってるんだけど、あれって面白いね」

そう言われると、意味もなく私は嬉しくなった。しかし、人間の心というものは、摩訶不思議なものだと改めて思った。香澄と『人間の土地』。どう考えてもしっくりこないが、好きだというからには、琴線《きんせん》に触れるものがあるということだろう……。

パーティー会場に足を運んだ。今回の受賞者は、若い読者に人気のある吉野穂波《よしのほなみ》だから、例年にも増して人の集まりが多かった。

私がそのパーティーに出席した目的は、選考委員を務めている売れっ子の中堅作家に挨拶をすることだった。うちの社との付き合いがほとんどないので、先日、局長や部長が一席設けたが、生憎《あいにく》、私は、外せない用があったため出席できなかった。

彼の作品は三冊ばかり読んでいる。一読者としていえば、ステレオタイプの人間がお定まりの結末を迎えるつまらない小説に思えた。しかし、出版社とて営利団体。文芸のトップである私は、揉み手をしてでも、その作家に取り入るつもりでやってきた。無口で酒も飲まない男だが、決して感じの悪い人間ではない。むしろ、人の良さそうな人物である。古い作家のイメージに毒されている私は、物足りなさを感じたが、むろん口には出さなかった。

他にも挨拶しておくべき作家がいるので、会場を回遊していた私に近づいてくる者がいた。

私の躰が一瞬、硬くなった。

佐久間志乃がパーティーに来ていたのだ。志乃は丈の短い黒いジージャンを羽織《はお》り、同じ色の細身のデニムに赤い編み上げブーツを履いている。耳には大きな金色のイヤリングが揺れていた。すでに五十七歳になっているにしては、すこぶる若く見えた。それでも加齢のせいで、目尻がゆるんでいた。しかし、それが却ってギスギスした感じを消し去っていた。とはいうものの、私に向けられた眼差しは、昔と同じように迫力のあるものだった。

「お久しぶりです」私が先に挨拶をした。

「お変わりなさそうね」

「いやあ、見てください。この白髪」私は頭を傾げ、髪の一部を志乃に見せた。

「全然、大したことないじゃない。それに、そのぐらいの白髪はあった方が格好いいわ」

「佐久間さんこそ素敵になられましたね」

同じ業界にいるのに、二十年ほど顔を合わせていなかった。

懐かしさで一杯だった。しかし、付き合っていた時に覚えた胸の高まりなどはまるで起こらず、戦友に再会したような気分だった。

「こういうパーティーには顔を見せない方だと思ってましたが、どういう風の吹き回しですか？」

「吉野穂波は、私の学生時代の親友の娘なの。私の紹介で、この世界に入った子だし、お母さんに来てほしいってせがまれたものだから断り切れなくて。まだ作品数は少ないけど、面白いものを書く子よ。森川さんも応援してあげて」

「さっそく読んでみますよ。でも、正直な話、若い人の書くものに段々ついていけなくなってますから、いい読者にはなれないかもしれない」

「その気持ち、とってもよく分かるわ」

志乃もいくつかの賞の選考委員をやっているが、彼女の選評はいつも手厳しい。

志乃と話したがっている編集者や作家が、私たちを遠巻きに見ていた。

「あなたと話したがってる人が待ってますよ。それじゃ」

「もうお帰り？」

私は腕時計に目を落とした。「もうしばらくいますよ」

「ね、十五分後に、下の喫茶店でお茶を飲みません？」

「次の約束があるので、そんなにゆっくりはしてられませんけど」

「森川さん、まだ私のこと怖がってるのね」志乃が囁くように言った。

私は返答しようもなく、「では後ほど」と言い残し、その場を離れた。

親しい作家や役員と歓談した後、早めにパーティーを抜け、一階の喫茶店に入った。

佐久間志乃は今でも美しい。しかし、彼女に恋をしたことにまったく実感が持てなかった。

過去の恋に、長い歳月が経ってからも拘り、再会した相手に生々しい気持ちを抱く者もいるが、自分はそうはならなかった。それが確認できただけでも、志乃に会えてよかったと思った。

コーヒーを注文して間もなく、志乃がやってきた。彼女はビールを頼み、煙草に火をつけた。

ビールが運ばれてくると、志乃は軽くグラスを私にかかげ、じっと私を見つめた。

「もう大丈夫なの？」

「病気のこと？」

志乃がうなずいた。

「もう少しで五年経つ。それが過ぎればおそらく再発しないでしょう。酒は控え目にしているし、煙草は止めたよ。人生の愉しみが半減した気がしてる」私は冗談口調で言い、コーヒーカップを手に取った。

志乃が目を伏せた。「奥さん、亡くされたんですってね」

「うん」

しばし沈黙が流れた。

「あなたの方はどう？」私はがらりと調子を変えて訊いた。

「父も母も亡くなったわ。うちは短命な家系みたい」

「今もひとり？」両親を失ったと聞いたせいで、思い切って訊くことができた。

「もちろん。でも最近やっと付き合ってくれる男を見つけたわ。女の作家を怖がる男って多いから、なかなか相手にされなかったんだけど」

「それはよかった」

「よかったかどうか」志乃が肩をすくめた。「作家志望の若い男なの。私を利用したいって思ってるようよ」

「大いに利用されたらいい。シャンソン歌手のエディット・ピアフは知ってるだろう？」

「もちろん。彼女の恋人になった男たちのほとんどが大成功してるわよね」

「だから、あなたもエディット・ピアフみたいになればいい。そうすると佐久間志乃に神話が生まれる」

志乃が肩で笑った。「そんな神話、いらないわよ。私、男に頼られるよりも、男に頼って生きてたいの。森川さん、私の性格知ってるじゃない」

私は曖昧に笑っただけで、何も言わなかった。

志乃と再会してこんなにリラックスできるとは考えもしなかった。家族でも友人でも、まして恋人でもない特殊な関係が、いいように作用しているように私には思えた。

「森川さんの方は、どうなの？　再婚してないみたいだけど、お付き合いしてる人はいるんでしょう？」

「女友だちはいるよ。でも、俺の〝恋の季節〟はとっくに終わってる」

「私のせいかしらね」志乃がさらりと言ってのけた。

「嵐を避けて、平穏な日々を送りたいだけさ」

「そんなのつまんないじゃない」

「いいんだ。放っておいてくれよ」

「私ね、付き合った男には、たくさん恋してもらいたいのよ」

身勝手なことをいけしゃあしゃあと口にするところは若い頃と同じだ。しかし、ふたりの間に距離ができ、年を重ね、そして作家として地位を築いたことで、以前のような、尖《とが》りすぎた鉛筆の芯のような、鋭くも折れやすい感じはなくなっていた。

「そういえば、今、仲良くしてる女友だち、君の大ファンなんだよ」

「へーえ、それは嬉しいわね」

「新刊、読めって言われてるけど、まだ読んでないんだ」

志乃がじろりと私を見た。「そんなに迷惑そうな顔しないでよ。私のせいじゃないんだから」

「迷惑なんて思ってないけど、妙な気がしてね」

志乃がビールを口に運んだ。私は水で喉を潤した。

「最近も横沢さんと会ってるの?」私が話題を変えた。

「うん。担当を外れてからは、たまにしか会わないけど」

志乃を応援していた横沢信代は、数年前、翻訳書の部署に移った。手腕もあり、作家からも信頼を得ていた彼女だが、上司と折り合いが悪くなって自ら出版部を出た、と転部が決まった直後、本人から聞いた。担当する作家がいなくなった信代はパーティーにも来なくなったので、ずっと顔を見ていない。

私は柱にかかっていた時計に目をやった。

「俺はそろそろ行かなきゃ」

「また会えるかしら」

「機会があったら」

目が合った。お互いに穏やかな笑みを浮かべていた。

「会えてよかった」そう言い残して、私は腰を上げた。


店のドアを開けると、太郎の背中が目に飛び込んできた。太郎は愉しそうに美沙子と飲んでいた。

「お待たせしてしまって」太郎の隣に腰を下ろし、ビールを頼んだ。

私はすこぶる気分がよかった。それは志乃との再会がもたらしたものだった。かつて恋に落ち、修羅場《しゅらば》もあったふたりが、過去の生々しさを遠い思い出として、和《なご》やかに語り合うことができた。あの時の終わり方は、飛行機が墜落《ついらく》したようなものだった。ところが今夜、着地の部分だけがタイムスリップして、ソフトランディングに変わった。そんな感じがしたのだ。

今の私の気持ちは温子にある。それもあって、心地よい再会となったのかもしれない。

太郎はその夜もよく飲んだ。客が他にいなかったせいもあって、美沙子は私たちからほとんど離れることはない。とりとめのない話をしているうちに、温子と私のことが話題の中心になった。そうやって時が流れていった。

私は太郎の態度を怪訝に思った。何か話があるから会いたいと言ってきたはずだが、そのことはおくびにも出さない。そのうちに、呂律がおかしくなってきた。単に所在ない時を、私や美沙子とすごしたかっただけなのかもしれない。

午後十一時すぎに、私たちは赤門を通って家路についた。外に出ると、太郎は寡黙《かもく》になった。店で陽気に振る舞っていたのが嘘のようだ。

「崇徳さん、私、昌子と別れる気はありません」うっすらと雲のかかった夜空を見上げ、太郎が突然、そう言った。

太郎はやはり、昌子の様子のおかしいことに気づいていたのだ。

「いきなり、どうしたんです？」私はとぼけた。

「そうですよね。何で私、そんなこと言ったんでしょう」声に寂しげな色が滲んでいた。

「大喧嘩したせいじゃないですか？」

「かもしれないな。私、つい言いすぎてしまったから」

「言いすぎるぐらいで、姉さんにはちょうどいい。倍返しされそうですけどね」

「それがあいつなんです。でも、それでいいんですよ。あいつは女らしい女なんです」

富岡八幡宮にさしかかった。太郎は急ぎ足になり、私をその場に置き去りにして境内に入っていった。太郎はお詣りを始めた。手を合わせている時間は異様に長く、頭を垂れている影は微動だにしなかった。

その後ろ姿が気になった私は、翌夜、昌子を家に呼んだ。そして、太郎の態度を事細かに教えた。昌子は黙って聞いていた。私は余計なことは何も言わなかった。外では秋の虫が鳴いていた。温暖化が進んでいるようだが、必ず季節は巡ってくる。当たり前のことだが、それが妙に不思議に思えた。

私は、麗子のことに話題を振った。携帯の番号が変わっているのに自分には知らされていない、と言い、昌子は口を尖らせた。

「姉さん、今から俺の代わりに麗子に電話してくれる？　俺から聞いたことを全部話していいから」

「あの子、私よりあんたの方が話しやすいんじゃないの」

「こういう話は女同士の方がいい」私は昌子に麗子の新しい電話番号を教えた。

昌子が麗子の携帯を鳴らした。

「麗子……私よ……。あんた、何で携帯の番号を変えたこと教えないのよ。何かあったら困るでしょう」昌子の口調はいつも通りである。「……。旦那は？　……じゃ、ちょうどよかった。今ね、崇徳と一緒なんだけど、話聞いたわよ。どうなってるのよ……」

それからしばらく、昌子は聞き役に回った。

「来週？」昌子の声が高まった。「……分かった。その時、ゆっくり話を聞くわ」

電話を切った昌子がふうと息を吐いた。

私は真剣な眼差しを昌子に向けた。「あいつ、上京するのか」

「来週の月曜日の午後に着くって」

「まさか家を出るってことじゃないだろうな」

「香澄ちゃんに会いにくるんだって言ってたわ」

「昨日、香澄ちゃんに会ったけど、何も言ってなかったよ」

「突然、思い立ったみたい」

そのまま家を出るということになったら、またひとつ面倒を背負い込むことになる。

「ところで、あんた、母さんにちゃんと話したの？」

「まだだよ。病院が決まらないと話せないじゃないか」

「今日の午後、しばらく一緒にいたけど、別に変なところはなかったわね」

「朋香も同じことを言ってたよ」

昌子がじろりと私を見た。「だからといって安心しちゃ駄目よ」

「分かってるって。何とかするから」私は笑顔を作ってそう答えた。

デートをする前日、温子から病院の件で電話があった。江東《こうとう》区北砂《きたすな》にある総合病院の専門医に、温子の知り合いの医者が紹介状を書いてくれたという。

「明日、紹介状を渡しますね。お母さんに話す前に、ご家族の誰かが、あらかじめ先生と話した方がいいかもしれないわね」

「私もそう思うな」

電話を切ると、早速、朋香を呼んで、その話をした。

「お父さんも一緒に来てね。私ひとりじゃ心細いから」

「医者のスケジュール次第だな。抜けられない仕事と重なったら、お父さん、行けないよ。その場合は、昌子伯母さんに行ってもらおうと思ってる」

「いいけど……」朋香の表情が翳った。「伯母さんがくると、話を独占されちゃうよ、きっと」

「大丈夫。ちゃんと言い含めておくから」

私も朋香と同じことを危惧していたが、昌子に黙って事を進めるわけにはいかない。

その日のうちに、昌子に電話で事の次第を伝えた。

「そうなの」昌子はちょっと不服そうだった。

「朋香と俺で先に医者に会ってくるよ」

「あんた、会社があるでしょう。私が行くわよ」

「それはまあ、医者のスケジュールを聞いてから決めよう」

「どっちにしても私は行きますよ」

思っていた通りの言葉が返ってきた。

「話は違うけど、どうなのよ」

「何が？」

「その医学ジャーナリストのことよ」

「何もないよ。気の合う友だちっていうだけ」

「本当？　再婚のこと考えてるんだったら、私に会わせなきゃ駄目よ」

「ぶち壊されそうだから、止めとくよ」私は軽い調子で言った。

「やっぱり、あんた、その気なんじゃない」

「冗談だよ。でも、お袋の件がうまくいったら、姉さんもお礼を言ってよ。電話でいいから」

「電話でなんて失礼ですよ。それに、その医者を断った時は、お詫びを言わなきゃならないから、どのみち、会うことになるわね」

昌子は、何であれ、私が親しくしている女性を見たくてしかたがないらしい。

食事をする場所を決めたのは温子だった。彼女のマンションからそれほど離れていないところにあるイタリアンレストラン。温子の説明で大体の場所が分かったので、店で直接会うことにした。

マンションの二階にあるその店は、外階段から上がるようになっていた。

階段を上がりかけた時、後ろから声をかけられた。温子だった。

「ぴったりだね」私は温子に笑いかけた。

私たちは一緒に店に入った。テーブルとテーブルの間にゆとりのある、落ち着ける店だった。

「今日は私のおごりよ」

「じゃ、遠慮なくご馳走になります」

それぞれ、食べたい料理を注文し、ワインの選択は温子に任せた。彼女は、ちょっと迷ってからトスカーナの赤ワインを選んだ。

乾杯をした後、私は改めて世話になった礼を述べた。温子は紹介状を私に渡し、評判のいい医者だと言った。歳は五十代だそうだ。

「明日、さっそく電話してみるよ」

「明日は祝日よ」

「そうだったね。それにしても、この間、バーでも言ったけど、この辺にも素敵な店がどんどんできてるんだね」

前菜が運ばれてきた。私たちはシェアした。トリッパのトマト煮もカルパッチョもおいしい。

「この辺も昔は材木屋さんが立ち並んでたの？」

「そう。ともかく、どこもかしこも材木屋だったんだ。ここは以前は深川平井町《ふかがわひらいちょう》っていってたはずだよ」

「深川がつくと趣きがあるわね」

「その通り。町名変更をやたらとやるもんじゃないね」

会話がさらさらと流れていった。しかし、気持ちは常に高ぶっていた。おいしいワインを舐めるようにしか飲めないのが残念でしかたがない。温子はこれまで同様、よく飲んだ。

「佐久間志乃の本、読みました？」

「ごめん。読み出したばかりで最後まではまだ……」

温子が目を伏せた。「謝らないといけないのは私の方です」

「え？」

温子が上目遣いに私を見た。「森川さん、佐久間志乃とお付き合いしてたんですってね」

握っていたナイフとフォークが宙で止まった。しかし、それは一瞬のことだった。私は若鶏《わかどり》のグリルにフォークを入れた。

「誰がそんなこと教えたの？」

「おたくの会社を定年退職した人よ。その人、今でも小さな会社で編集の仕事してて
ね、それが縁で、この間飲んだの。その時、あなたの話になって……。彼女の名前が
出た時、言ってくれればよかったのに」

私は曖昧な笑みを浮かべるしかなかった。

「そうね。自分から初対面の人に話すわけないわね」

「ずっと昔のことだよ」

「佐久間さんを作家にしたのは、あなただって、その人、言ってたわ」

私は首を横に振り、横沢信代のことを手短に話した。

「変な意味じゃなくて、彼女の恋人があなただったって知ったら、彼女の本、読みに
くくなっちゃった」

「気にすることないよ。彼女は私小説を書いてる人じゃないから」

「でも、やっぱり」軽く肩をすくめ、温子はフォークに刺したエビを口に運んだ。

「この間、あるパーティーの会場で、何十年か振りに彼女に会って、お茶を飲んだ
よ。正確に言うと、彼女もよく飲む人だから、向こうはビールだったけどね」

「再会してどうだった？」

「よかったよ。お互いに今は何も思っていないことが確認できたから」

「いいお友だちになったってことね」

「喧嘩別れしたようなものだったから、その部分だけ仕切り直しができた。だから、友だちになったというのとは全然、違うな」

温子はやはり、志乃とのことを気にしているのだろうか。それとも、単なる興味本位で話題にしているだけなのか。もしも私に想いがあるならば、こうもあけすけに訊けない気がした。そう思うと、ちょっと寂しくなった。

食事が終わった。

「デザート、どうします？」

「何があるのかな」

メニューを手にした私はレアチーズケーキを選んだ。

「私も。ここのレアチーズケーキ、私、大好きなの」温子の口調は軽やかだった。もう志乃と私のことなど忘れてしまったかのようである。

食事を終えた私たちはレストランを後にした。バーに行くのも芸がない。

「公園を散歩しないか」

温子が顔を綻《ほころ》ばせた。「そうしましょう」

大横川《おおよこがわ》を渡って木場公園に入った。

「夜の木場公園を散歩してみたいってずっと思ってたんだけど、ひとりじゃ、やっぱり恐くて」

「事件があったって話は聞いたことないけど、女ひとりで歩くのは止めた方がいいね。夜の散歩の時は、息子さんに付き合ってもらえば」

「嫌よ。無理やり付き合わせたら、こっちが気を遣うだけだもの。それに、ボディーガードになりそうもない子だし」

広場は閑散としていた。ドッグランにも犬の姿はない。しかし、公園を通り抜ける人をちらほら見かけた。太極拳《たいきょくけん》をやっている老人の姿もあった。

私たちは園内の吊り橋の方に向かった。

温子が遠くに目を向けた。「正面に見えるのはスカイツリーね」

「そうだね。ここから、こんなによく見えるなんて知らなかったよ」

橋の真ん中に向かってゆるやかな坂になっている。向こうから歩いてくる人の全身は見えず、まずは頭から少しずつ姿を現してくる。

「この公園すべてが、以前は貯木場だったの？」

「まあ、そうだけど、事務所や倉庫、それに製材所の建物も建ってたよ」

橋の途中で温子は足を止め、下を走る葛西橋《かさいばし》通りに目を向けた。通りの両側に材木屋がずらりと並んでいたのを久しぶりに思い出した。

温子はぼんやりと、走り去る車を見ていた。

「この界隈がよほど気に入ったみたいだね」

「うん。美沙子さんと知り合ったのが大きいわね。地元の友人がいるといないじゃ大違いだもの。森川さんとも知り合えたし」

「夜の散歩の相手だったら、いつだってできますよ」

私たちは再び歩き出した。橋を下りたところのベンチに座る。

「森川さんと会ってると、仕事のことも何もかも忘れられて、気分が晴れるわ」

「ジャーナリストをやってると気疲れするんだろうな」

「まあね。森川さんの生活が羨ましい」

「私にだって悩み事ぐらいありますよ」

「そうよね、ごめん。お母さんのことがあるものね」

「他にもいろいろあって大変なんだよ」私は深い溜息をついて見せた。

温子は、どんな悩みがあるのか、とは訊いてこなかった。プライバシーに関わることに深入りするのは失礼だと思ったようだ。

「お袋には、以前、好きな人がいたみたいでね」私は、算盤塾の先生とのことを温子に教えた。「……脳の萎縮《いしゅく》が始まっているとしても、その男のことははっきりと思い出せたようなんだ。それってどうなんだろうね」

「昨日のことよりも遠い昔のことの方をよく覚えてるって、私たちも同じじゃない」

「そうなんだけどね」

「認知症だとしても、まだごく初期の段階だと思う。しかし、記憶に限ったことじゃなくて、人間って生き物は謎だらけね。だから、人間って面白いんだけど」

「そうだね。人に対しての好き嫌いも、自分の性格や家庭環境を考えるとある程度は、そういうものかって納得できるところがあるけど、深いところでは何も分からないもんね」

「話を蒸し返して悪いけど、佐久間さんって気性の激しい人でしょう？　森川さんみたいな人を好きになるのは、何となく想像がつくな」

私は躰を起こし、温子を見つめた。「私の話はもういいよ。それよりも白石さんの話を聞きたいな」

「いいわよ。でも何を話したらいいかなあ……最初の夫は、編集プロダクションの社長でね、本人もゴーストライターをやってた。本当はノンフィクション作家になりたかったらしい。でも、それだけでは食べていくのが難しいから会社を作ったの。一時は羽振《はぶ》りがよかったのよ。会社が駄目になったのはバブルが弾《はじ》けてから。それが離婚の原因ではないのよ。話の合う人だった。けど、私が同じような仕事をしてるのが嫌だったみたい」

「息子さんはその人との間の……」

「そうよ。子供は可愛いし、子育てはちゃんとやってたけど、早く仕事に復帰したかったの。夫の仕事が少なくなった時、私、子供を彼に預けて仕事に出てたのよ。それから関係が悪くなったの。私が大人しく家庭に収まっていれば問題はなかったんだと思う」

「でも、我慢して家にはいられなかったでしょう？」

温子が小さくうなずいた。「多分ね」

私は、死んだ妻のことを話した。「……女房は我慢してた気がしてる」

温子が目の端で私を見た。「佐久間さんのこと、奥さんには」

私は包み隠さず、温子に話した。長女の美千恵との不和についても。

「お嬢さんとは今でも関係が悪いの？」

「母のこともそうだけど、一番の悩みはそのことなんだ」そこまで言って、私は黙った。「また私の話に戻っちゃったな」

温子が笑って、自分のことをまた話し始めた。

二度目の夫は、ひとつ年下の獣医だったそうである。温子が仕事で遅くなっても文句を言うような男ではなく、前夫とは違って、ほとんど喧嘩らしい喧嘩をしたことはなかったという。

「息子もなついていたんだけど……」温子が口ごもった。

「話したくないことは言わなくてもいいよ」

「これ、誰にも言ってないんだけど、森川さんにだったら話せる。実はね、夫の趣味は女装だったの」

私は思わず、笑ってしまった。温子も笑い出した。

「女装趣味が悪いなんて思わないけど、そういう趣味の男と一緒に暮らすのは、やっぱり無理だった」

「どうやって、その秘密を知ったの？」

そういう趣味の男のために化粧や何かをしてくれるクラブのようなものがあって、そこに雇われた女たちが、一緒に外を歩いてくれるのだそうだ。夫は埼玉県のある街にあるクラブを利用していたが、偶然、仕事で同じ街に行っていた温子が、スカートを穿《は》き、カツラを被った夫を目撃してしまったのだという。

「もしも美しかったら、許せたかもしれないな」そこまで言って、温子が顔を歪めた。「でも、あの姿を見ちゃったら」

「そんなにひどかったの？」

「ぷう」温子が唇を震わせた。「グロそのもの」

本気かどうかは別にして、美しかったら許せた、という一言に、非常識なことを問答無用で切り捨てない温子の性格が表れているように思え、大いに気に入った。この思いもよらない告白が、ぐんとふたりの距離を縮め、私も何でも話せる気分になった。

温子が空を見上げた。「すっきりしたわ。なぜ別れたのかって周りに訊かれても答えられなかったから。森川さん、笑ったでしょう。あれですごく気楽になったの」

「当人同士は大変だったかもしれないけど、何かおかしいよ、それって」

温子がまた短く笑い、私もつられて頬をさらに綻ばせた。

突然、ベンチの後ろの植え込みから、ごそごそという音がした。人影がこちらに近づいてきた。

温子が顔を強《こわ》ばらせ、私に躰を寄せてきた。私は温子を抱き寄せた。

私も緊張した。しかし、相手を見て安心した。

「大丈夫だよ」

植え込みから出てきたのはホームレスだった。道に出たホームレスは、とぼとぼとした足取りで去っていった。

私は温子に視線を向けた。唇が目の前にあった。私の頰から笑みが消えた。温子は軽く顔を上げ、私を見つめていた。

温子を強く抱きしめた。温子の躰が硬くなったが、すぐにほぐれた。

唇に唇を落とした。温子もそれに応《こた》えた。だが、キスは長くは続かなかった。足音がしたのだ。ジョギングをしている男が照明灯に浮かび上がっている。

私たちは躰を離した。小太りの中年男が、私たちの前を黙々と走っていった。

私が微笑むと、彼女の頰にも笑みが射した。

「さっきの話、聞かれちゃったかしら」温子が何事もなかったかのようにそう言った。

「植え込みの向こうから歩いてきたらしい。だから、聞かれてないよ」

「聞かれてもいいんだけど」

しばし沈黙が流れた。微風がふたりの間を流れていく。

「まだ時間大丈夫だよね」私が訊いた。

「うん」

「この間のバーに行かない？」

「いいわよ」

私たちはどちらからともなく躰を寄せ合って、旧洲崎地区を目指した。

バーは、この間よりも混んでいたが、入口近くの席が空いていた。

私はウイスキーの水割りを頼んだ。温子も同じものにした。

キスをしただけなのに、胸の高まりは収まっていなかった。近々還暦を迎える男にしてはウブすぎる。私はちょっと気恥ずかしくなった。だが、いたしかたあるまい。何十年もの間、艶《つや》やかな雰囲気とは縁がなかったのだから。

この歳で、まさか公園でキスをするとは。

初めてキスをしたのは高校生の時。忘れもしない深川公園での出来事だった。あの頃に戻ったような新鮮な気分を裡に秘めて、私は温子にグラスを向けた。

「病院の件、お姉さんのお嬢さんからは何も言ってきてないの？」温子に訊かれた。

「何も。姉には、あなたに推薦された病院の話をしてあるよ。医者との面会には必ず行くと言ってた」

話題の中心は昌子になった。

「こんな話、聞かせても面白くないかもしれないけど……」私は昌子の秘密を訥々《とつとつ》と語った。

「太郎さん、気づいてるのかしら」

「具体的なことは分かってないと思うけど、何か変だとは思ってるみたい」

さらに詳しく姉夫婦のことを話した。

話を聞き終わった温子が宙に視線を向けた。「どっちの気持ちも理解できるから、何とも言いようがないわね」

「姉がはっきりしなきゃいけないと思うよ」

「そうだけど、気持ちを抑えるのも大変よ」

「でも、進展がないんだったら、忘れるようにするしかないよ」

胸がちくりとした。その言葉が自分に跳ね返ってきたのである。

温子とは長い付き合いをしたいと思っているくせに、具体的なことは何ひとつ考えていない自分も、姉とそう変わりはないではないか。

私の携帯が鳴った。岩政からだった。

「久しぶり」

私の声は妙に弾んでいた。曖昧な自分を持て余していた矢先の電話に救われた気がした。

岩政は、明日、一緒に戸田に行かないかと誘ってきた。女子のリーグ戦が水曜日から開催されていて、美千恵が決勝に残ったのだという。

「最近、彼女、優勝してないから張り切ってると思います」

時々、美千恵のレースについてネットで調べていたが、ここしばらくは見ていなかった。

「いいけど、俺が観戦してる時に勝ったことは一度もない。あの子のためには、俺が行かない方がいい気がするけどね」

「僕が観にいくと成績はいいんですよ。行きましょうよ、一緒に。優勝したらお祝いできるし」

「分かった。で、どうしようか」

「優勝戦は四時半ぐらいに始まりますが、そうですねえ、三時頃に戸田公園駅で待ち合わせませんか」

「いいよ」

電話を切った私は、相手のことを教えた。

そこから、話は美千恵のことに移っていった。

水割り一杯ですませようと思っていたが、お替わりを頼んでしまった。大病を患い、再発の不安を抱いているくせに、何と意志の弱いことか。しかし、美千恵のことが話題になったものだからもう止まらない。人は時として賢明という二文字を忘れるものだ。

誰にも話していない秘密を打ち明けるまでには、何度も躊躇いの波が胸に押し寄せてきて、私の口を封じようとした。だが、抗しきれなかった。

「あの子には一生言えないことがあってね」

「私が告白した秘密よりも重大なことのようね」温子は包み込むような調子で言った。

「さあ、それは……。ともかく、話を聞いてほしい」

美千恵が一歳を迎える年のことである。父はその数ヵ月前に亡くなり、同居していたのは母と高校に通っていた麗子、それに私たち夫婦だった。

その日、母は近所の友だちと温泉旅行に出かけていた。私が家に帰ったのは深夜、日が変わってすぐだった。一階の電気は消えていたが、二階からけたたましい音楽が聞こえた。

何ごとだ。私は眉をつり上げ、二階に飛んで上がった。ロックミュージックが私たちの寝室から聞こえてきた。ドアをぶち破らんばかりの音である。

ドアを開けた。ベッドの脇のスタンドだけが点《とも》っていた。

美枝の背中が見えた。美枝は押入れに上半身を突っ込んでいた。

「何してるんだ!!」

美枝の動きが止まった。

「何だ、この音は。近所迷惑じゃないか」怒鳴りつけてから、ラジオを切った。

美枝が私の方に首を巡らせた。現実世界から遊離してしまっているかのような異様な目つきだった。正直言って、私は恐かった。

美枝が床に尻餅《しりもち》をついた。ただごとではない。私は慌てて駆け寄った。美枝は失禁していた。

押入れの中で何かが動いた。布団の間から小さな手足が覗いている。

布団を捲った。そこには美千恵が押し込められていた。

「ああ」私は思わず声を上げ、美千恵を布団から出し、抱きかかえた。美千恵が咳き込んだ。

「美千恵」

どうしたらいいか分からない私は、美千恵を私たちのベッドに寝かせた。

救急車を呼ばなければ。私は電話に向かった。その時、美千恵が泣き出した。

私は、美千恵のところに戻り、彼女を再び抱いた。美千恵の泣き声は普段通りだった。

救急車を呼ぶことに躊躇いが生じた。どんなに言い繕っても、美枝に疑いの目が向けられるだろう。

美千恵は事なきを得たようだ。美枝を罪人にするなんてできない。しかし、見た目には元気でも、美千恵の躰に何か悪いことが起こっているかもしれない。

しばらく様子を見よう。再び美千恵をベッドに寝かせた私は、美千恵から一瞬たりとも目を離さなかった。美千恵は泣き続けている。

どれぐらいそうしていたかは覚えていないが、いつしか美千恵は泣き止んだ。死んだのではないのか。私はおそるおそる、美千恵の柔らかい手首を握り、脈を取った。百を少し超えたぐらいだった。美千恵が生まれた時、美枝が幼児の脈拍数について医者に訊いた。一緒にいた私は、おおよその値を覚えていたのである。百前後なら何の問題もない。それでも、不安が消え去ることはなかった。

尻餅をついたままの姿勢で微動だにしない美枝を睨《にら》み付けた。頬の一発も張ってやりたかった。罵倒の言葉で頭は割れそうだった。しかし、騒ぎを起こせば、美千恵が起きてしまう。私は我慢した。

やがて、美枝が躰を起こした。しかし、うなだれたまま、こちらを見ようとはしない。

「お前、何てことを」

「私……」

「何も言うな、聞きたくない」

もうこの女とはやっていけない。

麗子は家にいないのか。私は部屋を出て、彼女の部屋を覗いた。麗子の姿はなかった。

私が部屋に戻ると、美枝が美千恵を抱いていた。

「触るな」殺気立った声を出した私は、美枝の腕を取った。

美枝は美千恵をさらに強く抱き、躰を背け、私から赤ん坊を守るかのような姿勢を取った。そして、泣きながら何度も何度も謝った。

しばし呆然としていた私だが、台所から雑巾《ぞうきん》を持ってきて、美枝の失禁した床を拭《ふ》き始めた。犯罪の痕跡《こんせき》を消すように、いつまでも拭いていた。

一睡もできなかった。翌日、私は風邪を理由に会社を休んだ。

「麗子はどうしたんだ？」私が訊いた。

「友だちの家に泊まるという電話がありました」

「美千恵はどれぐらい布団の中に」

「…………」

「はっきり答えろ。俺は、あの子を医者に診せるんだから」

「あなたが帰ってきたのと同じくらいの時に……」

「本当だろうな」

美枝がうなずいた。

美枝は子育てに一生懸命だった。生真面目すぎたのだろう。美千恵の夜泣きは激しく、私ですら苛立つことがあった。美枝はパニックを起こしたのだろう。父が死んでから、母は家の中で采配《さいはい》をふるようになった。滅多に愚痴らない美枝が、母に対する不満を口にしたこともあった。私はその度、美枝の立場に立ち、自分の意見だということにして、美枝の負担を減らそうと、あれやこれや遠回しに母に訴えた。上手に話したつもりだが、母には裏が読めていた気がする。

美枝は精神的に追い込まれていたらしい。妊娠中だったことも影響していたに違いない。この家で、ひとりになった時、美千恵の泣き声が、美枝の神経をおかしくさせたようだ。美枝は美千恵が憎かったのではない。愛情はありあまるほどあったはずだ。しかし、精神の崩壊が、あのようなひどい行為を招いた。私にはそうとしか思えなかった。

私は、一睡もせず、ひとりで美千恵を連れて医者に行った。簡単な健康診断だったが異常はどこにもなかった。残る問題は美枝の精神状態だった。私は、むろん、何があったかは言わずに、医者に相談し、ある病院に通わせることにした。美枝は素直に通院することを承知した。大きな問題は、美枝が妊娠していることだった。ごくごく軽い精神安定剤を処方してもらった。通院と投薬のおかげで、美枝は、思ったよりも早く、普段の生活を取り戻すことができた。

その夜のことを思い返すと、運がよかったと思う。あの日、私は宵《よい》っ張《ぱ》りで酒飲みの作家との付き合いをしていた。帰りは三時をすぎるだろうと覚悟していたが、その夜に限って、体調が悪かったのか、さっさと引き上げたのだ。あの作家が、普段通りの行動を取っていたら……。そう考えると、今でも背筋が寒くなる。

一瞬、離婚のことが頭をよぎった私だったが、元の鞘《さや》に収まったのにはいくつかの理由がある。妊娠中の美枝を放り出すわけにはいかなかった。それにやはり、赤ん坊には母親の存在は特別なものである。家族の繋がりが濃密な森川家で、嫁として生きていくのは美枝にとって大変なことだったと改めて思い知らされた。

一緒にやり直す気持ちになったが、しばらくは、ふたりの関係はぎくしゃくしたものだった。小百合が生まれた後も、それは変わらなかった。しこりが取れたきっかけなど何もなかった。時が解決してくれたとしか言いようがない。志乃との一件は、あの事件とは無関係である。美枝に対する暗い感情が尾を引いていたことが引き金となって、志乃と深い関係になったのでは決してない。

美枝が死ぬ前に、私に話した彼女の気持ちも温子にすべて教えた。

温子は、私が話している間、黙って聞いていた。決して、理路整然と語ったわけではないのに、口をはさむことはなかった。

「……これが、私の最大の秘密だよ」私は掌《てのひら》をテーブルの角に撫でつけた。汗が滲み出ていたのである。

「奥さんは確かにひどいことをしようとした。だけど、私、奥さんの気持ち、よく分かる。多くの母親は、お腹《なか》を痛めた子供に手をかけようなんて思いもしないでしょうけど、子育てって、本当に大変だから、中には、奥さんみたいに、精神的に追い詰められる人もいるのよ。子供を殺した母親は大罪を犯した人間だから誰にも同情されない。それは当然だけど、口にはしなくても、そんな気分になったことがある母親っているものよ。私も、息子の夜泣きには泣かされたもの。どれだけ苛々したことか」温子が小さく微笑んだ。「子を殺した母親の事件のニュースを知る度に、自分は、そうしなくてよかった、って心底ほっとしている女の人はけっこういるのよ。そういう話、何人かから聞いてるもの」

「何となく言いたいことは分かるけど、男には母親の複雑な気持ちは理解できないよ」

「森川さん、男にしては理解してる方よ」

「だとしたら、女の豹変《ひょうへん》振りに、子供の頃から付き合わされてきたからじゃないかな」

私は温子を見て薄く微笑んだ。告白している時の興奮状態からいくらか抜け出せたようだった。

「奥さんのためにも、お嬢さんのためにも、その時間に家に帰れてよかったわね」

「そうなんだよ。宵っ張りで有名な人が珍しく躰の不調を訴えて、早々に引き上げた。運がよかったとしかいいようがない」

作家の名前を訊かれた。隠すこともないので教えた。

「ハードボイルド、書いてた人ね。もう亡くなったでしょう？」

「うん。取材旅行によく愛人を連れてきてたんだけど、意外と恐妻家で、アリバイ作りが徹底してて、同行する時は、彼の作った筋書きを覚えさせられたりしたよ」

「じゃ、本格ミステリも書けたかもね」

「そうだな。依頼すればよかった」

温子は、私のことを気遣って、あたりさわりのない冗談を言っているように思えた。

私は真っ直ぐに温子を見つめた。「まだ知り合って間もないのに、こんな告白をするなんて、思ってもみなかった。聞いてくれて本当にありがとう」

「私が医療関係の仕事をしてるから、話しやすかったんじゃない？」

「それもあるけど、医療ジャーナリストや医者だからといって、誰にでも話せることじゃないよ。あなただから話せたんだ」

「そう言ってもらえると嬉しいわ」温子が煙草に火をつけた。「でも、あなたはまだすっきりしていないわね」

「そんなことはないよ。聞いてもらってよかったと思ってる」

「そうじゃなくて、あなたは、美千恵さんの命の恩人よ。なのに、彼女は、母親を苦しめた悪い父親だとあなたのことを思ってる」

「あのことと、佐久間志乃との問題は別物だからね。美千恵に、今、話したことが知られるくらいなら、俺が悪者でいいと思ってる」

「そうね、お嬢さんには絶対に聞かせられないわね。崇徳《そうとく》さん、素敵よ。改めていい男だと思った」

温子が自然に私のことを〝崇徳《そうとく》さん〟と呼んだことが嬉しかった。しかし、そのことはおくびにも出さず、私はこう言った。

「もっともっと親身になって接していたら、女房はあんな風に追い込まれなかった気がしてる」

「それは考えすぎよ」温子が一笑に付した。

私は温子を見つめ、小さくうなずいた。

私たちはそろそろ引き上げることにした。先週同様、歩いて温子のマンションを目指した。しかし、違っていることがひとつあった。この間は躰を寄せ合ってはいなかった。

「明日、暇だったら、競艇、一緒に行きたかったな」温子が言った。

「改めて連れてゆくよ」

私はまた電話すると言って、温子と別れた。

# 第五章　愛おしい人たち

午後三時すぎに、戸田《とだ》公園駅に着いた。西口の改札で岩政《いわまさ》が待っていて、武者人形のような太い眉《まゆ》をゆるめ、私を迎えた。

私は、岩政の勧めで競艇場までの無料バスに乗ることにした。

「無料バスを使った時の方が、美千恵《みちえ》さんの成績がいいんです」

「私はいつもタクシーを使ってる」

「それがいけないんですよ」岩政はきっぱりとした調子で言った。

「若いのに縁起を担《かつ》ぐんだね」

「縁起を担ぐしかないでしょう。日本の将来は明るくない。ですから、何事においても、縁起を担ぐようになったんです」岩政は笑った。

「美千恵とのことでも願をかけてるのか」

「もちろんです。近くの神社にお詣《まい》りしてます」

私は笑う気にもなれず、岩政の顔を見つめた。彼は窓の外に目を向けてしまった。

五分ほどで競艇場のターミナルに着いた。そこから歩いて橋を渡り、競艇場に入った。

晴れ渡った空にちぎれ雲が浮かんでいる気持ちのいい日だった。水面《みなも》も穏やかである。

休日とあって、スタンドは混んでいた。女性の観客もちらほら見られた。レースの途中だった。爆音を響かせたボートが第一ターンマークを次々と旋回してゆく。

第十レースが行われているらしい。三周、一八〇〇メートルで争われるレースは、終盤を迎えているようだった。混戦模様である。客から声が飛んだ。黄色の五号艇がどうやら一着でゴールインしたらしい。

「いつもはどの辺で観てるんですか？」岩政に訊かれた。

「その時によるね」

「二階の有料席の方がゆったり観られますが、やっぱり、一階の方が競艇の醍醐味《だいごみ》が楽しめます」

ボートが登場するピットからは遠いが、最初に旋回する第一ターンマークの近くで観るのが一番迫力があることは、私も知っていた。

第十レースの払い戻しが始まった時、ちょうど第一ターンマーク近辺のベンチが空いた。岩政がすかさず席を確保した。それから、飲み物を買いにいってくれた。

私は他のレースにはまったく興味がなかった。美千恵の快走を観たいだけである。

岩政が日本茶のペットボトルと、舟券《ふなけん》を買うのに必要な記入用紙を持って席に戻ってきた。

「お父さんは、競艇で儲《もう》けたことあります？」岩政に訊かれた。

「自慢じゃないけど、一度もないんだよ。私は、データを見てもさっぱり分からないから、当てずっぽうで買ってる。美千恵の出場するレースは、すべてあの子を頭にしてるがね」

岩政が小さくうなずいた。「僕も同じようなものです」

美千恵が出場する最終レースまでは、まだだいぶ時間があった。出走表の一面に、優勝戦に出場する選手の写真が掲載されていた。美千恵は五号艇。色は黄色である。写真の顔は強《こわ》ばっているように思えた。にやにやしろとは言わないが、もう少し愛嬌《あいきょう》のある写真を載せればいいのに。実物はもっと綺麗だぞ。

私は岩政に目を向けた。「で、どうなんだ。その後、美千恵とは会ったのか」

「一度、会いました」

「感触は？」

岩政が軽く肩をすくめた。「はっきり言ってよく分かりません」

私はペットボトルに口をつけた。「美千恵自身、身の振り方が分かっていないんじゃないのか」

岩政は私から、少し躰《からだ》を離した。「さすがだな。僕もそう思ってます。だから、困っちゃうんです。僕と別れようと決めたことは譲らないとは言うんですが、放っておくと向こうから電話してきたりするんです」

「それは、決心が揺らいでる証拠だろう？」

「そう受け取りたいんですが、よりを戻す気があるのかどうかは分かりません。気心が知れてますから、何て言ったらいいのかな、箸休めにちょうどいい、そういう相手にしか思ってない気もするんです」

岩政の耳には場内放送も、客の声も耳に入っていないようだった。それは私も同じだが。

「今日のレース、私たちが観にきてること、美千恵は知ってるのかな」

「知りませんよ。お忘れですか。レース開催中、選手は宿舎に隔離され、外部とは連絡が一切取れないんですよ」

「そうだったね」

「でも、今日が終われば、晴れて自由の身。お父さん、一緒に美千恵さんに会いにいきましょう。僕は、お父さんと彼女とのシコリも取り除けたらって思ってるんです」

私は目の端で岩政を見た。「意外と余裕があるんだね」

「あるわけないでしょう。どんな形でもいいから美千恵さんと関わっていたいだけなんです」

「私とのことには口を出さない方が、君のためだと思うがね」

「そうなんですけど、お父さん、全然、アクションを起こさないじゃないですか。もっと頻繁に美千恵さんに連絡を取るべきですよ」

私は小さくうなずいた。「君の言う通りだな」

第十一レースの展示航走が始まった。展示航走とは、レース前に、スタートや周回の様子を観客に見せるものだ。それによってモーターや選手の調子などを判断するのである。展示航走のデータは、体重なども含めてモニターで公開される。

しかし、私も岩政も美千恵が出場するレースを待っているだけだから、ほとんど観ていなかった。岩政は、美千恵の態度を事細かに話し続けた。

第十一レースが始まった。私たちは話を止めた。ボートが競り合いながら走る姿は迫力満点。舟券を買っていなくても興奮する。

そのレースも終わり、いよいよ美千恵が出場する優勝戦が迫ってきた。私は、2連単しか買わない。美千恵のボートを頭に流すのだ。岩政はひとりで来る時は、いろいろな買い方をしているらしいが、その日は、私と同じにすると言った。

展示航走が始まった。私は黄色いボートしか見ていなかった。

「スタートはいいなあ」岩政が言った。「戸田は、スタートで勝負が決まるそうですよ」

「買った本にもそんなことが書いてあったよ。インは必ずしも有利とはいえないともね」

岩政がにやりとした。「勉強してますね」

モニターで展示航走のデータが公開された。展示タイムは美千恵が一番よかった。

舟券は岩政が買いにいってくれることになった。私が岩政に五万円渡した。

美千恵の優勝を見たことがない私は、レースの始まる前から、今日こそ、と胸をときめかせていた。

岩政が戻ってきた。彼の顔も心なしか上気している。

ファンファーレと共に六艇が一斉にピットアウトした。しかし、まだレースが始まったわけではない。選手はルールに従って、コースを選び、スタートの準備をするのだ。これを待機行動という。

「女子リーグ第十戦、福運《ふくうん》ビールカップもいよいよファイナル、優勝戦を迎えました……。一号艇は、もっか三連勝中、乗りに乗っている香川の鳥飼紀美子《とりかいきみこ》……二号艇は

「……」

選手が紹介されていく。

「……五号艇は、強気の攻めに定評のある東京の森川《もりかわ》美千恵……」

二番人気の美千恵は四コース。一番人気の一号艇は三コース。

一コースから三コースのボートが前方に並ぶ。残りの三艇は後方に引く。後方スタートが損とはいえない。助走が長いほど勢いがつく。これを〝三対三進入〟というのだが、これまで私が観たレースは、すべて、この並びでレースが行われていた。

「絶対、いけますよ、絶対」岩政が低くうめくような声で言った。

いよいよスタートとなった。

六艇が爆音を立てて疾走し始めた。インを取った二号艇と美千恵の五号艇のスタートがよかった。一番人気の一号艇がそれに続いた。

第一ターンマークにさしかかった。インは不利だといわれているが、二号艇は押しきって、第一ターンマークをトップで通過した。美千恵が捲《まく》ろうとしたが及ばなかった。二号艇はパワーがあるのか、バックストレッチでもスピードは落ちない。美千恵は食い下がっていた。美千恵の後ろに一番人気の一号艇が迫っていた。

第二ターンマークで二号艇が若干膨《ふく》れたことで、美千恵との差がぐんと縮まった。

しかし、かわすことはできなかった。

そのままの順位で三艇が白い波の尾を従えて、私の目の前に迫ってきた。

「美千恵、捲れ、捲れ」岩政が大声を上げた。

第一ターンマークに三艇が迫った。美千恵はボートの上で立ち上がったような姿勢を取っている。外側から二号艇を抜きかかった時だった。二号艇が突然、横を向いた。そこに美千恵のボートが乗り上げるようにして突っ込んだのが見えた。

あっという間の出来事だった。

私は席を離れ、ガラスの防御壁まで駆け寄った。岩政もついてきた。ふたりとも口がきけなかった。

私の心臓は破裂せんばかりだった。

美千恵のボートに迫っていた一号艇も停まっている。先頭を走っていた二号艇は舟底を見せていた。美千恵のボートは転覆してはいなかったが、美千恵の姿がない。美千恵は水の中だった。停まってしまった一号艇の選手が、美千恵を助けようとしていた。

「美千恵!!」

私と岩政は同時に叫んだ。

救助艇がやってきた。

一号艇の選手に助けられた美千恵の動きは鈍い。私は最悪のことしか頭に浮かばなかった。

レースはそのまま続けられている。

「……二号艇、妨害失格……。五号艇、落水失格、一号艇、エンスト失格……」

場内放送が耳に入った。

美千恵が救助艇に助け上げられるのを見届けると、私は屋内に向かって走り出した。私よりも脚力のある岩政が、私を追い抜いていった。

岩政が警備員を見つけた。

「……今、事故に遭った選手の家族の者ですが、どうしたら、彼女の具合を知ることができますか？」

「私に聞かれても……ちょっと待ってください」警備員がどこかに連絡を取り、事情を説明した。

電話を切った警備員が連絡先を教えてくれた。それは戸田ボート場の代表番号だった。

私が電話をし、事情を詳しく話した。折り返し電話をすると言われたので、私は携帯の番号を教えた。

「お父さん、大丈夫ですよ」

そう言って私を慰《なぐさ》めた岩政の顔色も悪かった。ほどなく、私の携帯が鳴った。相手は日本モーターボート競走会の職員だった。

「森川美千恵の父親で、今、娘のレースを会場で観戦してました。娘の具合は？」

「今、医務室で救急医の診察を受けています。命に別状はないようです」

「怪我《けが》をしてるんですね」

「足の怪我ですが、まだ詳しい診断結果は出ていません」

電話に出た男はとても丁寧に応対してくれた。足の他に大きな怪我はなく、美千恵は元気にしているという。

「すぐに会いたいんですが」

「申し訳ありませんが、ご家族であっても医務室にお通しすることはできません。怪我の具合にもよりますが、戸田市内の指定救急病院に搬送され、専門医の診察を受けることになると思います」

美千恵とは病院でなら面会できるという。病院が分かるまで、その場で待つしかなかった。私は岩政に事情を教えた。

「骨折かな……。骨折も大変だけど、命に別状がないって聞いて、少しほっとしました」

「やっぱり、私が観にこなければ……」私は、恨《うら》めしそうな顔を岩政に向けてしまった。

岩政が目を伏せた。

「変なこと言ってしまってごめん。君のせいじゃないんだからね」

私は時計ばかり見ていた。一分がこんなに長く感じられたことはない。

二十分ほどで連絡が入り、美千恵が搬送された病院が分かった。この種の事故の場合は、モーターボート競走会の管理委員が必ず付き添うことになっているという。病院では、山科《やましな》という管理委員が応対すると告げられた。

私と岩政はタクシーで病院に向かった。

美千恵が運び込まれた病院は、競艇場から少し離れた場所にあった。そんなに大きな病院ではなかった。

受付で名前と用件を名乗ると、後ろから声をかけられた。山科管理委員だった。澄んだ瞳を持つ四十代とおぼしき山科に、私は挨拶をした。そして、岩政を紹介し、美千恵の恋人だと教えた。

「競艇場からもっと近い病院にしたかったんですけど、整形外科医の当直が、この病院にしかいなかったものですから」

「で、美千恵の怪我は」

「先ほど検査が終わりました。右足の踝《くるぶし》の脱臼《だっきゅう》骨折だそうです」

「踝……」眉が険しくなった。

「落水の際にどこかに強く打ち付けたんですかね。踝の骨折は選手の怪我としては珍しいんですよ。僕は初めて聞きました」

ややあって山科が女性看護師に呼ばれた。

「私たちも同行できますよね」私が訊いた。

「お父様はいいんですが」山科が躊躇《ためら》いがちに岩政を見た。「ご家族以外の方は、当人の承諾がいるんです。まずはお父様だけということで」

岩政が不安げな顔で私を見た。

「大丈夫。すぐに呼ぶから」そう言い残して、私は山科と共に診察室に入った。

美千恵は憔悴《しょうすい》しきった顔で診察台に座っていた。右足に包帯が巻かれている。

私は医師に頭を下げた。医師の説明によると、踝の内側の脱臼骨折だという。

医者はさらに詳しく怪我の具合を教えてくれた。聞いているだけで心臓がどきどきしてきた。しかし、そんなことはおくびにも出さずに、美千恵に微笑《ほほえ》みかけた。

「目の前で見てたから心臓が停まりそうになったよ」

「調子よかったのに」痛みを我慢しているのか、美千恵の顔が歪《ゆが》んだ。

「岩政さんという方も面会を望んでますが、どうします？」山科が美千恵に訊いた。

美千恵が私に視線を向けた。「一緒に来たの？」

「うん。彼に誘われてね」

美千恵が山科に言った。「後にして、って彼に伝えてくれませんか」

山科が小さくうなずき、美千恵を見た。「森川さん、これで、あなたの管理は解除になります」

「これからは自由の身ということですか」私が言った。

山科の頬に笑みが射した。〝自由の身〟という言い方に反応したらしい。競艇はギャンブル。不正防止のために、競技開催期間中は、選手を厳しく管理するのは当然のことだ。それを、まるで警察と容疑者の関係のような言い方をしたのは失態だった。

「すみません。変な言い方をしてしまって」

「いいんですよ。お嬢さんは、残念ながらしばらくはレースに出られないでしょう。

復帰するまでは、お父さんのおっしゃる通り〝自由の身〟です」そこまで言って、山科は美千恵に再び視線を戻した。「岩政さんに、あなたのメッセージを伝えてきますね」

山科が診察室を出ていった。

「手術はいつ行うんですか？」私が医者に訊いた。

医者が困った顔をした。「それがですね、今、うちの病院のベッドが空いてないんです。ですから手術は……」

「じゃ、どうすればいいんですか？」

「入院できる病院を探して紹介しますが、今日は一旦、家に戻っていただきたいんです」

「病院はこっちで探します」私は即座に答え、美千恵に言った。「それでいいね」

美千恵が目を伏せたまま、小さくうなずいた。

私は診察室を出た。山科が玄関を出たところで携帯で誰かと話していた。岩政に怪我の具合を教えてから、温子《あつこ》に電話を入れた。しかし、なかなか出ない。苛々《いらいら》しながら、呼び出し音を聞いていた。諦めかけた時、温子の明るい声が耳朶《じだ》を揺すった。

「ごめんなさい。呼び出し音が聞こえなくて」

「また、あなたの力を借りたいことが起こったんです」

私は温子に詳しく事情を話した。

「どのエリアの病院にします？　やっぱり、崇徳《そうとく》さんの家に近い方がいいですよね」

「そうしてください」

親しい医者に連絡を取り、早急に入院先を見つけると温子は言ってくれた。

私は岩政を連れて診察室に戻った。〝後にして〟と美千恵は言っていたが、管理は解かれたのだからもういいだろう。

美千恵は岩政から目を逸《そ》らした。

「美千恵さん、よかった。それぐらいですんで」

「何がそれぐらいよ」美千恵の口調は冷たかった。

医者が怪訝《けげん》そうな顔を美千恵と岩政に向けた。

「今、私の方で病院を探してます」私は医者に言い、美千恵に微笑みかけた。「今日は、うちに帰ろう」

「うちって……」美千恵の眉が険しくなった。

「冬木《ふゆき》の家だよ。お前のマンションじゃどうしようもないだろう」

「でも、荷物が……」

「そんなこと、後でどうにでもなる」

美千恵はしぶしぶ承知した。

「タクシーを呼んでもらう。岩政君、美千恵をおぶってやってくれないか」

「はい」

診察室を出た私を山科が待っていた。宿舎に置いてある私物はすぐに職員によって届けられるという。

私は病院の件を山科に話した。「そうですか、てっきりここに入院するとばかり思ってました。戸田には他に大きな病院がいくつかありますが……」

「世話することを考えたら、うちの近所の病院の方が都合がいい。入院先が決まり次第、ご連絡します」

「分かりました。それでは、私はこれで失礼します。森川選手にお大事にとお伝えください」

ややあって、宿舎から美千恵の私物が届けられた。

私はタクシーを呼んだ。

タクシーが来ると、診察室に声をかけた。岩政におぶわれて美千恵が出てきた。私は、病院で借りた松葉杖《まつばづえ》や彼女の私物を手にして、医者や看護師に礼を言い、タクシーに向かった。

出走表によれば、美千恵の体重は四十八キロ。岩政にとって、美千恵をおぶうのは造作もないことだった。

助手席に私が乗り、家を目指した。

「美千恵さん、しかたないよ。こうなってしまったんだから休養して」岩政が言った。

美千恵がそっぽを向いた。「嬉しそうね」

「嬉しいわけないだろうが」

「お父さん、病院は決まったの？」美千恵に訊《き》かれた。

「連絡待ちだよ。いい病院を見つけるから安心してろ」

私は家に電話を入れ、朋香《ともか》に事情を話した。「……大丈夫、元気だよ……。それよりも美千恵が泊まる部屋だけど、お父さんの部屋がいいと思うんだ。だから、余計なものは全部、外に出しといてくれないか……。頼むね」

電話の内容を聞いていた美千恵が言った。「一泊するだけよ。そこまでしなくても」

「一階でベッドがあるのは、私の部屋だけだ。言う通りにしなさい」

私は首を巡らせて美千恵を見た。岩政の膝《ひざ》に怪我をした足を乗せた美千恵は、虚《うつ》ろな目をして天井を見上げていた。

タクシーが家の前で停まると、朋香夫妻が舞《まい》を伴って飛び出してきた。

岩政が再び、美千恵を背負った。私は岩政に指示を出し、私の部屋に誘導した。

廊下に母が立っていた。「美千恵ちゃん」

母の顔は綻《ほころ》んでいた。骨折の話は聞いているはずだが、美千恵が家に戻ってきたことしか頭にないらしい。

「お祖母《ばあ》ちゃん」美千恵が微笑み返した。

久しぶりに見る美千恵の笑顔だった。

「あんた、骨を折ったんだって」

「うん」

「しばらくはこの家にいるのね」

「入院しなきゃならないみたい」

「お父さんも足を折って入院したことがあったわ」

母の言う〝お父さん〟というのは、死んだ父のことである。

母が首を前に突き出すようにして訊いた。「あなた、誰？」

「美千恵の友だちだよ」私が答えた。

母は何も言わず、じっと岩政を見ていた。岩政は美千恵をおぶったまま頭を下げた。

「お母さん、美千恵をベッドに運ぶから、場所空けて」私が言った。

母の横をすり抜け、岩政が奥に進んだ。

猫たちが遠くから、興味津々で騒ぎを見ていた。

「メグとグレね」美千恵が言った。

美千恵は猫を飼っていることを小百合《さゆり》から聞いていたらしい。

廊下の隅に並んでいるのは、私の部屋から出されたものが詰まった紙袋だった。

部屋の中も松葉杖の人間が歩けるスペースが何とか確保されていた。

ベッドに腰を下ろした美千恵は、文字通り借りてきた猫のように大人しかった。

小百合は仕事で外出、香澄《かすみ》も家には戻っていなかった。

「お姉ちゃん、骨折ですんでよかったよ」朋香の目に涙が滲《にじ》んでいた。

「心配かけてごめん」美千恵は朋香に対しても素直である。

「紹介するわね。これが私の旦那と娘よ」

朋香の後ろに立っていた鉄雄《てつお》が頭を下げた。「初めまして。困ったことがあったら、何でも言ってください」

舞もきちんと挨拶をした。

「結婚式に出られなくてすみませんでした」美千恵が鉄雄に謝った。

私の携帯が鳴った。温子からである。電話は居間で受けることにした。

「遅くなってごめんなさい。お母さんに認知症検査に行っていただく病院は整形外科も悪くないって聞いてます。ですから、そこにしようと私の判断で決めたの。それでいいかしら？」

「もちろん」

「休日だけど理事長に連絡を取ってもらったわ。空きベッドはあるけど、個室だから、それなりの値段がするでしょうけど」

「費用のことは気にしなくてもいいよ」

診察の予約までは取れなかった。明日の午前中、北砂《きたすな》の病院に美千恵を向かわせることにした。

朋香が美千恵のための食事を部屋に運んだ。

ひとつ間違えたら、命を亡くしていたかもしれない事故である。美千恵は精神的にもまいっているに決まっている。美千恵の世話は朋香に任せて、私と岩政は居間で一休みすることにした。鉄雄と舞、それから母もついてきた。そこで改めて、岩政を家族に紹介した。

「で、病院の方どうなりました？」岩政が訊いた。

「北砂の江東《こうとう》クリニックの個室が取れたよ」

「あの病院、評判いいらしいですよ」鉄雄が口をはさんだ。「ここからもそれほど離れていないから、朋香に面倒を看させるのも楽です。それはよかった」

「その病院って、お祖母ちゃんが行くとこ？」

舞の一言に、母が反応した。「私、病院に行くの？」

「いや、違うんですよ」鉄雄が焦って否定した。「お義父《とう》さんの話なんです。舞が聞き違えたんです」

「お祖母ちゃん、病院に行くってママが言ってたよ」舞が不服そうに、鉄雄を睨《にら》んだ。「嘘ついちゃ駄目」

「お母さん、俺のことだよ。そろそろまた検査に行こうと思って」

私は必死で誤魔化《ごまか》し、目の端で鉄雄に合図を送った。鉄雄は舞を連れて居間を出ていった。

「お母さん、この岩政君はね……」

私は、岩政の職業や出身地について話した。母はじっと岩政を見つめているだけである。

「お母さん、花とか野菜とかを育ててみようか。彼はね……」

屋上庭園のことも口にした。ほとんど理解していないようだったが、それでも話し続けた。

「マンションの屋上が畑みたいになるんだよ。お母さん、どう思う？」

「いいわねえ」

母は話を理解していない気がした。そのことを悟られたくない時に、そのような言い方をするのである。

それが分からない岩政が、屋上庭園についてさらに詳しく話した。

彼の話が終わった時、母が言った。

「あんた、男前だね」

「これはどうも」岩政は笑いながら私に目を向けた。

「鉄雄さんよりもずっと男前だわ」

玄関のドアが開く音がした。小百合が帰ってきたのだ。

居間の襖《ふすま》が開いた。「お姉ちゃん、どこ？」

「私の部屋だよ」

小百合は岩政との挨拶もそこそこに、襖を閉め、美千恵の様子を見に行った。

岩政は翌日、会社を休みたがっていたが、どうしても重要な仕事があり、抜けられなかった。私も同じである。午前十時半までには会社に行かなければならない。

岩政は、美千恵に声をかけてから帰っていった。

私は居間に布団を敷いて寝ることにした。寝具を用意していると、朋香と小百合が入ってきた。

「そのシーツじゃ、駄目よ。それダブル用だよ」朋香がそう言って、新しいシーツを用意してくれた。

「美千恵、寝たのか」

小百合が首を横に振った。「眠れないんじゃないかしら」

「痛みは？」

「あるみたいだけど、お姉ちゃん、勝ち気だから泣き言は言わないわよ」朋香が軽く肩をすくめて見せた。

美千恵の顔を見に行きたかったが我慢した。明日、行く病院について、母のことも含めてふたりに教えた。

「お姉ちゃんが、こんな形で家に戻ってくるとはねえ」小百合がつぶやくように言った。

「美千恵、そのことで何か言ってたか？」

「何にも」答えたのは朋香だった。「明日、私、お姉ちゃんのマンションに行って、必要なものを取ってくる」

彼女たちも居間を出ていった。なかなか寝付けなかった。二度もトイレで目が覚めた。廊下に立つたびに、美千恵のいる部屋を何度も見つめてしまう自分がいた。

翌朝は慌ただしかった。

香澄は幼い頃にしか美千恵に会っていない。初対面みたいなものだから緊張しているようだった。香澄が舞を幼稚園に連れていったり、家のことを手伝うことになった。

八時半すぎ、出かける準備が整った。玄関の段差をどうするか。今頃になって気づいた。逞《たくま》しい岩政はいない。

「僕がおぶっていきますよ」鉄雄が言った。

朋香が首を横に振った。「あんたは駄目。危なっかしくて」

「大丈夫だよ」

「俺がおぶうよ」私が言った。

「お父さんが？」小百合が疑わしい目を向けた。

「それしかないわね。鉄雄よりも安心できるもん」

朋香はまるで夫の足腰を信用していない。こんな時なのに、朋香夫婦の夜の営みのことが脳裏を駆け抜けていった。

私は美千恵を背負って部屋を出、玄関に向かった。美千恵が幼い頃、何度こうやっておぶったことか。

私は思わず「重くなったな」と言いそうになった。

小百合と朋香も美千恵に同行した。

病院は明治通りを少し東に入ったところにあった。通称〝おかず横丁〟と呼ばれている砂町《すなまち》銀座の通りからほど近い。

受付で、この病院の院長に連絡を取ってくれた医師の名前を出した。事務局の人間は、事情を聞いていた。話が通っていることにほっとしたが、特別扱いされたわけではない。整形外科の外来は混んでいた。

長椅子に座った。美千恵を朋香と小百合が囲んだ。私は朋香の隣に腰を下ろした。

「岩政さんって素敵ね」小百合が言った。

「そう?」美千恵はそっけない。

「私もそう思ったよ」と朋香。「何があってもしっかり受け止めてくれそうな感じ」

「見かけ倒しよ」美千恵はけんもほろろである。

「お姉ちゃんをおんぶしてる姿、頼もしかったな」朋香が続けた。

小百合が朋香を見た。「鉄雄さんだって、あんたをおんぶすることぐらいできるわよ」

朋香が首を傾《かし》げた。「かもしれないけど、共倒れしそうで、恐くて躰を預けられないよ」

「大丈夫よ」美千恵が口をはさんだ。「痩せてても男って意外と力があるもんよ」

三人の娘が一堂に揃うのは何年ぶりのことだろう。蚊帳《かや》の外に置かれていても、私はまったく気にならない。女たちのおしゃべりからちょっと距離をおいたところにいるのには慣れている。これが森川家なのだ、としみじみとした気分で、三姉妹の話を聞くともなしに聞いていた。

小百合が美千恵の向こうから顔を覗かせた。「今、思い出したんだけど、お祖母ちゃん、お姫様抱っこしてくれる男がいいって言ったことあったよね」

「あったな」

「岩政さんならできそうね」

美千恵が小百合につっかかると思ったが、何も言わず、私にこう訊いてきた。

「圭介《けいすけ》としょっちゅう会ってるみたいね」

「会ったのは昨日で二度目だよ。電話では話してるけど」

「お父さんが、お姉ちゃんのカレシと仲がいいなんてびっくり」

そう言った小百合を美千恵が睨んだ。「圭介は元カレよ」

「でも、昨日の態度はどう見てもカレシだね」

「いいの、あの人のことは」美千恵が不機嫌そうに言った。

小百合と朋香の目が、私の背後に向けられた。振り向くと、そこに温子の姿があった。

私は弾《はじ》かれたように立ち上がった。「わざわざどうも」

「家が遠くないですから、ちょっと様子を見に」

私は、娘たちに温子を紹介し、彼女がこの病院を手配してくれたことを教えた。

美千恵は座ったまま、小百合と朋香は立ち上がって、温子に礼を言った。

「どうぞ、お座りください」小百合が椅子を勧めた。

「時間がないのでこのままで。待たされてるようですけど、少しだけ我慢してくださいね」

「祖母のことも、白石さんが？」朋香が口を開いた。

「彼女にアドバイスをもらってるんだ」私が答えた。

温子が腕時計に目を落とした。「じゃあ私、そろそろ行きます」

「玄関まで一緒に」

「お大事に」温子が美千恵に言った。

「ご迷惑をおかけしました」美千恵が頭を下げた。

私たちは玄関に向かった。

「大事に至らずによかったけど、選手として復帰するのには時間がかかるかもしれないわね。骨折は侮れないから」

「これをきっかけに引退してほしいよ」

「復帰した方がいいと私は思うわ。そうじゃないと、彼女も納得できないでしょうから」

「まあ、そうだけど……」

玄関まで送った私は、改めて礼を言い、また連絡すると告げて、温子と別れた。

突然の温子の出現に心が波立った。美千恵の骨折のことが頭から抜け落ちてしまうくらいに嬉《うれ》しかった。廊下を歩きながら時計を見た。私も会社に行かなければならない。

「お父さん、あの人、この近所に住んでるの？」元の席についた私に、小百合が訊いてきた。

「東陽町《とうようちょう》だよ」

「ふーん」小百合が意味ありげな目つきで私を見た。

私も病院を後にし、会社に出た。

客と会っている最中に、朋香から電話があった。席を立って、電話を受けた。やはり、美千恵は入院して手術を受けることになったという。

詳しい話が聞けたのは客が帰った後だった。

「美千恵の様子はどうだ？」

「痛そうだけど、元気よ。今日のうちに手術やっちゃうそうよ」

「もう手術するのか」

「三時から始めるって。手術は一時間ぐらいで終わるそうよ」

「担当医から直接話が聞きたいな」

「じゃ、病院に言っておくわ。笹岡《ささおか》先生というのが担当医なんだけど、ベテランのお医者さんで、とても優しそうな人よ。信頼していいと思う。私、これからお姉ちゃんのマンションに行って、必要なものを取ってくるね」

私は早速、岩政に朋香から聞いたことを伝えた。

昌子《まさこ》から電話が入った。姉に知らせるのをすっかり忘れていた。麗子《れいこ》が仙台《せんだい》から出てくるのが今日だということも姉の声を聞いてやっと思い出した。

「美千恵ちゃんが大怪我したんだって？」

案の定、昌子は、すぐに知らせなかったことに腹を立てた。

「心配はいらないよ」

「私、ちょっと病院に行ってくる」

「うん。で、麗子はどうした？」

「さっき着いたって電話があったけど、それどころじゃないから放ってあるわ」

「俺も仕事が終わり次第病院に行く。だから、姉さんは麗子の相手をしてくれよ」

「お見舞いのあとで、そうする」

五時すぎに会社を出て、病院に直行した。昌子は今しがた帰ったらしい。手術は無事に終わり、美千恵は四階の病室にいた。医者とは六時半に会い、説明を聞くことになったという。病室には小百合と朋香がいた。

美千恵は点滴をされ、怪我をした足を二十センチほどの高さの台に載せていた。

美千恵が不憫《ふびん》でならなかった。

「いつまで入院してなきゃならないんだい？」私が美千恵に訊いた。

「早い人だと四、五日で退院できるそうよ」答えたのは朋香だった。「ともかくリハビリに時間がかかるらしいのよ」

「二週間ぐらいで抜糸だから、それまで入院している人もいるんだって」美千恵が言った。

状況がよく分からない。医者に聞く他ないだろう。

私が病室に入って十五分も経たないうちに岩政がやってきた。彼は花束を手にしていた。

「これ、うちの花瓶だけど、お姉ちゃんとこのは汚れてたね」

朋香が大きな紙袋の中から、黄色と赤の模様の入ったガラス製の花瓶を取りだした。岩政が持ってきたのはガーベラのフラワーアレンジメントで、オレンジやピンクの花が病室を明るくした。

「ありがとう」美千恵が岩政を見て、ぎこちなく微笑んだ。

「さて、先生の話を聞いてこようか」

私は小百合と朋香を連れて病室を出た。

担当医の笹岡医師は五十代半ばの、感じのいい医者で、穏やかな口調で丁寧に説明する男だった。声が素晴らしい。太くて柔らかい声なのだ。患者を安心させるのに、この声は大いに役立っているはずだ。

X線写真を見せられた。

踝の内側の皮膚を開き、スクリューとプレートで固定したという。スクリューとは、簡単にいえばボルトのことである。この治療の方がワイヤーを入れるよりも骨のくっつきが早いそうだ。

「いつ頃、退院できそうですか」私が訊いた。

「それは患者さん次第です。不測の事態がない限り、怪我をした足に荷重をかけずに、リハビリをしてもらい、超音波で治療を続けます。それは通院でも可能ですから」

美千恵に早く家に戻ってもらいたいが、病院にいてくれた方が安心である。いつ退院するかについては、後日、美千恵と話すことにした。

「選手としての復帰はいつ頃になりそうですか」小百合が訊いた。

「そうですね。ウォーキングやジョギングができるようになるまでに三ヵ月はかかるでしょうね。その後に、選手としてのリハビリが待ってます。復帰まではそうですね……四、五ヵ月かかるかな」

笹岡医師は何でも明快に答えてくれた。この医師なら信頼できる。私はほっと胸を撫《な》で下ろした。

担当医の話を聞き終わると、三人で病室に戻った。

岩政が、美千恵の横に椅子をおいて、彼女と話していた。ドアが開いた瞬間に岩政が話を止めた。美千恵は天井を向いたままである。

「選手が競技中に足のどこかを怪我すること自体、滅多にないことだそうです」

岩政がとってつけたように言った。先ほどまで他の話をしていた気がした。

「お父さんにはよく分からないが、首とか顔でなくてよかったよ」

「そうよ」小百合がうなずいた。「顔に傷がつくなんて考えただけで、私、耐えられない」

美千恵が小百合に目を向けた。「あんたは声だけじゃなくて、顔も売り物だもんね」

「競艇選手だって同じでしょう？」

美千恵は答えない。

「でも、珍しい怪我っていいじゃん」と朋香。

「何でよ」美千恵が訊いた。

「人と一緒じゃない方が格好いいもん」

美千恵が鼻で笑った。

私と岩政は、三姉妹の会話を黙って聞いていた。美千恵と話したいはずなのに、私は、いざとなると何を話していいか分からなくなった。

手術直後である。長い間人と話すのは辛《つら》いかもしれない。私たちは、美千恵のことは病院に任せ、引き揚げることにした。

岩政を家に誘ったのは小百合だった。

「お祖母ちゃんの食事、どうした？」私が朋香に訊いた。

「ちゃんと用意してきたし、鉄雄に早く帰るように言っておいたから、彼が相手してると思う」

「朋香がいないと家は回らないな」

「私だって、ちゃんとやってるよ」小百合が張り合うように言った。

「分かってるよ。家のことも大事だけど、小百合、お前は美千恵の相手をしてくれ」

「言われなくてもそうするつもりよ」

家に戻ると、母が台所に立っていた。ここしばらく見なかった姿である。鉄雄が手伝っていた。

母に、手術が無事に終わったことを教えた。

「そう。よかったわね。私、お見舞いにいくわよ」

隣に立っている朋香の視線を感じた。

「行こうね。でも、手術したばかりだから、もう少し経ってからにしようね」

母が小さくうなずいた。

朋香が鉄雄に代わった。ビールを用意したのは私だった。

「リハビリも大変だけど、美千恵さん本人に頑張ってもらうしかないな」岩政が言う。

「お姉ちゃん、早く復帰したいから、へこたれないよ」と小百合。

「退院したら、しばらくはここで生活させよう」私はつぶやくようにそう言った。

小百合が私から目をそらした。「お姉ちゃん、マンションに帰る気でいるみたいよ」

「馬鹿な。そんなことはさせない」つい声に力が入ってしまった。

「でも大丈夫。私が何とか説得するから」

「頼むよ」

台所から母と朋香の話し声が聞こえてきた。

私は気を取り直してこう言った。「お祖母ちゃん、ちょっと元気になったみたいだな」

鉄雄が大きくうなずいた。「台所に立つっていうのはいいことだと思います」

美千恵が家に戻ってきたことで、母に活気が戻ったのは間違いない。皮肉なことである。

「香澄ちゃんも、ついさっきまでいて、僕の手伝いをしてくれたんですよ」

「彼女のお母さんのこと聞いてないか」

「昌子さんのとこにいるそうです」

ここの手伝いを終えた後、香澄は昌子のところに行ったという。

「麗子叔母《おば》さんが東京に来てるの?」何も聞かされていない小百合が驚いた顔をした。

「今日の午後着いたんだ」

麗子のことも気にはなるが、昌子に任せておくことにした。

岩政が屋上庭園の話をした。小百合は乗り気だった。鉄雄は花や野菜と昆虫の関係を話し始めた。

岩政は真面目に鉄雄の話を聞いていた。すっかり森川家に溶け込んでいて、家族の一員のようである。

朋香が居間に入ってきた。

「今日のお祖母ちゃんは、頭がはっきりしてたわよ」朋香が小声で言った。

「でも、医者には診《み》せないとな」

「美千恵姉ちゃんのお見舞いに行こうって、またしつこく言ってた」

美千恵のお見舞いに行った時に、診察を受けさせるのが一番いいだろう。むろん、高齢者の定期検診という名目はそのままにして。

「美千恵姉ちゃんからも、その話をお祖母ちゃんにしてもらうよ。私が言うより、久しぶりに会った美千恵姉ちゃんが言う方が効果があると思うから」朋香が言った。

「その通りだな」

私の携帯が鳴った。昌子からだった。

「朋香ちゃんから聞いたけど、美千恵ちゃんの手術、無事に終わったんだってね」

「うん」私は経過を説明した。

私の話を聞いた昌子は安堵《あんど》の言葉を口にした。

「で、麗子はどうしてる？」

「それがね……」昌子が口ごもった。「こんな時に悪いんだけど、うちまで来てくれない？」

私は黙ったままでいた。

「無理だったらいいんだけど。電話じゃちょっとね。夕飯まだだったら、うちで用意するから」

美千恵の事故という大事件の直後である。麗子の家庭問題など、当人たちで解決してほしいと鬱陶《うっとう》しい気分になった。しかし、珍しく弱気な声を出した昌子の頼みを放っておくこともできなかった。

「お父さん、昌子伯母さんのとこに行ってくるからね」私は朋香に言った。

「何かあったの？」

「何もないよ。麗子叔母さんの顔を見に行くだけだ」

私が腰を上げると、岩政も立ち上がろうとした。

「君はゆっくりしていっていいよ。食事もまだだろう？」

「お鮨《すし》でも取ろうよ」小百合が言った。

「そうしなさい」

「お父さん、食事は？」

「伯母さんのところで食べてくる。岩政君、遠慮はいらんよ」

「はい。じゃ、お言葉に甘えて」

私は家を出た。秋の虫が静かに鳴いていた。頭には美千恵のことしかなかった。

重傷とはいえ、美千恵の怪我はいつかは治る。しかし、自分と美千恵のわだかまりが消える当てはない。家に戻ってきたとしても、我が家の猫たちのように、気を許すことはないかもしれない。それでも、家にいてくれるだけで、否応《いやおう》なしに距離は縮まるだろう。多くを期待するのは止そう。淡々とした付き合いでいい。ひとつ間違えたら、赤子の時に命を失っていたかもしれない美千恵である。我が家の空気を吸ってくれているだけでほっとする。

私は大きく息を吸った。と同時に腹が鳴った。自分は生きている。妙なところで妙なことを実感するものだと私は短く笑った。

昌子のマンションに着いた。ドアを開けてくれた昌子が、ほとほと困り果てたような顔をした。

居間に入った。ソファーに麗子と香澄が並んで座っていた。彼女たちの右側の椅子に太郎が腰を下ろしている。太郎はつい先ほど帰ってきたばかりだという。

「久しぶり」私は麗子に笑いかけた。

麗子が、美千恵のことを話題にし、手術が無事に終わったことを喜んだ。私は美千恵のことを詳しく教えた。昌子に話したばかりだし、麗子の話を聞いてやらなければ、と思っているのに、つい長くなってしまった。

「でも、それぐらいですんで何よりでしたね」太郎が言った。「時機をみて、私もお見舞いにいきます」

私は太郎に礼を言い、家のことを手伝ってくれた香澄に目を合わせた。「いろいろやってくれてありがとう」

香澄は小さく微笑んだだけで、口を開かなかった。

沈黙が流れた。

「姉さん、お腹空いたよ」

昌子は鮨を取ると言った。握り鮨を取ってもらうことにした。我が家でも鮨の出前を頼んだころだろう、と思ったが余計なことは口にしなかった。

私は改めて麗子を見つめた。

麗子は今年の七月で五十になった。昌子は父親似だが、麗子は小柄で、小鼻が少し開いたところといい、薄い唇といい、母親に似ている。その日は長めの髪を後ろでまとめていた。富士額《ふじびたい》である。今日の今日まで、私はそのことに気づかなかった。金糸を織り込んだ焦げ茶色のロングスカートに大きな花柄がプリントされたカットソーを着ていた。何年も会わずにいるうちに、少し太ったようだが、それほど老けたという印象はなかった。

私は昌子に目を向けた。「で、話ってのは……」

「結論から言えば、麗子、離婚することに決めたそうよ」

簡単にそう言われると、納得しがたい感じがして顔が歪んだ。「麗子、何があったのか俺にも話してくれないか」

「香澄から聞いてるでしょう？」

「ちょっとはね。泉一《せんいち》さん、ギャンブルにのめり込んでるんだって？」

「私の我慢の限界を超えてるの」

「順を追って話してみなさい」

麗子はぽつりぽつりと話し出した。香澄から聞いたことと、さして違いはなかった。

「泉一さん、お前がこっちに来てること知ってるんだろうな」私が訊いた。

「手紙と離婚届を置いて、出てきた」麗子が答えた。

「それはまた、気が早いな」

「ずっと我慢してたから。もう駄目。絶対にやっていけない」

麗子の前に置かれた携帯が光った。

「また泉一さんからでしょう？　出たら、あんた」昌子が言った。

麗子は光る携帯から視線を逸らし、首を大きく横に振った。

「どこにいるのかぐらいは教えるべきよ。夫婦なんだから」昌子が続けた。

「そうよ」香澄が口をはさんだ。「パパがちょっとだけど、可哀相《かわいそう》になってきた」

麗子がきっとした目で娘を睨んだ。「あんたも、ママが別れることに賛成してたじゃないの」

「うん。でも……。このままパパの顔を見られなくなると思うとね……」

「あんたにパパに会うなとは言ってないわよ」

「泉一さんが、ギャンブルを止めたら、元の鞘《さや》に収まってもいいんですか？」太郎が訊いた。

「あの人のギャンブル癖が直るはずはないし、直ったとしても、やり直せないと思う。何を訊いても言っても、まともな会話にならない人と暮らすのは無理。私、随分努力したつもりよ」

再び会話が途切れた。チャイムが鳴った。出前が届いたらしい。昌子が玄関に向かった。

私は麗子を見つめた。「問題を抱えてるわりには、見た目は元気そうだな」

「そう？　少し太ったでしょう」

「まあね。でもストレス太りって感じじゃないね。健康そうだよ」

「兄さん、その後、躰の方はどうなの？」

「ここまで来るとおそらく大丈夫だろうとは思ってるけど」

鮨とビールが私の前に置かれた。

食べながら、私は母の様子を話した。「……美千恵の騒動が、お袋を元気づかせたらしい」

「やっぱり、人っていうのは生産的な生き物なんですね。やるべきことができると、元気になるっていうのは」太郎は、自分の言ったことを確認するかのように大きくうなずいた。

「私、母さんの面倒もちゃんと見るわよ」麗子が言った。

「そんなことよりも、東京に戻ったとしてだが、どうやって食べていくつもりなんだ」

「それよね、問題は」昌子が口をはさんだ。「一体どうするつもりなの？」

私が来るまでに、麗子の今後のことについても話が出ていたかと思ったが、そうではなかったらしい。

麗子は、すぐには口を開かなかった。

昌子が麗子を睨みつけた。「あんた、当てもなく東京に戻ってくるつもり？」

「昌子」太郎が、ぽんぽん言う妻を窘《たしな》めた。

「高校時代の友だちが、銀座のクラブのオーナーママなの。それで……」

「あんた、まさか、その歳でホステスデビューしようっていうんじゃないでしょうね」

昌子の驚きようといったらなかった。背もたれがなかったら、そのまま後ろに倒れていただろう。私はといえば、口をあんぐりと開け、麗子を見つめるばかりで、何も言えなかった。

麗子はホステスとしてではなくキャッシャーとして働くのだという。

昌子が気の抜けた顔をして、背もたれに躰を沈めた。

私は鮨をつまみながら香澄を盗み見た。香澄はキャバクラでバイトをしている。親子で水商売に縁があるということか。

「派手な世界で働くのはねえ……」そうつぶやくように言って、昌子は首を横に振った。

「お姉さんの働いてた世界も派手だったじゃない」

「何が派手なもんですか？　足に豆ばかり作る仕事だったのよ」

「仕事の口があることは分かった。で、住まいはどうするんだ」私が訊いた。

麗子が目を伏せた。「うちのマンションに空き部屋があったら、しばらく借りたいと思ってるんだけど」

私と昌子が顔を見合わせた。

「駄目だったら、さっき話に出た友だちに頼むからいいけど」

「空いてる部屋なんてあったかしら」昌子が言った。

「五階の奥の２ＤＫが空いてる。家賃を滞納してばかりいた女が借りてた部屋だよ」

「そういえば、そんなことがあったわね」

「そこに住んでもいいかしら」

「いいも悪いも、あのマンションは、俺たち三人の共同所有物だよ。好きにしたらいい。でも、話が進みすぎてはいやしないか」

麗子は私の言葉を無視して娘に顔を向けた。「そこでしばらく一緒に暮らしましょう」

香澄は俯《うつむ》いたまま黙っていた。

「香澄、どうしたの？　あんたも、ママと東京で暮らしたいって言ってたわよね」

成人式を終えているとはいえ、香澄はまだ子供なのだ。両親の離婚話が具体的になり、生々しい夫婦間の問題を聞かされているうちに気持ちが変わってきたようである。

泉一のギャンブル癖が、麗子の言った通り、度がすぎるものだったら別れるしかないと思っていたが、香澄の様子を見たら何も言えなくなってしまった。

「麗子」昌子が諭《さと》した。「泉一さん、あんたがここまで思いきったことをするなんて考えていなかったみたいじゃない。これがきっかけになって、悪い癖が直るかもしれないわよ」

「離婚したい理由はそれだけじゃないって言ったでしょう。私、東京に戻りたいのよ。それに、お姉ちゃん、さっきまではギャンブルにのめり込んでる男はどうしようもないから、さっさと別れなさいって言ってたじゃない」麗子がいきり立った。

「確かにそう言ったわよ。だけど……」昌子の視線が、俯いている香澄に向けられた。「考え直す余地はあるんじゃないか、って思うようになったの」

関係が修復できないまま、白けた雰囲気の中で夫婦生活を送るのは不健全。そういう場合は離婚すべきだというのが私の考えである。しかし、子供がどうしたいのかということも重要なポイントだ。

私はお茶を啜《すす》った。「麗子、覚悟を持って戻ってきたんだから、しばらくマンションで暮らしたらいい。その間に、香澄ちゃんと、ゆっくり話し合って結論を出せばいいじゃないか。何も急ぐことはないよ」

麗子は唇をきゅっと結んだまま口を開かない……。

翌日も、私は会社が終わると美千恵に会いに病院へ行った。美千恵はベッドに横になっていた。ちょっと辛そうだった。二、三日は痛みが残るという。

「痛み止めは飲んでるんだろう？」私が訊いた。

「飲んでないよ。座薬だから。私、馴染《なじ》めなくて」

「座薬は効き目が早いらしいけど、お父さんも苦手だな。初めて使った時は、押し込んだつもりが、何かの拍子にぴゅって出てきちゃったよ」

美千恵が短く笑った。

美千恵が入院して、初めてふたりきりになれた。そんな時に、いきなり座薬の話題になるとは。妙な気分になったが、美千恵の笑顔を誘ったのだから、別の意味で座薬の効き目があったということだ。

美千恵を腹に宿していた時、美枝が骨折したことを思いだした。しかし、母親の話をするのは寝た子を起こすようなものだから、口にはできなかった。

美千恵が少し躰を起こした。「お祖母ちゃんのこと、朋香から聞いたよ。私もうまく話すわ」

「そうしてくれると助かる。お祖母ちゃん、お前の顔を見たら急に元気になってね。

美千恵に言われたら、うんと言う気がするな」

「日にちが決まったら教えて」

「いつまで入院してなきゃならないんだ？」

「そんなこと、まだ分からないよ」

美千恵が口早に言って、視線を逸らした。何か隠している。そんな気がした。

「麗子叔母さんが東京に来てるんだって？」

「しばらく、こっちにいるかも」

結局、麗子は娘と一緒に森川家のマンションの一室で暮らすことになった。

香澄がマンションに移れば、部屋が空く。階段が使えない美千恵に、自分の部屋を明け渡し、私は二階に上がることに決めていた。

しかし、その話をするのはもっと後でいい。美千恵はできるだけ早く、自分のマンションに戻りたがっているようだから、私が勝手に決めたことを、焦って教えるのは得策ではない。

「麗子叔母さん、高中《たかなか》さんと別居するっていうこと?」

「しばらくはそういうことになるだろうね。お父さんも頭が痛いよ」私は、事情をかいつまんで美千恵に話した。

黙って話を聞いていた美千恵がぽつりと言った。「結婚って面倒」

「まあね。でも、面倒の一言で片付けられないところもある。特に、長く苦楽を共にしてるとね」

美千恵は表情を変えず、天井を見つめていた。

このようにして、私は、毎日というわけではないが、会社帰りに病院に寄るようにした。太郎と昌子の娘たちとも見舞いにきたという。

そんな最中、香澄がマンションに引っ越した。大した荷物はなかったが、運送屋の軽トラを借りないと運び出せなかった。

香澄はキャバクラのバイトは辞めたのだろうか。訊いてみたくなったが、母親と一緒なのだから、彼女については麗子に任せることにした。

麗子はしょっちゅう家に来た。母の面倒をよく見てくれているらしい。負担の減った朋香は楽になったと笑った。しかし、ちょっと不満そうでもあった。これまで家を仕切ってきたのは朋香である。その座を、叔母とはいえ、親しい間柄ではない麗子に譲ることになった。それが面白くないのかもしれない。

一週間で美千恵のシーネ（添え木）が外れた。その前からリハビリが始まっていた。病院のメニューを美千恵は忠実に守って、上半身や怪我をしていない方の脚を鍛えているという。

手術後四、五日で退院し、通院でリハビリと超音波治療を受ける人もいるらしいが、美千恵は退院のことは口にしなかった。浮間舟渡《うきまふなど》のマンションから通うのは大変である。かといって、親許《おやもと》で暮らすのには躊躇いがある。おそらく、そんな気持ちで病院に留《とど》まっているのではなかろうか。

岩政も顔を出しているようだが、いつも私とはすれ違いだった。太郎は昌子と一緒に、麗子は香澄と共に見舞いに訪れたようだ。誰がどんな話をしているか知る由もないが、美千恵の心が解《ほぐ》れる話題を出してほしいと願うばかりだった。

そんなある日、私は温子に会って、門仲《もんなか》でモンジャ焼きを食べた。母を病院に連れていく段取りを話した後、麗子の騒動を口にした。それは相談ではなく単なる愚痴《ぐち》だった。

食事を終えると、私たちは美沙子《みさこ》のバーに行った。店は混んでいた。カウンターの壁際の席が一席しか空いておらず、奥のボックス席も一杯だった。美沙子が補助用のスツールを出してきて、カウンターの客を少しずつ移動させた。

「繁盛してますね」私が言った。

温子は赤ワインを、私はビールを頼んだ。

「聞いたわよ。お嬢さん大変だったんですって」

「もう大丈夫だろう。リハビリに入ってるから」

私は、温子に世話になったことを美沙子に伝えた。

「いい人を紹介したでしょう？」美沙子が私にウインクしてから、奥の席の注文を受けに行った。

温子が煙草《たばこ》に火をつけた。「それで、お嬢さんとは、その後どう？　少しは変化がありました？」

「あったと思うよ。あの子のマンションで会った時に比べればね。でも、まだまだ時間はかかりそうだな」私はビールを口に運んだ。

「それはしかたないわね。例のことを、お嬢さんが知ったら、父親を見る目ががらりと変わりそうだけど、それは絶対に言えないしね」

「ともかく、できるだけ早く、うちから通院するようにしてもらいたい。今の私の望みはそれだけだよ」

「言葉は悪いけど、お母さんも利用すべきよ」

「利用するって……」私は温子の顔を覗き込んだ。

「病気の進行具合にもよるけど、お母さん、美千恵さんの顔を見て元気になったんでしょう？　お祖母ちゃんに、家で静養してって言われたら、美千恵さん、何も言えないわよ」

「お袋にどう話せばいいかな。ちゃんと話を理解してない時もあるからね」

「大丈夫。うまくいくわよ」温子はグラスを空け、お代わりを頼んだ。

私は腕を組んでうなずいた。「それとなく話してみるかな」

温子といると心が解れた。しかし、もう家族のことは話題にしたくなかった。地元でばかり会っているのがよくないのだ。次回はエリアを変えてデートしよう。

そんなことを考えている間に、カウンターで飲んでいた四人の客が帰った。カウンター席にいるのは、中年の男ひとりになった。

美沙子が私たちのところにやってきた。

「美沙ちゃんも何か飲む？」私が訊いた。

「ありがとう。ビールいただいていいかしら」

「どうぞ」

温子が、東陽町のイタリアンレストランで食事をした話をした。

「あそこは穴場よ」美沙子はそう言ってから、私たちをじっと見つめた。「よく会ってるのね、おふたりは」

「そうでもないよ。白石《しらいし》さんが忙しいから」

「そういえば、崇徳《そうとく》さん、来月の二十日が誕生日よね」

「よく覚えてるね」私は本気でびっくりした。

美沙子がにっと笑った。「常連さんの誕生日は携帯に登録してあるのよ」

「なるほど。さすがプロだね」

「そんなこと常識よ」美沙子がグラスを空けた。

美沙子が私に目を向けた。「温ちゃんと一緒にお祝いしましょうよ。還暦だから盛大に」

「それも商売の裡《うち》？」

「当然」美沙子が間髪《かんはつ》を入れずに答えた。「お客様の誕生日は売り上げが上がるのよ」

温子は笑みを浮かべて、私と美沙子のやり取りを聞いていた。

「温ちゃん、来月の二十日は空いてる？」美沙子が訊いた。

温子が手帳を取りだした。「前の日から神戸に行くの。翌日、帰ってはくるんだけど、かなり遅くなるわね」

「店を開けて待ってるわよ」

温子が困った顔をした。「お嬢さんたちが誕生会を考えてるかもしれないでしょう？」

「親父の誕生会を娘たちが開く？」美沙子が素《す》っ頓狂《とんきょう》な声を出した。「そんな娘が今時いると思う？　みんな自分のことで忙しくて、父親の誕生日がいつだったか覚えてないのが普通よ」

「昔の日本映画には、父親思いの娘っていうのがよく出てきたけどな」私が口をはさんだ。

美沙子がうなずいた。「そうね。でも、あれも、よく考えてみると、作り話だと思う。作った男の監督の幻想よ。父親への愛情はあっても、娘はそういうことはしないもんよ」

確かに、世の父親をくすぐるファンタジーにすぎなかったのかもしれない。

それが証拠に、大人になった娘たちにプレゼントをもらったことはあるが、誕生会を開いてもらった経験はない。小百合はしょっちゅう私の誕生日を忘れた。だからといって、がっかりしたことはなかった。しかし、今回は誕生会もいいかなと思っている。還暦という節目だからではない。もしも美千恵が、リハビリ中、家に戻ってくれたら、自分の誕生日すら利用して、美千恵とのわだかまりを解きたいのだった。そういう魂胆《こんたん》がなければ、誕生日は、温子とふたりだけで祝いたかった。

「家族依存症の子供が増えたから、父親の誕生会を開く子もいるかもしれないわね」

温子がそう言った。「お父さんに依存した娘が、大人になって鬱病《うつ》を発症した例もあるのよ」

「何が健全か分からないけど、複雑な世の中になったわね」美沙子がつぶやいた。

「家での誕生会はさておき、私も、その日の夜、ここに来られるかもしれない」

私の曖昧《あいまい》な言い方に美沙子が反応した。「そうか、分かった。温ちゃんとふたりだけで祝いたいのね」

「当たり」本音があっさりと口から飛び出した。美千恵とのことが頭になかったら、歯切れの悪いことを言っていただろう。

温子が私を見つめた。「私も本当はそうしたいんだけど、ごめんなさい」

「ご馳走《ちそう》さまあ」美沙子はグラスをかざすと、私たちから離れ、カウンターに残っていた客の方に歩を進めた。

温子が、明日、仕事で早起きをするというので、その夜は早めに切り上げた。

美沙子の店を出た私たちは、いつものように歩いて、温子のマンションを目指した。

私たちは自然に手を繋《つな》いでいた。

「誕生日の日、もう少し早く戻ってこられるかもしれない」温子が言った。

「あなたとふたりだけで食事でもしたいんだけど、ちょっと考えてることがあってね」

「何？」

私は、美千恵との関係修復に、自分の誕生日が役に立つかもしれないという、捕らぬ狸の皮算用みたいなことを考えていると教えた。

温子が足を止め、何度もうなずいた。「この間私が会ったお嬢さんたちに協力してもらえば、きっとなにがしかの成果が出る気がするわ」

「だといいんだけどね」

富岡《とみおか》一丁目のバス停が近づいてきた。

「伯父《おじ》さん」いきなり後ろから声をかけられた。

香澄だった。私は慌てて握っていた手を離した。香澄は温子には目を向けなかった。私は温子に香澄を紹介した。

「今頃、こんなとこで何してるの？」私が訊いた。

「家に帰るとこよ」

「どうだい、マンションの住み心地は？」

「まあまあね」笑顔で答えた香澄だったが、急に顔つきが変わった。「伯父さん、聞いた？」

「何を？」

「お父さん、明日上京してくるんだって」

私は聞いていなかった。

「昌子伯母さんは知ってるのかな」

「さあね。私、ママから聞いただけだから。それじゃ、ここで」香澄は軽く頭を下げ、去っていった。

「大変ね。いろいろあって」温子が言った。

「一悶着《ひともんちゃく》なきゃいいけどね」私は溜息をついてから、温子に微笑みかけた。「気にしない、気にしない。今の崇徳さんは美千恵さんのこととお母さんのことだけを考えてればいいのよ」

「そうだね」私はうなずきながら、温子も私にとって大切な人だと改めて思った。

温子のマンションが近づいてきた。

「次回は銀座辺りでご飯食べない？」私が誘った。

「いいわね」温子は即座に答えた。

麗子と香澄が仮住まいをしている部屋に足を運んだのは翌夜のことだった。

麗子が東京に戻ってきて、ちょうど二週間が経っていた。たったそれだけの短い間に、部屋には家庭のニオイが漂うようになっていた。男にはとてもできない芸当だと思った。

安物には違いないが、深緑色のソファーセットが置かれていた。ソファーに泉一と香澄が座り、麗子がキッチン寄りの椅子に腰を下ろしている。三人とも葬儀に参列している時のような面持《おもも》ちだった。

泉一が立ち上がり、神妙な顔をして頭を下げた。「お久しぶりでございます。今回は大変なご迷惑をおかけしまして」

「兄さん、座って」麗子に促され、椅子に腰を下ろした。

真正面に泉一が立っていた。麗子が私のために茶を淹《い》れてくれた。

「パパも座ったら？」香澄が項垂《うなだ》れている父親に言った。冷たい口調である。

泉一が躰を小さくして座り直した。私は妹に目を向けた。

麗子が目の端で夫を見た。「兄さんに、この人のことを知ってもらおうと思って」

「話はこの間聞いたよ」私は泉一に目を移した。

しばらく会わないうちに、髪がかなり後退していた。歳は確か五十二のはずだが、かなり老けて見える。皮膚はたるみ、自慢だったはずの大きな目も崩れてしまっていた。生活の乱れが原因のように思える。

「すべて私の不徳のいたすところです」泉一がまた頭を下げた。

「弁解というか、高中さんの言い分はないんですか？」私が訊いた。

「ありません。これからは一切、麻雀《マージャン》をやらずに仕事に専念します」

私は茶を飲んだ。「うまいね、このお茶」

「兄さんのとこのよりはね。お茶ぐらい美味《おい》しいのを飲まないと。この人の金遣いが荒いから、向こうじゃ、お茶でさえ好きなものを買えなかったし」麗子は憎々しげにそう言ってから、泉一の生活態度をなじり始めた。

私は、途中で止めようとしたが、止まらなかった。

「しつこいよ、ママ!!」

香澄がヒステリックな声を上げた。麗子はようやく口を閉じた。

麗子の離婚の意志は相変わらず固そうだし、香澄の気持ちは揺れ動いたままである。状況は何も変わっていない。

「高中さん、仕事を放り出してギャンブルにのめり込んでいるって本当なんですか」

私ははっきりと訊いた。

「すべて私が悪いんです」泉一が項垂れた。

麗子が私を見た。修羅《しゅら》の形相《ぎょうそう》である。私に怒っているようにしか見えない。

「この人はいつもこんな感じで、肝心なことは言わないの。黙ってるか、その場しのぎに謝るかのどっちかなの。そして、最後は〝うるさい、黙れ〟ってキレるだけ」

「一概にギャンブルが悪いとは、私は思ってないですよ。賭け事は一種の肝試《きもだめ》しですから、人を鍛えるところもあるし、やってる人間が、自分の性格を判断する手がかりにもなる。だけど、のめり込むと際限がない。愛人を作るよりも始末が悪い」

「兄さん、そんな評論家みたいなことを言うと、この人、つけあがるわよ。項垂れて見せてるだけで、心ん中じゃ、舌を出してるんだから。ギャンブルだけが別れたい理由じゃないって、私、言ったわよね。この人の態度を見てれば、私の気持ち分かるでしょう？」

「麗子、少し黙ってなさい」私は妹を睨んだ。

麗子が目を伏せた。

「高中さんは麗子と別れたくないんですね」

「はい」

「それが本当なら、もっと早く東京に飛んでくるべきじゃなかったんですか。矢も楯《たて》もたまらず、って気持ちにはならなかった？」

「なりました。ですが、電話で何を言っても、麗子が答えてくれないものですから……」

泉一の口は確かに重い。訥弁《とつべん》は、日本男子の特徴だし、高倉健《たかくらけん》の〝自分は……〟なんて台詞廻《せりふまわ》しにまで達すると、これはもう芸術だといっても過言ではない。だが、こういう問題が起こった時は寡黙《かもく》は美徳ではない。こんな態度を取っていたら、こじれたものを修復するのは不可能だろう。

「もう麻雀やらない？」香澄が父親に訊いた。

「やらない。ママがいなくなってから一度もやってない」

「その代わりに酒浸《さけびた》りだったんでしょう？」香澄が責めた。

「少しは飲んでたけど……」

「ギャンブル、もう絶対にやらない、って私に誓《ちか》える？」香澄の声がさらに鋭くなった。

「誓うよ。今度のことでパパはもう……」泉一は、最後まで言い切らずに、また黙ってしまった。

何か言いかけた麗子を制して、私は香澄に視線を向けた。「香澄ちゃんは、お父さんとお母さんが別れるのが嫌なんだね」

「分かんない。この間は、パパが可哀相って気になったけど、話を聞いてると、やっぱりママの言ってることが正しいとも思えてくるし……。私、疲れたよ」香澄が煙草に火をつけ、投げやりな感じで煙を吐きだした。

「高中さん、冷却期間をおいて、麗子とじっくり話し合うしかないんじゃないですか？」

「それは分かってます。でも、私としては一刻も早く、麗子に……」

「パパ、今日は帰ってよ」香澄が冷たく言い放った。

私は泉一に目配せした。「一緒に出ましょうか」

泉一は黙ったままだった。私は泉一を無視して腰を上げた。

「兄さん、また話、聞いてくれる？」

「いいけど、これは、高中家の問題だよ」

「そうだけど……」

「じゃ行くよ」

私が玄関に向かうと、泉一が慌てて立ち上がり、私を追いかけてきて、一緒に部屋を出た。

私は泉一と共に人気《ひとけ》のない通りを自宅の方に向かって歩き出した。泉一は門仲のビジネスホテルに泊まっているという。時間を取らせたことをしきりに謝り、美千恵の怪我のことにも触れ、同情の言葉を口にした。

「僕、森川さんみたいにはっきり物が言える人が羨《うらや》ましいです」

「麗子は、あなたに饒舌《じょうぜつ》になれと言ってるんじゃないと思いますよ。もっとかまってほしいんです。麗子もおそらく更年期に入っているはずですしね。精神が不安定になっている時期ですよ。そんな時に、あなたはギャンブルにのめり込んでいた。まずはギャンブルを止めたということを麗子に信用させる必要がある。そして、自分を殺してでも彼女に合わせる。それしかないですね」

泉一は口を半開きにして、薄くなった頭をかいた。「女を相手にするのが苦手でして。正直言って、男同士でいる方が気楽なんです」

「気持ちは分かります。私は子供の頃から女たちに囲まれて生きてきましたから。でも、そんなことを言っていたら始まりませんよ」

泉一が私を見つめた。「毎週、東京に出てきた方がいいですかね」

「そう訊かれてもねえ」私は呆《あき》れ返って泉一から視線を外した。

私と別れた泉一は肩を落として、去っていった。これは駄目だな。私は軽く溜息をつき、家路に就いた。

泉一に会った三日後、温子から電話があり、母の検査は、医者の都合もあって十一月一日に行われることになったという。その日は、どうしても抜けられない用があった。京都に住んでいる大御所の男性作家に会いにいかなければならなかった。高齢ということもあって会食は昼間。朝早く東京を発《た》つ予定になっていた。

昌子に、その旨を伝えた。

「母さんを、あんた説得できるの？」昌子に訊かれた。

「手は考えてある」

「いいから任せておいて。それより姉さん、医者にあんまり余計なことを言うんじゃないよ」

「どんな手？」

「何よ、その言い方」昌子がむっとした。

「母さんの様子を一番よく知ってるのは朋香だ。あの子に任せていいっていう意味だよ」

「分かってますよ。ところで、あんた、泉一に会ったんだって？」

「うん」

「どうなの、それで」

私は正直に思ったことを昌子に伝えた。

「しかたないわね」昌子がふうと息をもらした。

「うん。しかたないな」

昌子によると、泉一は今日の午後、しぶしぶ仙台に戻ったらしい。

計画通り、区から検診を受けろという通知が母に来ていると、朋香が伝えた。母は、行くとも行かないとも言わず、黙っていたという。美千恵が入院している病院で行うのだと教えると、表情が和らぎ「お見舞いに行く。連れてって」と朋香にせがんだそうだ。

十月の最後の日曜日、私も同行して母を美千恵に会わせるために、病院に連れていくことにした。

その前日、待っていたものが家に届いた。戦後の歌謡曲を集めた八枚組のCD全集を通販で買ったのだ。美千恵に会いに行った際、そのCD全集は美千恵からのプレゼントということにしよう、と私は彼女に持ちかけた。

「そういう嘘はよくないよ」

ぴしゃりと言われたが、私は引かなかった。

「いいんだよ。その方がお祖母ちゃん、喜ぶから」

「じゃ、お金は私が払うよ」

私は苦笑しながら首を縦に振った。

梱包《こんぽう》を解《ほど》くとすぐに、CD全集を手にして、母の部屋に入った。テレビがついていたが、視《み》ている様子はなかった。

「あのね、美千恵からプレゼントが届いたよ」

「何?」

私はミニコンポにCDを挿入した。

笠置《かさぎ》シヅ子の『東京ブギウギ』が部屋に流れた。母の顔がほころんだ。私は、母に解説書を見せた。老眼鏡をかけ、母は目次に目を落とした。

「『銀座カンカン娘』『異国の丘』『君の名は』……」母は曲名を口にした。

「聴きたくなったら、朋香でも誰でもいいから、呼んでかけてもらえばいい」

「『イヨマンテの夜』ねえ」母が遠くを見つめるような目をした。

「聴きたい？」

母がこくりとうなずいた。私がＣＤを替えた。雄大で馴染みやすいメロディーが部屋を満たした。母は、首を縦に振りながら、〝イヨマンテ〟という部分だけをか細い声で口ずさんだ。

この曲は私もよく知っている。歌っていたのは伊藤久男《いとうひさお》という歌手だった。濃い眉といい、大きな目といい、そして開いた鼻の感じといい、どことなく父に似ている。

私は母の横顔に目を向けた。父との生活、子育て、そして、算盤《そろばん》塾の先生との秘密めいた付き合い……それらのことが、母の脳裏に浮かんでは消えていっているのだろうが、脈絡《みゃくらく》はまったくないのかもしれない。八十五年もの歳月を生きてきた母を見て、人間の営みの摩訶《まか》不思議さに、愛《いと》おしさにも似た思いを抱いた。

「母さん、美千恵は退院したら、ここに戻ってこないかもしれないんだ」

鶴田浩二《つるたこうじ》の『街のサンドイッチマン』が流れている中、私はそう言った。

「どこに行くの？」

「自分のマンションに帰るんだ」

「美千恵の家はここよ。美千恵はここに帰ってくる」母は不機嫌そうな顔をした。

「母さん、美千恵の病院に行くのはいつだったっけ」私はわざとそんな質問を投げかけてみた。

「日曜日」

正しい答えだが、明日が日曜日かどうかは分かっていないような気がした。

「明日が日曜日だよ」

「分かってる」

「美千恵に会ったら、家はここだって言ってね」

「うん」

しばらく母に言われるままに曲を替えた。夕食の後も、母に何度も呼ばれた。私に代わって、朋香と小百合、そして鉄雄も母の相手をした。

翌日は清々《すがすが》しい秋日和だったが、風が強かった。母の着る物には気を遣い、マスクと襟巻《えりま》きをさせて朋香と共にタクシーに乗った。鉄雄と舞は家に残った。小百合は仕事があるので付き合えなかった。

病院に着くと、エレベーターで美千恵の病室のある階に向かった。廊下を松葉杖をついて歩いている美千恵と出くわした。

「あーら、脚、どうしたの？」

母の言葉に私は凍り付いた。

「嫌だあ。お祖母ちゃん、美千恵姉ちゃん、怪我をしたからお見舞いにきたんでしょう」朋香が優しく言った。

「ああ、そうだったね」母が笑った。

分かった振りをしているようにしか私には思えなかった。

美千恵と一緒に病室に向かった。

「すっかり松葉杖に慣れたね」私が言った。

「何とかね」

「脇とか腕とかが痛くならない？」朋香が訊いた。

「全然」

「さすが、お姉ちゃん。スポーツ選手だね」

病室に入ると、美千恵がベッドに横たわった。

母を椅子に座らせてから私が言った。「昨日、美千恵がプレゼントしてくれたＣＤを、お祖母ちゃん、ずっと聴いてたよ」

「よかった。気に入ってくれて」美千恵が母に笑いかけた。

「いいね、昔の歌は」母がつぶやくように言った。

「お祖母ちゃんに、区から検診の通知がきてるんだけど、偶然、指定病院がここなんだよ」

私はさらりとした口調で言った。

「検診日はいつ？」美千恵が訊いた。

「明後日よ」朋香が答えた。

美千恵が母に微笑みかけた。「お祖母ちゃん、私も明後日、検診なの。お祖母ちゃんが一緒にいてくれると安心だな」

美千恵は実に芝居がうまい。私は美千恵に母の説得を任せることにした。

「どうしたの。心配なの？　お祖母ちゃんの検診は痛くも痒《かゆ》くもないのよ」

「美千恵ちゃんのは？」母が口を開いた。

「ちょっと痛いかな」

朋香が何か言いかけたが、目で合図をして、それを制した。

母の表情が硬くなった。「検査は嫌い」

「私もよ」美千恵が力をこめて言った。

「私が一緒にいてあげる」母がちょっと偉そうな顔をした。

「じゃ、一緒に検診受けようね」美千恵が母を覗き込むようにして言った。

ややあって母が口を開いた。「しかたないね。私も受けるよ」

「よかった、お祖母ちゃんがいてくれて」美千恵が私を見て、小さく微笑んだ。

私の頬もゆるんだ。そして、次の母の一言がさらに私を喜ばせた。

「検査受けたら、一緒に家に帰ろう」

美千恵は戸惑《とまど》いを見せた。「それは無理よ」

「家に帰ろう」母が繰り返した。

「いいじゃん。そうすれば」朋香も口を開いた。「もう通院でもいい、って言われたじゃない。マンションでのひとり暮らしは無理だし、この病院まで来るのも大変だし」

「美千恵ちゃん、どこかに行くの」母が訊いた。

「どこにもいかないわよ」腰を屈《かが》め、朋香が母の膝に手を置いた。「一緒に帰るって」

「朋香」美千恵が声を尖《とが》らせた。

朋香が肩越しに美千恵を睨みつけた。「お姉ちゃん、お祖母ちゃんはさ、お姉ちゃんといたいのよ。我《わ》が儘《まま》言うもんじゃないよ」

病室に白けた雰囲気が流れた。

ドアがノックされた。看護師ではなかった。岩政だった。

「ああ、どうも。みなさんいらっしゃってたんですか」

笑顔でそう言った岩政だったが、部屋の雰囲気がおかしいことに気づいたようで、不安そうな目を私に向けた。

「ああ、あんたね」母の顔がぱっと明るくなった。

母は岩政が大好きなようだ。しかし、鉄雄にもなついている。ということは、要するに母は若い男が好きということだ。

認知症を患うと、抑えつけていた欲望が剝《む》きだしになることがあるらしい。男の患者は女の介護士に触ったりもするという。母はそこまではいっていないだろうが、彼女の〝女〟の部分が解放されたようだ。

「お祖母ちゃんに、いつまでも元気でいてほしいでしょう?」朋香が、岩政に挨拶もせずに美千恵に迫った。

「どうしたんです？」岩政が私に訊いた。

「美千恵ちゃんはね、私と帰るのよ」答えたのは母だった。

「帰るってどこに？　そうか、美千恵さん、家に戻るんですね。うん。それが一番ですよ」

「うるさいわね」声を荒らげたのは美千恵だった。

再び病室が静まり返った。

美千恵の顔はしばらく強張っていたが、何を思ったか、急に笑顔に変わった。「お祖母ちゃん、一緒に検査を受けて、一緒に帰ろうね」

母が大きくうなずいた。

美千恵の頑《かたく》なな態度を氷解させたのは母だった。ボケて頑是《がんぜ》無《な》い子供のような行動が美千恵を動かしたらしい。

私たちは小一時間ほど経ってから、岩政だけを残して病室を出た。

廊下まで見送りに出てきた岩政に私は言った。「後でうちに寄らないか」

「はい。お邪魔します」

私たちは病院の近くの蕎麦《そば》屋で早めの昼食をすませて、家に戻った。鉄雄は舞を連れてどこかに出かけていた。母がまたＣＤを聴きたいと言った。私が曲を選んでやった。百六十曲も入っている全集である。このCDのおかげで、しばらく母は幸せな気分でいられるだろう。

美千恵が本格的に私の部屋を使うことになる。できるだけ自分のものを香澄の住んでいた部屋に運ぶことにした。

「お父さん、うまくいったね」手伝ってくれた朋香が顔をくしゃくしゃにして言った。

「朋香が病室で頑張ってくれたおかげだよ」

「でも、美千恵姉ちゃん、本当に意地っ張りね。マジで頭にきちゃった」

「同じ親から生まれても、みんな性格が違う。それがまた面白いんだよ。メグとグレだって、姉妹なのにかなり違うよね」

私になつかないことに変わりはないが、メグの方がまだしも私に興味を持っている。グレの方は異様に私を怖がり、顔を合わせただけで、尻尾を下げてどこかに隠れてしまうのだ。猫ですらそうなのだから、いわんや人間である三姉妹の性格が違っていても……。

朋香と共に廊下と階段を行き来していると、母が顔を出した。

「何か聴きたい歌、ある？」私が訊いた。

母は何も言わず、階段を下りてきた朋香を怪訝そうな顔で見つめていた。朋香が、何をしているのかを、かみ砕《くだ》くようにして教えた。

簞笥《たんす》の棚や引き出しを開け、下着などを取りだし、旅行バッグに詰めた。本も何冊か持ち出した。志乃の作品はすべて二階に上げた。

「二日は小百合姉ちゃんの誕生日よ」朋香が言った。

「覚えてるさ」私は頰に笑みを溜めて、大きくうなずいた。

岩政がやってきたのは午後二時すぎだった。朋香も加わって居間でコーヒーを飲んだ。

「美千恵の気持ち、変わってないだろうね」私が訊いた。

「覚悟したみたいです」

「覚悟ね」私は苦笑した。

「美千恵さん、プライドが高いから、なかなか素直になれないんですよ。でも、内心、ほっとしてるような気がします。病院にいるのにも飽きてきたみたいでしたし」

「美千恵が戻ってきたら、遠慮なく遊びにきて」

朋香が口をはさんだ。「お祖母ちゃん、岩政さんが大好きみたいだから」

私は朋香に目を向けた。「鉄雄君のことも、お祖母ちゃんは好きみたいじゃないか」

「そうだけど、鉄雄はもう家族の一員だから、慣れすぎちゃって。やっぱり外の空気がいいのよ。そうなると鉄雄を相手にしてくれる唯一の女の人を失うことになるね」

朋香がくくっと笑った。

「お前、ちょっと鉄雄君を舐《な》めすぎてはいやしないか」私が冗談口調で注意した。

「あの人に、女が寄ってくるわけないよ。彼の恋人は虫だもん」

岩政が上目遣いに朋香を見た。「朋香さん、山ガールならぬ、虫ガールっていうのも今は結構いるんですよ」

「嘘。そんなのいるわけないでしょ」

「ネットで検索してみてください。虫を愛《め》でる若い女性たちが増えてるんですよ。カマキリでもダンゴムシでも、虫ガールは夢中になる。虫博士の鉄雄さんは、彼女たちにとってはスターですよ」

「あの人がスターね」朋香が眉をゆるめ、ぽかんとした顔をした。

私も、虫ガールという女たちを想像できなかった。蝶《ちょう》を綺麗に思うぐらいの感覚は持っているだろうが、総じて女は虫が嫌いなものとばかり思い込んでいた。だが、最近は違ってきているのかもしれない。爬虫類《はちゅうるい》に癒《い》やされるという女もいるそうだから、虫好きの女が出現してもおかしくはない。

虫ガールの話題で盛り上がっていたら鉄雄と舞が帰ってきた。

「鉄雄、虫ガールって知ってる？」

「もちろん。それがどうかしたの？」

「あんたもスターになれるらしいわよ」

「はあ？」鉄雄が朋香の顔を覗《のぞ》き込んだ。

「パパ、テレビに出るの？」舞が言った。

私と岩政が同時に笑いだした。

岩政が、マンションの屋上を見てみたいと言った。いい機会である。私は、彼を連れて家を出た。

吹き上げてくる風が、私たちの髪を舞い上げた。

「どうだい？　空調設備も高架水槽も動かせない。素敵な庭にはならんと思うけど」

「そんなことはありませんよ。取り外しのきくコンテナを組み合わせるだけでもいけますね」

「それでも防水は必要なんだろう」

「ええ。耐根シートを張り、灌水《かんすい》設備も必要でしょうね」

「で、いくらぐらいかかるんだい？」

「一概には言えませんが、この広さだとそうですね、三百万から四百万はかかるかな」

「そんなに……」私はうなった。

「江東区は屋上緑化に助成金を出してますが、それほど多くは出ないと思ってください」

「考えさせてくれないか。家族とも相談しなきゃならんから」

岩政が真っ直ぐに私を見た。「お父さん、無理することはないですよ。僕は商売に来てるわけじゃないし、美千恵さんと会う口実に使うつもりもないですから」

「分かってる」

「花を植えて愉《たの》しむぐらいでもいいんじゃないですか。それだったら、ホームセンターで材料を買ってきて、休みの日に僕がやりますよ」

「ありがとう。結論が出たら教えるよ」

「本当に気にしないでください」そう言って、岩政がフェンスに近づいた。

私は彼の隣に立った。

「煙草、吸っていいですか？」

「いいよ」

岩政が煙草に火をつけた。「まさに怪我の功名ですね、お父さんにとっては」

正確に言うと、美千恵の怪我とそれからの展開を〝怪我の功名〟と表現するのは意味が若干ずれている。しかし、語呂《ごろ》合わせとしてはうなずけるので、余計なことは言わなかった。

「君の方はどう？　献身的に尽くしてるようだから、あいつも変わったんじゃないのか」

「少しは優しくなったし、僕に物を頼むようにもなりました。でも、恋人というよりは、信頼できる友人って感じかな」

「君が言った通り、美千恵はプライドが高いんだよ。そうやってるうちにもっと変わるさ」

「だといいんですけどね」岩政の言葉を冷たい風がさらっていった。

母の検査の日、私は朝早く起きて東京駅に向かった。社長と常務も一緒だった。仕事の入っていない小百合も病院についていくことになった。私は娘たちに、昌子が暴走しそうになったら止めるように言っておいた。

美千恵が退院してくる。気もそぞろだったが、京都行きを断るわけにはいかない。

紅葉真っ盛りの嵐山《あらしやま》で、作家と会食した。昔は女遊びが激しかったが、今は信じられないくらいに大人しい。しかし、気持ちに変わりはないようで、女の話ばかりしていた。

携帯はマナーモードにしてあった。トイレに立った時、携帯を開いた。朋香からメールが入っていた。

診察と画像検査の結果、母はアルツハイマー型の認知症だと診断されたという。しかし、ごく初期の段階。進行を遅らせることができるいい薬が出ているので、今のところ大袈裟《おおげさ》に騒ぐことはないと書いてあった。

〝……京都の紅葉はどう？　私も久しぶりに京都に行きたいな〟

そんな一言で締めくくられていた。朋香の気遣いだと、私は受け取った。

午後三時すぎに嵐山を出て、京都駅に向かった。

タクシーの中で社長が言った。「あの先生も、かなりボケてきたかな」

会食した作家は八十五歳。足腰が衰えただけではなく、ちょっとしたことで苛々することが増え、物忘れも激しくなった。物忘れはさておき、ちょっと前までは、編集者を怒鳴ったりする人ではなかったのだ。

その話がきっかけとなり、私は社長と常務に母のことを話した。そして、新幹線に乗ってすぐに席を離れ、喫煙ルームに入った。そこが一番電話しやすいと思ったからだ。朋香はすぐに出た。

「メール読んだよ。詳しいことは帰ってから聞くけど、在宅ケアでいいんだね」

「そうよ」

「お祖母ちゃんも家にいたいだろうから、それでいいけど。お前の負担が……」

「気にしてないよ。麗子叔母さんもいるし、美千恵姉ちゃんも帰ってくるし」そこまで言って朋香がくすりと笑った。「医者がびっくりしてたよ。家族が五人も付いてきたから」

「五人？」

美千恵を含めても四人のはずだが。

「麗子叔母さんも来たのよ。こんなに大勢の家族に面倒をみてもらえる老人は、都会じゃ珍しいって医者が笑ってた」

「お祖母ちゃんに病気のことは知らせたのか」

「それは昌子伯母さんと麗子叔母さんに任せた」

喫煙室に人が入ってきた。

私は壁際に移った。「で、美千恵はもう家に？」

「さっき帰ってきたよ」

「小百合は今、一緒か？」

「うん。替わるね」

小百合が電話口に出た。私は小百合にもねぎらいの言葉をかけた。

「オフの日は、私も協力するわよ」

「明日はお前の誕生日だよね」

「そうよ。でも、明日は仕事」

「じゃ今日のうちにお祝いするか」

「嫌だよ。今日は、美千恵姉ちゃんの退院祝いの日よ。一緒にされたら、私の誕生日がかすむじゃん」

「そんなことはないけど」

「いいわよ、そんなに気にしなくても。朋香に替わるね」

私は家に着く大体の時間を教えて電話を切った。そして昌子の携帯を鳴らした。

「ご苦労様でした。朋香から大体のことは聞いたけど、母さんに病気のこと話した？」

「まだよ。物忘れがひどくなりそうだから、薬を飲んで医者に通う必要があるとは教えたけど」

「で、母さんは何て言ってるの？」

「何も。塞《ふさ》ぎ込んでただけ」

「いつかは教えなきゃならないが、タイミングが大事だな」

「そうなのよ。あんたとも相談して決めようと思ってる」

「分かった。帰ったら連絡するよ」

電話を切った私は席に戻った。

常務の母親も認知症で施設に入っているという。私は、常務に施設のことについていろいろ訊いてみた。

「……どんなに設備がいい施設でも、結局は人だよ。介護士の気持ちと能力次第だから。患者との相性もあるしな。軽いんだったら在宅でいいかもしれないが、家族が大変だぞ」

「うちは、世話する人間が何人かいるので、何とかなると思ってます」

「森川君とこも一軒家だよね」社長が口をはさんだ。

「ええ」

「日本家屋は寒いから風邪が大敵だよ。施設だと、いくらかはその心配はしないですむ。私の父は風邪から肺炎《はいえん》になって、あっと言う間に逝ったからねえ」

我が家は、あの大地震の時でもびくともしなかった。しかし、隙間風は入ってくる。それに、子供が風邪の菌《きん》を運んでくることはよくあることだ。母にごく軽いとはいえ、認知症だという診断が下った途端、これまで深く考えなかったことが気になり始めた。基本的に母は頑丈《がんじょう》である。しかし、用心に越したことはない。

私が家に着いたのは、午後七時少し前だった。居間から音楽と笑い声が聞こえてきた。

朋香、小百合、母、それに鉄雄に舞が座卓を囲んでいた。縁側近くに美千恵がいた。美千恵だけが、彼女のために用意された椅子に座って食事をしていた。

居間に流れていたのは春日八郎《かすがはちろう》の『お富さん』だった。

私はみんなに挨拶をしてから母に目を向けた。別段、変わった様子はない。

「美千恵、お帰り」私は少し間をおいてから言った。

「しばらくお世話になります」

「お前が暮らす部屋、片付けておいたけど、困ったことがあったら何でも言ってくれ」

美千恵が小さくうなずいた。

「お父さん、乾杯しようよ」小百合が言った。

「そうだな、でも、美千恵はまだ飲めないんじゃないのか」

「平気よ」

「酔っ払って転倒しなきゃいいのよ」小百合が言った。

「じゃ乾杯するか」

ＣＤが消された。小百合と朋香がビールを用意した。母と舞はジュースである。

「退院、おめでとう」

私の発声に合わせて「おめでとう」という声が居間を満たした。

「お父さん、ご飯まででしょう？」小百合に訊かれた。

「うん」

その日の夕飯は、ぶりの照り焼きにカボチャの含め煮、春菊《しゅんぎく》のお浸《ひた》しにシジミの味噌汁だった。

「カボチャはね、お祖母ちゃんが煮たのよ」朋香が料理を並べながら言った。

「すごく美味しいわよ。お父さん、食べてみて」

美千恵の言葉に、母は目を細めて微笑んだ。母のことは気がかりだが、その夜は、美千恵が家に戻ってきた喜びの方が勝っていた。

翌朝の台所は大賑わいだった。母も食事の用意に加わった。舞は朋香から離れない。それに、松葉杖の美千恵までもが手伝おうとしたものだから、ラッシュ時の電車の中のようだった。

「美千恵姉ちゃんは座っててよ」小百合がきつい調子で言った。

「大丈夫よ」

「駄目だってば」

洗面をすませて廊下に出た私と、台所から追いだされた美千恵が鉢合《はちあ》わせしそうになった。

「小百合の言う通りだよ。何かあったら大変だ。家のことはみんなに任せておけばいい」

「うん」美千恵が居間に入ろうとすると、メグとグレが中から飛び出し、二階に駆け上っていった。

私は笑った。「猫、松葉杖が恐いらしいな」

「じきに慣れるんじゃない？」

鉄雄が庭で軽い体操をしていた。

美千恵が椅子に腰を下ろした。

「猫たち、いつお前になつくかな。父さんには未《いま》だになつかないんだよ」

「猫って、男より女の方が好きなのよ」

「でも、鉄雄君にはなついてるんだ」

「虫好きは動物にも好かれるのかも」美千恵が薄く笑った。

「お祖母ちゃんのこと、ありがとうな」

「ここにいる間だけでも、私、お祖母ちゃんの話し相手になってあげようと思ってる」

「ありがたいよ」

お前がいてくれると、お祖母ちゃんが……と喉まで出かかったが、言葉をのみ込んだ。家のニオイが気にならなくなったかとも訊けない。

ここから通院することに不承不承、同意した美千恵に、私の口からそんな言葉をかけたら、鬱陶しく感じるに決まっている。

父親が娘との距離を計るのは結構難しいものだ。これまでの私は距離を置きすぎたきらいがある。かといって、急に縮めるのも変である。ここしばらくは、美千恵はこの家を離れられないのだ。焦る必要はないだろう。

私は、ズボンのポケットから包みを取り出し、テーブルの上に置いた。

美千恵は一瞬怪訝な顔をしたが、すぐに何か分かったようだ。「小百合へのプレゼントね」

「うん。お前に買ったのと同じものにした。あいつ、今夜、遅くなるみたいだから、今のうちに渡しておこうと思って」

「隠しておいて。朝食の後に簡単なお祝いをするつもりなんだから」

食事を摂《と》りながら、私は三人の娘を見るともなしに見ていた。感慨に耽《ふけ》るというほど大袈裟なものではなかったが、彼女たちが少女だった頃のことが、取り留めもなく思い出された。

食事が終わった。

「じゃん、じゃーん」朋香がかけ声と共に、ケーキをテーブルの上においた。鉄雄がプレゼントの包みを抱えている。

朝陽が射し込む中で、蠟燭《ろうそく》を消すのは間が抜けている。私がカーテンを閉めた。

「ハッピー・バースデー・トゥ・ユー」

みんなで合唱した。母は口をパクパクさせているだけだったが。

美千恵も朋香も衣類をプレゼントに選んでいた。伸び縮みする洒落《しやれ》たパンツにカラフルなセーター。私からのプレゼントを見ると、「可愛い」と半オクターブほど声を上げて小百合は喜んだ……。

その夜、私と朋香は麗子の部屋にいた。昌子と麗子を加えた四人で、母の今後のことを相談することになったのだ。香澄は不在だった。

診察を受けた時のことを昌子から詳しく訊いた。医者が行ったテストに対しては、正しく答えられたものもあれば、簡単な質問に言葉が出てこなかった場合もあったという。詳しい画像検査の結果、脳全体のみならず、他にも萎縮があることが分かった。医者は総合的に判断し、アルツハイマー型認知症という診断を下したそうだ。

検査が終わった後、母は美千恵と共にリハビリ室に入り、しばらく美千恵の様子を見ていたという。スクワットをする美千恵を、母は検査を受けているのだと信じたようだ。

今のところ排泄《はいせつ》に問題はない。徘徊《はいかい》らしき行動は一度しか起こっていない。入浴を面倒がるようにはなっているし、転倒の心配もあるが、必要な設備を整え、みんなで気を配り、介護していけば何とかなるだろう。しかし、薬で進行を遅らせることができても、いずれは悪化し、在宅ケアではすまなくなるに違いない。そうなったら、新たな対策を考えればいい。何より大事なのは、母の自尊心を傷つけず、健やかな気持ちですごせるようにすることだ。

「朋香ちゃん、私も何でもやるわよ。遠慮しないで言ってね」麗子が言った。

「はい。美千恵姉ちゃんが、病院から帰ってからずっとお祖母ちゃんと一緒にいてくれてね。だから、すごく愉しそうだった。おしゃべりって脳の血流をよくするんだって」

「かまいすぎもよくないのよ」昌子が口をはさんだ。

「そうかもしれないけど、長い間、会わなかった孫と一緒にいるのは、気持ちが前向きになるからいいと思うよ」私が言った。

「薬をきちんと飲ませて、医者に定期的に見せるのも大事だけどさ、お父さんの言う通り、前向きな気持ちにさせるのが何よりも大切だと思うな」

朋香の意見に反対するものはいなかった。

昌子が私に視線を向けた。「そうだ、崇徳、お世話になった医学ジャーナリストに会わせてよ。お礼を言わなきゃならないから」

「いいよ。いつにする？」

私はその場で、温子に電話を入れた。

温子にはすでに会社から母の状態を報告してあった。その際、翌日の文化の日の午後、一緒に銀座に出る約束をした。

「姉が、あなたに直接会ってお礼を申し上げたいって言ってるんだけど、明日の昼食を一緒にするっていうのはどうですか？」私は昌子を見ながら、そう提案した。

昌子がうなずいた。温子も、それでいいと答えた。待ち合わせ場所は、後で知らせると言って私は電話を切った。

麗子が私に目を向けた。「私も行っていい？」

「もちろん。門仲のイタリアンレストランでいいかな」

「任せるわ」自分で会いたいと言い出したくせに、昌子は何となく面白くなさそうな顔をした。

「香澄が、この間、伯父さんが女の人と手を繋いで歩いてたのを見たって言ってたわよ。その人って誰？」麗子が訊いてきた。

昌子が目つきを変えて私をじっと見つめた。

私は朋香を気にしながら答えた。「明日会う人と一緒だったけど、手なんか繋いでないよ。香澄ちゃんの見間違いだよ」

「本当？」麗子が微笑んだ。東京に出てきて初めてみる麗子の笑顔である。

「とても仲のいい友だち。それだけだよ」

「私、会ったけど、とっても感じのいい人だったわ」朋香が意味ありげな目つきで私を見た。

「朋香ちゃん、お父さんが再婚するって言ったら、どう思う?」昌子が訊いた。

「姉さん、何を言い出すんだよ」私は慌てて口をはさんだ。

「いいからあんたは黙ってて」

「あの人だったらいいかな」朋香がさらりと言ってのけた。

「朋香、お父さんは誰とも再婚する気はないよ。お父さんの周りには女が多すぎる」

私は高らかに笑ってみせた。

「お父さんは、本当のことを言ってると思うよ」朋香が言った。「今、お父さんが気にしてるのは、美千恵姉ちゃんとのことだもの」

昌子は大きくうなずき、こう訊いてきた。「で、どうなの。美千恵ちゃん、少しは変わった?」

「相変わらず、なんかぎこちないけど、劇的に変わることなんかないと思ってる。ドラマみたいにはいかないよ」私はつぶやくように言い、肩をすくめて見せた。

しばし誰も口を開かなかった。私は屋上庭園の話題を持ち出し、屋上を見にいかないかと誘った。ちょうどいい機会だと思ったのだ。

「見ておきたいな」

朋香の一言で、昌子たちも腰を上げた。

屋上に出た私は、岩政が言ったことを教えた。昌子は値段を聞くと即座に反対した。

「やるとなったら金は俺が払うけど」

朋香が不満そうな顔をした。「岩政さん、もっと安くしてくればいいのに」

「岩政君は大がかりなものじゃなかったら、自分でやってもいいと言ってくれてる」

「それでいいじゃん」と朋香。

「麗子はどう思う？」私が訊いた。

「任せるわ」屋上庭園どころではない麗子は、まったく興味がわかないようだった。

「お母さん、本当に喜ぶかしら」昌子が言った。

「急いで結論を出すことはないだろう。今のところは保留にしておこう」私はそう言って、出入口に向かった。

「崇徳、ちょっと」昌子が私を呼び止めた。

「うん、何？」

「いえ、別に」

ピンと来た。まだ九時を少し回った時間だった。朋香をひとりで帰らせても心配はいらないだろう。

「ふたりとも遠慮してくれないかな」

「私、先に帰ってるね」朋香が言った。

「朋香、美千恵に白石さんのことは言わないでおいてくれ」

朋香がにっと笑った。「言わないけど、美千恵姉ちゃん、もう気づいてるわよ」

「何か言ってたのか?」

「何にも。でも分かるもんよ。じゃ、私、行くね」

「またうちに寄って」麗子はそう言い残して朋香の後を追った。

ドアが閉まった。昌子はフェンスに手を軽く置き、夜空を仰ぎ見ていた。私が隣に立っても、昌子はすぐには口を開かなかった。

「知らないうちに高い建物がどんどん建つね」私は街の灯を見ながら言った。

「…………」

「話って例のことだよね」

「私、〝レット・イット・ビー〟を脱会したわ」

「そう」

昌子がきっとして私を見た。「他に何か言いようがないの?」

「何事もいつかは終わりがくる」

「何、それ」つっかかってきた昌子の目に涙が光っていた。

私は昌子の次の言葉を待った。

昌子が軽く顎《あご》を上げ、夜空に目を向けた。「例の人とはもう会わないことにした」

どんな経緯でそうなったのか知る由もないが、質問を向ける気にはならなかった。

陶芸家に対する気持ちが燻《くすぶ》っているかどうかは分からない。しかし、男と女にすっきりとした別れが訪れることは滅多にない。思い出の残像が胸を痛めることもあるだろう。だが、何であれ昌子は腹を決めたようだ。

「昔、太郎と沖縄《おきなわ》を旅行したことがあったの」昌子が口を開いた。「その時ね、陶器のシーサーを一対買ったのよ。ずっと寝室の飾り棚の奥に仕舞《しま》い込んでて、思い出しもしなかったんだけど、一昨日、その片方がなくなってることに気づいたの。太郎に訊いたら、引き出しの奥から、片割れが出てきた。頭の部分が割れてたわ。修理しようと思って引き出しに入れておいたんだけど、忘れてた。太郎はそう言ったんだけど……」

「どうして割れたのかな」

「地震の時に転倒したんじゃないかしら」

太郎の言葉をにわかに信じることはできなかった。昌子も同じ気持ちのようだ。しかし、そんなことはどうでもよかった。

「太郎はね……」昌子が息を詰まらせた。「保管してたシーサーを取り出すと、私の前で、細かな破片をひとつひとつ接着剤でくっつけ始めたの。あの人、器用じゃないから、失敗ばかりしてた。私、苛々してきて、〝私がやる、どいて〟って言ったけど、彼は譲らなかった。鼻眼鏡で、背中丸めて作業してた。その姿を見た時、何も言えなくなってしまって」

「姉さんの気持ち、よく分かったよ」

「最後まで話、聞いて。割れたシーサーが元に戻った時、太郎は〝何とかなったなあ〟って満足そうに言って、私を見て微笑んだの。それから修理したシーサーを寝室に持っていった。その後ろ姿を見てたら、私、我慢できなくなって泣いちゃった」

私は何も言わなかった。昌子の感情の高ぶりが収まるまで、一緒に風に吹かれていればいい。

「夫婦って老後から始まるのね」

姉の、外に向いていた女の気持ちが、ちょっとしたきっかけで終焉《しゅうえん》を迎えたのは、太郎と昌子が何か深いもので結ばれていたからだ。それは愛とか情とかいう言葉では一括《ひとくく》りにできない何らかの繋がりとしか、私には思えなかった。

温子を囲んでのランチは、和やかな雰囲気に包まれていた。昌子が、娘の働いていた病院のことを持ち出して、医療ジャーナリスト批判でもするのでは、と一抹《いちまつ》の不安を覚えたが、終始上機嫌だった。昨夜、私に心の裡を明かしたことが影響しているらしい。

麗子は最初、あまり口をきかず、ワインを飲んでばかりいた。だが、酒が回った後は急に饒舌になり、乳がん検診のことや、ピロリ菌の除菌のことを話題にした。まるで温子を医者と間違えているような感じだった。

温子は、終始リラックスしていた。昌子の値踏みするような目つきにも動じる様子はなかった。

午後一時半すぎに昌子たちと別れた私は、温子を連れて銀座に向かった。

「おふたりとも感じのいい人じゃない。お姉さん、あなたから聞いてた人とは全然違ってたし」温子がタクシーの中でそう言った。

「あなたが上手に扱ったからだよ」私は笑って誤魔化した。

銀座に着くと、私は温子をデパートに誘った。何かプレゼントしたくなったのだ。しかし、気に入ったものがなかったのか、温子は何も買わなかった。銀座通りが見下ろせる喫茶店に入った。すでに酒の入っていた私たちは、ビールを飲むことにした。

再び、私の家族の話になった。私は、昌子の問題が解決したことを教えた。

「……夫婦は老後からかあ」温子がつぶやいた。「お姉さん、いいこと言うわね。私の場合は、その前で道が途切れちゃった。それも二回も」

「私も似たようなもんだよ」

「崇徳《そうとく》さんの場合は、私とは違うわよ。奥さん、亡くなったんだもの」

「まあね」

美枝《みえ》が生きていたら、私たち夫婦はどんな生活を送っていたのだろうか。〝夫婦は老後から〟というのは、ふたりの長い軌跡を踏まえた関係の上に成り立つものである。老後、茶飲み友だちのような相手を見つけることとは違う。私と美枝の間には、昌子夫婦よりもさらに深い溝があった。私たちはその溝を埋めることができただろうか。きっとできたはずだ。いや、必ずできた。

「どうしたの？」

温子に声をかけられて私は我に返った。

「酔いが回ったかな」私は笑って誤魔化した。

「ね、酔い覚ましをしない？」

「え？」

「いいから付いてきて」

温子に連れていかれた場所は、大きな玩具屋《おもちゃ》だった。そこにはスロットレーシングというゲームが愉しめる場所があった。電気が流れている溝に模型の車を走らせる遊びである。温子は、以前、息子と一緒によくやっていたという。私も子供の頃、一時、夢中になった。

少年たちに交じって、私たちも競い合った。意外だったが、こういうゲームが温子は好きらしく、私が休憩している間も、ひとりで車を走らせていた。

温子といると、何をやっていても愉しい。再婚の二文字が脳裏をかすめた。しかし、女系の家に、温子を入れるのには躊躇いがあった。それに美千恵との関係修復が第一である。再婚のことなど今は二の次だ。その日は、いつもより早めに別れ、家に戻った。居間には誰もいなかった。美千恵の部屋から音楽が聞こえてきた。

私はドアをノックした。「父さんだけど、いいかな」

「どうぞ」

音楽が聞こえなくなった。美千恵はベッドに横になっていた。

「リハビリは順調か」

「うん」

「家にいる時は何してるんだ？」

「別に大したことしてないよ。お祖母ちゃんの相手が日課ってとこかな」

「苛々しないか？　話が通じないことが結構、あるだろうから」

「そうでもないよ」

ほとんど目を合わさず話していた美千恵だが、ちらりと私を見た。「飲んで、大丈夫なの？」

「深酒しないように気をつけてるよ」

美千恵が視線をまた逸らした。「あの人と一緒だったんでしょう？」

「あの人って白石さんのこと？」

「うん」

昼間の集まりについて、すでに美千恵は知っていた。「……私もお礼を言わなきゃね」

「そうだな。で、岩政君からは連絡あるのか」

「あるよ。屋上庭園の話、聞いたよ」

「どう思う？」

「お祖母ちゃんに話してみたけど、あんまり興味ないみたい。大体、うちがマンションを持ってることも、よく覚えてないみたいだったし」

「そうか。じゃ止めるかな」

　美千恵は黙ったまま、天井を見つめていた。

　これまでも美千恵とふたりですごしたことはある。松葉杖で散歩に出かけるという美千恵に同行した時は、八幡様《はちまん》にお詣りをした。話は弾《はず》まなかったが、父親と娘は、関係がうまくいっていたとしても、そんなものだろうと気にしなかった。話の中心はお祖母ちゃんのことだった。美千恵がもっともよく口を開く話題だったからである……。

　私の誕生日の日を迎えた。

　家族全員が祝ってくれた。プレゼントはなかなか素敵な腕時計だった。みんなが金を出し合って買ったのだという。

「みんな、ありがとう」私は感無量だった。

「私もお金出したよ」舞が言った。

「舞ちゃんもか。それは余計に嬉しいね」

私はさっそく腕に嵌《は》めてみた。

「何で時計になったかっていうとね」小百合が口を開いた。「美千恵姉ちゃんが、お父さんの時計が古くて時代遅れで見すぼらしいって言ったからなのよ」

美千恵が目の端で小百合を見た。「そんな言い方はしてないよ。ちょっとくたびれてるとは言ったけど」

私は、どんな言い方をされようが、美千恵が私のことを気にかけてくれていたと分かっただけで有頂天になりそうだった。

その翌日、家に戻ると、美千恵は松葉杖なしで歩いていた。もう必要ないと医者に言われたそうだ。順調に回復しているのは何よりだが、マンションに戻る日が近づいている。ちょっと暗い気持ちになった。

夕食の際、仕事で不在の小百合を除いたみんなが、美千恵のリハビリを話題にした。

ふと、朋香と鉄雄の様子がおかしいことに気づいた。

私は鉄雄に目を向けた。「今夜はふたりともやけに大人しいね」

「そうですか？」

鉄雄が惚《とぼ》けたが、明らかに変である。夫婦喧嘩をしたらしい。例の〝夜の問題〟か、と思ったが、むろん口には出さなかった。

母が部屋に戻り、鉄雄は舞をお風呂に入れにいった。美千恵と朋香が洗いものに立った。それが終わると朋香は二階に上がっていった。まだキッチンに残っていた美千恵を、私は居間に呼んだ。

「朋香と鉄雄君、喧嘩してるみたいだな」

美千恵の眉が険しくなった。「余計なことを言った人間がいるからよ」

美千恵の話を聞いて、私は声を殺して笑った。美千恵の頰もかすかにゆるんだ。

問題は虫ガールだった。岩政から聞いた虫ガールのことを思い出した朋香は、昨日〝虫ガール、梶原《かじわら》鉄雄〟とネット検索してみた。そうしたら、虫ガールとのツーショットが出てきたのだという。

「それがね、二十五、六の若くて綺麗な子なの。獣医のタマゴらしいわよ」

「ほう……」

「その子のブログに〝梶原先生は素敵な人〟なんて書いてあった。だから、朋香、カリカリきてるの。最近、鉄雄さんがメグとグレのエサを替えたんですって。それも、その子のアドバイスがあったからだろうって、猫にまで冷たいのよ、あの子」

「あの猫たちも災難だな。でも、朋香は鉄雄君を見下してるとこがあったから、少しやきもきするぐらいでちょうどいい」

「そうかも。あのふたり、倦怠期《けんたいき》みたいだからね。でも、圭介のせいよ。いつも一言多いんだから」

「そういえば、彼、さっぱり顔を出さないね」

「私が来ないでって言ったの」

私は眉をゆるめて美千恵を見つめた。「何で?」

「あいつ、妙に人なつこいじゃない。それが嫌なのよ、私」

「うちでは評判がいいけどな」

「……………」

「お祖母ちゃんの病気の進行を抑えるのに、岩政君の存在も大きいと思うんだけど」

「お祖母ちゃんのことは、私たちで面倒みればいいことでしょう」

「そうだけど」

会話が弾み始めた。胸襟《きょうきん》を開いてきた証《あかし》だと私は思いたかった。

その夜、岩政に電話をし、屋上庭園は今のところは作らないと告げた。岩政は、すでに美千恵から聞いて知っていた。

「うちに来るのを、美千恵に止められてるんだって?」

「そうなんです。お父さんにもお祖母ちゃんにも、僕は会いたいんですけどね」

美千恵の気持ちも理解できると思った。他意はないのだろうが、確かに岩政は人なつこすぎるかもしれない。

「美千恵と外では会ってるんだろう?」

「ええ。門仲でちょくちょく」

美千恵と岩政の関係にも変化が現れてきたようだ。

母はというと、最初のうち薬を飲むのを嫌がったが、みんなで宥《なだ》めすかして飲ませているうちに、素直に従うようになった。通院する際の付き添いは主に朋香がやっていたが、みんながよく母の世話をした。ともかく、優しく声をかけたりして、不安を取り除くように努めた。私はしゃがみ込み、上から見下ろすようなことはせず、手を握って話しかけた。今のところ、母に大きな変化はない。

あっという間に、その年も最後の月を迎えた。パーティーに忘年会と、毎年のことだが、私は日程が詰まっていて、帰宅時間も遅くなった。

そんな忙しい最中でも、温子とはよく会った。家が近いので、彼女と会うだけで家に戻ったような気分になった。お互い、時間が経つのも忘れてしまうことがしょっちゅうだった。

家の近所の喫茶店で、太郎が窓越しに外を眺めているのを見かけた。私も喫茶店に入り、雲南《うんなん》省のコーヒーを付き合った。

太郎の様子に際《きわ》だった変化は見られなかった。顔色が少しよくなったような気がしたが思い過ごしかもしれない。

その時、昌子と麗子が、私の再婚相手として温子がどうなのかということを話題にしていると教えてくれた。

私は大いに興味が湧いた。「で、評価の方は？」

「悪くないですよ」奥歯に物が挟まったような言い方だった。

「本当のことを言ってください。姉さんが何か言ってるんですね」

「昌子も、あなたがとてもいい人を見つけたって、べた褒めですよ。私もそう思います。昌子が気にしてるのは、白石さんが仕事を続ける限りは、森川家を仕切るのは無理だろうということだけです」

「なるほど。でも、あの人は一生仕事は辞めないでしょうね」

太郎がぐいと躰を私の方に寄せた。「で、崇徳《むねのり》さんは、絶対に再婚しないつもりなんですか？」

「絶対にしないとは言いませんが、相手が誰であろうが、森川家に入れることは考えてませんよ」

太郎がうなずいた。「分かります。そういうことになったら、気を遣うのは、嫁さんだけじゃないですからね」

「何であれ、私と彼女の間では、そんな話、まったく出てません。姉さんに、先走らないようにって言ってください」

「分かりました。でも、白石さんは崇徳さんと一緒になりたいって思ってるんじゃないんですか？」

「さあどうなんでしょうね」

先に駒を進めずに、宙ぶらりんな形で付き合いを重ねている私は、痛いところを衝《つ》かれた気がした。

母は以前より見違えるほど元気になった。美千恵にはよく昔話をするという。ある時、母が美千恵を連れてデパートに買い物に出かけた時、美千恵が迷子になった。美千恵を保護してくれたのは、近所に住んでいた例の算盤塾の先生だったという。ひょっとすると、それがきっかけで、ふたりは親しくなったのかもしれない。

しかし、私は、美千恵が迷子になった話を聞いた覚えはなかった。

「私、お祖母ちゃんに黙っててって頼まれたの。お父さんやお母さんに叱られると思ったんじゃない。私の方も小言を言われるのが嫌だったから秘密にしてたの」

「お前とお祖母ちゃんだけの秘密か」

「そう」美千恵が小さく微笑んだ。

私に対する、美千恵の態度は日を追うごとに柔らかくなった。しかし、心の芯の部分まで氷解した感じはなかった。

麗子が銀座のクラブでキャッシャーの仕事を始めたのは十日すぎだった。久しぶりに香澄が家にやってきた時に話してくれたのだ。私は香澄を自分の部屋に呼んだ。

「お父さんから連絡はあるんだろう？」

「あるよ」

「で、香澄ちゃんはキャバクラ辞めたの？」

「辞めたよ。でも、ママが夜、働くようになったから、何だかねえって感じ。歌舞伎《かぶき》に誘ったけど断られちゃったし。お正月、私、仙台に帰るつもり。友だちもいるしね」

「お母さんはそのこと知ってるの？」

「そのことで昨日、大喧嘩しちゃった。でも、パパって本当にだらしない」

私の頰が引き締まった。「また麻雀始めたの？」

「真面目に仕事はしてるみたい。働いてる様子を写メで毎日のように私に送ってきてるから、信じていいと思う。だらしないっていうのはね、私の友だちのお父さんなんか、震災で経営してた工場が駄目になってもめげずに頑張ってるのに、私のパパは、ああでしょう？　情けないよ」香澄が吐き捨てるように言った。

「それでも香澄ちゃんは、お父さんとお母さんが別れない方がいいって思ってるんじゃないの？」

香澄が目を逸らした。「分かんない。私、早く一人暮らしがしたい」

高中家の問題に口を出すつもりは毛頭ないが、香澄の暗い表情を見ていると、麗子にも泉一にもいい加減にしろと言いたくなった。

居間にクリスマスツリーが飾られたのは二十日だった。猫たちが興味を持って匂いを嗅いでいたが、そのうち飽きて姿を消してしまった。

イベントの司会の仕事が入っていた小百合を除く家族全員がクリスマスイブを一緒

にすごした。プレゼントの交換だけでも大変な賑わいだった。

温子には翌日会った。

温子に何を贈ろうか頭を痛めた。考えた挙げ句、彼女が身につけている貴金属を参考にしてペンダントを買った。

その夜は、渋谷にあるホテルで夕食を共にすることにした。

「私の好みをよく分かってくれたわね。本当に嬉しい」温子が顔を上気させてそう言った。

「あなたもだよ」

温子が私のために用意したプレゼントは財布だった。相手の使い勝手を考えて財布を選ぶのはペンダントよりも難しい。

「よく観察してるんだね。感心したよ」

「だって、いつも払ってもらってるから」

食事を終えた後、最上階のバーで飲んだ。運良く、夜景の見える窓際の席が空いたばかりだった。

温子は、息子の就職がやっと決まったとほっとした顔をした。就職先は洋酒の輸入会社だという。

「お酒が好きなあなたには好都合じゃないか」

「残念だけど、私、家ではほとんど飲まないの。でも、これで肩の荷が下りたわ」

「いずれは息子さん、家を出てゆくのかな」

「そう願ってるけど、家賃の問題があるから」

「息子さんが出てったら寂しくなるんじゃないの」

「全然」温子は軽く両手を開いて見せた。「ひとりが一番気楽よ」

「一度でいいから、私もひとり暮らしを経験してみたいな」

「大家族の中で育った崇徳さんには無理ね」温子は間髪を入れずにそう言った。

「あなたは、また男と住むなんてことは考えもしないんだろうね」際どい質問だが、意外と自然に言葉にできた。

温子はまっすぐに私を見つめ、含み笑いを浮かべた。「今のところはないわね。でも、いつかは、そういう気分になるかもしれない」

「あなたとは長い付き合いになりそうだな」

温子が真剣な目をしてうなずいた。「私もそう思ってる」

温子も、私と同様、自然な流れに身を任せているようだ。美千恵のことが一段落するまでは、このままの関係を続けているのが最良の選択だろう。

問題の美千恵はリハビリに励んでいた。順調に回復しているという。それでもジョギングができるようになるのは、まだかなり先のことらしい。

昌子から電話があったのは、温子とデートをした翌日の夜のことである。またトラブルか？　私は覚悟して受話器を耳に当てた。ところが昌子の口から飛び出した言葉は、想像すらしなかったことだった。太郎と昌子は、年末年始をハワイですごすというのだ。幸せそうな声でそう伝えられた私は、昌子の変わり身の早さに啞然《あぜん》とした。嫌味のひとつも言ってやりたくなった。

昌子ががらりと調子を変えて訊いてきた。「泉一さんが昨日、上京してきたって、あんた知ってた？」

「いや」

「さっき、麗子から電話があって、それで私も知ったの」昌子が不満そうに言った。

「麗子の家庭のことだよ。いちいち、俺たちに報告しなくてもおかしくないじゃないか」

「そうなんだけど。泉一さん、うちに来なくてもいいけど、あんたには挨拶するのが礼儀じゃないかしらね」

「泉一さん、アップアップなんだろうよ。で、あのふたりはどうなってるんだ？」

「泉一さんが上京したその日に、香澄ちゃん、仙台に戻っちゃったのよ」

私は短く笑った。「なかなかやるね」

「あの子、何をしでかすか分からないから、ちょっと怖い」

「いいんだよ、そのぐらいやって。このままでいくと、麗子も泉一さんも、娘に捨てられるね。麗子に言っておいて。一度、仙台に戻るべきだって」

電話を切った私は、二階の自分の部屋に上がった。深夜、廊下からあえぐような声が聞こえてきた。ドアをそっと開けた。小百合もドアの隙間から顔を覗かせていた。私に気づくと、小百合はVサインを出した。

あえぐような声は朋香夫婦の部屋から漏れていたのだ。〝虫ガール〟で揉めたことが、夜の営みを復活させたのかもしれない。

それにしても、父親としては聞きたくない声だった。私は、小百合に部屋に戻れと目で合図した。

ばたばたしているうちに年が明けた。比較的暖かい元日だった。

初詣《はつもうで》には出かけない。八幡様にしろお不動《ふどう》さんにしろ、歩くのもままならないほど混み合っていて、とても母を連れてはいけない。松葉杖が外れたばかりの美千恵も同じである。昔から賑わってはいたが、これほどの人出ではなかった。周りが落ち着いてきた四日になってから、家族全員で初詣に出かけた。ハワイ旅行に出かけた昌子夫婦は、当然、参加していないが、麗子は一緒だった。

八幡様の境内が見えてきた時、美千恵の携帯が鳴った。

「あけましておめでとう……お年賀？　……今、どこにいるの……。あ、そう」美千恵は自分の居場所を相手に伝えている。「……いいよ、来て」

電話を切った美千恵に私が訊いた。「岩政君か」

「うん。この近くにいるんですって」美千恵はそっけない口調で答えた。

岩政が姿を見せたのは、それからまもなくのことだった。

新年の挨拶を交わす。

「ああ、あんたね」母が、岩政を見て相好を崩した。

「お祖母ちゃん、お元気そうですね。明けましておめでとうございます」

「おめでとう」

岩政は大晦日《おおみそか》に故郷に戻り、昨日の夜、戻ってきたという。

「たこ焼き食べたい」舞が言った。

「後でね」朋香が答えた。

「パパは焼きソバにするかな」と鉄雄。

朋香が夫に目を向けた。「いいわね。いくら食べても太らない人は」

朋香と鉄雄は、あの夜以来、関係がよくなったようである。

温子とはすでに電話で、新年の挨拶をすませていた。故郷の金沢《かなざわ》に帰っていた温子は、昨日、戻ってきた。美沙子と一緒に、今頃、この辺りにいるはずだ。だが、会う約束はしていなかった。

お詣りの順番が回ってきた。私は、家内安全と、美千恵との関係がうまくいきますようにと願った。お札や破魔矢《はまや》を買ってから、お不動さんに向かった。

「お祖母ちゃん、大丈夫？」美千恵が母を気遣った。

「僕がおぶってあげましょうか」

岩政の一言に、美千恵の目がつり上がった。

「そうしてもらったら、お祖母ちゃん」小百合が、声に抑揚をつけて言った。

美千恵の表情は硬い。それに気づいた小百合が軽く肩をすくめた。母は微笑んでいるだけで、何も言わない。

「さあ、どうぞ」岩政がその場に腰を落とした。

岩政におぶわれた母は楽しそうだった。

「楽ちん？」朋香が訊いた。

母がうなずいた。

「パパ、私も」舞が甘えた声で父親に言った。「うん」

「あなた、大丈夫？」朋香は本気で心配しているようだった。

「信用ないんだね」

「だって……」

鉄雄が舞をおぶった。

麗子はやはり、どことなく元気がなかった。

お不動さんのお詣りをすませ、縁日でたこ焼きを買っていた時だった。美沙子に声をかけられた。美沙子の後ろに温子がいた。

「やっぱり、会えたわね」美沙子が顔をほころばせた。

岩政が母を降ろすと、舞も父親の背中から降りた。再び、新年の挨拶を代わる代わる交わす。

美千恵は、神妙な顔をして温子に礼を言った。

「順調に回復なさっているって聞いて、ほっとしています」

「美千恵は、直接会って、あなたにお礼をと去年から言ってました。ちょうどよかった」私が口をはさんだ。

「復帰なさった時は、お父様と一緒にレースを観にいきますね」

「是非、いらしてください」

美沙子が腰を曲げて母を見た。「お祖母ちゃん、私のこと覚えてる？」

母はきょとんとした顔をしていた。美沙子が説明しても反応はなかった。

「それじゃ、私たちは」

美沙子と温子が去っていった。

「白石さんって綺麗な人ですね」初対面だった鉄雄が、温子の後ろ姿を見ながら言った。

私は美千恵を目の端でみた。美千恵の表情から、彼女の気持ちを読み取ることはできなかった。

その日は、岩政と麗子も我が家で夕食をとった。人なつこすぎる岩政のよい面が出て、笑いの絶えない晩餐《ばんさん》となった。

松の内が明けた頃、昌子がハワイの土産《みやげ》を持って家にやってきた。フラダンスを習おうかしら、と言い出した時には、噴き出したくなったが我慢した。

温子とはよく会っている。新しい展開はないが、私にとって、彼女の存在は日増しに大きくなってゆく。

一月の終わりのことである。私と小百合が、居間でテレビを視るともなしに視ていた時、朋香がやってきた。

「わぁ、見て！　可愛い」小百合が言った。

画面にはアムールトラの生まれたばかりの子供が映っていた。

朋香は何も言わない。様子が変である。

小百合もそのことに気づいた。「どうしたのよ、朋香」

「別に」

「カメムシ君とまた喧嘩したの？」

「また、そんな言い方する。止めてって言ったでしょう」朋香が怒った。

「何か話があるのか？」私が訊いた。

朋香が私をちらりと見た。照れくさそうな顔をしている。「私、ふたり目ができたらしいの」

「マジで？」小百合が素っ頓狂な声を出した。

私はテレビを消し、朋香を見つめた。「おめでとう」

私の言い方はややそっけなかったかもしれない。あまりにも藪《やぶ》から棒《ぼう》で、小百合同様、驚きの方が勝っていたのだ。

あの夜の秘め事の際にできたのか。だとすると命中率が極めて高い。そんな余計なことを考えてしまった。

このニュースは、翌朝、家族全員が知ることになった。

「今度は男の子だといいんですが」鉄雄の口調が妙に気張っている。

私もちらりとそう思ったが、また女の子のような気がしてならない。しかし、明るい話題である。男か女かなんて、今、考える必要もないことだ。

美千恵の怪我が順調に回復していることも明るい話題だった。軽いジョギングを始めているようだ。時々、マンションには戻っているらしいが、今のところは、帰るとは言っていない。

麗子の離婚問題については、昌子が時々、愚痴りながら報告してきた。麗子は、娘の香澄が味方になってくれると思っていたらしいが、香澄の態度がはっきりしない。それが麗子の悩みの種らしい。

二月の半ば、岩政が折り入って話があると、会社に電話をかけてきた。その夜はちようど、新宿で用事があったので、初めて彼と行ったバーで、待ち合わせをすることになった。

午後十時すぎに、バーに入った。岩政はカウンターの隅で飲んでいた。すでに少し酒が入っていた私は、薄い水割りを頼んだ。

「すみません、お忙しいところ」

「深刻な話？」

「きっと、お父さんは、喜ぶと思います」

「じゃ、早く教えて」

「美千恵さんが、突然、引退したいって言い出したんです」

「本当に？　毎日、トレーニングしてるみたいだけど」私は訝《いぶか》るばかりだった。「引退して、君と一緒になるってこと？」

「そんな話は出たことありません」

「で、引退したくなった理由は何なんだい？」

「急に自信がなくなったって言ってます。お父さんにとっては、ほっとする話でしょうけど」岩政が煙草に火をつけた。

「君だって、それを望んでたんじゃないのか」

「そうなんですけど、先のことは何にも考えてないみたいだし、なぜ、自信がなくなったのかもよく分からないし……」

危険なことは止めてほしいと思っていることに変わりはないが、真意が分からないので、万々歳というわけにはいかない。

「お父さん、美千恵さんと話してみてくれませんか？」

「それはいいけど、私に本心を明かすかな」

「分かりませんが、ともかく、訊いてみてください。僕じゃ、埒《らち》が明きませんから」

私はウイスキーを少し口に含んだ。「美千恵、そろそろ自分のマンションに戻りたいと思ってるんじゃないのか」

「引退を口にするまでは、よくそう言ってましたが、最近は、あまり……」

「私のことで、君に何か言ってることはある？」

「僕が、お父さんの話をすると今でも嫌がるんです。あ、でも、誤解しないでください。お父さんがどうのこうのってことじゃないんです。僕が馴《な》れ馴れしくしすぎるって、いつも腹を立ててるから、お父さんのことしゃべりづらいだけなんですよ」岩政はにっと笑って軽く肩をすくめた。

この男、大概のことには動じないようだ。多少、図々しいところはあるが、見所のあるやつだと改めて思った。

翌日、会議が終わった後、暇があったので、久しぶりに美千恵のブログを開いてみた。ここしばらく更新されていないことが分かった。それまではリハビリに専念し、一刻も早く復帰したいと書かれていたのに。

美千恵の復帰を願うファンの声もかなりあった。それを読んでいたら、自分でも不思議なことに、私は、美千恵に復帰してもらいたい気持ちになってきた。

その夜は午後九時すぎに帰宅した。しばらくしてから、美千恵の部屋を訪ねた。美千恵はパソコンの前に座っていた。メールを打っているらしい。

「何か、用?」

「また後でくるよ」

「すぐに終わるから待ってて」

私はソファーに腰を下ろした。美千恵は、パソコンを閉じると私に目を向けた。

「岩政君から聞いたけど、お前、引退したいんだって?」

「あいつ、本当におしゃべりなんだから」美千恵の顔が歪んだ。

「彼、心配してるんだよ。で、本気なのか?」

「うん。私が辞めたら、お父さんも、余計な心配しなくてすむでしょう？」

「まあね。でも、お前にとって、競艇は天職じゃなかったのか」

「天職？」

「そう。自分にはこれしかないって思って切磋《せっさ》琢磨《たくま》してきたんだろうが」

美千恵が目を伏せた。「でも、才能ないもの。こうやって休んでいるうちに、これ以上やっても先行きがないって気がしてきたの」

「ネットで見たけど、お前の復帰を待っているファンが大勢いるじゃないか」

美千恵が怪訝な顔をして私を見た。「お父さん、私に競艇を続けてもらいたいの？」

私は美千恵から視線を逸らさなかった。「中途半端な辞め方はしてもらいたくないな。一言では説明できないことかもしれないけど、どうしてそういう気になったんだろうね」

「私のことだから私が決める。いちいち口出ししないで」美千恵が急に怒った。

せっかく距離が縮まりかけていたのだから、美千恵と言い争いはしたくなかった。しかし、私は引かなかった。「お父さんは、理由を知りたいだけだ。ボートに乗るのが怖くなったのか？」

美千恵が私を睨み、大声で言った。「怖くなんかないよ。余計なこと言わないで。

私、明日、自分のマンションに戻るからね」

ヒステリックになった美千恵は、私に部屋から出てって、と言った。

私は黙って言われた通りにした。疲れがどっと私を襲った。自分の部屋に戻った私は、缶ビールを飲みながらぼんやりとしていた。口出しした自分が愚《おろ》かに思えたが、腫《は》れ物に触るような態度を、これ以上、続ける気にはならなかった。

しばらくしてから、一階で声がした。争っているような声である。

私はそっとドアを開けた。

「美千恵姉ちゃん、甘えすぎだよ」

美千恵の部屋から聞こえてきたのは、朋香の怒りを含んだ声だった。

鉄雄の部屋のドアが開いた。私は彼に手招きをした。

「舞は寝てるの」私が訊いた。

「はい」

「何で、美千恵と朋香が喧嘩してるのか、鉄雄君は知ってるのかな?」

鉄雄が目を伏せた。

「ひょっとして、私のことで」

「多分。さっき美千恵さんが大声を出したでしょう? それで小百合さんと朋香が事情を聞きに、美千恵さんのとこに行ったんです」

鉄雄を部屋に戻した私は、抜き足差し足で階段を下りていった。メグとグレが並んでじっと私を見つめていた。

階段の途中で、私はステップに腰を下ろした。

「お父さん、お姉ちゃんのことをどれだけ心配してたか、分かる？　私、お父さんが、あんたばっかり可愛がるから、焼き餅《もち》焼いたこともあった」小百合も声を荒らげた。「競艇を続けろって言った、お父さんの気持ち、分からないの？」

「お父さんはお母さんを……」

「いつまで昔のことにこだわってるの。私だって薄々気づいてたよ。でも、いいじゃん、お父さん、もう六十よ。病気もしたし」小百合はしゃべっているうちに、ますます興奮してきたようである。

「そうよ」朋香が言った。「美千恵姉ちゃんは、お母さんが死んですぐに家を出たから何も知らないだろうけど、お祖母ちゃんにだけ、私たちのことを任せきりにできないから、仕事のことを二の次にして、お父さん、面倒見てくれてたのよ、再婚もしないで」

妹ふたりに責められた美千恵は、ややあってこう言った。「私、明日ここを出てく。私なんかここにいない方がいいでしょう」

「好きにしたら」

私が立ち上がった時、朋香の冷たい声と共にドアが開いた。

「お父さん」出てきた小百合が私を見上げた。

「どうしたんだい？　お祖母ちゃんが、起きちゃうよ」

「ごめんなさい」朋香が笑って誤魔化した。

三姉妹の間に流れている険悪な雰囲気は、翌日の朝食時にも続いていた。

美千恵が、母を病院に連れていくと言った。

「私が行くから、お姉ちゃん、帰る準備していいわよ」

「朋香」鉄雄が妻を睨んだ。

「お父さんがまた使う部屋なんだから、ちゃんと掃除してってね」小百合がトーストにマーマレードを塗りながら言った。

「ごちそうさま」美千恵は、誰にも目を合わさず、居間を出ていった。

「美千恵が帰る？」母が小首を傾げた。

「朋香、苛々すると胎教《たいきょう》に悪いよ」私が淡々とした口調で言った。

「だって、お父さん、美千恵姉ちゃん……」

私は朋香を制した。「もういいんだ」

「勝手すぎよ、あいつ」

小百合が美千恵を、あいつ呼ばわりしたのを聞いたのは初めてだった。

食事もそこそこに私も居間を出た。自分の部屋に戻り、出かける準備をしていると、ノックの音がした。

美千恵だった。

「お父さん、長い間、お世話になりました。私、今日のうちにマンションに戻ります。でも、お祖母ちゃんの相手はしにきます。それに、何かあったら呼んでください」

私は美千恵を正視できず、彼女に背中を向けた。「引退するにしても、中途半端な形ではするなよ」

美千恵はそれには答えず、部屋を出ていった。

その夜、私は温子と会った。急に誘ったものだから仕事が終わるまで待たされた。木場《きば》のバーに温子がやってきたのは午後十時すぎだった。

「何があったの？」

「美千恵と喧嘩してね……」私は詳しく話した。

「突然の引退表明ね」温子がつぶやくように言い、グラスを口に運んだ。「訳が分かんなくて。あの子が危険な職業を選んでばかりいるのは、私への反抗心からだって次女の小百合に言われたけど……」

「そこがポイントよ」温子が力を込めて言った。「家にいたことで、あなたに抗《あらが》う気持ちが薄れた。同時に危険なボートに乗る原動力がなくなってしまったんじゃないかしら。そこにもってきて、あなたに、続けろと言われたから、彼女、混乱して、いつもの頑なさが出てしまった気がする」

「そんなに簡単なもんかな。あれだけ選手を続けてきたのに」

「それだけ、父親のあなたが、彼女にとってはいい意味でも悪い意味でも大きい存在なのよ」

「なるほどね」私は深くうなずいた。

温子と別れて家に戻った私は、美千恵がいた部屋のドアを開けた。机やベッドがなくなったわけではないので、がらんとした感じはしない。しかし、私にとっては、寒々しい空間に変わっていた。

次の日曜日に、私は二階から一階に降りた。気分的には、美千恵の使っていた部屋に戻りたくなかったが、ぐずぐずしているのも変である。朋香がシーツや何やかやをすべて新しくしてくれた。

美千恵がいなくなった当初、母が元気をなくした。安定した状態が続いていたが、これをきっかけにして病気が進行するのではと心配だった。しかし、しばらくすると、また笑顔が戻ってきた。朋香の話では、通院日に、美千恵は家に戻ってきて、母の相手をしているという。

「美千恵、今でも引退するって言ってるのか」私は朋香に訊いた。

「そういう話はしてないから分からない」

岩政にも美千恵の様子を電話で訊いた。

「何にもやる気がないみたいですよ。運び込んだ段ボール箱だって、まだ全部、開けてないんです。選手を辞めたら今のマンションにいる必要はないから、引っ越しを考えてるんじゃないですかね」

「そんなお金、あいつ、持ってるのか」

「意外と持ってるんですよ」岩政の声に笑いが混じった。

「次の仕事はどうする気なんだろうね」

「〝いい仕事あったら、紹介して〟って言われてます。でも、どんなことがあっても、僕は美千恵さんの面倒をみたいと思ってますから」

「頼もしい男がついててくれて、父親としては安心だよ。あの子が引退したら一緒に住んじゃえ」

「いやあ、それは……」

「ふたりは、よりを戻したようなもんなんだろう?」

「その手応えは感じてます」

「美千恵が急に引退すると言った理由だが、こんなことを言った人がいるんだ」私は、温子の解釈を岩政に伝えた。

「そうかあ。お父さんに対する反抗心か……。僕のような単純な人間は、そんなこと考えもしなかったなあ。でも、当たってるかもしれません。あ、割り込み電話が入ってきました……。美千恵さんからです。じゃ切りますね」

岩政との関係は修復されたも同然のようだ。美千恵を支えてくれる男がいる。それだけでも、心強いことである。だが〝圭介〟と呼んでやるのはまだ早すぎるか。私の頬に笑みがこぼれた。

麗子から電話があったのは、二月の半ばすぎのことだった。話があるという。私は、麗子が仮住まいしているマンションに向かった。

夜になって冷え込みがさらに強まり、雨がみぞれに変わっていた。

香澄は家にいなかった。

麗子が茶を淹れながらこう言った。「私、クラブ、辞めたの」

「夜の仕事はやっぱり、向いてなかったんだな」私は湯飲みを口に運んだ。

理由は違った。経営が苦しかった麗子の友人は、辞めたホステスが在籍しているかのように見せかけ、所得税を誤魔化していたらしい。麗子はそれが嫌で辞めたのだ。

「で、これからどうするんだ」

「できたら、兄さんに仕事を紹介してもらいたいと思って」

私は躰を背もたれから離した。「麗子、一度、仙台に戻れ。確かに、泉一さんには問題はある。だけど、選んだのはお前だぞ。彼とやり直せと言ってるんじゃないんだ。娘のことも考えろ。父親と母親の間で苦しんでるのは香澄ちゃんだよ。仙台に戻った後、やっぱり離婚したいっていうんだったら、面倒はみてやる。だけど、今は絶対に手を貸さない。もしも、このまま東京に残っていたかったら、自分で仕事を探せ」

麗子は俯いたまま口を開かない。

「俺は帰るぞ」私はドアに向かった。

「兄さん、ごめんなさい」

私はそれには答えず、麗子の部屋を出た。

みぞれは降り続いていた。段差のあるところで、足をとられそうになった。骨折などしたら大変だ。そう思った瞬間、美千恵のことが脳裏をよぎった。

家に戻り、風呂に入った。そして、部屋で本を読んでいると、ノックの音がした。小百合だった。彼女も話があるという。またぞろトラブルか、と小百合の顔を見たが、暗い表情はしていない。彼女をソファーに座らせた。

「私、この家を出てゆくことにした」

「え？　結婚するのか」

小百合が眉をひそめた。「違うわよ」

「じゃ、何で家を出るんだ？」

「熊本にある小さな放送局に勤めることにしたの」小百合が言った。

驚いた私は、すぐには口がきけなかった。

小百合は、だいぶ前から、今後の身の振り方を模索していたという。そんな折、仕事で熊本に行った。そこで知り合った放送関係者と仲良くなり、その人が東京に来る度に会って、愚痴を聞いてもらっていたらしい。

「……その人に前々から誘われてたんだけど、なかなか東京を離れる気になれなくて」

私は目の端で小百合を見た。「その人って男?」

「うん。でも、別に何の関係もないよ」言葉とは裏腹に、小百合の目が輝いていた。

小百合はその男のことが好きなのかもしれない。しかし、それ以上は詮索《せんさく》しなかった。

「そうかあ、お前がこの家から出ていくのか」私は天井を見上げてつぶやいた。

「話はそれだけ」小百合はふうと息を吐いて、立ち上がった。「お休み」

「うん、お休み」

私はベッドに寝転がった。美千恵に続いて小百合も家を出る。森川家の女系の色が少し薄まり、熱帯雨林のような熱気が消えてゆくのかと思うと、ちょっと寂しい気がしないでもなかった。

温子に電話をかけた。麗子のことも小百合のことも口にせず、とりとめのない話をしていた。電話は一時間以上に及んだ。電話を切り、布団に潜《もぐ》り込んだ時、玄関のチャイムが鳴った。

午後十一時半を回っていた。こんな時間に誰が……。カーディガンを羽織《はお》って私は玄関に向かった。

「どなた？」インターホンに向かって訊いた。

「美千恵です」

眠気がいっぺんに吹き飛んだ。玄関を出て、門を開けた。

「お父さん」美千恵が泣きながら、私に抱きついてきた。

「何があったんだ」

美千恵は泣いているだけである。

みぞれが、美千恵の赤いダウンジャケットを濡らした。

「風邪、引いちまうよ。中に入ろう」

私は、美千恵を抱いたまま、家の中に戻った。小百合と朋香が上がり框《かまち》に立っていた。廊下の奥から、メグとグレの大きな四つの目玉が、こちらを見つめている。

「お姉ちゃん、どうしたの」朋香が訊いた。

美千恵が私から躰を離した。「何でもない。あんたたちは寝てて」

私の部屋に通した。美千恵はソファーに浅く腰を下ろした。そして、手に持っていた布製のバッグを横に置いた。

「温かいものを飲んだ方がいいな」

「大丈夫。厚着してきたから」美千恵はダウンジャケットを脱いだ。

私はしばし黙っていた。

美千恵は俯いたまま、また泣き出した。

「泣いてちゃ、分からんよ」

「私が、どうして選手を続ける気がなくなったか、圭介に指摘されたよ」

私が温子から聞いた話を、岩政は美千恵に話したらしい。

「何を言われたの？」私は惚けて訊いた。

果たして、温子の解釈したことを、岩政が口にしたのだった。

「美千恵もそう思うのか」

美千恵は小さくうなずいた。「圭介に言われた時は認めなかったけど、その通りだと思う」

「そうなったのは、お父さんのせいだ」私はこみ上げてくるものを堪えて、そう言った。

「私、圭介を見直しちゃった。あんなに鋭いとは思ってもいなかったから」

岩政が、受け売りだと言わなかったのは当然である。面倒なことにならないためには、彼の意見ということにするしかない。

岩政と美千恵の関係は、この件で新たな展開を見せるかもしれない。

「で、美千恵、本当に引退するのか」

「うん」

「悔いはないのか」

「…………」

「気持ちを新たにして復帰するのが一番だ、とお父さんは思うけど」

「お父さん……」美千恵が喉を詰まらせた。

「思ってることは、全部、吐きだしちまえよ」

美千恵はバッグを開け、中から大きな茶封筒を取り出した。かなりくたびれた封筒で、不自然な膨れ方をしている。書類のようなものが入っているのでないことは明らかだった。

美千恵が封筒を引っ繰り返して中身をテーブルの上に落とした。それは、動物を象《かたど》った小さな玩具だった。赤や黄色、緑に青と、カラフルな玩具が、ゆっくりテーブルの上で山積みになってゆく。

どこかで見たことがある気はするが、思い出せない。

「動物ピコタンよ。お父さんとよく遊んだよね」

「ああ、あれかあ」美千恵が幼かった頃の記憶が一気に甦《よみがえ》った。

その玩具は、あるお菓子のおまけだった。プラスチック製で、手足や頭に接合部分があり、好きに繫いでいくことができるのだ。

美千恵は、赤いピコタンを手に取った。うさぎの形をしている。それに青いライオンを繫いだ。

「お父さんと動物ピコタンで遊んでた頃が、私、一番幸せだった」

カラフルな動物たちがどんどん繫がってゆく。

私は彼女の隣に移動し、黄色い犬と緑のウマをジョイントさせた。そして、繫いだ動物を美千恵に渡した。

美千恵が私の胸に飛び込んできた。私はしっかりと受け止めた。私の頰を涙が滑《すべ》り落ちてゆく。

「私、これを見つけたら、急にお父さんに……」美千恵がしゃくり上げた。

私は美千恵をさらに強く抱きしめ、天井に顔を向けた。

しばし私たちは口を開かなかった。美千恵が躰を起こした。そして、またピコタンを繋ぎ始めた。

「これ、どこから出てきたんだ」

「この間、ここから出てゆく時、苛々してて、何を段ボール箱に放り込んだか、よく覚えてなかったの。何にもやる気がしなくて、細かなものを入れた段ボール箱は、ずっとそのままだった。さっき開いたら、ピコタンが出てきた」

「じゃ、この部屋に何十年も置きっ放しだったのか」私は首を傾げた。

美千恵が視線を左に振った。「あの机、元々は私のよね。一番下の引き出しの奥に、ずっと隠れてたんだと思う。奥の仕切りの先ってよく見えないでしょう？」

確かにそうだが、今まで気づかなかったのが不思議でならなかった。しかし、そんなことはどうでもいい。

私はトナカイに見える赤いピコタンを手に取った。「赤、黄色、青、緑……。ボートやユニフォームにも使われてる色だよな。復帰しなさい。お父さんは、ボートを操るお前がみたい」

美千恵がソファーを離れた。そして窓を開いた。私は美千恵に並んで立った。

街路灯が、降り続くみぞれを浮かび上がらせていた。

「もう一度、気持ち、入れ直せるかな」美千恵の口から白い息がぽっぽっと上がった。

私は美千恵の横顔を見つめ、こう言った。

「もう入ってるよ」

美千恵が私を見つめた。そして、大きくうなずいた。

私は涙を堪えることで精一杯。言葉など出てこなかった。


その翌々日、木場のバーで、温子に会い、事の次第をすべて話した。

「あなたの一言が、美千恵を動かしたんだよ。ありがとう」私はグラスを温子に向けた。

「何を言うかも大事だけど、誰に言われるかも大事よ」

「岩政君も、受け売りで株を上げたんだから、あいつは運がいい」私は短く笑った。

「復帰戦、必ず私も連れてって。仕事入れないから」

「もちろん」

美千恵の復帰が決まった。三月三十日の金曜日、戸田競艇場だ。長期間、休んでいたので最低のクラスにまで落ち、一般戦での復帰となるのだという。

麗子は香澄と話をし、一度、仙台に戻ることになった。その後、どうなるかはまったく見えないが、とりあえず、今回の騒動には終止符が打たれることになる。

三月に入った。私は、何十年も押入れに仕舞い込んでいた雛人形《ひなにんぎょう》を取り出した。

毎年、季節が巡ってくると飾るのだが、私の娘たちのは美枝がそろえ、舞が生まれてからは、朋香が買ったものが居間を艶《あで》やかにした。

こうして、家に古くからある立派な五段飾りの雛人形は見捨てられてしまったのである。台は、父が知り合いの大工に作らせた折り畳み式のもの。長い歳月を経る間に、付属品はかなり紛失してしまった。男雛《おびな》は右か左か、二段目にはどの人形を置くのか迷った。

居間に入ってきた朋香がびっくりしていた。

「今年はこれを飾ることにした。いいだろう?」

「うん」朋香が飾り付けを手伝ってくれた。

「久しぶりに見たら、やっぱり作りが違うね。古いもんは」

「だろう?」

「お父さん、二段目は三人官女よ」

「そうだったな」私は並べ直した。

三人官女。私の中では美千恵、小百合、朋香である。

復帰戦が行われる三十日がやってきた。美千恵が出場するのは第一レースだった。私は午後から出勤することにした。温子は、その日を原稿書きに当てた。時間のやり繰りができるようにしたのだ。

レース観戦に参加したのは温子だけではなかった。小百合と朋香、そして舞も来た。麗子は、香澄と共に美千恵のレースを観てから仙台に発つという。こうなれば昌子が来ないわけがない。母親をひとりにするわけには行かないので、一緒に連れてきた。直前まで来る予定だった太郎は、風邪を引いて参加できなくなった。鉄雄は仕事、岩政は出張と重なり、来られなかった。

結果、美千恵の復帰を見守る男は、私だけとなった。

私たちは一階のベンチに陣取った。

競艇場の向こうの堤を彩《いろど》っているのは桜並木だ。温かい風が頰を撫でてゆく。

「競艇場って綺麗なんだねえ」昌子がびっくりしたような顔をして周りを見回した。

私以外は、競艇場に来るのは初めてだった。

「気持ちいい」朋香が伸びをした。

「これで、美千恵姉ちゃんが勝てれば最高ね」と小百合。

美千恵の出場するレースは男女混合戦。美千恵がトップでゴールインするのは難しいかもしれない。だが、勝敗などどうでもよかった。復帰したことが何より一番だ。とはいえ、水面を見れば、この間の事故のことが甦ってきて、落ち着かなかった。

母が心配そうな顔をして周りを見、ぽつりと言った。「美千恵がいないね」

「だから、美千恵姉ちゃんがボートで競走するの」朋香が眉をゆるめて答えた。「お祖母ちゃん、寒くない？」

母が首を横に振った。

私は、レースがどのようにして行われるかを説明した。しかし、誰もちゃんと分かっていないようだった。案の定、舟券を買う前に行われるスタート展示を、本番と間違え、昌子が「あんた、レース始まってしまったじゃない」と怒った。

「さっき言ったでしょう？　これは、お客さんに調子を見せるリハーサルみたいなもんなの」

昌子が耳を塞いだ。「でも、すごい音ね」

「姉さん、いいから黙ってて」私はぴしりと言った。

アナウンスが美千恵の名前を告げている。美千恵は六枠。色は緑である。

スタート展示が終わり、オッズが出た。美千恵が優勝したら大穴だ。

私はみんなから金を徴収し、舟券を買いにいった。

「しめ切り、五分前でございます……」アナウンスが緊張を高めた。

女たちが姦《かしま》しい。

舟券を配った後、私は席を離れた。そして、一段高くなっているベンチの後ろに立った。落ち着いて座っていられなかったのだ。

温子と目が合った。私は小さくうなずいた。温子は私の気持ちを理解したらしく、口許に笑みを浮かべ、うなずき返してきた。

昌子が肩越しに私を見上げた。「崇徳、そこで何してるの？」

「私はここで観る」私は腕を組み、威厳をもって答えた。

目の前に女たちが一列に並んでいる。

ふと雛人形の三人官女を思い出した。

吾輩《わが》の官女は一体、何人いるのだ。今日は七人か。いや、舞を入れれば八人である。

私はそのひとりひとりの後ろ姿を順に見つめていった。

いよいよスタートの瞬間を迎えた。爆音が轟《とどろ》き、白い波の尾を引いて、六艇が第二ターンマークに向かってゆく。

「行け！　行け！」温子が声を上げた。

「お姉ちゃん、頑張って！」朋香が中腰になり、腕を振って応援している。

「美千恵ちゃん」昌子までもが声を張り上げた。

私は途中から目を閉じてしまった。実況放送は遠のき、エンジン音と、家族の応援する声が耳朶を揺すっている。みぞれの中を泣いて私に会いにきた時の美千恵が、瞼《まぶた》に浮かんだ。美千恵は緑色のクマのピコタンを手にしていた……。

レースはあっと言う間に終わった。美千恵は三位だった。私は立ち上がって、緑のボートに拍手を送った。そうでもしないと、家族に涙を見られてしまう。私を真似てすぐに拍手を送ったのは、なんと母だった。続いて、全員が拍手をした。周りの客が怪訝な顔で私たちを見つめていた。

姦しい女たちを引き連れ競艇場を出て、タクシー乗り場に向かった。

「温子さん、ちょっと散歩しない？」私が誘った。

温子が小さくうなずいた。

母のことは家族に任せて、私たちは荒川《あらかわ》の土手に向かった。

「付き合ってくれてありがとう」

「美千恵さん、格好よかった。男相手に三位に入ったんだもの。でも、正直言ってびっくりした」

「何が？」

「ボートレースがこんなに迫力があるとは思わなかったわ。たまに一緒に観にきましょうよ」

「病みつきにならないでよ」

温子が目の端で私を見た。「分かんないわよ」

私たちはゆっくりと桜並木に沿って歩いてゆく。

私は咳払いをし、温子に顔を向けた。「ゴールデンウイークに時間取れない？」

「またここで美千恵さんのレースがあるのね」

私は首を横に振り、空を見上げた。

「遅い桜が見られるところにでも旅行しないか」

温子が立ち止まり、しめやかな声で言った。「どこがいいかしらね」

「行きたいところある？」

「崇徳《そうとく》さん、決めて」

私は再び空を見上げ、うなずいた。

そよ吹く風に、桜の花びらが舞っている。

木漏《こも》れ日に頬をさらした私は、温子の躰をそっと抱き寄せた。

本書を書くにあたり、BOATRACE振興会広報部、日本モーターボート競走会戸田支部の方々、医学ジャーナリスト・油井香代子さん、福井総合病院理事長・林正岳先生、楚山元大さんに大変お世話になりました。この場を借りてお礼を申し上げます。

# 解説

北上次郎（文芸評論家）

本書『女系の総督』が刊行されたのは2014年の5月だが、その単行本の帯の惹《じゃっ》句《く》がよかった。それは次のようなものだ。

「反論はしない。意見は控えめに。意見を述べたらしばらく黙る。それが女系の家に生まれた男の処世術」

うまいよなあ。たしかにそうだよなあという気になってくる。控えめな意見を述べるだけで反論しない男は、ではその心中で何を考えているのか。どんな苦労があるのか。こういう帯の惹句を読むと無性にそれを知りたくなるが、それを描いたのが本書だ。

語り手の森川崇徳は五十九歳。正式には「むねのり」だが、友人の中には「そうとく」と呼ぶ者もいる。森川家には、曾祖父の時代から生まれる子のほとんどが女、という際立った特徴がある。祖父母は三人の子をもうけたが、いずれも女の子で、崇徳の父は婿養子。完全に女系家族といっていい。崇徳は姉と妹にはさまれた一人息子である。

崇徳の父は還暦をすぎてすぐに亡くなったので、いまは崇徳が家長となっている。一緒に暮らしているのは、年老いた母と、次女小百合（もうすぐ三十二歳になるフリーアナウンサーで独身）、三女朋香（と夫と娘）、そして妹麗子の娘香澄。これだけで女5人だが、すぐ近くに住んでいる姉昌子がしょっちゅうやってくる。二匹の飼い猫までご丁寧に雌猫だ。三女朋香の夫鉄雄も一緒に暮らしているが、こちらは痩せこけた小柄な男で、崇徳から見ると「情けない感じ」がする。昌子の夫太郎も近くにいるのだが、こちらはいるんだかいないんだかわからない男で、あまり頼りにならない。つまり一応は女5対男3という構図なのだが、男2は頼りにならないので、崇徳が孤軍奮闘なのである。ちなみに崇徳の妻は十六年前に亡くなっている。

母が認知症なのではないかと頭を悩まし、家を出ている長女美千恵と和解する方法はないものかと奔走し、香澄の夜遊びを心配し、姉昌子の不倫を疑い、もう大変なのである。女ばかりということは姦《かしま》しいことこの上もないが、しかし母親が病院にいくときはみんながついてくるように大家族主義だ。そういう日々が軽妙に鮮やかに描かれていく。

本書の単行本が刊行されたときに、私は次のように書いた。

「ハードボイルド冒険小説から作家生活をスタートし、途中から恋愛小説に転じて数々の傑作を残してきた著者の新境地がここにある。新しい家族小説の誕生だ」

藤田宜永は何度も驚かせてくれるから愉《たの》しい。最初は、1997年の『樹下の想い』だった。1986年に『野望のラビリンス』でデビューした藤田宜永は、当初はハードボイルド&冒険小説の人であった。その路線で、1994年の『鋼鉄の騎士』(日本推理作家協会賞を受賞)という傑作まで書いたのである。それなのに、1997年の『樹下の想い』で突如恋愛小説に転じたのだ。あのときは本当に驚いた。そっちに——いくのかと。ところが、そちらの分野でも2001年の『愛の領分』という傑作で直木賞を受賞したから素晴らしい。直木賞が素晴らしいのではない。その内容が素晴らしいのだ。単にジャンルを変えたということだけではなく、文章の密度、描写力、造形力などその間の著しい進境が見事に結実したということだ。だから、あとはその道を究《きわ》めるのかと思っていた。恋愛小説とはいっても、実は幅が広く、奥行きも深いものであるから、いかようにも道はあるのだ。やるべきことは山のようにあり、その苦難をこの作家がこれからどう超えていくのか、とても興味があった。実際、直木賞受賞後の藤田宜永は、『邪恋』『流砂』などの正統派恋愛小説を書いて、期待に応えている。こうなると、このジャンルにもう腰を落ちつけるのかと思うのも当然だろう。

だから本書が出てきたときにはふたたびびっくり。そうか、家族小説か。それまでの藤田宜永の小説に家族小説の要素がまったくなかったわけではない。夫婦の確執や、親子の不和などをモチーフにした作品はたしかにあった。あの『鋼鉄の騎士』ですら、スパイ小説であり、家族小説であり、恋愛小説であり、政治小説であり、レース小説であり、青春小説なのだ。大長編小説には、そういう幾つもの要素がある。だから当然のことながら、初めて描く世界ではない。しかし本書を「新しい家族小説の誕生」と書くのは、こういうふうに家族の問題をフル全開するのは作者にとって初めてであるからだ。そしてそれが見事に成功しているからだ。

ぜひ本書を堪能していただきたい、とこの解説を終わろうと思ったのだが、いい機会なのであとは余計なことを書く。藤田宜永は恋愛小説に転じてから、正統派恋愛小説の間隙《かんげき》を縫うように、五十代の男を主人公にした作品を幾つか書いている。『幸福《しあわせ》を売る男』『前夜のものがたり』『左腕の猫』などだ。そこには恋愛も当然あるけれど、物語の中心はそこにない。それが同じく五十代の男を主人公にしても正統派恋愛小説と異なるところだ。では、なにか。あるときは妻と別れた一人暮らしの日々であり、あるときは娘を探しにいく話であったりする。ようするに、五十代の苦さだ。

たとえば『還暦探偵』という作品集がある。このタイトルからミステリーを連想するかもしれないが、そうではない。表題作は還暦を迎えた主人公が高校時代のマドンナに頼まれて探偵の真似事をする話で、その頼まれたことをどう解決するのかというミステリー的興味よりも、還暦後の新たな日々を男たちはどう過ごすのか、それを描くことにこの短編の眼目はある。妻と喧嘩をすることもあれば、ほんの時たま浮気することもある。そういう元気のある者もいれば、すっかり元気のない者もいる。夜の街に繰り出すこともあれば、何もすることがなく手持ち無沙汰なときもある。そういう還暦前後の男たちの、さまざまな日々のかたちを、けっしてシリアスにならず、軽妙に描く作品集だ。

ようするに、五十〜六十代の男たちの日々を描く作品群を藤田宜永は書いている、ということで、実は私、ただいまこの路線が大好きなのだ。だから、この路線の作品をもっと書いていただきたいのである。

話のついでにもう一つ、個人的なことを書く。本書に対する個人的な不満だ。いいのかね、こんなこと書いちゃって。ま、いいや。主人公の森川崇徳がモテるのである。これが私には面白くない。ここまでくると小説の評価とはまったく関係がないので、いいがかりと言われたらそれまでだが（本当にいいがかりです）、だいたい藤田宜永の書く男はモテすぎる。それが若い男ならいい。自伝的長編『愛さずにはいられない』、その別バージョンたる『キッドナップ』など、やたらとモテる少年の話はまだ冷静に読めるのだが（自分と遠い存在であるから）、五十〜六十代のモテる男は勘弁していただきたい。いや、『愛さずにはいられない』と『キッド・ナップ』は、母を恋うるひびきがその性遍歴の背景にあるから、少年がただモテる話というわけではないことも書いておく必要がある。

何を書いているのかわからなくなってきたので、もうやめておく。とにかく本書は、女系家族に生まれた男が孤軍奮闘する家族小説であり、藤田宜永の新境地であると申し上げたいのである。

この作品は二〇一四年五月に、小社より単行本として刊行されました。

|著者| 藤田宜永　1950年福井県生まれ。'86年に『野望のラビリンス』でデビュー。'95年『鋼鉄の騎士』で第48回日本推理作家協会賞長編部門、第13回日本冒険小説協会大賞特別賞をダブル受賞。'96年『巴里からの遺言』で第14回日本冒険小説協会最優秀短編賞受賞。'99年『求愛』で第6回島清恋愛文学賞受賞。2001年に『愛の領分』で第125回直木賞を受賞した。他に『血の弔旗』、『亡者たちの切り札』、『大雪物語』、『罠に落ちろ：影の探偵'87』など著作多数。新刊は『奈緒と私の楽園』。

女系《じょけい》の総督《そうとく》

藤田宜永《ふじたよしなが》



2017年3月15日第1刷発行

発行者――鈴木　哲
発行所――株式会社　講談社
東京都文京区音羽2-12-21　〒112-8001
電話　出版（03）5395-3510
　　　販売（03）5395-5817
　　　業務（03）5395-3615

Printed in Japan

講談社文庫
定価はカバーに表示してあります

デザイン―菊地信義
本文データ制作―講談社デジタル製作
印刷―――大日本印刷株式会社
製本―――加藤製本株式会社



ISBN978-4-06-293624-8

# 講談社文庫刊行の辞

二十一世紀の到来を目睫に望みながら、われわれはいま、人類史上かつて例を見ない巨大な転換期をむかえようとしている。

世界も、日本も、激動の予兆に対する期待とおののきを内に蔵して、未知の時代に歩み入ろうとしている。このときにあたり、創業の人野間清治の「ナショナル・エデュケイター」への志を現代に甦らせようと意図して、われわれはここに古今の文芸作品はいうまでもなく、ひろく人文・社会・自然の諸科学から東西の名著を網羅する、新しい綜合文庫の発刊を決意した。

激動の転換期はまた断絶の時代である。われわれは戦後二十五年間の出版文化のありかたへの深い反省をこめて、この断絶の時代にあえて人間的な持続を求めようとする。いたずらに浮薄な商業主義のあだ花を追い求めることなく、長期にわたって良書に生命をあたえようとつとめるところにしか、今後の出版文化の真の繁栄はあり得ないと信じるからである。

同時にわれわれはこの綜合文庫の刊行を通じて、人文・社会・自然の諸科学が、結局人間の学にほかならないことを立証しようと願っている。かつて知識とは、「汝自身を知る」ことにつきていた。現代社会の瑣末な情報の氾濫のなかから、力強い知識の源泉を掘り起し、技術文明のただなかに、生きた人間の姿を復活させること。それこそわれわれの切なる希求である。

われわれは権威に盲従せず、俗流に媚びることなく、渾然一体となって日本の「草の根」をかたちづくる若く新しい世代の人々に、心をこめてこの新しい綜合文庫をおくり届けたい。それは知識の泉であるとともに感受性のふるさとであり、もっとも有機的に組織され、社会に開かれた万人のための大学をめざしている。大方の支援と協力を衷心より切望してやまない。

一九七一年七月

野間省一

講談社文芸文庫

笙野頼子
# 猫道 単身転々小説集
自らの住まいへの違和感から引っ越しを繰り返すうちに猫たちと運命的に出会い、彼らと安全に暮らせる空間が「居場所」に。笙野文学の確かな足跡を示す作品集。
解説=平田俊子 年譜=山﨑眞紀子
しL3
978-4-06-290341-7

岡田 睦
# 明日なき身
日本の下流老人社会の現実が垣間見える老作家の日常。生活保護と年金で暮らし、体もままならず、転居を繰り返し、食べるものにも困窮する毎日。私小説の極致。
解説=富岡幸一郎
おY1
978-4-06-290339-4

青木 淳・選
# 建築文学傑作選
文学と建築。異なるジャンルでありながら、文学を思わせる建築、そして建築を思わせる文学がある。日本を代表する建築家が選び抜いた、傑作〝建築文学〟十篇。
解説=青木 淳
あW1
978-4-06-290340-0

講談社
文芸文庫
ワイド

不朽の名作を
一回り大きい
活字と判型で

小林秀雄
# 小林秀雄対話集
坂口安吾、大岡昇平、三島由紀夫、江藤淳らと対峙した精神のドラマ。
解説=秋山 駿 年譜=吉田凞生
(ワ)こC1
978-4-06-295512-6

## 講談社文庫　目録

二上　剛　黒薔薇　刑事課強行犯係　神木恭子
辺見　庸　永遠の不服従のために
辺見　庸　いま、抗暴のときに
辺見　庸　抵抗論
星　新一　エヌ氏の遊園地
星　新一　編　ショートショートの広場①〜⑨
本田靖春　不当逮捕
堀江邦夫　原発労働記
保阪正康　昭和史七つの謎
保阪正康　昭和史忘れ得ぬ証言者たち
保阪正康　昭和史七つの謎　Part2
保阪正康　あの戦争から何を学ぶのか
保阪正康　政治家と回想録〈読み直し語りつぐ戦後史〉
保阪正康　昭和の空白を読み解く〈昭和史 忘れ得ぬ証言者たち Part2〉
保阪正康　「昭和」とは何だったのか
保阪正康　大本営発表という権力
保阪正康　天皇〈「君主」の父、「民主」の子〉
堀　和久　江戸風流女ばなし
堀田　力　少年魂

保坂和志　未明の闘争(上)(下)
星野知子　食べるが勝ち！
北海道新聞取材班　追及・北海道警「裏金」疑惑
北海道新聞取材班　日本警察と裏金〈底なしの腐敗〉
北海道新聞取材班　実録・老舗百貨店凋落〈流通業界再編の光と影〉
北海道新聞取材班　追跡・「夕張」問題〈財政破綻と再起への苦闘〉
堀井憲一郎　『巨人の星』に必要なことはすべて人生から学んだ。あ。逆だ。
堀江敏幸　熊の敷石
堀江敏幸　子午線を求めて
堀江敏幸　燃焼のための習作
本格ミステリ作家クラブ編　紅い悪夢の夏〈本格短編ベスト・セレクション〉
本格ミステリ作家クラブ編　透明な貴婦人の謎〈本格短編ベスト・セレクション〉
本格ミステリ作家クラブ編　天使と髑髏の密室〈本格短編ベスト・セレクション〉
本格ミステリ作家クラブ編　死神と雷鳴の暗号〈本格短編ベスト・セレクション〉
本格ミステリ作家クラブ編　論理学園事件帳〈本格短編ベスト・セレクション〉
本格ミステリ作家クラブ編　深夜バス78回転の問題〈本格短編ベスト・セレクション〉
本格ミステリ作家クラブ編　大きな棺の小さな鍵〈本格短編ベスト・セレクション〉
本格ミステリ作家クラブ編　珍しい物語のつくり方〈本格短編ベスト・セレクション〉
本格ミステリ作家クラブ編　法廷ジャックの心理学〈本格短編ベスト・セレクション〉

本格ミステリ作家クラブ編　見えない殺人カード〈本格短編ベスト・セレクション〉
本格ミステリ作家クラブ編　空飛ぶモルグ街の研究〈本格短編ベスト・セレクション〉
本格ミステリ作家クラブ編　凍れる女神の秘密〈本格短編ベスト・セレクション〉
本格ミステリ作家クラブ編　からくり伝言少女〈本格短編ベスト・セレクション〉
本格ミステリ作家クラブ編　探偵の殺される夜〈本格短編ベスト・セレクション〉
本格ミステリ作家クラブ編　墓守刑事の昔語り〈本格短編ベスト・セレクション〉
星野智幸　毒身
星野智幸　われら猫の子
本田靖春　我、拗ね者として生涯を閉ず(上)(下)
本田　透　電波男
本城英明　警察庁広域特捜官　梶山俊介〈広島・尾道「刑事《デカ》殺し」〉
堀田純司　スゴい雑誌〈「業界誌」の底知れない魅力〉
堀田純司　僕とツンデレとハイデガー〈ヴェルシオン アドレサンス〉
本多孝好　チェーン・ポイズン
穂村　弘　整形前夜
堀川アサコ　幻想郵便局
堀川アサコ　幻想映画館
堀川アサコ　幻想日記店
堀川アサコ　幻想探偵社

向田邦子　新装版 眠る盃
向田邦子　新装版 夜中の薔薇
村上春樹　風の歌を聴け
村上春樹　1973年のピンボール
村上春樹　羊をめぐる冒険 (上)(下)
村上春樹　カンガルー日和
村上春樹　回転木馬のデッド・ヒート
村上春樹　ノルウェイの森 (上)(下)
村上春樹　ダンス・ダンス・ダンス (上)(下)
村上春樹　遠い太鼓
村上春樹　国境の南、太陽の西
村上春樹　やがて哀しき外国語
村上春樹　アンダーグラウンド
村上春樹　スプートニクの恋人
村上春樹　アフターダーク
村上春樹 佐々木マキ絵　羊男のクリスマス
村上春樹 佐々木マキ絵　ふしぎな図書館
村上春樹 糸井重里　夢で会いましょう
村上春樹・文 安西水丸・絵　ふ わ ふ わ

U・K・ル=グウィン 村上春樹訳　空飛び猫
U・K・ル=グウィン 村上春樹訳　帰ってきた空飛び猫
U・K・ル=グウィン 村上春樹訳　素晴らしいアレキサンダーと、空飛び猫たち
U・K・ル=グウィン 村上春樹訳　空を駆けるジェーン
T・ファリッシュ著 B・ルート絵 村上春樹訳　ポテト・スープが大好きな猫
群ようこ　濃い人々〈いとしの作中人物たち〉
群ようこ　いいわけ劇場
群ようこ　浮世道場
群ようこ　馬琴の嫁
室井佑月　Piss《ピス》
室井佑月　子作り爆裂伝
室井佑月　ママの神様
室井佑月 丸山あかね　プチ美人の悲劇
村山由佳　すべての雲は銀の… (上)(下)
村山由佳　永遠。
村山由佳　天翔る
室井滋　ふぐママ
室井滋　心ひだひだ
室井滋　うまうまノート

室井滋　気になり飯《めし》〈うまうまノート②〉
村野薫　死刑はこうして執行される
睦月影郎　義姉《あね》〈武芸者 冴木澄香〉
睦月影郎　有情《うじょう》〈武芸者 冴木澄香〉
睦月影郎　忍《しのび》萌《もえ》
睦月影郎　変《かわり》萌《もえ》
睦月影郎　卍《まんじ》萌《もえ》
睦月影郎　甘《あま》蜜《みつ》三《ざん》昧《まい》
睦月影郎　平成好色一代男 独身娘の部屋
睦月影郎　平成好色一代男 清純コンパニオンの好奇心
睦月影郎　平成好色一代男 和装セレブ妻の香り
睦月影郎　新・平成好色一代男 秘伝の書
睦月影郎　新・平成好色一代男 元部下のOL
睦月影郎　新・平成好色一代男 隣人と。女子アナと。
睦月影郎　帰ってきた平成好色一代男 一の巻
睦月影郎　平成好色一代男 占女《せんにょ》楽天編
睦月影郎　帰ってきた平成好色一代男 完結編
睦月影郎　武家娘〈明暦江戸隠密控〉
睦月影郎　Gのカンバス

2017年3月15日現在